rororo

rororo

Roman Rausch, 1961 in Würzburg geboren, arbeitete nach dem Studium der Betriebswirtschaft im Medienbereich und als Journalist. Für seine Trilogie um den Kommissar Johannes Kilian wurde er 2002 auf der Leipziger Buchmesse mit dem Book on Demand Award ausgezeichnet. Heute lebt er als Autor und Schreibcoach in Würzburg und Berlin.

Mehr über den Autor und sein Werk: www.Roman-Rausch.de

«Das Caffeehaus» ist Roman Rauschs erster historischer Roman. Aus der Reihe um den Würzburger Kommissar Kilian und seinen Kollegen Heinlein sind bereits erschienen: «Tiepolos Fehler» (rororo 23486), «Wolfs Brut» (rororo 23651), «Die Zeit ist nahe» (rororo 23837), «Der Gesang der Hölle» (rororo 23890), «Der Bastard» (mit Blanka Stipetic, rororo 24495) und «Das Mordkreuz» (rororo 24763). Aus der Reihe um den Hamburger Profiler Balthasar Levy liegen vor: «Und ewig seid ihr mein» (rororo 24106), «Code Freebird» (rororo 24395) sowie «Weiß wie der Tod» (rororo 24604).

Roman Rausch

Das Caffeehaus

HISTORISCHER ROMAN

Rowohlt Taschenbuch Verlag

Für Sabine F.

3. Auflage Juni 2011

Originalausgabe
Veröffentlicht im Rowohlt Taschenbuch Verlag,
Reinbek bei Hamburg, Dezember 2009

Redaktion Andreas Feßer
Umschlaggestaltung any.way, Hannah Krause
(Foto: Bridgeman Berlin; akg-images)
Satz Stempel Schneidler PostScript (InDesign) bei
Pinkuin Satz und Datentechnik, Berlin
Druck und Bindung CPI – Clausen & Bosse, Leck
Printed in Germany
ISBN 978 3 499 24977 8

Rubricetur

Auf Johann Ernst Nicolaus Strauß getauften Türkhens und Caffesieders mem:

Ihro hochfürstlichen Gnaden [Johann Gottfried von Guttenberg] haben Innvermerkten Supplikanten gdst. verwilligt, daß er mittels Aushengung einer Tafel oder Schildes seine Profession mit Caffesieden und andern ungehindert männiglich dahier treiben und exercieren möge.

Sign. den 2. Martii 1697
[Würzburg] H. W. Canzley

«Caffee muss heiß sein wie ein Mädchen am ersten Tag, süß wie am siebten Tag und schwarz wie der Fluch der Mutter, wenn sie es erfährt.»

Aus: Carl Hans von Gimborn, *Caffeerösten*

Prolog

Belgrad,
auf der Festung Kalemegdan
August 1717

I

Diese Nacht gedachte der Wesir von Belgrad, Mustafa Pasha, mit dem Mädchen Sabiha zu verbringen. Als Zeichen seines Wunsches ließ er ihr ein mit Goldfäden gewobenes und mit Edelsteinen besetztes Taschentuch zukommen. Die *Kiajai*, die Hofmeisterin des Harems, klatschte beim Anblick des Taschentuchs zweimal laut in die Hände, und aus allen Zimmern des Palastes eilten die Dienerinnen herbei.

Mustafa Pasha war nach dem Großwesir Chalil Pasha und dem erhabenen und allmächtigen Sultan Ahmed dem Dritten der uneingeschränkte Herrscher im wichtigsten Außenposten des türkischen Reiches – der Festung Kalemegdan in Belgrad. Er war es nicht gewohnt zu warten, allerdings wusste er um die mehrstündige Zeremonie, in der seine Auserwählte vorbereitet wurde, damit sie ihm unter die Augen treten durfte.

Das Warten fiel ihm nicht leicht, denn in dieser angenehmen Sommernacht war sein Blut in Wallung geraten, und er wollte es bald besänftigen. Die Nachricht, die dieses Gefühl ausgelöst hatte, war direkt von Sultan Ahmed aus Adrianopel gekommen. Ein Heer von zweihunderttausend Mann würde in den nächsten Tagen Belgrad erreichen, um Mustafa Pasha und seine Soldaten aus der Umklammerung der österreichischen Truppen unter dem Befehl Prinz Eugens von Savoyen zu befreien.

Es war höchste Zeit, denn Krankheiten und Hunger zehrten am Durchhaltewillen von Volk und Soldaten.

«Gebt der Neuen Bescheid», ordnete die Kiajai an und meinte damit Sabiha, die Auserwählte des Wesirs für diese Nacht. «Der Herr verlangt nach ihr.»

Einem genau festgelegten Ablauf folgend, strömten die Dienerinnen daraufhin auseinander, um ihrer jeweiligen Aufgabe nachzukommen.

Sabiha stand indes am Fenster ihres Zimmers und blickte hinunter auf die Auen der Donau und der Save. Das einfallende Licht der untergehenden Sonne – gebrochen durch ein schweres Eisengitter – warf rotgoldene Vierecke auf ihre helle Haut. Diese eine Stunde in der Dämmerung am Fenster zu stehen und das Sonnenlicht zu genießen, zählte zu den kostbarsten Momenten, die sie seit der Demission aus dem Harem des Sultans erfahren durfte. Ihren obersten Herrn hatte sie nie zu Gesicht bekommen, obwohl sie unter seiner Obhut und seinem Dach zehn Jahre gelebt hatte. Zu groß war die Konkurrenz der über tausend Haremsdamen gewesen, als dass sie sich in den wenigen Tagen, in denen er sich im Serail aufhielt, hätte hervortun können.

Anstatt sich der Trostlosigkeit zu ergeben, hatte sie die Zeit für ihre umfangreiche Ausbildung zur Odaliske genutzt. Sie beherrschte das Tanzen, rezitierte Gedichte und sang, spielte Instrumente und war im Erlernen erotischer Fertigkeiten weit vorangeschritten. Lesen und Schreiben, sowohl Arabisch als auch Persisch, hatte sie bei der Koranleserin Alina gelernt. Sie war ihre einzige Freundin unter den Frauen und weihte Sabiha auch in die hohe Kunst der Caffeezubereitung ein. «Der Caffee gewinnt das Herz eines Mannes», pflegte sie zu sagen. «Hast du es einmal sicher, folgt der Verstand auf dem Fuß. Vergiss das nie. Der Caffee ist neben unseren Schenkeln der mächtigste Verbündete im Kampf ums Überleben.»

Die Bücher, die Sabihas Wissensdurst stillten, hatte sie während des Unterrichts bei Alina einsehen dürfen. Das machte sie zu einer gebildeten jungen Frau von vierzehn Jahren, die alles mitbrachte, um den Ansprüchen eines Sultans zu genügen. Leider fehlte ihr aufgrund ihrer Jugend, sicher auch wegen ihres zuweilen ungestümen Eifers, die Kenntnis vom rechten Zeitpunkt, wann sie ihr Wissen und ihre Fertigkeiten zu ihrem Vorteil einsetzen konnte und wann sie besser schweigen sollte.

Der Kiajai, der obersten Hofmeisterin, in einem Anflug von Besserwisserei zu widersprechen, gehörte wohl zu den einfältigsten und folgenschwersten Entgleisungen ihres jungen und überschäumenden Gemüts. Sie war dem Schwert nur knapp entgangen, was sie allerdings nicht der Gnade der Kiajai zu verdanken hatte, sondern deren Boshaftigkeit. Als nämlich dem Wesir von Belgrad, Mustafa Pasha, ein Geschenk für seine erworbenen Verdienste gemacht werden sollte, war ihre Wahl auf Sabiha gefallen, wohl wissend, dass ein Leben auf der Festung Kalemegdan weitaus erniedrigender sein würde als der schnelle Hieb des Scharfrichters.

Und sie sollte recht behalten. Seit einhundert Tagen lebte Sabiha nun in den engen, ungemütlichen Mauern dieser Burg und wartete darauf, dass der Wesir sie bemerkte. Als sie an seinen Hof nach Belgrad kam, waren die Vorbereitungen auf die Belagerung durch das österreichische Heer bereits im Gange gewesen, kurz darauf folgten die ersten Schlachten zu Wasser und zu Land, die Mustafa Pasha selbst befehligte, und es dauerte nicht lange, bis wegen der Nahrungsmittelknappheit Unruhen unter den Soldaten und dem Volk aufkeimten. Bald hatte sich die Nachricht von ihrer schmachvollen Demission bei den Konkurrentinnen herumgesprochen, sodass sie deren Neid und Intrigen schutzlos ausgeliefert war.

Doch heute hatte sie Hoffnung geschöpft. Am Morgen, während einer Feuerpause, war Mustafa Pasha mit seinen Beratern die Festungsmauern abgeschritten. Der Feind hatte seine Stellungen ausgebaut, und es schien, als würde er sich dadurch einen Vorteil in dem kräfte- und nervenaufreibenden Katz-und-Maus-Spiel dieser Belagerung versprechen. Sabiha war vom Klang hitziger Stimmen erwacht. Vollkommen nackt war sie ans Fenster getreten, um sich Klarheit zu verschaffen. Gerade noch rechtzeitig, um den Blick ihres Gebieters zu erfassen, der den Turm, in dem sie wohnte, in Augenschein nahm. Es handelte sich um einen winzigen Moment, nicht länger als der Schrei eines vorbeiziehenden Vogels. Der genügte, um die Aufmerksamkeit des Wesirs zu erringen, sie befürchtete jedoch gleichzeitig, wegen der Zurschaustellung ihrer Blöße bestraft zu werden.

Das war nur ein Teil ihrer Sorge, der andere lag in den Auen von Donau und Save, wo sich die österreichischen Truppen verschanzt hatten. Obwohl Kalemegdan wie auch die Stadt Belgrad als uneinnehmbar galten, hatte Sabiha in den letzten Wochen ausreichend Zeit gehabt, ihre Lage und die aller anderen auf dieser Burg einzuschätzen. Wenn nicht bald etwas Entscheidendes geschah, würde Mustafa Pasha den offenen Kampf suchen müssen, um sich aus der Umklammerung zu befreien, die der belagerten Festung das Leben abschnürte. Die Leidensfähigkeit der Soldaten und des Volks war nicht unbegrenzt. Zudem marschierten täglich neue Truppen die Donau herunter und stärkten das gegnerische Lager, das mittlerweile auf mehrere zehntausend angewachsen war.

Wenn die vielen Schutzwälle um Kalemegdan brachen, dann würden alle in die Hände des Feindes geraten. Siegestrunkene Soldaten würden über die Frauen des Harems herfallen wie die Fliegen über das Aas. Gefangene waren keine zu machen. Wie sollten sie auch den Weg ins fremde, ferne Feindesland überstehen?

Sabiha schüttelte es bei dem Gedanken, ihre Unschuld und ihr Leben an einen schmutzigen Barbaren zu verlieren. So weit würde sie es nicht kommen lassen. Wenn Kalemegdan fiel, dann sollte auch ihr Kopf fallen. Diesen Wunsch würde ihr keiner der Haremswächter ausschlagen.

So weit war es aber noch nicht. Noch gab es Hoffnung. Auf die Janitscharen war Verlass. Jeder Einzelne von ihnen wog drei feindliche Kämpfer auf. Wenn ihr Kampfgeist auf die anderen Soldaten überging, dann würde bei den Österreichern viel Blut fließen. Um dies zu bewerkstelligen, musste Mustafa Pasha vor seine Truppen treten und sie auf den Lohn im Himmelreich einschwören. Nur dann wahrten sie die Chance, lebend aus dieser Mausefalle zu entkommen.

Es klopfte an der Tür. Sabiha schreckte auf. War ihre Hoffnung vergebens gewesen, würde die Kiajai sie nun abholen? Nein, sagte sie sich, die Kiajai würde nicht klopfen. Sabiha öffnete. Vor der Tür stand ein Mädchen, kaum älter als sie selbst, den Kopf gesenkt.

«Der Herr verlangt nach Euch», sagte sie unerwartet demütig. «Das Bad ist angerichtet.»

Sabiha war irritiert. Noch bevor sie nach dem Grund der Anweisung fragen konnte, wiederholte das Mädchen den Befehl: «Alles ist vorbereitet. Kommt schnell.»

So folgte sie ihr, vorbei an den Zimmern der anderen

Frauen, die Stufen hinunter in den Baderaum, der im untersten Stockwerk des Turms lag. Hier erwarteten sie bereits eine Handvoll Bademädchen und natürlich die Kiajai, die über alles wachte.

«Beeil dich», sagte sie, «wir haben nicht viel Zeit.»

«Was ist geschehen?», wagte Sabiha zu fragen.

«Schweig», entgegnete die Kiajai scharf. «Der Herr hat dich ausgewählt. Nun steig ins Bad.»

Beklommen kam Sabiha dem Befehl nach. Sie ließ den dünnen Stoff fallen, der ihren Körper für die Nacht hätte bedecken sollen, und stieg die Stufen ins Badebecken hinab. Es war bedeutend kleiner als im Harem von Adrianopel, und die Wände waren auch nicht mit edlem Marmor bedeckt, sondern bestanden aus großen, kräftigen Steinquadern wie die Mauern des Wehrturms.

Die Bademädchen kümmerten sich sogleich um die nackte Sabiha. Die eine wusch ihr die Arme, die andere die Haare, die Dritte den Körper. Sabiha stand während der Waschung bis zum Bauch regungslos im temperierten Wasser, das mit allerlei Ölen parfümiert worden war.

Ihre Gedanken überschlugen sich. Zu welchem Zweck hatte der Wesir nach ihr schicken lassen? Für eine Bestrafung war der Aufwand zweifellos zu groß, folglich musste er anderes mit ihr im Sinn haben.

Überraschend kurz geriet das Bad, und die Kiajai drängte zur Eile. Nachdem Sabiha von vielen Händen abgetrocknet worden war, wurde sie in den nächsten Raum geführt, wo ein schwarzer Eunuch sie erwartete. Nackt hatte sie sich auf den großen, kreisrunden Stein zu legen, auf dem sich die Badenden üblicherweise von der Waschung erholten.

Der Eunuch nahm aus einer Schale eine gute Portion Ambra und verteilte es über ihren Körper. Er massierte es mit seinen kräftigen Händen in ihre Haut ein. Das dauerte eine Weile. Zu lange für die Kiajai. Sie wies ihn an, den Vorgang des Parfümierens abzukürzen. Aus einer zweiten Schale nahm er daraufhin eine Paste, strich sie auf seinen Finger und führte ihn in Sabihas Mund. Der süße Duft würde an den Zähnen haften bleiben und ihr einen angenehmen Atem verleihen. Ein zweiter Eunuch kam hinzu, der auf einem silbernen Tablett mehrere kleine Schalen und Bürsten trug. Er begann ihre Wimpern zu wachsen, die Augenbrauen zu einem geschwungenen Bogen zu zupfen und rote Henna behutsam auf Lippen, Wangen und Hals aufzutragen. Darauf folgten die Nägel an Fingern und Zehen. Er schliff sie akkurat und versah auch sie mit einem leuchtenden Rot. Zum Schluss widmete er sich ihren Brüsten und ihrer Scham. Sie sollten eine schöne Ornamentik erhalten, Blumen gleich, so wie sie Mustafa gefielen. Ein dritter Eunuch kämmte ihre Haare, verlieh ihnen Glanz und flocht zwei Zöpfe an den Seiten hinein.

Sabiha ließ die Prozedur geduldig über sich ergehen. So viele Jahre hatte sie auf diesen Augenblick gewartet, um nun endlich ihrer Bestimmung zugeführt zu werden – eine Hanim, eine Frau und Dame zu werden, denn auf sie war die Entscheidung Mustafa Pashas gefallen und nicht auf die vielen Konkurrentinnen, die zumindest für diese Nacht das Nachsehen hatten. Längst war die Befürchtung verflogen, dass sie sich für ihre Zurschaustellung am Morgen zu verantworten hatte. Dafür war die an ihr vollführte Prozedur zu eindeutig: Die kommende Nacht würde sie das Bett ihres Herrn teilen. Nichts anderes zählte.

Wenngleich sie durch die Berichte der anderen Frauen wusste, was auf sie zukam, so klopfte ihr Herz vor Aufregung. Würde der Wesir zärtlich mit ihr sein, würde sie seinen Erwartungen entsprechen, und würde sie ihn an sich binden können, sodass er sie zu seiner Favoritin machte? Andere, die das nicht geschafft hatten, blieben zeit ihres Lebens vernachlässigt und ihrer Unschuld beraubt im Harem zurück. Auf sie schauten die Frauen mit Spott, aber auch mit Angst.

In sich versunken, ließ sie sich in das nächste Zimmer führen, wo die Ankleiderinnen bereits darauf warteten, ihren Dienst an der Auserwählten zu verrichten. Sie streiften ihr eine dünne, durchscheinende Hose über, die smaragdgrün schimmerte und an den Seiten geknöpft war. Sie reichte hinunter bis zu den Knöcheln und war mit Goldfäden gesäumt. Die Farbe war wohl gewählt, harmonierte sie doch mit ihren leuchtenden blaugrünen Augen.

Die Füße glitten in weiße Sandalen aus dünnem, weichem Leder, das mit Gold bestickt war. Den Oberkörper bedeckte ein ebenfalls smaragdgrünes, kurzes Seidenhemd, das unter den Brüsten gerafft war. Dadurch blieben Bauch und Nabel frei. Doch nur für einen Moment. Eine Ankleiderin verzierte Sabihas Mitte mit einem Rubin, den sie in dieser Größe noch nie zuvor gesehen hatte. Es folgten goldene Reife um die Arm- und Fußgelenke und mit Edelsteinen besetzte Ringe für die Ohren und Finger.

Im schwarzen Haar wurde der *Talpotsch* befestigt, ein Käppchen, das an der Seite mit Goldfäden verziert war und von dem eine Perlenquaste bis zur Schulter reichte.

Damit war die Arbeit der Ankleiderinnen beendet. Sie entfernten sich stillschweigend. Die Kiajai ging um Sabiha herum und prüfte, ob sie ihren Vorstellungen entsprach. Sabiha blickte derweil regungslos geradeaus, abwartend, ob sie den hohen Ansprüchen genügen würde. Als die Kiajai ihre Runde beendet hatte, trat sie vor Sabiha hin und sprach zu ihr. Allerdings hatte sich ihr Ton grundlegend verändert. Aus der strengen Hofmeisterin schien eine fürsorgliche Mutter geworden zu sein, die ihr Kind in die Hände des Ehemanns gab.

«Wenn Sie nun so weit sind, Hanim», sagte sie, erwartete jedoch keine Antwort. Die Frage war Teil des Rituals.

Sabiha nickte.

Eine Ankleiderin trat hervor und übergab der Kiajai einen dünnen Mantel. Sie warf ihn in einem Zuge um Sabihas Schultern. Damit war ihr Schicksal besiegelt. Von nun an durfte kein Mann, außer Mustafa Pasha, mehr Hand an sie legen.

Eine zweite Ankleiderin reichte der Kiajai den *Asmack*, den Gesichtsschleier, der am Talpotsch befestigt wurde. Nun konnte der feierliche Zug in die Gemächer des Wesirs beginnen. Unter Harfenklängen und dem Gesang der Mädchen schritt Sabiha an der Seite der Kiajai durch die Räume.

Vor ihr lag eine neue Welt. Wenn sie sich bewies, würde sie für alle Zeit aus ihrem Dasein als Dienstbotin heraustreten und in den Stand einer Herrin wechseln.

Sie betete darum, dass es gelingen möge.

Am Donauufer, im Lager der österreichischen Truppen

Dieser Kriegseinsatz sollte der erste für den Artilleristen Veit Sturm sein. Er war gut vorbereitet und hätte eigentlich um nichts bangen müssen, denn Veit kämpfte in den hinteren Reihen, weit weg vom Kampfgetümmel Mann gegen Mann. Den direkten Blick ins Auge des Feindes überwand er mit gezielten Kanonenschüssen ins fremde Lager, um den Gegner am empfindlichsten Punkt zu treffen – in seiner Kommandozentrale. Denn wer nicht wusste, auf welchen Befehl er wohin zu gehen hatte, war ein umherirrendes Lamm unter Wölfen.

Nicht dass Veit ein Feigling war, aber er wusste um die Bedeutung seines Könnens, wenn er mit einem einzigen Schuss viele tausend Feinde der Vernichtung preisgab. Das hatte etwas Mächtiges, etwas seinen Stand als Gemeiner Sprengendes. Durch diese Fertigkeit schloss er zu den hochgestellten Offizieren auf, die ansonsten nur Hochmut und Missachtung für ihn übrighatten.

Nun stand er im tiefen Morast und blickte dem Feind direkt in die Augen. Die vielen kleinen Wachfeuer vor den Befestigungen der Stadt schimmerten, als würden sich dahinter ebenso viele rachsüchtige Türkenfratzen verbergen, bereit, ihn um die wohlverdiente Kriegsbeute zu bringen. Seit Tagen beschoss er diese Stadt, ohne einen durchschlagenden Erfolg erzwungen zu haben. Viele seiner Kanonenkugeln hatten ihre Ziele zweifellos getroffen – dafür bürgten unzählige lodernde Feuer, geborstene Wälle und das markdurchdringende Todesgeschrei jenseits der Mauern. Aber den entscheidenden Todesstoß für die rund dreißigtausend Mann starke türkische Besatzung, die sich kurz vor Eintreffen der kaiserlichen Truppen noch mit Proviant für gut drei Monate hatte versorgen lassen, diesen Todesstoß hatte er bisher nicht führen können. Das ärgerte ihn maßlos.

Von hinten hörte er ein Geräusch. Seine Hand fuhr zum Säbel.

«Wer da?!», rief er in die dunkle Uferböschung.

Aus einer Wolke blutgieriger Stechmücken trat ein blonder Mann hervor, groß in der Gestalt und den Waffenrock offen tragend. In ihm erkannte Veit seinen Stückjunker Balthasar Neumann. Die Hand wich vom Säbel, und die Hacken seiner Stiefel hätte er zum militärischen Gruß zusammengeschlagen, wäre es in diesem vermaledeiten Sumpf möglich gewesen.

Neumann schmunzelte bei dem erfolglosen Versuch der Ehrerbietung. «Lass gut sein, Veit. Wir sind auf dem Schlachtfeld und nicht auf dem Kasernenhof. Was machst du hier draußen?»

Veit wusste nicht, was er darauf antworten sollte, denn die Feindaufklärung gehörte wahrlich nicht zu seinen Aufgaben.

«Der Türke lässt dir wohl keine Ruhe», sagte Neumann aufmunternd, während er auf die Festung Kalemegdan hinüberblickte. «Ist es das?»

Veits Kehle schien wie zugeschnürt. Dass ein Offizier das Gespräch mit einem einfachen Soldaten suchte, befremdete ihn, wenngleich dieser Neumann von anderem Kaliber war als die restlichen Truppführer. Er ließ jede Distanz und auch den Hochmut vermissen, den die Offiziere sonst an den Tag legten. Vielleicht lag es daran, dass er einer von ihnen und nicht von edlem Blut war.

An einem Frühlingstag vor sechs Jahren war der junge Neumann nach Würzburg gekommen, mit nichts anderem als einem Wanderpäckchen auf dem Rücken. Der Torwache hatte er zur Auskunft gegeben, sein Name sei Balthasar Neumann, vierundzwanzig Jahre alt, und seine Heimatstadt sei Eger in Böhmen. Er habe dort als Sohn eines Tuchhändlers das Handwerk eines Glocken- und Geschützgießers erlernt, ferner habe er den Lehrbrief eines Büchsenmeisters und eines Ernst- und Lustfeuerwerkers in seinem Säckchen, und wenn das für den Einlass noch immer nicht reiche, dann führe er seine Mutter, eine geborene Grassold aus Würzburg, an. Nun sei er auf dem Weg zur Gießhütte des Ignaz Kopp, wo er seine Fertigkeiten vervollkommnen wolle.

Die Torwache ließ ihn passieren, und es dauerte nicht lange, bis der eifrige Geselle dem Ingenieurhauptmann und Architekten Andreas Müller auffiel. *Dieser Bursche verfügt über ein seltenes Talent*, sagte er über ihn. *Wenn er sich wissenschaftliche Vorbildung erwerben kann, dürfte er ein großer Mann werden.*

Durch dieses Lob angespornt, nahm Neumann Unterricht in Geometrie, Feldmesserei und Architektur; denn er wollte werden, was sein Gönner ihm prophezeite: ein berühmter Ingenieur und Architekt. Zeichnen und Bauen konnte er in großem Umfang aber nur auf Geheiß der Mächtigen, und das war in allen Fällen der Fürstbischof – neben seiner Berufung als oberster Glaubenshüter im Hochstift Würzburg auch der Befehlshaber der Truppen. Der gottesfürchtige Neumann zeigte allerdings wenig Begeisterung für die Karriere eines Geistlichen, und so trat er in die fürstbischöflichen Truppen ein, wo er sich schnell in den Rang eines Stückjunkers hochdiente.

Ja, das war Balthasar Neumann. Ein umherwandernder und mittelloser Handwerksbursche, der mit Talent gesegnet war und nicht eher ruhte, bis er das Ziel seines Wegs erreicht hatte. Dieser Neumann war der Leuchtturm an einer Küste, die für einen Gemeinen wie Veit unerreichbar war. Und dennoch ließ sich Veit von dessen Licht leiten, denn wenn es Neumann geschafft hatte, dann gab es Hoffnung. Und dieser Hoffnung würde er auf die Sprünge helfen, hier und jetzt in diesen verseuchten Donauauen vor Belgrad. Denn jeder tote Türke war ein Schritt hinauf zum Offizier.

Noch immer hatte der einfache Soldat Veit Sturm die Frage seines Stückjunkers Balthasar Neumann nicht beantwortet. Er überlegte gut, was er nun sagen sollte.

«Diese Burg gilt als uneinnehmbar.»

«So heißt es», erwiderte Neumann, der ahnte, dass dieser junge Soldat weiter dachte als bis zum nächsten Kanonenschuss. «Was gedenkst du dagegen zu unternehmen?»

Veit nahm sich auch für diese Antwort Zeit. Er blickte hinüber zum Berg, auf dem die Festung Kalemegdan thronte. «Man müsste mehr über sie erfahren.»

Neumann nickte zufrieden. Er hatte sich in dem jungen Veit nicht getäuscht. Das war genau die Antwort, die er erwartet hatte. «Nur wer weiß, wo sein Ziel ist, kann auch den Weg dorthin finden. Merk dir das gut. Das gilt für alles im Leben.»

Er legte väterlich seinen Arm auf Veits Schulter. «Komm mit zurück ins Lager. Es ist spät, und ich brauche einen ausgeschlafenen Kanonier, wenn wir morgen dem Türken Feuer unter dem Allerwertesten machen.»

Doch wie wollte er das anstellen?, fragte sich Veit. Bisher hatte das Trommelfeuer aus über zwanzig Kanonen, ebenso vielen Feuerschlangen und rund fünfzig Mörsern zwar viel Schaden in der Stadt angerichtet, aber der entscheidende Schlag war ihnen damit nicht geglückt. Der Türke saß noch immer auf der Festung Kalemegdan, und so, wie es aussah, würde er dort auch bleiben, bis ihnen die Munition ausgegangen war.

Die Feuer des Lagers tauchten vor ihnen auf, als Veit glaubte, sein Offizier könne Gedanken lesen. «Mach dir keine Sorgen», sprach Neumann, «ich habe eine Idee, und dafür brauche ich deine Hilfe. Allein schaffe ich das nicht.»

Veit glaubte, seinen Ohren nicht zu trauen. Neumann bat ihn, den Hilfskanonier Veit Sturm, um Hilfe. Er hätte aus hundert anderen wählen können, und ein jeder hätte sich geehrt gefühlt, aber er nahm stattdessen ihn.

«Ich bin für alles bereit», antwortete er.

«Gut, dann komm mit. Es gibt einiges zu besprechen. Aber ein Spaziergang wird es nicht. Das ist dir doch bewusst?»

«Sicher, sonst hättet Ihr auch gleich einen anderen nehmen können.»

Neumann klopfte ihm anerkennend auf die Schulter und führte ihn in sein Zelt. Dort lag auf einem kleinen Feldtisch Kartenmaterial. Er rollte es auf und weihte Veit in seinen geheimen, waghalsigen Plan ein.

Was Neumann ihm da unterbreitete, war ein Abenteuer, das Mut, Kaltschnäuzigkeit und Todesverachtung verlangte. Wenn es glückte, und dafür standen die Zeichen nicht schlecht, dann wäre die Schlacht um Belgrad geschlagen, und der Wesir müsste gesenkten Hauptes an den Bosporus zurück. Die Reichshauptstadt Wien würde damit vor einer erneuten Belagerung durch eine türkische Streitmacht verschont bleiben.

Veit traute diesem János nicht.

Nach dem Fall von Temesvár hatte sich der undurchsichtige Ungar unter die abziehenden Türken gemischt und ihnen seine Treue versichert. Mit Befehlen des Großwesirs war er nach Belgrad geschickt worden, um dem dort eingekesselten Mustafa Pasha mitzuteilen, dass Hilfe unterwegs war.

Bei Sturm und Regen lief er jedoch ins gegnerische Lager über und bot seine Informationen Prinz Eugen an. Der war nicht minder misstrauisch als Veit gewesen, schenkte ihm aber letztlich Glauben. Zu ungeheuerlich waren die Neuigkeiten, die er brachte. Ein türkisches Heer von zweihunderttausend Mann Stärke war auf dem Weg nach Belgrad, um den eingeschlossenen Brüdern zu Hilfe zu eilen. In weniger als einer Woche sollte es Kalemegdan erreicht haben. Damit stünde den siebzigtausend Mann auf Seiten des Kaisers mehr als die dreifache Anzahl Türken gegenüber. Türken, die für die verlorenen Schlachten bei Temesvár und Peterwardein auf Rache sannen. Niemand, auch nicht der zuvor gegen die Kaiserlichen opponierende János, hätte das erfinden können.

Nun war Eile geboten. Wenn die türkische Übermacht aufmarschiert war, fochten die Kaiserlichen einen Zweifrontenkrieg – auf der einen Seite die dreißigtausend

Mann in Belgrad und im Rücken die zweihunderttausend des Chalil Pasha. Damit wären sie eingeschnürt und von jedem Nachschub abgeschnitten. Wenn sie überleben wollten, mussten sie jetzt handeln.

Veits kommandierender Offizier, der Stückjunker Balthasar Neumann, ließ sich von János den Weg in die Stadt erklären. Dabei deutete er auf die von ihm selbst angefertigte Karte. Der Dauerbeschuss der letzten Tage hatte auf der von Donau und Save abgewandten Seite ein Loch in die Befestigungen gerissen, das von den Türken nur unzureichend ausgebessert worden war. Bei passender Gelegenheit wäre es für ein oder zwei Mann möglich, hindurchzuschlüpfen und den Weg hinauf zum Kalemegdan zu finden.

«Was ist mit den Wachen?», fragte Neumann misstrauisch.

János winkte ab. Die Truppen seien in schlechter Verfassung, seit der Belagerung unzureichend verpflegt und nicht bei der Sache. Ihr Ungehorsam den Offizieren gegenüber habe sich bis nach Adrianopel herumgesprochen und bereite dem Großwesir große Sorgen. Lediglich vor den Janitscharen, dem Söldnerheer des Sultans, habe er sich in Acht zu nehmen. Deren Lager befände sich jedoch weit weg von der Stelle, die er als Zugang in die Stadt ausgewählt hatte.

«Wird er uns begleiten?», fragte Veit unvermittelt in die Stille, die Neumann für die Abschätzung ihrer Chancen auf das Gelingen nutzte. Die Frage ging an János vorbei und richtete sich an Neumann. Doch statt seiner antwortete der Überläufer.

«Ich bringe Euch bis an die Mauern. Alles Weitere müsst Ihr allein bewerkstelligen.»

Veit machte keine Anstalten, János Aufmerksamkeit zu schenken. Einzig, was sein Stückjunker sagte, hatte für ihn Gewicht.

«Wir gehen allein», entschied Neumann.

«Und wenn es eine Falle ist?», fragte Veit unverhohlen.

János' Hand schnellte zum Gürtel, dort, wo er einen kurzen Türkendolch trug. «Will der mich einen Verräter schimpfen?», fragte er aufbrausend.

«Beruhigt euch», befahl Neumann und führte János' Hand zurück auf den Tisch. «Wenn wir nicht zurückkommen, wird ein anderer über Wahrheit und Lüge zu entscheiden wissen. Bis dahin haben wir keine Zeit zu verlieren.»

Wie besprochen führte János Neumann und Veit bis an die Mauer. Auf dieser Seite der Befestigungsanlage herrschte eine verdächtige Ruhe. Der leuchtende Halbmond warf sein Licht auf ein baumdickes Loch, das eine fehlgeleitete Kanonenkugel gerissen haben musste, so weit war es von dem eigentlichen Ziel des Kalemegdan entfernt.

Neumann, Veit und János lagen im hüfthohen Gebüsch und beobachteten den Mauergrat. Alle zwei Minuten kontrollierte eine Wache diesen Abschnitt, bevor sie zum nächstgelegenen Wachturm weiterging. Diese kurze Zeit mussten sie nutzen, um das auf Kopfhöhe gelegene Loch zu erreichen und zu überwinden. Wie es dahinter aussah, wussten sie nicht.

Veit war bei dem Gedanken, sich auf das Wort eines Verräters zu verlassen, nicht wohl zumute. Er schaute seinen Stückjunker zweifelnd an.

«Nur Mut», flüsterte dieser und schickte János zurück ins Lager. «Wenn der Mond hinter der Wolke verschwindet, wollen wir es wagen», sagte er und deutete dabei auf die Schlieren einer dünnen Wolkenschicht, die allmählich das Licht von dem freien Feld, das vor ihnen lag, nahm.

Veit hätte nur zu gern seinen Stückjunker von dem wahnwitzigen Unterfangen abgehalten. Woher nahm Neumann nur diese Gewissheit, dass sie jenseits der Mauer nicht von türkischen Krummsäbeln aufgespießt würden?

Für weitere Zweifel fehlte die Zeit. Eine Wolke schob sich vor das verräterische Licht. Die Wachen konnten sie nun nicht mehr sehen. Allein ihre Schritte würden ihnen verraten, ob sie den Sprung hinüber zur Mauer wagen konnten.

Gespannt horchten sie in das Halbdunkel hinein. Da kamen sie. Ruhig und leise, ohne den geringsten Verdacht, ihre Schritte wurden heller und verblassten alsbald wieder. Jetzt galt es. Neumann erhob sich, und Veit folgte ihm die wenigen Schritte hinüber zur Mauer. Geduckt huschten sie wie Diebe in der Nacht über das freie Feld.

Mit dem Rücken zur Wand stellte sich Neumann hin und baute mit den Händen für Veit eine Räuberleiter. Er nahm sie mit Leichtigkeit, drückte sich hoch bis ans Loch und spähte hinein. Da glomm ein Feuer, drum herum zwei Körper, die zu schlafen schienen; ihre Waffen an der Seite für den unmittelbaren Zugriff bereit. Zur Linken eine Hütte, verlassen und unverdächtig. Auf der rechten Seite stand ein Karren.

Veit spürte einen Druck an seinem Fuß. Ohne dass er einen weiteren Gedanken auf das feindliche Terrain verschwenden konnte, schob es ihn in das Loch hinein. Er streckte seine Hand nach unten, die Neumann ergriff. Was hätte Veit darum gegeben, wenn sein Stückjunker nur nicht so schwer gewesen wäre. Es schien ihm, als würde er ihn geradewegs wieder zurückziehen – er hätte wahrlich nichts dagegen gehabt.

Neumann zwängte sich durch die schmale Öffnung. Ein rascher Blick hinüber zu den beiden Schlafenden, und schon betrat er Feindesland. Keinen Augenblick zu spät, denn die Wache näherte sich. Ihre Schritte wurden lauter und bedrohlicher. Veit huschte hinüber zu einem Karren und schob sich unter die Ladefläche, Neumann tat das Gleiche.

Sie harrten aus, bis die Schritte verklungen waren. Dann gingen sie los, die Mauer entlang, so wie János es ihnen beschrieben hatte. Ihr Weg führte sie vorbei an niedergebrannten Hütten, stinkenden Kloaken und achtlos aufgetürmten, verwesenden Leibern. Auch wenn sie von Gerüchten gehört hatten, dass es um den Willen zum Durchhalten schlecht bestellt war, so konnten Neumann und Veit kaum glauben, wie miserabel es um die Stadt und ihre Bürger tatsächlich stand. Auf dieser Seite der Front war das blanke Entsetzen zu Hause. Hunger, Krankheit und Elend begleiteten sie auf ihrem Weg den Hügel hinauf, wo sich die Festung Kalemegdan befand. Türken wie Serben hätten um jede Stunde froh sein müssen, die ihnen weiteres Leid ersparte.

Noch immer wollte sich Veits Unbehagen nicht legen. Viel zu einfach war es ihnen gelungen, die Mauer und die Wachen zu überwinden, den langen Weg durch die Stadt unbemerkt zu nehmen und jeder erwarteten Konfrontation mit dem Feind zu entgehen. Sein Gefährte Neumann teilte diese Zweifel nicht. Er vertraute auf die Gunst der Stunde und ging unerschrocken voran.

Als sie den inneren Wall der Festung erreicht hatten, änderte sich das Bild. Der Gestank der unteren Stadt war verflogen. Stattdessen meinte Veit, in einem Garten voller Rosen zu stehen. Ihr Duft erfüllte die Nacht zu allen Seiten.

«Wir nähern uns dem Palast», flüsterte Neumann und zeigte auf eine Brücke, die den Festungsgraben überspannte und sie zum Ziel ihres Unternehmens bringen würde.

Doch wie sollte das gelingen? Am Tor standen zwei Wachen, auf den Zinnen patrouillierten weitere, und jenseits der Festungsmauer waren noch mehr Wachen zu erwarten. Veits schlechtes Gefühl schien sich zu bewahrheiten. János hatte sie geradewegs in die Arme des Feindes geführt. Von hier aus gab es kein Vor und kein Zurück. Sie saßen in der Falle.

Weshalb blieb Neumann so ruhig, fragte er sich. Statt nach einem Ausweg aus der verzwickten Lage zu suchen, legte er sich im Schutz der Nacht hinter eine Mauer und wartete.

«Herr», flüsterte Veit besorgt, «lasst uns schnell verschwinden, bevor uns eine Wache entdeckt.»

Doch Neumann dachte nicht daran. Er legte den Finger auf die Lippen und bedeutete ihm zu schweigen.

So verging eine Stunde und eine weitere, bis sich die Lage im Donner eines Geschützes grundlegend änderte. Veit hörte das schrille Pfeifen des anfliegenden Geschosses und warf sich, die Hände schützend über den Kopf gelegt, der Länge nach hin. Wie unsinnig das war, dachte er im selben Moment, denn wenn das Geschoss in der Nähe einschlug, dann würden ihm die umherschwirrenden Gesteinssplitter ohnehin den Leib zerfetzen und die Druckwelle die Adern zerreißen.

Veit wähnte sich im Glück, als das Pfeifen über ihnen verebbte und der Einschlag weit hinter den Festungsmauern ertönte. Die Erleichterung währte nicht lange. Ein zweites Geschoss war im Anflug. Dieses Mal machte es nicht den langen Weg, sondern schlug zu Füßen des Festungshügels ein.

Mit bebender Stimme richtete er das Wort an seinen Stückjunker: «Wer schießt da auf uns?»

«Die unsrigen. Wer sonst?», antwortete Neumann überraschend gut gelaunt.

«Aber warum?»

«Deshalb», erwiderte Neumann und wies ihn an, das Treiben auf der Festungsmauer zu beobachten.

Unsicher richtete sich Veit auf. Die Wachen waren durch den unerwarteten Beschuss bei Nacht in helle Aufregung versetzt worden. Sie rannten ziellos umher und suchten sich, ähnlich wie Veit, vor den tödlichen Geschossen in Sicherheit zu bringen. Die Torwachen machten keine Ausnahme. Im Schutz der dicken Festungsmauern suchten sie ihr Heil.

Neumann verfolgte den Beschuss aufmerksam. Entweder zu kurz oder zu lang geriet das Feuer der Kanonen. Von den Ufern der Donau und der Save aus hatten die Kanoniere keinen Einblick in die hochgelegene Festung Kalemegdan, und genau das galt es mit ihrem Besuch zu ändern.

Veit beäugte am Boden kauernd Neumann, wie er jeden Schuss aufmerksam verfolgte. Nun dämmerte es auch ihm, warum sein Stückjunker diesen gefährlichen Ausflug in Feindesland unternommen hatte. Sie leisteten Aufklärungsarbeit. Noch bevor Veit es wagen konnte, seinen verehrten Offizier auf die möglichen Folgen dieses Unterfangens hinzuweisen, erhob der sich.

«Los jetzt», sagte er, «das ist der rechte Zeitpunkt.»

«Wohin wollt Ihr, Herr?», rief Veit, doch seine Frage erreichte Neumann nicht mehr.

Geradewegs rannte er auf die Brücke zu, während über ihnen die Kanonenkugeln pfiffen.

Veit zögerte nun auch nicht mehr und nahm die Verfolgung auf. Das laute Stapfen ihrer Schritte auf den Holzplanken der Brücke verlor sich im dumpfen Dröhnen der Geschosse, die ringsum einschlugen, nur nicht im Innenhof der Festung – dem eigentlichen Ziel.

Am Tor angekommen, blickten sie auf das vor ihnen liegende Gelände. Da war der lange wuchtige Bau, den Neumann nach János' Beschreibung als Palast des Wesirs ausmachte, dort konnten sie die Stallungen und die Gerätehäuser erkennen. Zwischen weiteren Gebäuden und der Festungsanlage liefen die Wachen aufgeregt umher.

Veit klebte sich an die Fersen seines Stückjunkers, der offenbar genau wusste, wohin er wollte. Im Schutz der Nacht und des allgegenwärtigen Chaos hielt er auf den großen Bau zu, dessen Fenster hell erleuchtet waren. Auch wenn bisher alles gutgegangen war, so musste ihr Glück nicht ewig währen, dachte Veit und rief Neumann zu, sich von dem wahrscheinlich gutbewachten Palast fernzuhalten. Doch Neumann hörte nicht, bis sie die Mauern des Palastes erreicht hatten.

Nun endlich schien er ein Einsehen zu haben und ging hinter einer Säule in Deckung. Außer Atem tat es ihm Veit gleich.

«Herr, ich verstehe nicht», sagte er geradeheraus, doch Neumann schnitt ihm das Wort ab.

«Still», befahl er. «Wir haben nicht viel Zeit. Geh du nach links, ich nehme die andere Seite.»

«Was soll ich tun?», fragte Veit.

«Halte Ausschau nach allem, was wir für das rechte Maß unserer Kanonen gebrauchen können.»

«Aber es ist Nacht und …», widersprach Veit.

Zu spät. Neumann hatte sich bereits davongemacht. Nach wenigen Schritten verlor sich seine Gestalt in der Dunkelheit.

Da saß er nun, mit dem Rücken an der Pforte des Feindes, und wusste nicht, was er machen sollte. Sein Herr hatte ihn verlassen. Nie und nimmer könnte er es allein aus dieser Festung zurück ins sichere Lager schaffen. Wenn das Tageslicht anbrach, würden sie ihn wie einen Hammel aufspießen und über dem Feuer braten. Wenn er Glück hatte, verlor er schnell seinen Kopf, und das befürchtete Martyrium bliebe ihm erspart.

Aber so weit war es noch nicht. Er musste nur schnell sein, nicht nach links oder rechts schauen, sondern den Hügel hinunterrennen, als wäre der Leibhaftige hinter ihm her. Niemand vermutete in diesem Durcheinander den Feind in den eigenen Reihen.

Veit erhob sich, bereit, seinen offenbar vom Teufel besessenen Stückjunker dem Schicksal zu überlassen, als er Geräusche hörte. Sie drangen durch ein Fenster aus dem Inneren des Palastes an sein Ohr, eine Musik, so fremd und eigenartig, wie er sie noch nie gehört hatte.

Er sah ein Mädchen mit seidig glänzenden schwarzen Haaren, die ihm bis zu den nackten Schultern reichten. In seinen Augen funkelte ein Grün, nein, ein grünes Blau, das Veit in dieser Pracht niemals zuvor gesehen hatte. Ihr Mund war rot und wohl geformt, die Zähne leuchteten so weiß wie der Schnee in seiner Heimat. Dieses Geschöpf war nahezu unbekleidet, die kleinen Brüste schimmerten durch den dünnen Stoff.

Veit verfolgte jede Bewegung ihrer Hüften mit stockendem Atem. Nicht anders erging es dem Mann, den er nun erblickte. Er saß zurückgelehnt auf großen Kissen, die mit feinstem Faden bestickt waren. In seinen Augen brannten Leidenschaft und Hingabe, seine Lippen, versteckt hinter einem langen schwarzen Bart, verlangten nach der Vereinigung mit der Schönen. Diese junge Frau spielte ein Spiel mit ihm, das ihm gut bekannt war und das er nun auf dem Höhepunkt seines Verlangens nicht länger hinauszögern wollte. Ein Wink seiner mit Ringen und Edelsteinen geschmückten Hand befahl sie herbei.

«Komm zu mir», flüsterte Mustafa Pasha.

Doch die Schöne gehorchte ihm nicht. Sie ging stattdessen neben einem kleinen Tisch in die Knie, auf dem eine verzierte Silberkanne mit einer ebenfalls silbernen Tasse stand. Sie schenkte daraus eine schwarzbraun schimmernde Flüssigkeit ein und reichte die Tasse ihrem Herrn.

«Möge der Caffee Eure Lenden stärken.»

Sie blickte dabei zu Boden, wie es sich geziemte. Mustafa Pasha nahm die Tasse, schlürfte und genoss das aromatische Getränk.

Sabiha tanzte indes weiter. Der Caffee würde eine kurze Zeit brauchen, um die erwünschte Wirkung zu entfalten. So lange wollte sie ihr Spiel um Verführung und Verweigerung fortführen. Doch Mustafa Pasha hatte andere Pläne. «Komm her. Ich befehle es dir», sprach er, jedoch ohne jegliche Schärfe in seinen Worten.

Nun endlich leistete Sabiha der Aufforderung Folge. Sie kniete zu seinen Füßen, senkte das Haupt und wartete auf die nächste Anweisung, als sich jemand an der Tür bemerkbar machte.

Mustafa Pasha reagierte ungehalten. «Was ist?!»

Die Tür öffnete sich, und ein Diener trat in unterwürfig gebeugter Haltung ein.

«Herr, die Janitscharen melden feindliche Bewegungen», sagte er furchtsam, wohl wissend, dass er den denkbar ungeeignetsten Moment für das Überbringen der Nachricht gewählt hatte. «Was sollen wir tun?»

Mustafa Pasha war der Frage überdrüssig. «Nichts, und jetzt lass mich allein.»

Der Diener verharrte ängstlich im Raum. «Aber, Herr, sie schießen auf uns.»

«Ich habe es gehört, und sie schießen heute schlechter denn je. Und jetzt geh, bevor ich dir den Kopf abschlagen lasse.»

Gebeugt, wie er gekommen war, verließ der Mann die Gemächer. Mustafa Pasha widmete sich wieder der Schönen zu seinen Füßen. «Nun komm zu mir.» Er breitete die Arme aus. Diesmal rechnete er nicht mit Widerstand.

Sabiha war alarmiert. Wenn sie in den Jahren der Ausbildung im Serail des Sultans etwas über die Kriegskunst gelernt hatte, dann war es, niemals am Urteil der Janitscharen zu zweifeln. Sie waren die treuesten und am besten ausgebildeten Soldaten des Reiches. Das Leben des Sultans, und mit ihm das Leben aller, lag in ihren Händen. Wenn die Janitscharen in Sorge gerieten, drohte unmittelbar Gefahr.

«Mein Herr», sagte Sabiha, «darf ich sprechen?»

Verwundert, aber neugierig willigte er ein.

Sabiha hob den Kopf. Ihr Blick offenbarte Entschlossenheit, jedoch auch Respekt. «Verzeiht meine Dreistigkeit, aber Eure Soldaten erwarten Euch», sagte sie zart, um jeden Anschein einer Belehrung zu vermeiden.

Im Nu wich die Leichtigkeit der Verärgerung. Mustafa

Pasha richtete sich unvermittelt auf. «Wer ist der Herr in diesem Haus?»

«Ihr und niemand anderes», antwortete Sabiha beflissen.

«Wieso glauben meine Diener, mir sagen zu müssen, was ich zu tun habe?»

Sabiha ging nicht auf die Vorhaltung ein. Stattdessen beharrte sie, mit allem gebotenen Respekt, auf ihrer Bitte. «Die Soldaten erwarten Eure Befehle, um drohende Gefahr von diesem Palast abzuwenden.»

Missmutig erhob er sich, zupfte seine Kleidung zurecht und stellte sich hinter Sabiha, die nach wie vor am Boden kniete. «Ich bin vor dir gewarnt worden», begann er. «Du seist ein eigensinniges, widerspenstiges und freches Ding.»

Sabiha konnte sich gut vorstellen, wer dieses Urteil über sie gefällt hatte. Die Kiajais hatten sich untereinander verständigt.

«Du hast einen reizenden und noch dazu klugen Kopf», fuhr er fort, «dem jedoch kein langes und friedliches Leben auf seinen Schultern beschieden sein wird. Sprich offen, wieso ich mich dieses unerwartet großzügigen Geschenks des Sultans erfreuen darf. Ist der Sultan meiner überdrüssig? Bist du die Schlange in meinem Haus?»

Sabiha war sich des Ernstes der Frage bewusst. Es war kein Geheimnis, dass Haremsdamen, die verdienten Untertanen zum Geschenk gemacht wurden, ein enges Verhältnis zum Herrscherhaus behielten. Sie waren das diskrete Ohr in den fernen Schaltzentralen des Reiches. Wann immer sich Unmut regte oder gar Ränke geschmiedet wurden, so erfuhr der Sultan über seine reizvollen Geschenke schnell davon.

«Glaubt mir», sprach Sabiha, «nichts von dem, was mir nachgesagt wird, trifft zu.»

«Du lügst», entgegnete Mustafa Pasha. «Du bist zweifellos hübsch und talentiert. Ich frage mich nur, ob du auch so dumm bist, zu glauben, ich könnte dir trauen.»

Sabiha brannte eine Erwiderung auf der Zunge, doch sie beherrschte sich.

Mustafa Pasha setzte sich in die Kissen. «Was hattest du heute Morgen am Fenster zu suchen?»

Sabiha öffnete die Augen. «Ich blickte hinunter auf den Feind.»

«Und, hast du ihn gesehen?»

«Ja, Herr.»

«Macht er dir Angst?»

«Nachdem Temesvár und Peterwardein gefallen sind: ja, mein Herr.»

Mustafa Pasha merkte auf. «Was weißt du darüber?»

Alles, wollte sie ihm entgegnen, doch sie schwieg. Sie hätte sonst die Quelle ihrer Informationen preisgeben müssen und damit ihre Koranleserin und Freundin dem Tod übereignet. Die Koranleserin pflegte gute Kontakte jenseits des Harems und wusste über alles Bescheid, was sich im Reich tat und welche Gerüchte im Umlauf waren.

«Nur, was man sich am Hof davon erzählt», antwortete Sabiha.

Mustafa Pasha reagierte nervös. «Was wird dort gesprochen?»

«Man fürchtet eine erneute Niederlage. Im Volk gärt die Unzufriedenheit. Niemand ist mehr sicher ...»

Sabihas Ausführungen wurden durch mehrere Schüsse unterbrochen, die wegen ihrer Lautstärke aus unmittelbarer Nähe kommen mussten.

Mustafa Pasha sprang auf, Sabiha sah zum Fenster. Dort erblickte sie das Gesicht eines jungen Mannes im Waffenrock der Ungläubigen.

Veit schaute dieser wunderschönen jungen Frau direkt in die blaugrünen Augen. Sein Herz stockte, sodass ihm der Aufruhr in seiner nächsten Umgebung beinahe entging. Schüsse pfiffen, und aufgeregte Kommandos wurden gerufen. Aus dem Dunkel rannte eine Gestalt auf ihn zu. Er griff nach seiner Pistole.

«Nimm die Beine in die Hand», rief Balthasar Neumann und schlug einen Haken, um den türkischen Musketenkugeln zu entkommen.

Veit war wie erstarrt. Doch als auch in seiner Nähe die Kugeln Löcher in die Mauern rissen, setzte er sich in Bewegung. In schnellen und weiten Schritten lief er Neumann hinterher.

Sabiha blieb allein am Fenster zurück. Sie spürte, dass dies der Anfang vom Ende war.

«Ein Schatz ist geborgen.»

Johann Philipp Franz von Schönborn
Fürstbischof von Würzburg
1719 bis 1724

Kapitel 1

Der Karren machte auf der Anhöhe halt. Sabiha blickte ins Tal hinunter, das von einem Fluss der Länge nach geteilt wurde. Ringsum an den Hängen gedieh der Wein prächtig, lediglich von üppigen Obstwiesen unterbrochen, deren Früchte zur Ernte anstanden. Auf einem Berg über der Stadt thronte eine Festung, ähnlich der auf Kalemegdan, nur kleiner. Sie schien stolz über das Tal zu ihren Füßen zu herrschen. Zahlreiche Kirchturmspitzen ragten dort über den Dächern hervor, umschlossen von einer sternförmig angelegten, starken Befestigung.

Obwohl Sabiha nicht wusste, wo sie war, ahnte sie, dass diese Mauern wohlhabende Bürger beschützten. Vorn auf dem Bock saß Konrad, der Anführer dieser Truppe von heruntergekommenen Mimen, die ihr Überleben zunehmend weniger mit ihrer kläglichen Schauspielkunst bestritten, sondern durch Diebstähle, Betrügereien und sogar Mord. Seit sie die Reichsstadt Nürnberg überstürzt hatten verlassen müssen, waren sie auf der Flucht. Konrad hatte mit Hilfe von Caspar einen wohlhabenden Nürnberger Händler beim Besuch des Gasthauses ausgehorcht, auf dem Heimweg ausgeraubt und schließlich in seinem Blut liegen lassen. Die Kunde über den heimtückischen Anschlag reiste schneller als ihr jämmerlicher Karren. Nicht zuletzt der fünfzig Gulden wegen, die für ihr Ergreifen ausgesetzt worden waren. Von da an hatten sie die großen Straßen gemieden.

Ihr Weg verlief im Schutz ganzer Heerscharen von Bettlern, Landstreichern und Gaunern über hügeliges und beschwerliches Gelände von einem Dorf zum anderen. Diese Horden, zu denen auch zerlumpte und selbst entblößte Frauen und Kinder jeden Alters zählten, fielen wie Heuschrecken über die Hütten und deren Bewohner her, um etwas Trink- und Essbares zu erflehen. Selbst den frömmsten Christen wurde das irgendwann zu viel, und sie verbarrikadierten Haus und Hof, wenn sich wieder eine Gruppe dieser bemitleidenswerten Kreaturen ihren Anwesen näherte.

Auch Sabiha hielt die Hand auf und bettelte für ein Almosen oder ein Stück Brot, wann immer sich die Gelegenheit dazu bot.

«Würzburg», rief Konrad nach hinten, «macht euch fertig!»

Sich fertigmachen hieß: raus aus den Lumpen, rein in die Kostüme. Sie waren das Einzige, was bei dieser Truppe echt und kostbar war. Konrad hatte sie beim Glücksspiel von einem venezianischen Kaufmann gewonnen. Erst deren Besitz hatte ihn auf die Idee gebracht, fortan sein Glück mit ehrlicher Arbeit zu versuchen, anstatt durch Gaunerei. Das war eine recht naive Entscheidung gewesen, wie sich bald herausstellen sollte. Konrads einziges Talent lag nun einmal in Raub und Mord. Das hatte er selbst einsehen müssen. Dennoch, die Verkleidung brachte ihm manche Vorteile, wenn er einen neuen Plan ausheckte.

Caspar öffnete die Kiste und warf jedem sein Kostüm zu. Neben Sabiha war noch eine kleine Ungarin mit dem Namen Julika auf dem Karren, die Konrad in Wien aufgelesen hatte. Sie hatte sich als Freudenmädchen verdingt, bis die Pocken sie von der Gosse ins Siechenhaus und von dort auf den Gottesacker gebracht hatten. Unter einem

Berg verwesender Leichen war sie am fünften Tag hervorgekrochen und hatte ihr zweites, vom Herrn geschenktes Leben begonnen. Das erste Gesicht, das sie bei ihrer Wiedergeburt gesehen hatte, war das von Konrad gewesen, der nach den letzten Habseligkeiten der Verblichenen stöberte.

Die Narben, die Julika von den Pocken davontrug, sollten ihr im Nachhinein zugutekommen. Da jeder der vier mehrere Rollen im Spiel übernahm, mimte Julika neben einem österreichischen Kavalleristen auch einen gefürchteten und mit Narben übersäten Janitscharen. Das tat sie ausgesprochen überzeugend, wenn man ihr in das zerfurchte Antlitz sah.

Sabiha wusste, dass ein Janitschar ein Krieger von gänzlich anderem Format als dieses zierliche, bemitleidenswerte Geschöpf war. Aber mit der Zeit erkannte sie, dass Julika und sie ein gemeinsames Schicksal teilten – zu überleben und sich dem Zugriff der Männer zu entziehen.

Während der Karren ins Tal rollte, wurde aus Julika ein Janitschar und aus Caspar der Wesir von Belgrad, Mustafa Pasha. Sabiha schlüpfte in das knappe Kostüm einer Odaliske. Die tragende Rolle jedoch, die des Türkenbezwingers Prinz Eugen von Savoyen, war Konrad vorbehalten.

Sie waren gerade am Tor der mächtigen Befestigungsanlage angekommen, als die Glocken der Stadt sie willkommen hießen. Das dröhnende Geläut schluckte jeden Laut, sodass alles Gezeter und Wehklagen der vielen Bettler, die den Eingang der Stadt belagerten, darin unterging. Offensichtlich war jenseits der Mauern etwas Wichtiges im Gange. Die Wachen verwehrten mit vorgehaltenen Spießen jedem Zugang, der sich nicht hinreichend ausweisen konnte.

Konrads illustrer Schauspieltruppe wäre ebenso der Zutritt versagt geblieben, wenn er nicht vorgesorgt hätte. Man konnte ihm viel Schlechtes nachsagen, und das zu Recht, aber er fand immer ein Schlupfloch, selbst durch die stärksten Mauern. Für einen Silbergulden, was dem Wochenlohn eines Tagelöhners entsprach, hatte er bei einem schwäbischen Buchdrucker mehrere Pässe erworben. Sie wiesen alle notwendigen Daten auf, selbst ein Siegel, das natürlich frei erfunden war – genauso wie der Name des Herrn, unter dessen Schutz sie reisten. Konrad wählte für den heutigen Tag Papiere, die aus dem Hause eines Grafen Hermann Lorenz von Winterstein stammten, seines Zeichens Herr der Burg Winterstein in der Nähe der Reichsstadt Ulm und somit Teil des schwäbischen Reichskreises. Die Gruppe stand in der Gunst des Grafen, und Konrad erbat mit dem Schreiben Zugang für seine Schauspieltruppe, die *Ihro Gnaden und vielen weiteren Fürsten des Reichs mit ihrem vortrefflichen Spiele köstlichen Zeitvertreib* bereitet hätten.

Der Wachsoldat studierte aufmerksam die Papiere, ohne viel davon zu verstehen, geschweige denn vom Grafen von Winterstein je gehört zu haben. Konrad blieb während der Prozedur erstaunlich gelassen. Niemals zuvor hatten seine Fälschungen Anlass zur Sorge gegeben oder ihn gar in den Kerker gebracht. Der Name eines deutschen Reichsfürsten, versehen mit einem verschnörkelten Siegel, hatte bisher jedes Tor geöffnet.

«Du kannst passieren», sagte der Soldat schließlich und wies sie an, schnell weiterzufahren, damit sie dem neidischen Pöbel mit ihren Spießen zu Leibe rücken konnten.

«Wieso läuten die Glocken?», fragte Konrad, bevor er den beiden Eseln das Kommando gab.

«Wir haben einen neuen Herrn bekommen. Und jetzt fahr endlich.»

So rollte der Karren durch das Rennweger Tor direkt auf den Rosenbachhof zu, den der neue Fürstbischof Johann Philipp Franz von Schönborn an diesem Tag als Amtssitz in Besitz nehmen würde. Nur einige Meter entfernt standen die Kirche St. Michaelis und ein Schloss, fast siebzig Meter in der Länge, seit seiner Errichtung unbewohnt, das von einem großen Baumeister der Stadt errichtet worden war – das Petrini-Schlösschen. Es sollte die Fürstbischöfe nach ihrem Umzug von der Festung Marienberg in die Stadt aufnehmen, doch waren die Arbeiten schludrig durchgeführt worden, sodass noch vor der Fertigstellung das Ende der neuen Stadtresidenz eingeläutet worden war.

Das erste Mal seit Tagen wurde Sabiha nicht von einer Seite des Karrens auf die andere geworfen. Das hatte seinen guten Grund. Die Straßen in dieser Stadt der Kirchen waren gepflastert, ganz im Gegensatz zu den meisten anderen, die sie in den vergangenen zwei Jahren befahren hatten.

Sie schaute hinter der Plane hervor, die den Karren umgab, wurde aber von Julika zurückgehalten.

«Willst du», sagte sie scharf, «dass sie uns gleich am ersten Tag aufs Rad spannen?»

Julika reichte ihr einen Mantel aus der Kiste, den sie sich um Kopf und Schultern warf. Das war auch angebracht, war sie doch als Odaliske kostümiert, also nahezu nackt.

Ihre zweite Beobachtung bestärkte Sabihas Hoffnung. Die Bürger dieser Stadt waren gut gekleidet, auf der Straße sah sie kein Bettelvolk, und der Unrat, der so vielen Städten manch todbringende Krankheit bescherte, fehlte gänzlich. Die Luft, die sie einatmete, war trotz der Kessellage der Stadt sauber und gut.

Je näher sie den beiden eng beieinanderstehenden Kirchen mit den hohen Türmen kamen, desto schmaler wurde der Weg. Menschen standen dicht gedrängt, um einem Schauspiel der besonderen Art beizuwohnen. Konrad hielt den Karren an, selbst gespannt, was es hier zu sehen gab. Auf dem Platz standen Soldaten Spalier, die auf Befehl Haltung annahmen, als ein Gefolge von offensichtlich hochgestellten Herren und Damen zur Huldigung erschien.

Sie trugen feierliche Perücken und festliche Kleider und schritten erhobenen Hauptes mit Stolz und Würde voran. *Vivat!*, hallte es hundertfach von den umstehenden Bürgerhäusern wider, Hände klatschten Beifall, und ehrliche Freude über den neuen Herrn spiegelte sich in den Gesichtern der Menschen.

Sabiha verfolgte die Prozession aufmerksam. Diesen Adligen war eine vornehme Haltung gemeinsam, wie sie Sabiha bei ihren verstohlenen Blicken in die Gärten des Sultanshofs schon beobachtet hatte. Majestätisch schritten die hohen Herren in Begleitung ihrer nicht minder erlesenen Gattinnen das Spalier ab. Ihnen folgte eine Auswahl hübscher junger Frauen, die vermutlich ihre Töchter waren, wenn Sabiha die ähnlich gestalteten Gesichtszüge nicht missdeutete.

«Hier sind wir richtig», flüsterte Konrad nach hinten und meinte die gutgefüllten Geldbörsen.

Als sich die Versammlung auflöste, gab er den Eseln das Kommando zum Weitergehen. Sie kamen in eine langgezogene, kerzengerade Straße, an deren Ende eine Brücke zu sehen war. Sie sollten sich rechts davon halten, hatte Konrad als Antwort auf die Frage nach dem Marktplatz erhalten. Vorbei an florierenden Werkstätten erreichten sie einen großen Platz, an dessen Stirnseite eine Kirche stand. Dort herrschte an diesem Tag nicht das vermutete geschäftige Treiben, sondern Müßiggang unter den Bürgern.

Der Karren nahm Position inmitten des Platzes, und aus dem unscheinbaren Gefährt wurde mit wenigen Handgriffen eine Bühne, auf der das große und beeindruckende Schauspiel der Schlacht um Belgrad in den kommenden Tagen aufgeführt werden sollte.

Konrad stellte sich breitbeinig auf die Bühne, während Caspar und Julika zu den Trommeln griffen, Sabiha zur Flöte, und dann begann das immer gleich lautende Werben für ein außergewöhnliches Spektakel, und es erklang das allseits beliebte Loblied auf den Türkenbezwinger.

«Prinz Eugenius, der edle Ritter,
Wollt' dem Kaiser wied'rum kriegen
Stadt und Festung Belgarad …»

Sabiha war die teils verstörten, teils verachtenden Blicke gewohnt, wenn diese Menschen sie in ihrem Kostüm sahen. Sie verschwendete keinen weiteren Gedanken darauf, denn wie so oft in letzter Zeit kehrten die Erinnerungen an die Geschehnisse in der Stadt Belgrad zurück.

Zwei strenge Winter und zwei nicht weniger heiße Sommer waren vergangen, seit Sabiha aus der brennenden Festung Kalemegdan geflüchtet war. Ein überraschend genauer Treffer eines Mörsers hatte das Pulvermagazin in ebenjenem Augenblick getroffen, als sie die Hanim des Wesirs Mustafa Pasha hätte werden sollen. Die nicht enden wollenden Explosionen kosteten dreitausend Soldaten und Diener das Leben. In jener Nacht war sie nur mit dem, was sie am Leib trug, hinaus aus den brennenden Gebäuden gerannt und hatte Schutz im Festungsgraben gesucht. Niemand, und schon gar nicht Mustafa Pasha, hatte sich hernach erklären können, wie es zu dieser Katastrophe kommen konnte. Viel zu ungenau war der Beschuss der feindlichen Truppen in den Wochen zuvor gewesen, als dass man sich auf Kalemegdan ernsthaft um seine Sicherheit hätte sorgen müssen. Sabiha jedoch wusste genau, was geschehen war. Sie war die Einzige gewesen, die dieses fremde Gesicht am Fenster des Palastes gesehen hatte. Es war nicht ein Türke, Serbe oder Ungar, sondern ein Österreicher, ein Feind, gewesen.

Über zersprengte und verbrannte Leiber hinweg hatte sie sich ihren Weg hinunter in die Stadt gebahnt, in der Hoffnung, dort Schutz und Wasser zu finden. Doch sie begegnete nur herumirrenden, von Krankheit und Hunger ausgezehrten Soldaten, die auf keinen Befehl mehr hörten, faulenden Tierkadavern, an denen sich Mensch und Tier gleichsam ihren Teil sicherten, Kot und Unrat und zerstörten Armenhütten. Richtungslos suchte jeder Schutz vor den Flammen und den herabfallenden Gesteinsbrocken, viele liefen dem Feind geradewegs vor die Musketen. Deren Kugeln machten keinen Unterschied zwischen Frauen und Kindern, Soldaten und Bürgern.

Das Wasser der Donau und der Save war blutrot gefärbt am Morgen nach diesem verhängnisvollen Treffer auf das Pulvermagazin. Erst am Abend jenes Tages erwachte Sabiha am Donauufer – nackt, geschunden und durstig, aber unverletzt. Sie erhob sich mühsam, kämpfte vergebens gegen die Mücken an und rettete sich schließlich in den Fluss. Das Wasser stank nach Verwesung und Krankheit, dass ihr übel wurde, doch Sabiha ließ sich treiben, bis sie an einer Biegung an Land gehen konnte. Im Gestrüpp hatte sich ein Boot verkeilt. In ihm waren Musketen, Schwerter und feindliche Uniformen zurückgeblieben. Und ein Korb. Sabiha blickte hinein. Sie fand Äpfel, Brot und einen Krug mit Wasser und machte sich gleich darüber her.

Gern wäre sie mit dem Boot über die Donau gerudert, es hätte sie wohlbehalten in die ersehnte Heimat zurückgebracht. Aber im Boden klaffte ein Loch, das jede Bootsfahrt zu einem kurzen Vergnügen gemacht hätte.

Kurzerhand schlüpfte sie in eine der zurückgelassenen Uniformen und ging zu Fuß weiter. Am Fluss entlang war es in diesem Aufzug zu gefährlich. Wenn sie ein Janitschar oder ein Spahi – ein berittener Kämpfer – sehen würde, wäre sie des Todes, bevor sie sich zu erkennen geben konnte. So schlug sie sich durch die Büsche in den schützenden Wald. Erst als sie ein gutes Stück ohne Feindberührung gegangen war, stellte sie fest, dass etwas fehlte. Wo war der Lärm der Schwerter, der Kanonen und das Geschrei der Kämpfer geblieben?

Seit sie am Ufer der Donau erwacht war, hatte sie kein Geräusch vernommen. Konnte es sein, dass die Schlacht beendet und ihr Schicksal besiegelt war? Würde sie an der nächsten Lichtung direkt in die Arme des Feindes laufen?

Sie entschied sich, den Morgen abzuwarten. In der Krone einer alten Eiche machte sie es sich bequem und harrte bis zum nächsten Tag dort aus. Sie erwachte früh. Im Morgengrauen hatte es begonnen zu regnen, die Luft war merklich kühler geworden. Eingepackt in die Feindesuniform, hockte sie zusammengekauert in den Ästen und haderte mit ihrem Gott, dass er ihr auch keine Prüfung ersparte.

Und es sollte nicht die letzte Prüfung an diesem neuen

und entscheidenden Tag sein. Nebelschwaden schoben sich die Donau entlang und hüllten das Gelände zu ihren Seiten ein. In dieser hoffnungslosen Lage hörte Sabiha Äste knacken, Schritte und Kommandos. Erst undeutlich, dann immer klarer verstand sie sie. Es waren deutsche Laute, die verstohlen von Mann zu Mann weitergegeben wurden. Sie näherten sich, umkreisten ihren Baum, verloren sich im Nirgendwo.

Kurze Zeit später trat Ruhe ein, die aber bald von einem verräterischen Geräusch vertrieben wurde. Pferde trabten im leisen Schritt vorbei. Erst ein paar wenige, schließlich glaubte sich Sabiha von einem ganzen Reiterregiment umringt. Und wieder das Flüstern der Soldaten, durchbrochen vom Schnauben der Pferde.

Was das alles zu bedeuten hatte, sollte sie bald herausfinden. Kampfgeschrei erhob sich über den Wipfeln der Bäume, Kanonen donnerten, Musketen schossen. Nun endlich glaubte sie, vertraute Laute zu hören. Zwischen all dem Lärm gellten Kommandos auf Türkisch in diesen undurchsichtigen Morgen. Sabiha erhob sich, suchte den Blick durchs Geäst und den Nebel zu finden, als wildes Pferdegetrappel am Fuß des Baumes sie in ihr sicheres Versteck zwang. So ging es eine Weile hin und her. Kanonen spien ihre tödlichen Kugeln, Infanteristen marschierten ins Verderben, Schwerter klirrten, und der Gestank von Blut und Rauch wehte zu ihr herauf.

Sabiha vergrub den Kopf in den Händen und betete, wie sie es lange nicht mehr getan hatte. Es dauerte seine Zeit, bis ihre Gebete schließlich erhört wurden. Der Nebel lichtete sich, und das Kampfgetöse verhallte. Als sie aufblickte, sah sie, was besser für immer verborgen geblieben wäre. Tote Leiber säumten die Stellungen, zerrissene Fahnen bedeckten neben abgetrennten Armen und Köpfen den blutgetränkten Boden. Und die, die da lagen, waren keine österreichischen, sondern türkische Soldaten.

Erst später erfuhr sie, was an jenem Morgen geschehen war. Die zweihunderttausend Mann starke Armee des Großwesirs Chalil Pasha war dem eingeschlossenen Mustafa Pasha wie versprochen zu Hilfe gekommen. Damit waren die österreichischen Belagerer selbst zu Belagerten geworden. Doch anstatt die vom Sumpffieber befallenen und von fehlendem Nachschub geschwächten Truppen sofort anzugreifen, hatte sich Chalil Pasha mit seinem Heer verschanzt. In der Nacht vor seinem Angriff auf den Feind war dieser ihm zuvorgekommen und hatte die überlegene türkische Streitmacht vernichtend geschlagen. Somit war nach der Niederlage Kara Mustafas vor Wien erneut eine türkische Armee ausgelöscht worden. Der Halbmond sollte sich niemals von dieser Niederlage erholen.

Diese Ereignisse hatten sich zwei Jahre zuvor zugetragen und waren längst Geschichte, die landauf, landab gern und oft erzählt wurde. Mancher verdiente regelrecht seinen Lebensunterhalt mit der Moritat von der glorreichen Schlacht um Belgrad. So auch Sabiha: Sie war schließlich nach Deutschland gelangt, wo sie in die Hände jener Schauspielertruppe fiel, mit der sie nun durch die Lande zog.

An Leib und Seele geschunden waren die Truppen des Fürstbischofs – die *Würzburger Wölfe* – aus ihrem Winterlager in Ungarn nach Würzburg zurückgekehrt. Fürstbischof

Johann Philipp Franz von Schönborn hatte sie daraufhin in einen längeren Urlaub zu ihren Familien geschickt.

Gern wäre auch Veit Sturm, mittlerweile durch herausragende Verdienste vom Hilfskanonier zum Ersten Kanonier befördert, in die Arme seiner Angehörigen gefallen, doch da war niemand, der ihn hätte erwarten können. Er war der einzige Überlebende aus einer Familie von neun Kindern. Seine Geschwister waren durch Hunger oder Krankheiten gestorben, sein Vater war von einem Vagabunden erschlagen und die Mutter unter grausamen Qualen der Gnade des Allmächtigen übereignet worden.

Veit stützte das Kinn auf die verschränkten Hände. Er lag der Länge nach auf der Mauer des Rosengartens, hoch oben auf der Festung Marienberg. Noch vor kurzem hätte er dies nicht wagen dürfen, im eigentlichen Sinne auch heute nicht, aber die Offiziere waren in der Stadt, um dem neuen Fürstbischof zu huldigen und ihn zu seinem neuen Amtssitz im Rosenbachhof zu geleiten.

Die untergehende Sonne tauchte das Maintal in satte und warme Farben, erste Schatten brachen sich an den Mauern der Stadtbefestigung. In den Straßen promenierten die Bürger, fanden sich auf einen Schwatz zusammen, tranken einen Schoppen und genossen die wärmende Sonne am Flussufer.

Veit liebte diese friedvolle Stimmung, wenn der geschäftige Tag sich neigte und in den Abend überging. Sehr lange hatte er darauf verzichten müssen. Zwei Jahre seines Lebens hatte er gefroren, geschwitzt, gehungert und Durst gelitten, stets in der Angst vor dem, was der nächste Tag bringen würde.

Zwischen Traum und Wirklichkeit schwankend, spürte Veit einen Stoß an den Füßen.

«He, aufgewacht!», befahl ein sichtlich vergnügter Balthasar Neumann. Veit erschrak und nahm Haltung an, insgeheim fürchtend, dass er für seine Leichtfertigkeit bestraft würde.

Doch Neumann hatte anderes im Sinn. «Wieder den Kopf voller Träumereien?»

Veit nickte stumm.

«Das Weibsbild lässt dich nicht mehr los, wie mir scheint.»

Er musste es ehrlich gestehen. Dem Neumann konnte man trauen.

«Dann lass uns dein Gemüt aufhellen», schlug sein Stückjunker vor. «Komm mit in die Stadt, auf einen Schoppen oder zwei. Der Abend ist zu schön, um Trübsal zu blasen.»

Kapitel 2

In den Morgenstunden erwachte Sabiha von lautem Gezänk. Sie schob die Plane zur Seite, die Julika ihr zum Schutz vor herumstreifenden Hunden und aufdringlichen Trunkenbolden geschenkt hatte.

Zwei Bauersfrauen lagen sich geifernd in den Haaren. Worüber sich die beiden stritten, war unbedeutend im Vergleich dazu, wie sich diese so saubere und liebenswerte Stadt über Nacht verändert hatte. Der Gestank von Dung lag schneidend schwer in der Luft. Aus den engen Gassen strömte unaufhaltsam Vieh auf den Marktplatz, vollbeladene Karren schafften Gemüse aller Art herbei, und Händler besiegelten ihre Geschäfte mit Handschlag, bevor sie ihren Knechten lautstark befahlen, die Ware auszuliefern.

Julika ließ sich dadurch nicht stören. Auf der Ladefläche des Karrens schliefen Konrad und Caspar zwischen den Bühnenutensilien. Ihr Schlaf war gesegnet vom reichlich geflossenen Wein der letzten Nacht. Konrad hatte den Geldbeutel – wie immer, wenn er betrunken auf sein Lager fiel – am Hosenriemen festgeschnallt, anstatt ihn an einer sicheren Stelle zu verwahren. Das war eine gute Gelegenheit, die sich Sabiha nicht entgehen lassen durfte. Sofern sich noch etwas darin befand, würde sie ihn von dieser Bürde befreien. Das Säckchen war schnell geöffnet und geleert, ohne dass der Schlafende etwas davon bemerkte.

Mit einer Handvoll Kreuzer machte sie sich auf den Weg. Irgendwo musste es einen Bäckerladen geben, wo sie frisches Brot und eine Kanne sauberes Wasser kaufen könnte. Die lange, gerade Straße, die von der großen Kirche – dem Dom, wie sie inzwischen erfahren hatte – zum Fluss führte, sollte ihr Ziel sein. Sie zwängte sich an einer Herde Schweine vorbei, die die Gasse versperrte. Die Schweine waren gestern noch nicht hier, dachte sie, genauso wenig wie der Unrat, der sich plötzlich vor den Haustüren befand. Eine Frau schüttete gar den Inhalt eines Nachttopfes aus dem Fenster direkt vor ihre Füße, sodass sie zur Seite springen musste, um nicht beschmutzt zu werden. Wohin nur waren die kultivierten und gutgekleideten Bürger verschwunden, fragte sie sich, die sie tags zuvor noch in der Stadt gesehen hatte? Unvorstellbar, dieser Gestank, dieser Schmutz und die Sorglosigkeit der Menschen darüber.

Als sie endlich die Domstraße erreichte, schwand die Illusion einer reichen und sauberen Stadt weiter. Hier trieb sich allerlei Bettelvolk herum. Nicht einer, nicht zwei, sondern Dutzende, die teils vor den Geschäften herumlungerten und teils Passanten ungeniert nötigten, ihnen ein Almosen auszuhändigen.

Am oberen Ende der Straße, vor den Treppen des Doms, erkannte Sabiha Verkaufsstände. Dort würde sie finden, wonach sie suchte. Noch bevor sie den ersten Schritt setzen konnte, umströmte sie ein Geruch, den sie lange nicht mehr wahrgenommen hatte. Er war verlockend süß und aromatisch, und Erinnerungen stiegen in ihr auf. Nichts auf dieser Welt würde sie von diesem Geruch fernhalten können. Sie blickte sich um. Wo kam er her? Die Domstraße endete an einer Brücke, davor stand eine Bretterbude. Ein Holzschild führte die schlichte Bezeichnung *Caffeesiederei.*

Der Mann, der dort Caffee in irdenen Bechern an verhärmte und schmutzige Menschen ausschenkte, hatte eine dunkle Hautfarbe, markante Gesichtszüge und Augenbrauen, die, wie sein Haar, längst ihre kräftige schwarze Farbe verloren hatten und nun aschfahl in der Morgensonne schimmerten.

«Was schenkst du hier aus, alter Mann?», fragte Sabiha freundlich.

Der Greis blickte sie aus glanzlosen Augen an. «Caffee», antwortete er mit einem Akzent, den sie nur zu gut kannte. «Einen Kreuzer den Becher.»

Sie schlug einen förmlichen Ton an, wie es die Tradition befahl. «Entschuldigt, seid Ihr Türke?»

Der Mann stutzte, nahm sie genauer in Augenschein. «Ja, das war ich einmal.» Er verbesserte sich. «Nein, eigentlich bin ich es immer noch. Ich habe meinen alten Namen abgelegt, wie so vieles, seitdem ich in diesem Land lebe.»

Sabiha war überglücklich, dass sie in der Ferne auf einen Landsmann getroffen war. «Woher stammt Ihr?»

«Aus einem Dorf in der Nähe von Smyrna.»

Smyrna, dachte Sabiha, die wohlhabende Handelsstadt an der Westküste der Türkei. Dort wohnten viele Christen, katholische wie orthodoxe Griechen, Armenier, im Grunde genommen waren sie gegenüber den moslemischen Türken und den Juden in der Mehrheit. Daher wurde die Stadt auch *Gavur Smyrna* – ungläubiges Smyrna – genannt. Berühmt war sie durch die Teppiche, die im Hinterland gefertigt und in der Stadt gehandelt wurden.

«Mit wem habe ich die Ehre?», fragte der Mann unvermittelt.

«Mein Name ist Sabiha.»

Der Mann lächelte. «Ja, der Name steht dir gut. *Die mit dem schönen Gesicht.*»

«Danke», antwortete sie. Schon lange hatte ihr niemand mehr ein Kompliment gemacht.

«Was führt dich in diese heidnische Stadt?», fragte er.

Der Mann war Sabiha sympathisch. Sie wollte ihn nicht gleich bei ihrem ersten Treffen belügen. «Das ist eine lange, traurige Geschichte.»

«Ich würde sie gern hören. Komm doch später noch einmal vorbei, wenn meine Gäste zur Arbeit gegangen sind. Darf ich dir inzwischen einen Becher Caffee anbieten?»

«Nichts lieber als das», antwortete Sabiha. Sie nahm einen Becher schwarzen Caffees und reichte ihm einen Kreuzer. Doch der alte Türke verneinte höflich. «Beleidige mich nicht.»

Sabiha verfolgte das Treiben um diese ärmliche Bretterbude mit großem Interesse, während sie aus dem Becher trank. Doch diese schwarze Brühe – sollte das wirklich Caffee sein? Widerwillig schluckte sie ihn hinunter. Sie wollte den alten Mann, der ihr zulächelte, nicht beleidigen. Ja, das war ein Händler, sagte sie sich, wie er im Buche stand. Er machte Geschäfte mit dünnem Caffee, für den man in der Türkei den Kopf verloren hätte. Aber hier? Die Menschen dieser Stadt kannten den wahren Geschmack einer Caffeebohne nicht. Sie war etwas Erhabenes, etwas Außergewöhnliches, das man nur zu schätzen wusste, wenn der Caffee akkurat zubereitet wurde. Das war eine Kunst, die viel Erfahrung und Fertigkeit erforderte. Sabiha hatte Jahre ihrer Ausbildung darauf verwendet.

Er stellt mich auf die Probe, dachte sie. Wie sonst könnte er es wagen, ihr diesen widerlichen Verschnitt anzubieten?

Sie würde ihm später auf den Zahn fühlen, bis dahin

gedachte sie, die Stadt zu erkunden. Ein Ranken Brot war schnell erstanden, und mit diesem betrat sie die Brücke, die den Fluss überspannte. Es herrschte reichlich Verkehr darauf. Mensch, Tier und Karren zwängten sich auf dem nur wenige Meter breiten Weg aneinander vorbei. Sie erinnerte sich an ihre Kindheit, als sie die Alte Brücke im herzegowinischen Mostar zum ersten Mal überquerte. Jene war zwar noch schmaler als diese hier, aber ebenso bedeutend für den Austausch von Waren und Neuigkeiten.

Es war an einem Junimorgen des Jahres 1707 gewesen. Damals trug sie noch ihren Kindsnamen Ružica – das Röschen. Sie war mit ihren Eltern einen weiten Weg gekommen, um diese Stadt das erste Mal zu sehen. Sie wusste nicht, dass es auch das letzte Mal sein würde, denn nach jenem Tag sollte nichts mehr wie früher sein.

Sabiha setzte sich auf den Rand der Brücke und verlor sich beim Anblick des glitzernden Wassers in längst vergangene Zeiten.

Bei Sonnenaufgang öffnete die kleine Ružica erwartungsvoll die Augen und blickte in die Sonnenstrahlen, die durch die Dachsparren zu ihr ins Stroh fielen. Sie verharrte still in der wohlig warmen Kuhle, die sie mit ihrer Mutter Mila und ihrem Vater Ante teilte. Ihre Eltern hatten sie schützend in die Mitte genommen, Halim, ihr Esel, hatte die Nacht etwas weiter hinten im Stall verbracht. Mensch und Tier schliefen noch, als Ružica den Morgen mit all ihrer Vorfreude willkommen hieß. Sie sprach leise ein Gebet und dankte dem Herrn, dass er sie wohlbehalten aus den Bergen hierhergeführt hatte – hinaus aus dem fruchtbaren Tal, wo ihre Hütte stand, die Schafe grasten und die Tabakpflanzen üppig wuchsen. Zwei lange Tage waren sie unterwegs gewesen, bis sie bei Einbruch der Nacht in dieser Scheune Obdach fanden.

Der Bauer hatte sie bei ihrem Eintreffen misstrauisch beäugt. Als er jedoch erkannte, dass es sich um eine Familie handelte, die auf dem Weg nach Mostar war, um ihre selbsthergestellten Waren auf dem Markt zu verkaufen, öffnete er bereitwillig das Tor und ließ sie ein. Der Preis für die Übernachtung war schnell ausgehandelt. Ein würziger Schafskäse und einige Blätter des aromatischen Tabaks stellten ihn zufrieden. Im Gegenzug versprach er, neben der Übernachtung für ein stärkendes Frühstück mit frischem Brot und einem wohlschmeckenden Caffee zu sorgen. Zum ersten Mal in ihrem Leben sollte Ružica heute in den Genuss dieses Getränks kommen. Es habe magische Kräfte, sagte ihr Vater mit geheimnisvoller Stimme.

Laut schlürfte sie den schwarzen, bittersüßen Trank aus einer kleinen Tasse. Nach wenigen Schlucken war die Tasse leer.

«Mehr», bat sie ihren Vater und hielt ihm das leere Gefäß unter die Nase.

Der lächelte. «Nein, das reicht für den Anfang. Wenn wir in Mostar sind, will ich deine Bitte nochmals überdenken.»

Stark wie sieben Halims fühlte sich Ružica, als sie endlich den letzten Teil der Reise antraten. Sie sprang dem Esel voraus und redete auf ihn ein, schneller zu laufen, damit sie endlich in der gelobten Stadt ankamen. Als sie den Bergrücken erreichten, der schroff hinunter ins Tal abfiel, stachen die Spitzen der Minarette durch den morgendlichen Nebel. Die Stadt blieb unter dem in der Sonne glitzerndem weißen Meer aus Watte verborgen.

Ružica holte tief Luft, schloss die Augen und genoss das

Gefühl, endlich angekommen zu sein, während der Karren an ihr vorüberzog, um die steile Abfahrt zu wagen.

«Jetzt komm schon», rief ihr Vater, «der Markt hat bereits begonnen.»

Dieser Tag war voller Überraschungen, und Ružica spürte, dass ihr Leben jetzt erst richtig beginnen würde. Sie nahm zwei Schritte auf einmal, ließ Karren und Eltern schnell hinter sich und erreichte als Erste die ehrwürdige Alte Brücke, von der ihr Vater so viel erzählt hatte. Und wahrlich, er hatte nicht übertrieben. Obwohl sie viel kleiner war, als sie sich Ružica in ihrer Vorstellung ausgemalt hatte, erfasste sie doch ein Gefühl der Größe und Bewunderung. Diese schmale, steil ansteigende und ab der Mitte ebenso schroff abfallende Brücke war ein Meisterwerk der türkischen Architektur. Hajrudin, ihr Baumeister, soll ihre Fertigstellung nicht erlebt haben. Den Erzählungen zufolge wäre ihm nach einem erneuten Einsturz der Brücke zur Strafe der Kopf abgeschlagen worden, da sie bereits zweimal in den Fluss gefallen war. Daher zog er sich während der Bauarbeiten ins Hinterland zurück und wartete ab. Nachdem ihm die Nachricht überbracht worden war, dass mit der Brücke alles in Ordnung sei, trat er die Rückreise an, erkrankte jedoch und starb bald darauf.

Das waren Geschichten, die Ružica jetzt nicht mehr interessierten. Sie war am Ziel ihrer Reise angekommen und wollte nun endlich die andere Seite der Welt entdecken. Denn diese Stadt, die durch die Alte Brücke verbunden war, bildete nicht nur einen Übergang von Ost nach West, sondern das steingewordene Herz des Landes. Hier vereinigten sich alle Völker der Welt mit ihren unterschiedlichen Religionen friedlich unter einem Dach.

Als Ružica den schmalen Steg betrat, schwand ihre

Euphorie. So stark und verheißungsvoll die Brücke von weitem auch aussah, so zerbrechlich wirkte sie nun auf rund zwanzig Metern Höhe. Würde sie denn auch halten?, fragte sie sich. Welch unsinniger Gedanke! Karren, Esel und unzählige Menschen überquerten sie direkt vor ihren Augen. Diese Brücke hielt augenscheinlich allem stand, obwohl die Steinblöcke laut den Erzählungen ihres Vaters einzig von ungewaschener Schafwolle, Eiweiß und Honig zusammengehalten wurden.

Sie setzte vorsichtig den ersten Schritt, darauf folgte der zweite, und ehe sie sich versah, war sie am Scheitelpunkt der Brücke angelangt. Unter ihr floss die smaragdgrüne Neretva dahin. Dieser Fluss mit seiner einzigartigen Farbe hatte das ganze Land durchquert, um sie, die kleine Ružica, mit aller Freude zu begrüßen. Und je mehr sich Ružica in das Smaragd des Wassers verliebte, das ihrer Augenfarbe so sehr glich, desto weniger achtete sie auf den Verkehr, der sich in ihrem Rücken über die Brücke quälte. Das Rufen ihres Vaters nahm sie nur noch fern wahr, und eine Stimme an ihrer Seite mahnte sie: «Aus dem Weg.»

Ružica drehte sich um und erkannte einen Jungen, kaum älter und größer als sie, aber in vornehmer Kleidung.

«Was willst du?», antwortete sie ihm keck.

«Verschwinde von meiner Brücke.»

«Wer bist du, dass du solch eine Unverschämtheit zu sagen wagst?», erwiderte sie und stemmte beide Fäuste in die Seiten.

«Ich bin Ali, Sohn des Kaufmanns Fatih und Neffe des Beys dieser Stadt. Und hiermit befehle ich dir, geh zur Seite und verschwinde aus meinen Augen.»

Wer auch immer dieser Ali sein mochte und welche Onkel und Tanten noch für seine hohe Stellung sprechen mochten, Ružica würde keinen Fußbreit weichen. Sie war nicht so weit gereist, um sich von einem verwöhnten Kaufmannssohn maßregeln zu lassen. Dennoch lenkte sie ein. Nicht viel, doch ausreichend, damit ihrer beider Gesicht gewahrt bliebe.

«Wenn du der Herr dieser Brücke sein willst», begann sie, «dann beweise es.»

Ali zögerte. Doch dann: «Nun gut, so lass uns sehen, wie viel Mut du hast.» Er stieg die schmale, hüfthohe Steinbegrenzung hoch und balancierte mit den Armen. «Siehst du», sprach er übermütig, «das kann nur ich.»

Ružica ließ sich das nur einmal sagen. Mit einem Satz erklomm sie die Brüstung. Zur Linken drohte die Schlucht, zur Rechten zog der Verkehr vorbei. Auge in Auge standen sie sich gegenüber.

«Und, was sagst du jetzt?», höhnte Ružica.

Die Herausforderung eines heruntergekommenen Bauernmädchens konnte Ali nicht unbeantwortet lassen. Er packte sie und zwang sie zur Schlucht. Ružica wehrte sich vergebens. Dieser Junge hatte einfach mehr Kraft als sie, und deshalb sprang sie mit einem schnellen Satz auf die sichere Seite zurück.

Triumphierend rief er: «Ich bin Ali, Sohn des …»

Was auch immer den Esel dazu bewogen haben mochte, auf dem Scheitelpunkt der Brücke dem Kutscher den Gehorsam zu verweigern, würde sein Geheimnis bleiben. Der Karren, voll beladen mit Waren, rollte zurück und stieß Ali von der Brüstung. Sein Aufschlag ging im Lärm des fluchenden Kutschers unter, der händeringend die Kontrolle über Esel und Karren wiederzuerlangen suchte.

Ružica sah nach unten. Ein kleiner, lebloser Körper trieb flussabwärts, das Wasser um ihn rot gefärbt.

Als sie aufblickte, sah sie den verzweifelten Kutscher, dem allmählich klar wurde, mit welchen Konsequenzen er zu rechnen hatte. Er deutete mit der Peitsche auf Ružica und erhob seine wütende Anklage …

Auf der Brücke über dem Main hatte Sabiha diese folgenschweren Ereignisse aus ihrer Kindheit noch immer so deutlich vor Augen, dass ihr die Tränen kamen und sie sich wie die kleine und verletzliche Ružica fühlte, die aufgrund einer falschen Anklage ihre Eltern verloren hatte. In Gedanken versunken trat sie den Rückweg an, denn Konrad und Caspar mussten jetzt aus ihrem Schlaf erwacht sein. Die erste Vorstellung dieses neuen Tages würde sie erneut in die Rolle der schönen Haremsdame zwingen.

Als sie die lange Straße zum Dom passierte, erkannte sie den alten Türken, der noch immer Caffee ausschenkte. Doch jetzt saßen dort feine Bürger, die an diesem sonnigen Tag ihren Caffee schlürften und sich dabei angeregt unterhielten. Eilends schritt sie an den umherstreifenden Schweinen in der Gasse vorbei und betrat den Marktplatz.

Inmitten der vielen Marktschreier, die ihre Waren unter die Leute zu bringen versuchten, erblickte Sabiha den Karren mit der fertig errichteten Bühne. Sie war länger fort gewesen, als sie geplant hatte, ging es ihr durch den Kopf. Konrad würde sie ins Gebet nehmen und ihr – wie immer, wenn er schlecht gelaunt war – auch Schläge nicht ersparen. Doch je näher sie der Bühne kam, desto mehr wunderte sie sich über die große Menschenmenge. Sollte sich ihr Türkenspiel bereits so sehr herumgesprochen haben, dass derart viele Zuschauer gekommen waren?

Sabiha erkannte Uniformierte, die sich vor Konrad

und Caspar aufgebaut hatten. Einer packte Konrad an der Schulter und ließ ihn vorausgehen. Ein anderer zwang Caspar, ihm zu folgen. Unter vorgehaltenem Spieß verließen sie den Marktplatz. Sabiha schnappte Wortfetzen auf, dass nun endlich die Mörder des Nürnberger Kaufmanns gefasst seien. Die beträchtliche Belohnung von fünfzig Gulden habe sich ein Reisender verdient, der kürzlich aus der Reichshauptstadt nach Würzburg gekommen sei. Er habe die beiden Mordbuben sofort erkannt, die in Nürnberg seit Wochen gesucht würden.

Was war mit Julika geschehen?, fragte sich Sabiha, während sie sich ihren Weg durch die Menschenmenge bahnte. Hatte sie sich dem Zugriff der Uniformierten entziehen können?

«Du, mit dem schönen Gesicht», hörte sie eine Stimme.

Gedankenlos blickte sie auf und sah in die Augen des alten Türken, der mit einer Kanne frischen Caffees aus einem Haus kam.

In ihrer Not musste sie sich ihm anvertrauen. Ohne weitere Erklärung bat sie den Alten um Unterschlupf. Er zögerte keinen Augenblick, befahl einen Jungen herbei und gab ihm den Auftrag, Sabiha zur Moschee zu bringen. Zur Moschee?, wollte Sabiha fragen, doch sie schluckte ihre Neugier hinunter und begab sich bereitwillig in die Obhut des Burschen.

«Warte dort auf mich», flüsterte der alte Türke ihr zu. «Ich werde in Kürze bei dir sein.»

Sabiha bedankte sich mit einem flüchtigen Handkuss und folgte dem Jungen, der sie jenseits der Stadtmauern in Sicherheit brachte.

Die Festnahme der beiden Mörder auf dem Marktplatz war jedoch bald schon nicht mehr das Ereignis des Tages, denn der neue Fürstbischof, Johann Philipp Franz von Schönborn, hatte als eine seiner ersten Handlungen im Amt die Entlassung des Gallus Jakob von Hohlach als Direktor der fürstbischöflichen Hofkammer angeordnet. Der Fürstbischof erhielt damit Zugriff auf dessen Privatvermögen – geschätzte sechshundertvierzigtausend Gulden. Eine unvorstellbare Summe, die rund vier Fünftel des Jahreshaushaltes des gesamten Hochstifts entsprach.

Die Nachricht ging wie ein Lauffeuer durch die Stadt und erreichte auch Veit und Balthasar Neumann, die mit der ungeliebten Tätigkeit des Schanzens beschäftigt waren. Die Befestigungsanlagen, die die Stadt umgaben, mussten stets erneuert und ausgebaut werden, um für einen jederzeit drohenden Krieg gewappnet zu sein. Neumann kam in seiner Funktion als Bauleiter dem Befehl seines Fürstbischofs ungern nach, wusste er doch, dass die Stadtmauern einem Feind, der mit neuester Kriegstechnik ausgerüstet war, nur wenig Respekt abverlangten. Und so sah es auch Veit, der Neumann zur Hand ging. Mit gezielten Kanonenschüssen wäre die Stadt mit ihren Mauern schnell erobert. So war es vor Belgrad, so würde es auch in Würzburg sein.

«Wer ist dieser Gallus Jakob von Hohlach?», fragte Veit.

«Ein Gauner, wie er im Buche steht», antwortete Neumann. «Aber wer wäre das nicht, in dieser Funktion.»

Noch immer konnte Veit die Bedeutung von Gallus' Entlassung nicht erfassen und bohrte nach. «Wieso ein Gauner?»

«Er war mit der Ausrüstung unserer Truppen beauftragt

und hat die Entschädigungszahlungen für unsere Einsätze am Kaiserhof verhandelt. Dabei floss stets auch etwas in seine eigene Tasche. So ein unverschämter Hundsfott.»

«Hat das denn niemand bemerkt?»

Neumann grinste. «Der Gallus hatte zwölf Jahre lang den besten Schutz, den man nur haben konnte. Er stand unter den Fittichen des verstorbenen Fürstbischofs, des Greiffenclau, der ihm gar noch Geld für seine außerordentlichen Verdienste hinterhergeworfen hat, so wie auch andere Fürsten. Kein Wunder, wenn man wegen seiner Ausgefuchstheit gar zum kaiserlichen Hofkammerrat bestellt wird. Da hat man schnell viele einflussreiche Freunde. Jetzt hat der Schönborn ihm den Zahn gezogen. Bin gespannt, ob der Gallus das auf sich sitzenlässt. Er soll überstürzt nach Wien aufgebrochen sein, um zu retten, was noch zu retten ist. Aber dass er sich da mal nicht täuscht. In Wien trifft er auf den nächsten Schönborn, den Friedrich Karl, der dort Reichsvizekanzler und außerdem der Bruder des unsrigen ist.»

Obwohl Veit das Adelsgeschlecht der Schönborns durchaus bekannt war, war er mit den verwandtschaftlichen Verwicklungen weniger vertraut. Und so legte Neumann Plan und Maßstab beiseite, öffnete eine Flasche Wein und bedeutete Veit, sich zu ihm zu setzen. «Die Schönborns», begann er, «sind Adelige, die ursprünglich aus dem Westerwald stammen. Unser Domkapitel hat den ersten Schönborn, Johann Philipp, 1642 als Fürstbischof von Würzburg bestellt, danach wurde er wegen seiner großen Verdienste bei den Friedensverhandlungen im Großen Krieg zum Erzbischof von Mainz und später auch zum Bischof von Worms gewählt. Er hat überraschend weise und vorausschauend regiert, auch wenn er mehr in Mainz zu Hause war als in Würzburg. Aber sei's drum. Das ist Geschichte.» Neumann nahm einen Schluck. «Für uns viel entscheidender ist sein Neffe, Lothar Franz, Bischof von Bamberg, Erzbischof von Mainz und Kurfürst des Reichs. Er ist der mächtigste Schönborn unserer Zeit, auch wenn wir ihn nicht oft zu Gesicht bekommen. Er hat die Fäden in der Hand. Nach denen tanzen unser Fürstbischof, der Johann Philipp Franz, und sein Bruder, der Reichsvizekanzler Friedrich Karl in Wien. Er ist das Familienoberhaupt, das die Verwandten wohlweislich zu platzieren versteht.»

«Was macht ihn so mächtig?», wollte Veit wissen.

Neumann musste lachen. «Du weißt ja von gar nichts, Bursche. Der Lothar Franz hat unseren Kaiser Karl mit seiner Elisabeth vermählt, und wenn das noch nicht reicht: Zuvor ließ er sie noch von den ketzerischen Protestanten in Braunschweig zu uns Katholiken konvertieren. Dafür hat er als Dank vom Kaiser hunderttausend Gulden erhalten, mit denen er Schloss Weißenstein in Pommersfelden erbauen ließ.» Wieder brach Neumann seine Rede ab, aber dieses Mal wich die Heiterkeit der Melancholie. Er dachte an Schloss Weißenstein, das er in seinem Urlaub besucht hatte, um sich an dessen Pracht zu erfreuen. Nur zu gern wäre er den Baumeistern dieser Sommerresidenz zuvorgekommen – Johann Dientzenhofer wie auch Maximilian von Welsch, dessen Weltläufigkeit nicht nur Neumann, sondern auch der Kaiser schätzte, und schließlich dem unbeschreiblichen Lukas von Hildebrandt, der das Belvedere in Wien errichtete.

Veit holte ihn aus den Gedanken zurück. «Was ist mit Euch, Herr?», fragte er besorgt.

«Nichts», antwortete Neumann, «ich baue in Gedanken wieder mal an meinen Luftschlössern, den *castelli in aria*.

Eine alte Marotte von mir. Ich bekomme sie einfach nicht aus dem Kopf. Wo immer ich hinschaue, sofort denke ich über ein Bauwerk nach, das man dort errichten könnte. Hätte ich nur Protektion von oberster Stelle, so wie meine Kollegen in Paris oder Wien, ich baute Schlösser, die die Welt noch nicht gesehen hat.»

Noch bevor Veit darauf antworten konnte, erhob sich Neumann. «Schluss mit dem Philosophieren. Es ist bald Mittagszeit, und diese Mauer muss noch verstärkt werden, auch wenn eine einzige französische Kanone sie mit dem ersten Schuss wieder niederreißt.»

Kapitel 3

Sabiha saß nun seit Stunden in dieser Hütte, die sie Moschee nannten. Sie war zwar aus Stein errichtet und wies große Fenster auf, wie sie bei Gartenpavillons Verwendung fanden, doch mit einer wirklichen Moschee hatte sie kaum Ähnlichkeit. Von den drei greisen Männern, die mit ihr im Raum waren, hatte sie bisher wenig erfahren. Nur so viel, dass sie der traurige Rest von ehemals zweihundert türkischen Kriegsgefangenen waren, die nach der gescheiterten Einnahme von Wien 1683, bei der der Großwesir Kara Mustafa Pascha eine schmachvolle Niederlage erlitten hatte, von heimkehrenden würzburgischen Truppen in die fränkische Stadt verschleppt worden waren. Die anderen seien inzwischen verstorben, geflüchtet oder anderweitig verschwunden, ohne dass man von ihrem Schicksal Kunde erhalten hätte. So blickten auch diese drei ihrem baldigen Ende entgegen. Sie taten Sabiha leid, denn sie müssten in Feindesland sterben, ohne von ihren Verwandten Abschied nehmen zu können.

Sabiha hatte nicht vor, dieses Schicksal mit ihnen zu teilen. Irgendetwas musste sie unternehmen, um sich aus diesem kläglichen Dasein zu befreien. Von Konrad und Caspar hatte sie nichts mehr zu befürchten. Die würden im Kerker ihrem baldigen Ende entgegensehen. Das erste Mal seit ihrer Flucht von Kalemegdan vor zwei Jahren war sie nun wieder auf sich allein gestellt. Das machte ihr Hoffnung, wenngleich es auch viele Gefahren in sich barg.

Sie hatte keine Papiere und war eine Frau, eine türkische obendrein, ohne Schutz und Geld in einem fremden, feindlichen Land der Willkür ausgesetzt. Sie konnte nur hoffen, dass der Caffeesieder ihr wohlgesinnt war. Wo blieb er nur? Er wollte doch längst zum verabredeten Treffpunkt gekommen sein.

Sabiha ging zum Fenster. Draußen neigte sich die Sonne dem Abend. Sie warf warme Strahlen auf die Felder und die entfernten Stadtmauern. Die kleine Julika kam ihr in den Sinn. War ihr die Flucht vor den Uniformierten gelungen, hatte sie Unterschlupf bei einer hilfsbereiten Familie gefunden? Julika würde sich irgendwie durchschlagen. Dessen war sie sich sicher. Wer dem Gottesacker und den Pocken entkommen war, den konnte so schnell nichts unterkriegen.

Zwischen den Sträuchern tat sich etwas. Sabiha schreckte vom Fenster zurück. Hatte sie der Türke verraten, würden sie nun kommen und sie in den Kerker werfen? In diesem Raum gab es kein Versteck und nur einen einzigen Ausgang. In der Not verkroch sie sich hinter den drei alten Männern, als die Tür aufging und der Caffeesieder hereinkam. Erleichtert erhob sie sich.

«Was ist geschehen?», fragte sie ihn. «Wo habt Ihr so lange gesteckt?»

Außer Atem bat er um etwas Geduld, ließ sich bei den Alten nieder, die ihn kaum bemerkten, und schenkte sich aus der Kanne einen schwarzen Caffee ein, der bedeutend besser schmeckte als der vom Vormittag.

«Es gibt Neuigkeiten», sagte er schließlich, «deshalb hat es länger gedauert.»

Sabiha war voller Ungeduld. «Nun sprecht doch endlich.»

«Der Gallus Jakob ist auf der Flucht», berichtete er. «Die ganze Stadt ist in Aufruhr.»

«Wer?», fragte Sabiha ahnungslos.

«Der fürstbischöfliche Direktor der Hofkammer. Er hat über die Jahre ein unbeschreibliches Vermögen unterschlagen, sagen die Leute, und dieses Geld hat sich nun unser ehrwürdiger Landesfürst gesichert.»

Sabiha war wegen der Wortwahl erstaunt. «Wieso nennt Ihr den Fürsten so? Es klingt fast, als würdet Ihr ihn mögen.»

Nun wechselte das Erstaunen zu ihm. «Ja, sicher. Er und seine Vorgänger sind der Garant, dass wir noch leben.»

Sie blickte auf die drei alten Männer. «So wie die da?»

«Junge, hübsche Frau», antwortete er verständnislos, «ich weiß zwar noch nicht, woher du stammst und welche Erfahrungen du in diesem Land gemacht hast, aber sei versichert, dass ich nichts Schlechtes über die Fürsten dieses Landes sagen kann. Sie haben uns gnädigst empfangen, wenngleich als ihre Gefangenen, aber wir müssen nicht um unser Leben und Auskommen fürchten, wie es andernorts der Fall ist. Selbst dieses Gotteshaus haben sie uns erbaut, damit wir unseren Glauben weiterhin praktizieren können. Sag mir, wo findest du das noch?»

«Was ist mit den anderen geschehen?», fragte Sabiha trotzig. «Ich hörte von den Alten, sie seien die Letzten von zweihundert.»

«Das stimmt. Obwohl niemand weiß, was genau aus ihnen geworden ist. Viele trugen die gleiche Ablehnung und den Stolz in ihren Herzen und sind gegangen. Andere sind hier friedlich gestorben. Wir sind die Letzten.»

«Wieso seid Ihr nicht in die Heimat zurückgekehrt?»

«Wozu? Ich hörte von den Händlern, wie sie nach der

Niederlage in Wien zu Hause empfangen wurden. Mit Schimpf und Schande mussten sie und ihre Familien fortan leben. Du solltest wissen, dass das kein Leben für einen Mann sein kann.»

Sabiha lenkte ein. Ja, es stimmte, was der Alte sagte. Die heimkehrenden Truppen waren beim Sultan und beim Volk in Ungnade gefallen. Obwohl den Gegnern an Zahl turmhoch überlegen, waren sie gescheitert und mussten nun mit der Schmach leben. Nicht anders war es wahrscheinlich den heimkehrenden Soldaten bei der Schlacht um Kalemegdan ergangen. Sie wurden vom Volk bespuckt, beleidigt und gedemütigt. Der Leib Chalil Pashas, des großen Heerführers, der die Festung hätte retten sollen, lag vermutlich im Staub und rottete vor sich hin.

Allmählich wurde Sabiha klar, dass dieser Türke seine Haut vor der Vergeltung seines zornigen Sultans hier in Würzburg in Sicherheit gebracht hatte. Doch das war seine Entscheidung gewesen, nicht ihre. «Es tut mir leid, wenn ich Ihnen zu nahe getreten bin», sagte sie. «Aber ich habe andere Pläne.»

«Du willst wieder zurück?», fragte er zweifelnd.

«So schnell es geht.»

Der Alte sammelte sich einen Moment, bevor er weitersprach. «Ich kann dich gut verstehen, und wahrscheinlich hast du in der Heimat auch nichts zu befürchten. Doch wie willst du dorthin kommen? Die Reise steckt voller Gefahren. Hat es ein Mann schon nicht leicht, dann wird eine junge, hübsche Frau wie du guten Schutz benötigen. Hast du denn Papiere?»

Sabiha verneinte. «Ich bin seit dem Fall von Kalemegdan auf der Flucht.»

«Du warst auf Kalemegdan?», fragte der Türke überrascht.

Sabiha errötete. Hatte sie zu viel verraten? Wie würde er reagieren, wenn sie es ihm bestätigte? Odalisken wie sie waren ein teures Handelsgut, das sich viele zunutze machten, sobald ihnen ein solcher Schatz in die Hände fiel. «Ja», gab sie schließlich zu, «ich stand im Dienste des Palasts.»

«Was waren deine Aufgaben?»

«Ich arbeitete in der Küche», log sie.

«Dann weißt du, wie man Caffee zubereitet?»

«Sicher», antwortete sie diesmal wahrheitsgetreu, «es gehörte zu meinen täglichen Aufgaben.»

«Das trifft sich gut», sagte der Türke. «Ich bin alt, und die Arbeit geht mir nicht mehr so leicht von der Hand wie früher. Lass mich dir einen Vorschlag unterbreiten. Ohne Papiere, Geld und Schutz rate ich dir von der Heimreise ab. Der Winter zieht bald herauf. Der Wasserweg wird dir daher vorerst verschlossen bleiben, und eine Kutschfahrt ist in diesen verschneiten Regionen mehr als beschwerlich. Bleib bis zum Frühjahr bei mir. Ich kann Hilfe in meinem Geschäft gebrauchen. Wenn du dich bewährst, dann soll es dein Schaden nicht sein, und du wirst gutes Geld verdienen, mit dem du den Fahrpreis begleichen kannst.»

«Und die Papiere?», fragte sie.

«Da wird sich eine Lösung finden. Ich habe gute Kontakte zum Stadtrat, und ist der nicht willig, so bleibt uns noch der Fürstbischof.»

«Ihr kennt ihn?»

«Den neuen nicht, aber den alten, der mir die Konzession für den Caffeeausschank eigenhändig bewilligt hat. Der ist inzwischen zwar tot, aber die Stadt verdient gut an uns. Die Oberen sind uns daher wohlgesinnt.»

«Wieso hassen sie uns nicht?»

«Die Gefahr, die einst von uns ausging, ist vorbei, und die Reichsgrenzen sind weit entfernt. Die Menschen handeln hier gern, sie wissen, womit man einen Gulden machen kann. Es ist fast so, als lebte ich noch immer in meiner alten Heimat, in Smyrna. Andere Städte in diesem Reich schauen neidisch auf diesen Ort. Unter der schützenden Hand des Bischofs lässt es sich gut leben.»

Sabiha wägte den Vorschlag gründlich ab. Sie hatte zwei Winter in diesem furchtbar kalten Land erlebt. Wenn der Schnee kam, war an eine sichere Reise nicht zu denken. Geld und Papiere fehlten ihr ebenfalls. Aber bevor sie darauf einging, galt es die aktuelle Bedrohung zu besprechen.

«Ihr wisst, was heute Morgen auf dem Marktplatz geschehen ist», sagte sie. «Suchen sie nach mir?»

Der Türke lächelte zufrieden. «Nein, nur die beiden Mörder des Nürnberger Kaufmanns waren flüchtig. Du und deine Begleiterin seid außer Gefahr.»

«Woher wisst Ihr von ihr?»

«Ich habe es im Rathaus gehört, wo ich mich nach dem Vorfall erkundigt habe. Dort sagte man mir, dass nichts gegen euch vorliegt. Ihr solltet euch jedoch melden. Der Ordnung halber.»

Sabiha fiel ein Stein vom Herzen. Erneut nahm sie seine Hand und küsste sie. «Ich danke Euch.»

«Du siehst», sprach er weiter, «alles ist bestens für dich vorbereitet. Sag mir nun, wie du dich entscheidest.»

Jetzt gab es für Sabiha nicht mehr viel zu überlegen. Dieser alte, gütige Mann baute ihr eine Brücke hinüber in die Heimat. Sie lächelte ihn dankbar an.

«Bevor ich ja sage, muss ich aber wissen, wie mein neuer Herr heißt.»

Der Alte verkniff sich ein Lachen. «Mein neuer Name lautet Johann. Aber du darfst mich bei meinem Geburtsnamen rufen: Rahim.»

Ein wenig irritiert von der christlichen Namensgebung antwortete sie: «Rahim, der Barmherzige. Fürwahr, das ist ein passender Name.»

Unweit der Mainbrücke, am Oberen Mainkai, saßen Balthasar Neumann und Veit nach einem langen Schanztag auf der Terrasse der Wirtschaft *Schwan* – direkt am Wasser gelegen und mit bestem Blick auf die Festung Marienberg – bei einem Krug Wein. Um sie herum debattierten die anderen Gäste noch immer den Fall Gallus Jakob, der die Würzburger einfach nicht zur Ruhe kommen ließ. Schließlich ging es um eine unbeschreibliche Summe Geldes, die der ehemalige Hofkammerdirektor beiseitegeschafft haben sollte. Wie sonst hätte er sich all die Häuser und Grundstücke in der Stadt leisten können, wenn nicht durch Unterschlagung?

Neumann interessierte das wenig. Er hatte weder für den verstorbenen Fürstbischof noch für den geflüchteten Gallus Jakob bauen dürfen. Deren Geld war in andere Taschen geflossen, in die der alten Baumeister Petrini und Greising. Bei Letzterem hatte er in den letzten Wochen gerade mal zeichnen dürfen, zur Übung und zur Festigung seines Talents, spottete sein Mentor und Freund, der Hauptmann Andreas Müller. Doch zu mehr hatte es bisher nicht gereicht.

Wann wird meine Zeit kommen?, haderte Neumann mit sich. Und je mehr er trank, desto trübsinniger wurden seine Gedanken. Vielleicht sollte ich wieder in meine Heimatstadt Eger zurückkehren?, überlegte er laut. Dort wird man mein Talent mehr schätzen als hier.

«Ihr würdet mir fehlen», munterte Veit ihn auf. «Und nicht nur mir.»

Neumann blickte von seinem Wein auf und lächelte. «Ich danke dir, treuer Veit. Auch wenn ich weiß, dass da außer dir niemand ist, der mir eine Träne nachweint.»

Er hob seinen Becher und stieß mit Veit an. «Wir haben schließlich noch den Wein, wenn ich schon für niemanden etwas bauen darf.»

Die Becher waren noch nicht leer, als ein Mann an den Tisch trat, den Neumann beim Baumeister Greising kennengelernt hatte. Es war der aus Mecheln stammende Bildhauer Johann Wolfgang von der Auwera, der sich bereits einen guten Namen in der Stadt gemacht hatte. Die Figuren an der Fassade von Neumünster und der Vierströmebrunnen im Lustgarten des Juliusspitals stammten aus seiner Hand. Er setzte sich ungefragt zu ihnen.

«Neumann», sagte er, «gut, dass ich dich treffe. Es ist doch erlaubt?»

«Sicher», antwortete Neumann, «setz dich nur zu uns. Einen Wein?»

«Da sag ich nicht nein.»

Neumann schenkte ihm ein. «Was gibt es zu berichten? Ein neuer Auftrag? Erzähl uns von den vielen Bauwerken, die diese Stadt noch ohne mich errichten will.»

Auwera schaute verstört zu Veit. Der machte eine beschwichtigende Handbewegung und deutete auf den Krug Wein.

«Du irrst dich», antwortete Auwera besänftigend, «und das ganz gewaltig.»

«Ach ja? Ich glaube, ich war noch nie so klar im Kopf wie in diesen Tagen. Weißt du, was ich heute wieder den ganzen Tag gemacht habe?»

Auwera verneinte.

Neumann erhob die Stimme. «Ich schüttete Gräben auf und verstärkte Mauern. Das ist Arbeit für Tagelöhner und die Fron. Und wofür, frage ich dich, soll das gut sein, wenn der Franzos mit nur einem Kanonenschuss das Ganze wieder niederreißt?»

«Ich weiß es nicht», antwortete Auwera, «aber damit könnte es bald vorbei sein.»

«Recht hast du», antwortete Neumann trotzig, «wenn ich in Eger bin, dann bau ich dem Rat ein neues Haus. Es ist zwar nicht das, wofür ich hierhergekommen bin, aber wenn man mich nicht braucht, dann geht das Wasser halt zum Krug.»

«Du irrst dich», wiederholte Auwera. «Weißt du, woher ich soeben komme?»

«Vom Greising wohl. Ihr seid ja gut im Geschäft.»

«Das stimmt, aber wir waren nicht in seiner Werkstatt, sondern im Jagdschloss Guttenberg, wohin uns der neue Fürstbischof eingeladen hat.»

Neugierig geworden, wandte sich Neumann nun Auwera zu und wollte wissen, was der Anlass für diese überraschende Einladung gewesen war.

«Die Schönborns planen für die Ewigkeit», begann Auwera seinen rätselhaften Bericht. «Auf Schloss Weißenstein sind alle zusammengekommen. Du weißt schon, der Kurfürst Lothar Franz aus Mainz, der Reichsvizekanzler Friedrich Karl aus Wien, der Kardinal Damian Hugo …»

«Schon gut», unterbrach Neumann aufgeregt, er kannte den Clan der Schönborns gut, «woran planen sie?»

«Begonnen hat es wohl mit einer einfachen Grablege», fuhr Auwera fort, «dann wurde eine Totenkapelle daraus, und schließlich einigten sie sich gar auf ein neues Schloss, das in Würzburg für die gesamte Familie entstehen soll.»

Hätte es eines Donnerschlags bedurft, um Neumann aus seiner Lethargie zu reißen, dann war dies mit dem Wort *Schloss* gelungen. Unruhe erfasste ihn, und er wollte nun jedes Detail erfahren, wie es zur Einladung Auweras und Greisings auf das Jagdschloss gekommen war.

Als Initiator galt der Schönborn'sche Bauwurm Lothar Franz, der mit seinen vierundsechzig Lebensjahren einen Blick in die Zukunft geworfen hatte. Das Familienoberhaupt suchte den Bestand der weitverzweigten Familie ausdrücklich in Würzburg zu sichern, wo zuerst er und dann auch sein Lieblingsneffe Friedrich Karl bei der Wahl zum Fürstbischof gescheitert waren. Nun, da es Johann Philipp Franz gelungen war, das Amt des Fürstbischofs zu gewinnen, sollten Nägel mit Köpfen gemacht werden. Das mainfränkische Hochstift Würzburg – strategisch günstig an der Reichsstraße von Wien über Nürnberg, Mainz, Köln nach Brüssel gelegen – sollte ein bedeutendes Bistum bleiben, daran gab es nichts zu deuteln. Folglich sollte auch hier der Stern der Schönborns erstrahlen. Mit dem mickrigen und bereits baufälligen Petrini-Schlösschen, das eigens für die Fürstbischöfe erbaut worden war, um sie von ihrer mittelalterlichen Festung in die Stadt zu holen, konnte man sich nicht anfreunden. Da musste etwas Neues her, etwas, das Glanz und Pracht ausstrahlte und vor allem die Aufmerksamkeit des kaiserlichen Hofs in Wien und nicht zuletzt des tonangebenden Paris erregte. Man gehörte ja inzwischen zu den mächtigen Größen im Reich und war nicht mehr lediglich Provinzmacht. Der Leiter der kurmainzischen Baukommission Welsch und der Wiener Hofarchitekt Hildebrandt seien bereits informiert.

Neumanns wiedererweckte Hoffnung zerstob bei der Nennung der beiden weltberühmten Architekten. «Was soll ich denn da noch machen?», fragte er sichtlich niedergeschlagen.

«Jetzt heißt es: Baukonzepte her», ermunterte ihn Auwera. «Der Hildebrandt hat seine Macken, das weiß jeder, und der Welsch, der hockt in Mainz und ist auf Konkurrenz gar nicht gut zu sprechen. Und zu guter Letzt hat der Bischof ja auch den Greising eingeladen. Du siehst: Noch ist nichts entschieden. Die Schönborns wollen die Entscheidung offenhalten. Der beste Plan gewinnt.»

«Aber ich habe ja noch gar nichts vorzuweisen.»

«Sei's drum. Du bist jung und unverbraucht, was man über die anderen Kandidaten nicht sagen kann. Eine neue Zeit bricht an. Spürst du das nicht? Nimm dir ein Herz und bau uns ein Schloss, auf dass den Schönborns die Augen aus dem Kopf fallen. Los jetzt, mach dich an die Arbeit.»

In dieser Nacht wollte Neumann nicht zur Ruhe kommen. Nachdem er sich von Auwera und Veit im *Schwan* verabschiedet hatte, war er nach Hause geeilt und hatte sich sofort mit aller Leidenschaft auf dieses wahnwitzige Unternehmen gestürzt. Der Kohlestift in seinen Fingern flog nun Tag für Tag, Nacht für Nacht über das weiße Papier. So entstanden Grundrisse, Fassaden, Zimmer, Treppen und Gärten.

Schließlich war es dann so weit. Seine Luftschlösser, die *castelli in aria*, hatten endlich Form angenommen. Vor ihm lag das neue fürstbischöfliche Schloss zu Würzburg, eine Residenz von ungeheuren Ausmaßen, die Hildebrandt und Welsch verstummen lassen würden. Er rollte zufrieden den Plan zusammen, verließ das Haus und ritt im Galopp zum Jagdschloss Guttenberg. Johann Philipp Franz von Schönborn würde Augen machen, wenn er ihm sein neues Schloss präsentierte.

Kapitel 4

Der Winter war ohne großen Eindruck zu hinterlassen über das Maintal hinweggegangen. Das sei kein gutes Zeichen für das neue Jahr, meinte Rahim besorgt. Auf einen milden Winter folgte meist ein verregneter Sommer, und das sei den Erträgen aus dem Weinbau und somit der Stimmung in der Stadt auf keinen Fall zuträglich.

Sabiha hatte in den vergangenen Monaten gelernt, auf das Gespür des alten und erfahrenen Türken zu achten. Es verfügte über ausgezeichnete Fühler, die den Gehalt einer Situation trefflich erfassten und sie für die eigene Position nutzbar machten. Das war auch nötig, denn seit Eröffnung der kleinen Caffeesiederei hatte sich Rahim den Unmut der Wirtshausbesitzer zugezogen, die seinen Erfolg mit Argwohn beobachteten. Bisher bestand das Frühstück der Würzburger vornehmlich aus Wein, Bier und bei manchen sogar aus Schnaps. Dem Arbeitseifer war damit ein scheinbar naturgegebener Riegel vorgeschoben. Der Fürstbischof begrüßte den muntermachenden Türkentrunk daher sehr und förderte seinen Genuss, nicht aber um jeden Preis. Jeder, der eine Konzession beantragte, musste seine Befähigung in der Kunst des Caffeesiedens nachweisen. Und da schied sich die Spreu vom Weizen. Jeder der Wirtshausbesitzer war mit der Herstellung von Wein und Bier durchaus vertraut, doch wer hatte schon eine Ausbildung in der Caffeezubereitung erworben? Einer der nächstgelegenen Orte dafür wäre Wien gewesen, wo seit der Niederlage des türkischen Heeres 1683 der Caffeegenuss in Mode gekommen war. Oder Venedig, wo der Caffee gehandelt wurde. Aber wer hatte schon das Geld und die Zeit, um die Strapazen einer derart langen Reise auf sich zu nehmen? Somit blieb es bei Rahims Monopol als einziger gewerbsmäßiger Caffeesieder der Stadt.

Als Dank für diesen Vorzug schenkte Rahim seinen Caffee an die Tagelöhner gegen ein geringes Entgelt aus, für manchen gar kostenlos, wenngleich dieser Caffee alles andere war als jenes Getränk, wie es Sabiha im Reich des Sultans kennengelernt hatte. Dieser mehrfach aufgebrühte Trank war im Sinne des Korans als Almosen zu verstehen, wozu jeder erwachsene Moslem verpflichtet war. Und Rahim verstand sich als solcher, auch wenn er offiziell zum Christentum konvertiert war. Das hatte ihm manche Vergünstigung eingebracht. Für die Eröffnung seiner Caffeesiederei schenkte ihm der Fürstbischof fünfzig Reichstaler, und, was viel entscheidender war, er hatte das Bürgerrecht erhalten. Daher musste er nicht wie die Bettler, Juden und Geächteten nachts die Stadt verlassen, sondern konnte sich in einer alten Schmiede am Ufer des Mains häuslich einrichten.

In diesem dunklen und verrauchten Raum, der in der Mitte von einer offenen Feuerstelle gewärmt wurde, hatte auch Sabiha ihr Lager aufgeschlagen. Was in der Heimat als unvorstellbar galt – das Zimmer mit einem Mann zu teilen –, erwies sich in der Fremde als unvermeidlich. Sie nahm die Ecke links vom Feuer in Besitz, Rahim die andere Seite. So hatte es jeder warm, und die Distanz blieb gewahrt. Den neugierigen Nachbarn stellte er sie als seine Nichte aus Smyrna vor, die auf dem Weg nach Holland zu ihrem schwererkrankten Bräutigam sei.

Zu Sabihas erster Aufgabe am Morgen zählte die Caffeezubereitung. Dazu mussten die noch rohen Caffeebohnen über dem Feuer geröstet werden. Anfänglich tat sie sich damit schwer, da dieser Teil der Zubereitung in ihrer Ausbildung nicht vorkam. Caffee wurde immer in gerösteter Form in den Palast geliefert. Es war eine schwierige Kunst, aus den blassgrünen, rohen Kernen die gewünschten schwarzbraunen, aromatischen Bohnen zu erzeugen. Bei diesem komplizierten Vorgang entschied sich jedoch, welchen Geschmack der Caffee erhielt.

Bevor Sabiha sich an die Arbeit machte, pflegte Rahim sie allmorgendlich mit einem Gleichnis an die verantwortungsvolle Aufgabe zu erinnern. «Dem Pfeffer, Ingwer oder Zimt kann der Mensch nicht Schärfe und Aroma verleihen. Der Caffee jedoch wird durch die Geschicklichkeit des Menschen von der Raupe zum Schmetterling. Hervor kommt der verborgene Schatz.»

Wer auch immer ihm diese Weisheit eingeflüstert hatte, Rahim bestand auf deren strikter Einhaltung, bis sie Sabiha in Fleisch und Blut übergegangen war. Die Säcke mit dem rohen Caffee waren in einer Ecke des Raums vor allen Wettereinflüssen trocken gelagert. Zuerst füllte Sabiha eine große Holzschale mit den Bohnen, dann begann sie mit der Auslese von Hülsen, Steinchen und den weißen Bohnen, die wurmstichig waren und beim anschließenden Rösten den Geschmack verdorben hätten.

Währenddessen wärmte Rahim die Röstpfanne – einen flachen Topf mit Deckel an einem langen Holzstiel – über der glimmenden Holzkohle vor. Hatte die Pfanne die gewünschte Temperatur erreicht, gab man die Bohnen dazu, nicht zu viel und nicht zu wenig, damit sie Platz beim Wenden hatten. Dies tat Rahim geschickt, indem er das geschlossene Gefäß in einer Kreisbewegung auf und nieder führte, sodass die Bohnen wie in einen Strudel gerieten. Vom schlichten Umrühren mit einem Holzspatel hielt er nichts, da dann der Deckel geöffnet werden musste und das sich entwickelnde wertvolle Aroma entwich.

«Caffee muss heiß sein wie ein Mädchen am ersten Tag», sagte er derweil, «süß wie am siebten Tag und schwarz wie der Fluch der Mutter, wenn sie es erfährt.»

«Woher wisst Ihr», fragte Sabiha ihn, «wann die Bohnen so weit sind?»

Er schmunzelte und wies auf sein Ohr. «Ich höre es. Es ist der Klang, wenn sie sich der Vollendung nähern.»

Sosehr sich Sabiha auch bemühte, den richtigen Zeitpunkt herauszufinden, es gelang ihr lange nicht. Sie musste öfters die Pfanne öffnen, um zu sehen, welche Farbe die Bohnen inzwischen angenommen hatten. Wenn sie sich von Blassgrün ins Gelbliche gewandelt hatte, fachte Sabiha das Feuer an, bis die Bohnen gelbbraun geworden waren und ein eigentümliches Gerassel von sich gaben. Dann schüttete sie sie auf ein Holzbrett und ließ sie erkalten. Die Bohnen führten noch ausreichend Hitze mit sich, sodass sie schließlich die gewünschte braune Farbe annahmen. Rahim besprengte sie gern noch mit Wasser und einem süßen Mandelöl, damit die flüchtigen Aromen erhalten blieben.

Eine ehemalige Schmiede als Wohnhaus und Caffeerösterei auszusuchen, war eine kluge Entscheidung Rahims gewesen. Offenbar wusste er um die Probleme, mit denen Caffeeröster in anderen Städten zu kämpfen hatten. Dort protestierten die Bürger gegen den angeblichen Gestank der vor sich hin röstenden Bohnen, wenngleich er diesen Geruch als angenehm empfand, im Gegensatz zu den menschlichen und tierischen Ausscheidungen, die hemmungslos in den Straßen entsorgt wurden und über die sich keine dieser feinen Nasen mokierte. Aber Rahim war ein weiser Mann und brannte die Bohnen nicht an der frischen Luft, sondern unter dem Abzug des Schmiedefeuers, sodass der Rauch durch ein Loch im Dach entweichen konnte. Damit war jeglicher Unbill von Seiten der Nachbarn ein Riegel vorgeschoben.

Während Sabiha Wasser aus dem hauseigenen Brunnen heranschaffte, machte sich Rahim an das Zerkleinern der abends zuvor gerösteten Bohnen. Auch diese Arbeit übernahm Sabiha Zug um Zug. Anfänglich tat sie das noch mühsam mittels Stößel und Mörser, doch seit ein paar Wochen war aus dem fernen Venedig eine Caffeemühle eingetroffen, die die Bohnen staubfein mahlte. Rahim war stolz auf diese Anschaffung, erleichterte sie die kräftezehrende Arbeit doch erheblich. Nur mit dem Brunnenwasser konnte er sich selbst nach vielen Jahren nicht anfreunden. Sosehr er sich bei der Auswahl und dem Rösten des Caffees um hohe Qualität bemühte, schlechtes Wasser vereitelte alle Mühe. Von irgendwoher erhielt der Brunnen unerwünschten Zulauf, sodass das Wasser eine leicht bittere Note bekam. Um den ohnehin würzigen Caffee für seine Gäste später genießbar zu machen, hatte er sich entschlossen, Sirup oder Honig hinzuzugeben.

Sabiha ließ das Gemisch aus Wasser und Caffeemehl mehrfach aufkochen, sorgte dafür, dass sich möglichst viel Schaum bildete – der transportierte den Geschmack –, und füllte den Sud in die bereitstehenden großen Kannen ab. Damit machten sie sich auf den Weg in die nahe Domstraße, wo die kleine Bretterbude stand. Die ersten Gäste – meistens Tagelöhner – warteten bereits begierig auf ihr Frühstück. Sie schenkte gern und oft nach, nahm einen Kreuzer für den Becher und eilte schnell in die alte Schmiede zurück, wenn die Kannen aufgebraucht waren, um neuen Caffee zu kochen. Das wiederholte sich mehrfach am Tag, bis in den Nachmittag hinein, an dem die Menschen den Alkohol wieder dem Caffee vorzogen.

Über den Tag hatten es Sabiha und Rahim mit unterschiedlichen Gästen zu tun. Nach den Tagelöhnern kamen die Handwerker, dann die Bürger und Beamten, und schließlich nahmen auch die Adligen einen Becher Caffee zu sich. Sabihas hübsches Gesicht und ihre Anmut lockten alsbald viele neue Gäste, die sich gern von ihr bedienen und unterhalten ließen. Neugierig lauschten sie ihren Erzählungen aus dem fernen türkischen Reich, von den sagenhaften Reichtümern der Sultane und dem Leben in der Kaiserstadt Adrianopel. Was sie genau dort getan hatte, verschwieg sie wohlweislich, selbst Rahim gegenüber wagte sie nicht, ihre Ausbildung zur Odaliske preiszugeben. Wenn der richtige Zeitpunkt gekommen war, würde sie es nachholen. Bis dahin gab sie nur ihren Dienst am Hof des Wesirs von Belgrad zu, was schließlich der Wahrheit entsprach, wenn auch nicht der ganzen.

In dieser Zeit erfuhr Sabiha viel über das Geschäft des Caffees wie auch über die Geschehnisse im Hochstift Würzburg. Während die Gäste den Caffee genossen, der durch Sabihas Zutun über die Wochen und Monate besser und besser wurde, sprachen sie gern über die Neuigkeiten, die Stadt und Land bewegten. Sabiha schnappte die eine und andere Information auf, fragte auch manchmal nach, wenn sie etwas nicht zu verstehen glaubte, und wurde somit zu einer der am besten informierten Personen der Stadt.

Rahim verfolgte ihre Entwicklung aufmerksam und wohlwollend. Er hatte sich nicht in ihr getäuscht. Sie war wiss- und lernbegierig und würde es noch weit bringen, wenn sie wollte. Doch nun war der Frühling ins Land gezogen. Er wusste, dass der Abschied bevorstand. Sabiha hatte sich, seitdem die ersten Sonnenstrahlen das Land erwärmt hatten, auf ihre Abreise vorbereitet. Ihr Lohn war inzwischen auf eine stolze Summe angewachsen, mit der sie den Fahrpreis, Kost und Logis für die lange Reise begleichen konnte. Nur einmal hatte es Rahim gewagt, sie zum Bleiben überreden zu wollen. Wie sich zeigte, erfolglos. Sabiha dankte ihm herzlich für seine Hilfe und Unterstützung, doch nach den vielen Wochen wolle sie nun endlich in die Heimat zurückkehren. Sie bot ihm sogar an, sie zu begleiten. Zusammen würden sie bestimmt ein Auskommen im Vaterland finden. Vielleicht sogar in Smyrna, wo der Handel blühte, die Sonne warm schien und die Menschen ihre Sprache sprachen.

Rahim winkte ab, nicht einmal traurig. Er sei zu alt, sagte er, für einen Neuanfang. Hier in Würzburg wollte er sterben und als Letzter der geraubten Türken ausharren, bis einer seinen Platz einnehme. Sabiha wäre dieser Jemand, wenn sie es wollte. Sie würde nach seinem Tod alles erben und könnte ein sorgenfreies Leben führen, wenn sie die Caffeesiederei fleißig weiterführte.

Sabiha war für diesen Plan nicht zu gewinnen. «Guter, alter Rahim», sagte sie, «ich verdanke Euch mein Leben. Ohne Euch wäre ich im Kerker oder in einer stinkenden Gosse gestorben. Glaubt mir, wenn mein Herz mich nicht in die Heimat ziehen würde, dann würde ich nichts anderes wollen, als bei Euch zu sein. Ihr seid ein guter Mensch. Einen besseren habe ich bisher nicht gefunden. Doch ich will nicht länger im Land der Fremden und Gottlosen leben, wenngleich sie gar nicht so schlecht sind, wie ich anfangs dachte. Mich ruft der Halbmond jede Nacht, dass ich weinen könnte. Bitte entlasst mich aus Euren Diensten, ohne dass Ihr mir zürnt.»

Rahim lächelte und nahm sie in die Arme. «Mach dir keine Sorgen», sagte er, «du hast mir mehr gegeben als ich dir. Geh in Frieden.»

Von den beiden unbemerkt standen zwei Männer an der Rathausmauer und beobachteten missmutig das Treiben vor der Caffeesiederei. Jeder Kreuzer, der in die Tasche dieses Muselmanen wanderte, fehlte in ihrer Kasse. Und seitdem diese Hexe für ihn arbeitete, verloren sich nur noch wenige am Morgen in ihre Gaststätten. Damit musste jetzt Schluss sein, ein für alle Mal.

Ein halbes Jahr war vergangen, seitdem Balthasar Neumann mit seinem Plan vom neuen fürstbischöflichen Schloss zu Johann Philipp Franz von Schönborn geritten war. Als der Fürstbischof Neumanns Entwürfe gesehen hatte, winkte er empört ab. «Willst du mich ruinieren, Bursche?», hatte er ihn angefahren. «Sieh zu, was du aus dem alten Schlösschen vom Petrini machen kannst.» Dann ließ er ihn stehen und begab sich wieder auf die Jagd.

Ernüchtert hatte Neumann daraufhin das Stadtschloss, das der ehrwürdige Petrini geplant hatte, aber nicht mehr zu Ende bringen konnte, inspiziert. Die Baumängel, die von schludrigen Handwerkern verursacht worden waren, erwiesen sich als derart gravierend, dass an einen Bezug überhaupt nicht zu denken war. Die Wände waren nass, das Holz modrig und der Schimmel allgegenwärtig. Niederreißen war die einzig sinnvolle Antwort auf diese verwesende Bausünde. Gott sei Dank hat der Petrini das nicht mehr erlebt, dachte Neumann. Der wäre vor Scham und Schreck in den Boden versunken.

Aber wenn es denn sein sollte, dann würde der Fürstbischof den gewünschten Erweiterungsbau erhalten, was sicher auch im Sinne des Domkapitels war, das die hohen Kosten eines Neubaus scheute. Der Dompropst, Christoph von Hutten, hatte alle eingereichten Pläne, auch die von Welsch und Hildebrandt, mit der Begründung abgelehnt, an derart waghalsige Pläne sei bei der Finanzlage überhaupt nicht zu denken. Der Fürstbischof müsse sich mit einem weitaus moderateren Hause zufriedengeben.

Als dies dem Erzkanzler Lothar Franz zu Ohren gekommen war, muss es gar tüchtig im Mainzer Domizil gedonnert haben, so ungehalten war das ambitionierte Familienoberhaupt der Schönborns über die freche Zurechtweisung dieses Würzburger Kleinkrämers. Doch weit mehr als das schien ihn die Teilnahmslosigkeit seines ungeliebten Neffen Johann Philipp Franz verärgert zu haben, der sich lieber wie ein wildernder Zigeuner in den Wäldern herumtrieb, als sich um diese wichtige Familienangelegenheit zu kümmern und sie zum gewünschten Erfolg zu führen. Lothar Franz hatte daraufhin den Familienrat auf Schloss Weißenstein in Pommersfelden einberufen, um Neumanns verheißungsvollen Plan in Augenschein zu nehmen. Doch welch Missgeschick widerfuhr ihm, da er von den ehrgeizigen Plänen Lothar Franz' nichts geahnt hatte und mit seinem neuen Plan daherkam, der lediglich ein erweitertes und umgebautes Petrini-Schlösschen zeigte. Die Ernüchterung war allenthalben bei den stolzen Schönborns zu spüren.

«Da kann nur noch der Welsch helfen», sagte der Erzkanzler. «Oder wir lassen gleich nach dem Hildebrandt schicken.»

Neumann wollte vor Scham und Enttäuschung auf der Stelle in den Boden versinken. Wo war der Fürstbischof Johann Philipp Franz, der ihn zu diesem Plan angehalten hatte? Aus Trotz hatte er dem Familienrat nicht beigewohnt, stattdessen jagte er Sauen und Hirsche im Guttenberger Wald.

«Euer fürstliche Gnaden», bat Neumann, «Ihr habt recht, dieser Plan ist der Familie Schönborn nicht würdig. Gewährt mir einen Tag, damit ich nach Würzburg reiten kann, um Euch meine ursprünglichen Ideen zu präsentieren.»

In seiner Enttäuschung war Lothar Franz nicht geneigt, auf die Bitte dieses vermeintlich talentierten Architekten einzugehen. Wie hatte er sich nur so täuschen können? Friedrich Karl, sein Neffe, nahm ihn zur Seite, wechselte ein paar Worte mit ihm, um Neumann schließlich die Erlaubnis zu erteilen. «Beeilt Euch», sagte er, «wir werden hier auf Euch warten. Und stellt sicher, dass der andere Plan uns gefallen wird.»

Neumann ritt nach Würzburg und wieder zurück nach Pommersfelden, als sei der Teufel hinter ihm her. Erschöpft, aber froh breitete er seinen ersten Entwurf auf dem Tisch aus.

Jetzt endlich schienen sie die gleiche Sprache zu sprechen. Das, was da auf dem Papier Gestalt angenommen hatte, entsprach schon eher dem Sinn Lothar Franz' und seines Neffen, des Reichsvizekanzlers Friedrich Karl. Dieses Schloss hatte Größe und Eleganz, an manchen Stellen schien es gewagt, gar frech. Ja, dieser Bursche hatte Talent, sagten sich die Schönborns. Nun hatte er begriffen, was sie von ihm wollten. Doch würde dieser junge Kerl das Projekt auch bewältigen können?

«Ein Schloss in dieser Größe erfordert Kraft, Ausdauer und nicht zuletzt Erfahrung», sagte Lothar Franz nachdenklich. Sein Blick war auf den Plan geheftet; Neumann war der unsichere Faktor, den es zu bewältigen galt. Friedrich Karl stimmte seinem Onkel zu. «Sagt uns, ob Ihr unserem Vertrauen gerecht werden könnt?»

Neumann pochte das Herz bis zum Hals. Womit konnte er sie überzeugen? Er musste nun zum Angriff übergehen. Breitbeinig baute er sich vor ihnen auf. «Seht mich an, edle Herren. Ich stehe in der Blüte meines Lebens. Kraft und Ausdauer sollen mir beim Bau Eures Schlosses nicht ausgehen. Meine Ehre als Offizier darauf.»

«Ich weiß», wehrte Lothar Franz ab, «was Ihr in Belgrad geleistet habt. Um Kraft und Ausdauer ist mir nicht bange. Aber mit Eurer Erfahrung in großen Bausachen ist es nicht weit her.»

So gern Neumann widersprochen hätte, darauf wusste er nichts zu erwidern. Der Erbkanzler hatte recht. Von einem Projekt solcher Ausmaße hatte er bisher nur geträumt.

Unerwartet kam ihm der Reichsvizekanzler Friedrich Karl zu Hilfe. «Der Hildebrandt ist auf dem Weg von Wien nach Frankfurt. Lassen wir ihn einen Blick darauf werfen.»

Der Vorschlag überzeugte Lothar Franz. Er schickte Neumann nach Würzburg zurück, um gemeinsam mit dem Würzburger Fürstbischof den berühmten Baumeister zu empfangen.

Die Zeit streckte sich zäh wie Pech. Einerseits froh, dass sein Plan die Schönborns gewinnen konnte, andererseits zweifelnd, ob er auch Hildebrandt würde beeindrucken können, zählte Neumann die Tage. Was würde er ihm erwidern, wenn ihm sein Plan nicht gefiel? Wie weit würde er Änderungswünsche akzeptieren? Oder was würde er tun, wenn Hildebrandt das Projekt an sich riss und Neumann zum Wasserträger degradierte?

Zu viele unnütze Gedanken. Es sollte alles ganz anders kommen.

Im Rosenbachpalais trafen sie sich: Johann Philipp Franz, Neumann und der Wiener Hofarchitekt Hildebrandt – Letzterer kürzlich in den Adelsstand erhoben, modisch versiert und von hochtrabendem Gemüt. Eine gefährliche Mischung, die da auf den eher bodenständigen Fürstbischof Johann Philipp Franz traf.

Schon bei der Begrüßung knisterte es zwischen den beiden. Der eitle Geck, wie ihn der Fürstbischof nachträglich schimpfte, rümpfte beim Betreten des Rosenbachpalais die Nase. Er war andere Regierungssitze gewohnt. Welches Format mochte dann der Regent besitzen?

Johann Philipp Franz – sonst eher von der wilden Art – witterte das Unwohlsein des weitgereisten Gastes aus der Reichshauptstadt Wien, wie er einen Hirsch im dichten Unterholz ausmachen konnte. Er hatte von Haus aus wenig für das gestelzte Getue der Höflinge übrig. Sein Revier war die Jagd – dort, wo es um Leben und Tod ging. Einzig die mahnenden Worte seines einflussreichen Onkels Lothar Franz hatten ihn dazu bewogen, diesen weibischen Lackaffen überhaupt zu empfangen.

Neumann, der Dritte im Bunde, sollte mit seinem Plan vom neuen Schloss eigentlich im Mittelpunkt der anstehenden Unterredung stehen, aber wie sich zeigte, trat er hinter einer anderen Schlacht zurück. Nach seinen einleitenden Worten zur Vorgabe der Schönborns und zum vorliegenden Plan war Hildebrandt gefordert, Stellung zu beziehen.

«Das ist wahrlich ein imposantes Schloss, das Eure Gnaden errichten wollen», lobte Hildebrandt. «Ich kann mich nicht erinnern, dass ich in seinen jungen Jahren», er meinte Neumann damit, «bereits so viel Wagemut besessen hätte.»

Schlechter hätte Hildebrandt die erhoffte Expertise nicht beginnen können. Johann Philipp Franz liebte die Direktheit. Floskeln und das Abschweifen in Weitläufigkeiten waren ihm zuwider.

«Wir sind hier, um die Durchführbarkeit des Neumann'schen Plans zu erörtern», erwiderte der Fürstbischof. «Sagt frei heraus: Was haltet Ihr von dem Vorschlag?»

Derart fordernde Fragen waren nicht nach dem Sinn des Wiener Schöngeists. Er liebte es, auf hohem Niveau zu parlieren. «Jede Idee ist so gut wie ihr Ergebnis. Es bedarf eines Meisters, Großes zu vollbringen.»

Die Spitze war gegen Neumann gerichtet, was ihm nicht entging. «Wir alle schätzen Eure wunderbaren Palais, Schlösser und Kirchen», konterte Neumann, «doch das hier ist etwas ganz anderes.»

Der eher schmächtige Hildebrandt blickte zu dem stattlichen Neumann auf. Hatte er aus dessen Mund so etwas wie Widerspruch gehört? Er lächelte hinterhältig. «Ein Schloss auf Papier zu zeichnen ist eine Sache, eine andere, es zu errichten, mein junger, unerfahrener Freund.»

Neumanns Miene verfinsterte sich. Hätte er diesen Lakaien vor sich auf dem Schlachtfeld, würde er ihm mit einem Hieb die Frechheiten austreiben. Aber so war er auf seine Unterstützung angewiesen. Er biss sich auf die Zunge und nickte notgedrungen. Zufrieden wandte sich Hildebrandt wieder dem Plan zu. «Es sind viele schöne Ideen in dieser Arbeit, doch scheint mir, dass ich hier und da noch einiges verbessern muss.» Er nahm einen Kohlestift zur Hand und begann unbekümmert seine Vorstellungen in den Plan zu zeichnen. Da änderten ein paar schnelle Striche den angedachten Grundriss, die Fassade erhielt ein neues Aussehen, und die Herrschaftszimmer wechselten die Himmelsrichtungen. Neumann meinte, das Herz würde ihm stocken. Die Dreistigkeit, mit der der Hofarchitekt aus seinem Entwurf ein typisch Hildebrandt'sches Palais nach Wiener Vorbild machte, ohne auch nur eine seiner Ideen zu berücksichtigen, fachte Neumanns Temperament erneut an. Könnte er nur, wie er wollte, dann würde er diesem Schmierfinken Manieren beibringen.

Nicht minder erstaunt war Johann Philipp Franz. Es waren nicht die Änderungen an der Neumann'schen Grundidee, die ihm aufstießen, sondern die Art und Weise, wie Hildebrandt das Schönborn-Schloss nach seinem Wiener Gutdünken zurechtzimmerte.

«Das ist das Schloss für die Schönborns, wie es auszusehen hat», urteilte Hildebrandt schließlich und warf den Kohlestift demonstrativ vor sich auf den Plan.

Ein kurzer Blick zur Seite genügte, und Neumann wusste, dass er nicht mehr eingreifen musste. Der Fürstbischof schien bis unter die Perücke aufgebracht. «Ist es das, was sie Euch in den Universitäten beibringen?», fuhr Johann Philipp Franz auf. «Ich will kein neues Wiener Schloss von Euch hingeschmiert, sondern eine Expertise, ob der Plan unseres tüchtigen Neumann durchführbar ist.»

Hildebrandt mochte mit allem gerechnet haben, am ehesten mit Lob und Anerkennung für seine außerordentlichen Ideen, aber keinesfalls mit einer derart impertinenten Zurechtweisung seiner Person. Er benötigte einige Atemzüge, um die Fasson zurückzugewinnen. «Euer fürstliche Gnaden», stotterte er, «ich wurde auf Geheiß Eures hochwohlgeborenen Bruders, des Reichsvizekanzlers, hierhergebeten, um mein Wissen und meine Erfahrung dem Hause Schönborn zur Verfügung stellen, aber …»

Johann Philipp Franz wollte nicht mehr hinhören und wies ihm die Tür. «Dann sagt meinem Bruder, dass ich auf solche Hilfe verzichten kann. Die Wiener Bauart kann in Wien bleiben.»

Hochroten Kopfes stürmte Hildebrandt zur Tür hinaus, und Neumann blieb mit einem zufriedenen Lächeln zurück.

Mit Bestürzung vernahmen die Schönborns in Pommersfelden den unverhofften Ausgang dieses Gesprächs. Lothar Franz war außer sich und wünschte seinen Neffen in die tiefsten Niederungen des Guttenberger Walds. Nun solle er selbst sehen, wie er den Karren aus dem Dreck zog. In den folgenden Tagen saßen Johann Philipp Franz und Neumann zusammen, um einen Entwurf zu fertigen, der zur allgemeinen Zufriedenheit beitragen sollte. Doch je mehr man sich vom ursprünglichen Plan entfernte, desto größer wurde der Unmut in Pommersfelden. *Das seien so viele schlechte Konzepte*, raunzte der Erzkanzler, die sein dilettantischer Neffe dem Neumann aufzwinge, dass er fürchte, der gute Bursche würde *noch ganz blind darüber*.

Die entscheidende Wendung in diesem Hin und Her kam unverhofft aus den Reihen des anfänglich widerspenstigen Domkapitels. Um sich nicht länger dem Vorwurf der sturen Blockade auszusetzen, entschloss sich der Dompropst Christoph Franz von Hutten, zusammen mit der Baukommission das kränkelnde Petrini-Schlösschen zu begutachten. Wie vermutet, erwiesen sich die Baumängel als derart gravierend, dass an einen Erweiterungsbau nicht mehr zu denken war. So gab das Domkapitel sein Plazet zum Abriss und zum Bau einer völlig neuen Schlossanlage – nicht zuletzt, um die konfiszierten sechshundertvierzigtausend Gulden des Gallus Jakob in Würzburg zu halten. Der hatte nämlich zur Wiedererlangung seines Vermögens beim Kaiser in Wien alle Hebel in Bewegung gesetzt.

So wurden alle überarbeiteten Pläne zum Schlossbau Makulatur, und man konzentrierte sich wieder auf Neumanns ursprüngliches Konzept, nicht aber ohne die eine oder andere Idee Hildebrandts darin aufzunehmen. Notgedrungen musste Neumann damit leben.

Was jetzt noch fehlte, war die Freigabe des Plans durch einen angesehenen Architekten, dem die Schönborns vertrauten. An Hildebrandt war vorerst nicht mehr zu denken, und so musste der Mainzer Hausarchitekt Maximilian von Welsch nach Würzburg reisen. Das tat er in Begleitung seines Freundes Christoph von Erthal, eines Kavaliersarchitekten, der sich vom französischen Hofarchitekten Germain Boffrand hatte ausbilden lassen.

Gemeinsam studierten sie Neumanns Plan, fanden Lob und Anerkennung, doch je länger sich die Unterredung erstreckte, desto mehr häuften sich die Einwände. Neumann fürchtete, dass sich das Hildebrandt'sche Fiasko wiederholte. Er zog den Waffenrock aus, leerte den Weinbecher mit einem Zug und krempelte die weißen Ärmel hoch. Dann stellte er sich hin und verteidigte seinen Plan. An eine Unterstützung durch Johann Philipp Franz war nicht mehr zu denken. Der hatte sich durch die wiederholte Schelte seiner Verwandtschaft beleidigt aus der Entscheidung zurückgezogen.

«Meine geschätzten Kollegen der französischen Baukunst», begann Neumann, «ich vermag in Euren Vorschlägen viele gute Ideen und Absichten zu entdecken, aber bedenkt eines: Dies ist nicht Paris, auch nicht Versailles. Unser Schloss soll in Würzburg stehen.»

Welsch, einer der größten Baumeister seiner Zeit, blickte auf. «Was wollt Ihr damit andeuten?»

«Dass Versailles an seinem Ort gut aufgehoben ist, genauso wie es Wien ist», antwortete Neumann. «Wir haben nicht die Absicht, ein zweites Versailles zu errichten.»

«Das wird Euch auch nicht gelingen», entgegnete Erthal.

Neumann nickte. «Deswegen lasst uns über die Möglichkeiten sprechen, wie wir das Beste aus der französischen und der Wiener Schule zusammentragen können, um die Eigenwilligkeit dieses fränkischen Schlosses zu erhalten.»

Welsch konnte dem Vorschlag nicht folgen. «Ich verstehe nicht, was Ihr damit zum Ausdruck bringen wollt.»

Wieder ging die Hand zum Weinbecher, und wieder trank Neumann ihn in einem Zuge leer. «Dann lasst mich Euch noch einmal meine Idee darlegen», sagte er und beschwor seine Leidenschaft und das Feuer, das in ihm brannte, um Welsch und Erthal zu überzeugen. Dies gelang ihm auch in weiten Teilen, wenngleich er Zugeständnisse machen musste, um das Ganze zu retten.

Der Morgen graute, als die drei Architekten den endgültigen Plan mit einem Handschlag besiegelten. Es war ein zähes Ringen gewesen, das Neumann letztlich für sich entscheiden konnte. Sein Plan war durch Welsch bewilligt worden. Er trug nun die Züge eines Neumann, eines Hildebrandt, eines Welsch und eines Erthal in sich. Das sollte das Schönborn'sche Familienoberhaupt Lothar Franz überzeugen.

Der zeigte sich hocherfreut, und somit würde das Projekt endlich umgesetzt werden können. Um Neumann die notwendigen Entscheidungsbefugnisse zu erteilen, wurde er kurzerhand zum Hauptmann und zum Ersten Architekten der Stadt ernannt. Auf Geheiß des Erzkanzlers gesellte sich der erfahrene Baumeister Johann Dientzenhofer ihm zur Seite, der Schloss Weißenstein und Kloster Banz errichtet hatte. Nun sollte nichts mehr schiefgehen, und Lothar Franz gab sein Plazet für den größten Schlossbau, den es in der fränkischen Geschichte geben sollte.

An einem sonnigen Maitag des Jahres 1720 wurde ohne große Feierlichkeiten der Grundstein gelegt. Aus Respekt vor Petrini hatte Neumann einen einzigen Stein seines ehemaligen Schlösschens stehen lassen. Darauf sollte nun der Fürstbischof den ersten Stein seiner neuen Residenz mauern. Als das geschehen war, gab Neumann den zahlreich anwesenden Handwerkern und den zur Fron gezwungenen Hilfsarbeitern den Befehl, den Schlossgrund auf einer Länge von über einhundertsechzig Metern auszuheben.

Am nächsten Morgen sollte es endlich so weit sein. Bei Sonnenanbruch würde die Postkutsche den umgekehrten Weg des Caffees nehmen. Von Würzburg nach Nürnberg und Salzburg, über die Alpen bis nach Venedig, wo sich Sabiha auf einem Handelsschiff nach Konstantinopel einschiffen wollte. Dann nur noch der Katzensprung zum Sultanshof in Adrianopel, und es war geschafft. Nach so vielen Jahren der Odyssee würde sie endlich wieder in die Heimat zurückkehren.

Heimat. Das Herz wurde Sabiha schwer. Sie ging zum Abschied wieder auf die Brücke über den Main, wo sie bei ihrer Ankunft gestanden hatte, und beobachtete in der untergehenden Frühlingssonne die Fischer bei ihrer Arbeit. Oft war sie in den vergangenen Monaten hierhergekommen. Jedes Mal glaubte sie andere Farben zu entdecken, die das Licht auf das Wasser und das Land warf. Ein seltsamer Ort war dies. Geschützt durch die Hügel ringsum, schlängelte sich der Fluss durch das fruchtbare Tal, ohne ihr jedoch die Wärme schenken zu können, nach der sie so suchte.

Sie würde den Main dennoch ein klein wenig vermissen. Nicht so sehr wie die Neretva, die türkisfarben durch die Heimat des Mädchens Ružica geflossen war, sondern wie einen Wanderer, mit dem man ein kurzes Stück des Weges gegangen war und den man nach der nächsten Kreuzung nicht mehr wiedersehen würde.

Abschiede waren ein wichtiger Teil ihres Lebens geworden, und nun fragte sie sich, wie man sie nach der Niederlage auf Kalemegdan in Adrianopel wohl empfangen würde. Sie kam mit leeren Händen, hatte nichts, mit dem sie um Entschuldigung für die Niederlage auf Kalemegdan bitten konnte. Der Sultan musste ihr gewogen sein, damit er sie wieder an seinem Hof aufnahm. Aber wollte sie das eigentlich? Zurück in die abgeschlossene Welt einer Haremsdame? Bei all dem Leid, das sie in den vergangenen Jahren gesehen hatte, war das beileibe nicht die schlechteste Wahl.

Wenn sie den Liebreiz ausspielte, den sie noch besaß, könnte es gelingen. So wie damals, als sie den Steinbrüchen entkommen war, in denen ihre Eltern nach dem Urteilsspruch umgekommen waren. Ružicas schöne Augen und ihr gewinnendes Lächeln hatten sie seinerzeit vor dem Sklavenmarkt bewahrt. Der Richter machte sie stattdessen dem Sultan zum Geschenk – ein Schicksal, wie es Hunderten widerfuhr, die über nichts weiter als ihren Körper verfügten.

Die ersten Jahre im Harem waren hart und entbehrungsreich gewesen. Zu groß war die Anzahl der um die Gunst des Sultans rivalisierenden Frauen, als dass sie sich allein gegen die Anfeindungen hätte zur Wehr setzen können. Sie brauchte Verbündete. Und je besser sie das Spiel des Ränkeschmiedens und der Hinterlist beherrschte, desto mehr konnte sie eigene Allianzen bilden, die sie vor dem neidischen Zugriff der Konkurrentinnen schützten. Diese Zweckgemeinschaften waren nie von langer Dauer, sondern konnten je nach Lage und Stimmung in der Schlangengrube des Harems von einem Augenblick auf den anderen wechseln. Ein falscher Blick oder die scheinbare Bevorzugung durch die Kiajai reichten aus, um das stets glimmende Feuer der Missgunst neu zu entfachen.

Dabei war Ružica ein erst achtjähriges Mädchen, als sie in den Harem kam. Sie war nicht die Jüngste, die sich vor dem Eunuchen entblößen musste. Er prüfte sie auf Unversehrtheit, körperliche Makel und etwaige Unvollkommenheiten, die von den Augen des Sultans als störend empfunden werden konnten. War dies geschehen, wurde sie der Sultansmutter vorgeführt. Sie entschied, ob das Mädchen bleiben durfte oder nicht.

Nun in den Harem aufgenommen, erhielt sie einen persischen Namen, der ihre Vorzüge zum Ausdruck bringen sollte. Richtete sich in Europa alles nach dem Französischen aus, so übernahm Persien diese Rolle im Orient. Das herzegowinische Mädchen Ružica wurde nun zur persischen Sabiha, *die mit dem schönen Gesicht*.

Mit dem Übertritt zum islamischen Glauben wurde die letzte Verbindung an die Herkunft gekappt, und mit dem Studium der Palastetikette und der islamischen Kultur begann ihr neues Leben als Besitz ihres uneingeschränkten Herrschers, des Sultans. Ab jetzt war sie ein Gegenstand, über den der Herr frei verfügen konnte. Zuvor war sie ein Nichts gewesen, das noch nicht einmal ein Fünftel des Werts eines Pferdes auf dem Sklavenmarkt erzielt hätte. Nach ihrer Ausbildung konnte ihre Wertschätzung bis ins Unermessliche steigen – je nachdem, wie groß des Sultans Begehren war.

Dafür galt es hart zu arbeiten. Tanzen, das Rezitieren von Gedichten, das Studium mehrerer Instrumente und die fachliche Unterweisung in der Kunst der körperlichen Liebe waren nur einige Fähigkeiten, die sie erlernen musste. Und dies stets unter dem Druck des unbedingten Gelingens. Denn scheiterte sie, mochte sie sich alsbald unter den Sklavenhändlern wiederfinden, bei denen ihr kein gutes Schicksal beschieden war.

Schicksal. Auch darüber hatte Sabiha in den vergangenen Monaten oft nachgedacht. In ihrer Sprache hieß Schicksal Kismet. Und das Kismet war auf ihre Stirn geschrieben, wie es in der Welt des Harems verstanden wurde. Mit dem Eintritt in diese verborgene Welt hatte sich ihr Schicksal erfüllt – das einer Odaliske, die einzig für das Vergnügen ihres Herrn lebte. Doch nun war ihr der Herr genommen worden. Wofür galt es also zu leben?

Sabiha verschob diese Frage auf die morgige Rückreise, wenn sie wochenlang in Kutschen unterwegs war und ausreichend Zeit hatte, darüber nachzudenken. Jetzt war die Sonne hinter der Biegung des Mains versunken, und die Nacht brach über die Stadt herein. Sie ging zurück zur alten Schmiede von Rahim, um mit ihm den letzten Abend zu verbringen.

Er erwartete sie bereits an der Haustür. «Wo bist du so lange gewesen?», fragte er besorgt.

«Ich habe Abschied genommen», antwortete sie.

«Von wem?»

«Von der Stadt. Manchmal holen mich die Erinnerungen ein, und dann werde ich melancholisch.» Sie nahm ihn bei der Hand. «Kommt, lasst uns hineingehen.»

Der düstere Raum, der für ein halbes Jahr ihr Zuhause gewesen war, hatte sich seit ihrem Ausflug entscheidend verändert. Auf der Feuerstelle schmorte keine Caffeepfanne vor sich hin, selbst die sonst allgegenwärtigen Holztafeln, auf denen die fertiggerösteten Caffeebohnen abkühlten, waren verschwunden, ebenso Kannen und Becher. Sie alle waren fein in den Regalen und Kisten verräumt, sodass niemand ahnen konnte, dass dies hier eine Caffeesiederei war.

Stattdessen hatte Rahim den einfachen Holztisch, an dem er und Sabiha morgens ihren Caffee tranken, festlich hergerichtet. Zahlreiche kleine Schalen hielten besondere Leckerbissen bereit. Da gab es Kichererbsenpüree, weiße Bohnen, Auberginen, Zucchini, Paprika, Börek und Schafskäse. Selbst an Oliven hatte Rahim gedacht. Sabiha war sprachlos und umarmte ihn. «Wo habt Ihr das alles herbekommen?», fragte sie ungläubig. «Das muss ein Vermögen gekostet haben.»

Von der spontanen Nähe überrascht, löste sich Rahim schüchtern aus der Umarmung. «Es war nicht leicht, das kann ich dir sagen. Und über Geld lass uns bitte nicht sprechen.»

Er zog den Stuhl zurück. «Komm, setz dich, bevor alles kalt wird.»

Sabiha nahm die Einladung gern an. «Womit habe ich das verdient?»

«Ich kann dich doch nicht hungrig auf die Reise schicken. Und nun iss. Es ist ausreichend da. Im Anschluss gibt es noch Lamm mit eingelegtem Gemüse aus meiner Heimat. Guten Appetit.»

Ihr Abschiedsessen zog sich lange in die Nacht hinein. Draußen auf den Straßen waren die letzten Trunkenbolde verstummt, nur hier und da hörte man die Schritte der Nachtwachen. Rahim wurde zusehends müde und beschloss, sich schlafen zu legen. Das Feuer war am Erlöschen, und Sabiha legte noch ein Scheit für die Nacht nach, als sie an der Haustür ein Geräusch vernahm. Sie begab sich eilends dorthin, damit Rahim nicht gestört wurde. Mit dem Ohr an der Tür horchte sie, ob jemand draußen stand. Es war nichts, sie musste sich getäuscht haben.

In der nächsten Sekunde krachte es an einem Holzverschlag des Fensters. Ein Sack wurde hereingeworfen, landete mitten im neubelebten Feuer und entzündete sich sogleich. Die Flammen schlugen hoch und zur Seite. Sabiha schrie laut nach Rahim, der schlaftrunken Mühe hatte, zu begreifen, was da vor sich ging. Doch als die Flammen auf sein Nachtlager übergriffen, sprang er auf und suchte nach den Holzbottichen, mit denen Sabiha morgens Wasser aus dem Brunnen holte.

«Schnell, beeil dich», rief er ihr zu.

Sabiha packte die Bottiche und stürmte zur Tür. Der Riegel war schnell zur Seite geschoben, aber die Tür ließ sich nicht öffnen. In ihrem Rücken loderten die Flammen bis zur Decke und griffen schnell auf die Holzverstrebungen über. Rahim kämpfte mit allem, was er greifen konnte, dagegen an.

«Die Tür lässt sich nicht öffnen», schrie Sabiha durch den verqualmten Raum.

«Fenster …», hörte sie ihn erschöpft und hustend antworten.

Sabiha riss die Fensterflügel auf und schnappte begierig nach Luft. Als sie sich wieder umdrehte, musste sie erkennen, dass es für Wasserholen zu spät war. Jetzt ging es nur noch ums nackte Überleben.

«Rahim, kommt!», schrie sie in den Qualm hinein. «Das Feuer wird uns töten.»

Sie erhielt keine Antwort. Beherzt schritt sie in den beißenden Rauch, der ihr den Blick raubte. «Rahim», krächzte sie mehr, als sie rief, «wir müssen hier raus.»

Das Letzte, was sie erkennen konnte, war eine menschliche Fackel, die ziellos im Raum herumirrte und schließlich zu Boden fiel. Noch bevor sie Rahim zu Hilfe kommen konnte, packten sie zwei kräftige Hände und zogen sie zur Tür hinaus. Auf dem Boden liegend, schnappte sie nach Luft. Die Nachtwachen blickten zornig zu ihr herab, und jemand schrie: «Feuer!»

Das Letzte, woran sie sich erinnern konnte, bevor sie ohnmächtig wurde, waren die Worte: «Die Hexe ist an allem schuld! Sie wollte den alten Türken ausrauben und hat sein Haus angezündet.»

«Die dürre Zeit.»

Christoph Franz von Hutten
Fürstbischof von Würzburg
1724 bis 1729

Kapitel 1

Wann immer die Glocken des Doms mit allen anderen der Stadt im Einklang schlugen, hatte sich etwas Wichtiges ereignet. So auch am 18. August des Jahres 1724, als Johann Philipp Franz von Schönborn bei einem Jagdausflug in der Nähe von Bad Mergentheim überraschend zu Tode gekommen war.

War es der Kreislauf gewesen, der dem erst Einundfünfzigjährigen versagte, oder ein anderes Leid – niemand wusste eine Antwort darauf. Manche brachten gar einen Giftanschlag ins Spiel. Denn der Fürstbischof war wegen seiner Jagdleidenschaft und seines allzu aristokratischen Gehabes in der Bevölkerung unbeliebt.

Drastische Steuererhöhungen, nicht zuletzt zur Finanzierung der neuen fürstbischöflichen Residenz, hatten für Unmut gesorgt und das Leben der Bürger neben den ohnehin beträchtlichen Abgaben weiter erschwert. Aber es gab auch Erfolge in seiner Amtszeit. So hatte er eine neue Handwerksordnung erlassen, für den Ausbau der Mainschifffahrt gesorgt sowie eine neue städtebauliche Ordnung dekretiert, die das Gesicht der Stadt nachhaltig zum Guten verändern sollte. Aber diese Errungenschaften berührten das gemeine Volk wenig. Der Geldbeutel war leer, und bei der Bekanntgabe der Todesnachricht war von Trauer bei den Bürgern nur wenig zu spüren. Sie waren sich einig: Niemals mehr sollte ein Schönborn die Geschicke der Stadt und ihrer Menschen lenken.

Daher war es auch kaum verwunderlich, dass das Domkapitel denjenigen aus ihren Reihen zum neuen Fürstbischof kürte, der am eifrigsten gegen die wahnwitzigen Baupläne der Schönborns opponiert hatte. Die Wahl fiel auf den Dompropst Christoph Franz von Hutten. Er war es gewesen, der gegen den Neubau und für die Erhaltung des Petrini-Schlösschens votiert hatte, genauso wie er zum sofortigen Einhalt der Bautätigkeiten aufgerufen hatte, als nach fünf Jahren seit Planlegung bereits hundertfünfzigtausend Gulden ausgegeben worden waren. Und von Hutten würde den Weiterbau wieder auf eine wirtschaftlich vernünftige Basis stellen.

So glaubten viele mit dem nächsten Erklingen aller Glocken der Stadt am 2. Oktober 1724, eine neue, ruhigere Zeit würde für sie anbrechen, als von Hutten zum Fürstbischof gewählt wurde. Da konnte Kaiser Karl VI. im fernen Wien noch so lange über die Entscheidung verstimmt sein – er hätte gern einen seiner geliebten Schönborns auf dem Bischofsstuhl gesehen, Friedrich Karl hatte sich darum beworben –, von Hutten war in der Würzburger Bevölkerung herbeigesehnt worden.

Seine Leidenschaft konzentrierte sich auf das Studium alter Schriften, nicht zuletzt hatte er vor einigen Jahren auf dem Dachboden des Doms die vor den schwedischen Truppen versteckte Dombibliothek – den größten Bestand an insularen Handschriften des Kontinents – wiedergefunden, was in der Gelehrtenwelt für großes Aufsehen sorgte.

Dieser von Hutten war ein Bücherwurm und kein Bauherr; das war schnell klar. Als Erster hatte dies Balthasar Neumann zu spüren bekommen. Der Weiterbau der Residenz wurde eingestellt, nur was dringend vollendet werden musste, damit das Wetter nicht alles zunichtemachte, wurde ausgeführt. Das entsprach gerade einmal einem Fünftel des gesamten Bauvorhabens.

Der Kurfürst in Mainz, Lothar Franz von Schönborn, kochte indes vor Wut. Er zürnte seinem verstorbenen Neffen, dass er die Arbeiten nicht schneller vorangetrieben, dass er vieles begonnen und nichts zu Ende gebracht hatte, und er zürnte von Hutten, der den Schönborns den erhofften Familiensitz streitig machen wollte. Neumann stand mit seinem Gönner und Förderer deshalb in regem Schriftverkehr. Auch wenn er nicht mit der Hutten'schen Baupolitik übereinstimmte, so sollte sich der Kurfürst keine Sorgen machen, denn der Nordflügel sei nun bald fertiggestellt, und schließlich wolle auch der neue Fürstbischof aus dem unbequemen Rosenbachpalais in die neue Residenz umziehen.

Dass dies nur die halbe Wahrheit war, behielt Neumann für sich. Seit Johann Philipp Franz gestorben war, sah sich Neumann mächtigen Intrigen am Hof ausgesetzt, denn er hatte seine Ernennung zum obersten Architekten der Stadt schließlich den Schönborns zu verdanken. Und nun schlug das Pendel zurück.

Die Entscheidung des neuen Fürstbischofs, alle weiteren Arbeiten an der Residenz einzustellen, hatte Neumann tief getroffen. Da half auch nicht die Beförderung zum Major oder der Bezug seines neuen Hauses in der Franziskanergasse, das ihm von Hutten großzügig angeboten worden war. Nein, Neumann war niedergeschlagen, und nichts in der Welt würde ihn wieder erheitern können, solange er nicht an seinem Werk weiterarbeiten konnte.

«Was ist mit Euch?», fragte ihn Veit, sein treuer Gefolgsmann. «Ich habe noch nie einen so unglücklichen Bräutigam am Tag seiner Hochzeit gesehen.»

Neumann konnte seine Lethargie nur mühsam abstreifen. Er zwang sich zu einem Lächeln und stieß mit Veit an. «Ja, du hast recht, alter Freund. Es ist seltsam. Eigentlich sollte ich mit dem jungen Volk tanzen, stattdessen hock ich hier und finde keine rechte Freude.» Er trank sein Glas Wein in einem Schluck aus.

«Glaubt Ihr, Ihr macht einen Fehler mit der Eva Maria?», fragte Veit, nachdem auch er sein Glas geleert hatte.

«Nein, das ist es nicht. Sie ist das Beste, was mir widerfahren konnte.»

«Was bedrückt Euch dann?»

Neumann füllte die Gläser neu auf. «Seit über einem Jahr ruhen die Arbeiten am Schloss, und es kommt mir vor, als hätte ich versagt.»

«Ihr?», fragte Veit verständnislos. «An Euch liegt es auf keinen Fall. Ohne Euch würden sich die Herren noch immer die Köpfe über den richtigen Plan zerbrechen. Der Hildebrandt, der Welsch, ganz zu schweigen von den Franzosen, dem Boffrand und dem de Cotte. Alles kluge Köpfe, aber keiner ist zu einem Zugeständnis bereit. Jeder will seinen eigenen Plan verwirklicht sehen. Nein, mein lieber Freund, dass es überhaupt so weit gekommen ist, ist allein Euer Verdienst. Ihr seid der Kopf und das Herz unseres neuen Schlosses. Jeder weiß das.»

Wenn sich da der treue Veit mal nicht irrt, dachte Neumann. Was war aus seinen großartigen Ideen geworden, die er in jenen Tagen und Nächten ersonnen und dem Fürstbischof mit feurigem Eifer vorgetragen hatte? Ein einzigartiges Schloss hatte er zu Papier gebracht, ein Schönborn'sches Allerlei war daraus geworden. Angefangen mit vagen Vorstellungen eines Johann Philipp Franz, vermischt mit denen des eilig hinzugerufenen Hildebrandt, der so bauen wollte, als seien sie in Wien, dann die Herren Welsch und Erthal, die den französischen Baustil favorisierten, und schließlich die Franzosen selbst, Robert de Cotte und Germain Boffrand, die ersten Architekten des in Baufragen noch immer tonangebenden Landes. Ein jeder hatte seine Einwände und Verbesserungsvorschläge gemacht und so seinen Anfangsentwurf immer mehr verfremdet. Es war nicht alles schlecht, was die Herren Architekten vorgeschlagen hatten. Im Gegenteil, es waren viele gute Ideen dabei, die nach langem Hin und Her auch in den Plan einflossen, aber es war nicht mehr *sein* Schloss, das er da baute. Und dieser Umstand nagte an ihm, egal, wie man es von außen sah.

Aus dem Kreis der zahlreichen Gäste um den Brautvater und Geheimen Rat am Hofe des Fürstbischofs, Ignaz Schild, trat seine Tochter Eva Maria zu den beiden heran. «Hab ich mir's doch gedacht. Die beiden Unzertrennlichen grübeln wieder über die Welt. Es ist meine Hochzeit, und da will ich gefälligst fröhliche Gesichter sehen.»

Neumann nahm sie kurzerhand auf seinen Schoß, küsste sie und hob das Glas. «Du hast recht, wie immer. Heute ist nicht der richtige Tag für Trübseligkeiten. Lass uns anstoßen und feiern.»

Während sie Gläser zum Munde führten, riskierte Neumann einen Blick zu seinem Schwiegervater. Der gab sich offenbar große Mühe, all die geistlichen Herren, hochgestellten Beamten und gelehrten Professoren zu unterhalten, aber so ganz wohl war ihm nicht in seiner Haut. Schließlich hatte er seine geliebte Tochter diesem *dahergelaufenen Böhm* zur Frau geben müssen, obwohl er sie viel lieber einem Adligen an die Hand gegeben hätte.

Neumann ahnte, was in dem missmutigen Brautvater

vorging. Er hob sein Glas und prostete ihm zu. Notgedrungen erwiderte der die Geste, um sich augenblicklich wieder seinen Gästen zu widmen.

Veit fiel das stumme Gegeneinander sofort ins Auge. «Ob das nochmal etwas wird mit euch beiden?»

«Wen meinst du?», fragte Eva Maria.

«Deinen Vater und Balthasar.»

Sie winkte ab. «Ach, der alte Brummbär. Der wird schon sehen, dass ich mit meinem Balthasar die richtige Wahl getroffen habe. Spätestens wenn ich ihm seinen ersten Enkel präsentiere, ist es vorbei mit dem Groll.»

Das war ein eindeutiges Zeichen, das Neumann sogleich verstand. «An mir soll's nicht liegen», lachte er und kniff Eva Maria in die Seite. «Schick die Gäste nach Hause und lass uns bald zu Bett gehen.»

Doch er hatte nicht mit Auwera, dem Bildhauer, gerechnet, der die Aufforderung am Nebentisch mitbekam. Er saß im Kreise weiterer Handwerker, die am Schlossbau beteiligt waren. «So schnell werdet Ihr uns nicht los», protestierte er, «zuerst muss das Fass Wein noch geleert werden. Kommt, setzt Euch zu uns.»

Der Einladung war nichts entgegenzusetzen, und so erhoben sich die drei. Veit allerdings war nicht nach Zechen zumute. Er entschuldigte sich und ging auf die Straße hinaus. Ein Spaziergang war jetzt genau das Richtige, um all den Wein in seinem Körper zu besänftigen. Sein Weg führte ihn geradewegs zum Main hinunter. Im schummrigen Mondlicht sah er zur Festung hinauf, die von den Feuern der Wachen umgeben war. Wie viele Jahre waren mittlerweile vergangen, seit er mit Neumann die Burg Kalemegdan im Sturm erobert hatte? Offensichtlich nicht genug, denn noch immer spukten das Gesicht und die Augen dieses geheimnisvollen Mädchens in seinem Kopf herum. Wer war sie gewesen, und was war aus ihr geworden?

Veit hatte den langen Zug des Wesirs mit seinem Gefolge beobachtet, als er unter freiem Geleit Kalemegdan hatte verlassen dürfen. Nirgends war die Schöne zu sehen gewesen, auch nicht hinter den Schleiern der Sänften, in denen der Wesir sein verbliebenes Hab und Gut vor dem Zugriff der Soldaten aus der Burg geschafft hatte. Gold, Edelsteine und die wertvollen Teppiche waren längst in die Zelte der Eroberer gebracht worden, und die wenigen Überlebenden des Angriffs auf den Palast gingen geschlagen an der Seite ihres Herrn. Die Sänften enthielten nur, was von den Siegern nicht für wertvoll erachtet worden war.

Veit streifte sodann durch die Ruinen des Palastes, in der bangen Furcht, auf den zerfetzten Körper dieses Mädchens zu stoßen. Viele lagen da unter den Steinen begraben. Manche bis zur Unkenntlichkeit von der Wucht der Geschosse zerrissen und vom Gewicht der herabfallenden Gesteinsbrocken erdrückt, andere scheinbar in Andacht dem Feuertod ergeben, so wie sie aschfahl und staubbedeckt auf den Knien kauerten. Die Würzburger Geschütze hatten ganze Arbeit geleistet, und Veit hatte einen wesentlichen Beitrag zu diesem Gemetzel geleistet. Er schüttelte den Kopf, als könnte er damit die bösen Erinnerungen vertreiben.

Eine kleine Leiter führte die Palisaden hinauf, die die Stadt vor Angreifern vom Main her schützten. Mit zwei schnellen Sätzen war Veit oben und ließ die Beine über dem Wasser baumeln. Sein Blick verlor sich in der Dunkelheit unter ihm. Was gäbe er darum, wenn er alles ungeschehen machen oder zumindest dieses Gesicht aus seinem Kopf verbannen könnte? Seit Jahren spukte das geheimnisvolle Mädchen wie eine verpasste Gelegenheit durch sein Leben, obwohl er wusste, dass Welten sie trennten. Neumann hatte ihm von den Liebesdienerinnen der Sultane erzählt, dass sie in Reichtum und Müßiggang schwelgten und ein Sterblicher sie nie zu Gesicht bekommen würde, und wenn, dann seien seine Tage gezählt. Er solle sich gefälligst jemand seines eigenen Standes suchen.

Aber davon wollte Veit nichts wissen. Diese Schöne hatte es ihm angetan, und nichts würde ihn davon abbringen, sie wiederzusehen, wenn sie noch lebte.

Hinter ihm, im Dunkeln der Gassen, torkelten betrunkene Studenten grölend und streitsüchtig umher. Vor ihnen galt es sich in Acht zu nehmen. Selbst die Wachen wurden ihrer nicht mehr Herr. Veit erhob sich und machte sich eilends auf den Weg nach Hause. Morgen war ein neuer Tag, der ihn in die Steinbrüche führte, wo er neues Material fürs Schanzen begutachten sollte.

Das Gesicht dieses Mädchens nahm er mit in den Schlaf.

In dicke Panzer aus zerrissenem und modrigem Stoff gewickelt, schleppten sich Fronarbeiter, Sträflinge und anderes Gesindel über die kahle Platte des Steinbruchs. Die einen schlugen, brachen und meißelten massive Blöcke aus dem triefenden Fels, andere schleppten Steine zum bereitstehenden Karren, der sie zur Baustelle des neuen Schlosses oder zu den Befestigungsanlagen brachte. Die Arbeiter wateten knietief im Dreck des sich langsam auflösenden Nachtfrosts, der die Stadt überraschend heimgesucht hatte.

Eine dieser erbärmlichen Gestalten war die mittlerweile zur jungen Frau gereifte Sabiha. Seit ihrer Verurteilung als Brandstifterin und der Einweisung ins Zuchthaus hatte sie viele Arbeiten leisten müssen. Das Steineschleppen und das Zurechthauen setzten ihrem zarten Körper zu. Wer von Kindesbeinen an daran gewöhnt war, sich in den feinen Künsten der Unterhaltung und Verführung zu üben, tat sich im Vergleich zu anderen schwer. So war es kaum überraschend, dass sie bei den Mitgefangenen zur Zielscheibe für Hohn und Spott wurde.

Auch an diesem Morgen, den die aufkommende Sonne langsam erwärmte, setzte sich ihr Leid in der gewohnten Art fort. Während sie unbeholfen den Sack mit Steinen zum Karren zog, verspotteten sie die anderen Sträflinge. Obwohl Sabiha in den Jahren gelernt hatte, es sich nicht allzu sehr zu Herzen zu nehmen, fiel es ihr in manchen Momenten doch schwer. Besonders dann, wenn sie kurz davorstand, vor Erschöpfung zusammenzubrechen. Das war ihr in der Vergangenheit auch das eine oder andere Mal passiert. In der Folge mussten Mithäftlinge ihre Arbeit übernehmen, was letztlich zu weiteren Demütigungen führte, wenn sie bei der Essensausgabe benachteiligt wurde oder ihre Schlafstelle besudelt vorfand. Von den Schlägen, die sie obendrein kassierte, ganz zu schweigen.

Das sollte ihr an diesem Tag nicht widerfahren, schwor sie sich und stemmte sich mit aller Gewalt gegen eine Felskante, um den schweren Sack ein Stück voranzubringen. Doch ein ums andere Mal fiel sie auf den nassen und harten Boden, begleitet von den Beschimpfungen um sie herum.

Einer der wachhabenden Stadtknechte hatte ein Einsehen. Er hob den Sack aus der Kuhle und schleifte ihn ein

Stück weiter, wo es ihr wieder gelingen sollte, den Sack aus eigener Kraft bis zum Karren zu zerren.

«Danke, Herr», sagte sie zaghaft. Ihr Gesicht war bis auf die Augen mit einem Lumpen gegen die Morgenkälte geschützt. Aber der Glanz ihrer Augen war noch immer nicht erloschen, sodass die Botschaft auf Wohlwollen fiel.

«Beeil dich, Weib», antwortete der Stadtknecht verhalten, «damit die anderen nicht wieder einen Grund haben, dich zu schlagen.»

«Ich tue, was ich kann. Aber diese Arbeit ist zu schwer für mich. Habt Ihr nicht etwas Leichteres für mich? Das Essen holen oder die Pferde füttern. Ich bin Euch auch sonst gern zu Diensten. Sagt, wonach steht Euch der Sinn?»

Wie weit war es mit ihr gekommen, fragte sie sich in diesem Moment. Sich einem einfachen Knecht gegen eine kleine Vergünstigung anzubieten, war ein untrügliches Zeichen, dass sie am Ende ihrer Kräfte und ihrer Hoffnungen angekommen war. Sie hatte nichts anderes mehr zu bieten als ihren Körper, der – von zahlreichen Schrammen, Verletzungen und dem Schmutz abgesehen – noch immer in einem ansehnlichen Zustand war.

Der Stadtknecht blickte zur Seite, ob seine Kameraden ihn beobachteten, und als er sich sicher war, wies er sie an, zum Karren zu gehen. Er wollte bald nachkommen, sobald er für seine Ablösung gesorgt hatte. Erschöpft und dankbar kam sie seinem Befehl nach, nicht ohne auf die Reaktionen der eifersüchtigen Häftlinge zu achten. Die hatten sofort erkannt, wie es dieses Türkenluder geschafft hatte, sich vorm Steineschleppen zu drücken. Eine andere musste nun ihre Stelle einnehmen. Verwünschungen wurden laut, eindeutige Fingerzeige, und die ersten Steine flogen in ihre Richtung.

Sabiha duckte sich. Doch je länger sie dem Beschuss standhielt, desto mehr Steine wurden geworfen. Sie musste sich schnellstens in Sicherheit bringen, bevor diese Wahnsinnigen sie umbrachten. Sie packte ihre Rockschöße und lief los. Flucht war aber das falsche Zeichen. Die Häftlinge folgten ihr unter lautem Geschrei. Jetzt endlich waren die Wachen alarmiert. Mit ihren Spießen versuchten sie die Menge auseinanderzutreiben, was ihnen jedoch kaum gelang. Erst als ein Reiter heranpreschte und mit voller Wucht dazwischenritt, konnte er den aufgebrachten Mob beiseitedrängen.

Es war Veit, der auf dem Pferd saß und mit der Gerte auf die Häftlinge einschlug. «Auseinander», schrie er und verteilte heftige Hiebe.

Nun endlich wichen sie zurück. Die Wachen bildeten mit vorgehaltenen Spießen einen Kreis um Sabiha, die wie benommen in einer Pfütze lag. Veit sprang vom Pferd.

«Was ist nur mit euch los», schrie er die Wachen an, «dass ihr das zulasst?!»

Er kniete sich hin und nahm das verdreckte Bündel in seine Arme. Behutsam strich er ihr den Schmutz aus dem Gesicht. Sabiha schlug wild um sich, um den vermeintlichen Angreifer zu verjagen.

«Beruhige dich», sprach Veit behutsam, «es ist vorbei. Sie tun dir nichts mehr.»

Als sie die Augen aufschlug und ihrem Retter ins Gesicht sah, meinte sie für einen Moment zu erstarren. Obwohl Jahre vergangen waren, hatte sie dieses Gesicht nicht vergessen. Es war ihr oft erschienen, wenn sie über ihr unglückliches Schicksal in diesem fremden Land nachdachte.

Kein Zweifel, das war das Gesicht, in das sie damals am Fenster des Palasts auf Kalemegdan geschaut hatte.

Nicht anders erging es Veit, als er in die türkisblauen Augen dieses Mädchens schaute. Das waren die Augen aus seinen Träumen, die ihn seit der Schlacht um Belgrad nicht mehr verlassen hatten. Ungläubig stammelte er: «Das kann nicht sein. Du bist doch tot.»

So dankbar Sabiha ihrem Retter vor dem sicheren Tod auch war, so wild und ungestüm kam das Gefühl auf, endlich den Schuldigen ihrer Misere gefunden zu haben. Sie befreite sich aus Veits Armen und rappelte sich hoch. Ihr war schwindelig zumute. Die Erschöpfung und der Treffer eines Steins machten ihr zu schaffen, aber dennoch bemühte sie sich um einen festen Stand, um ihrem Zorn freien Lauf zu lassen. Das tat sie in ihrer Sprache, energisch und ohne nur einen Gedanken an die möglichen Folgen zu verschwenden, sodass sich die Wachen erstaunt umdrehten.

«Ist das Weib nun völlig verrückt geworden?», sagte einer.

«Nein», antwortete Veit, der mehr an der Unversehrtheit Sabihas interessiert war, als die Unverschämtheit zu ahnden, dass ein ehrloses Weib die Stimme gegen einen Soldaten der fränkischen Armee erhob. «Das ist der heilige Zorn einer Königin.»

«Einer was?», fragte ein Stadtknecht.

«Ihr habt richtig gehört», antwortete Veit. «Vor gar nicht allzu langer Zeit war dieses Geschöpf im Palast des Wesirs von Belgrad zu Hause. Sie trug die seltensten Edelsteine, die sich ein Mensch nur erträumen kann, ihre Haut war weich wie Samt, und ihre Füße zierten Gold und feinstes Leder. Der mächtige Mustafa Pasha lag ihr zu Füßen.»

Ungläubig, dann zunehmend erheitert ließen die Wachen ihre Spieße sinken. «Dieses verlauste Weibsbild soll eine Königin sein?», amüsierte sich einer.

Bevor Veit mit seiner Gerte die passende Antwort darauf geben wollte, wandte er sich an Sabiha, die seine Fürsprache ungläubig verfolgt hatte. «Gebt Ihr die Antwort. Seid Ihr eine Königin?»

Sabiha standen Tränen in den Augen. Nicht aus Rührung vor den mutigen Worten, sondern aus Zorn. Ja, um Haaresbreite wäre sie eine Königin geworden, eine Hanim, die erste Frau im Palast, wenn nicht dieser Kerl dazwischengekommen wäre. Sie würde heute die feinsten Kleider tragen, die die türkischen Schneider fertigen konnten, die wertvollsten Edelsteine zierten ihren Körper, und ein Heer an Bediensteten stünde ihr zur Verfügung, wenn nicht dieser Bastard aus ihrem Palast ein Trümmerfeld gemacht hätte. Blind vor Wut schritt sie auf ihn zu, entriss ihm die Gerte und schlug auf ihn ein.

Ein, zwei, drei Hiebe lang dauerte es, bis die verblüfften Wachen einschritten und sie zu Boden zwangen.

«Haltet ein», befahl Veit, «sie hat allen Grund dazu. Ich bin schuld an ihrem Schicksal. Wäre ich nicht gewesen, dann würde ich an ihrer Stelle heute Steine schleppen.»

Er beugte sich zu ihr hinunter, nahm sie am Arm und führte sie zu seinem Pferd.

«Verzeiht, dass ich Euch erst so spät gefunden habe», sagte Veit. Dann stieg er in den Sattel und reichte ihr die Hand.

Mit einem Schwung war sie oben, zwischen ihm und der Mähne des Pferdes. Bevor Veit dem Pferd die Sporen geben konnte, griff eine Wache in die Zügel.

«Das Weib ist eine Gefangene der Stadt», sagte er. «Du kannst sie nicht einfach mitnehmen.»

Veit war nicht gewillt, sich darauf einzulassen, nicht nach so einer langen Zeit der Trennung. «Der Major Neumann wird das mit eurem Bürgermeister klären. Bis dahin steht sie unter meinem Schutz. Und jetzt lass los, bevor ich mich um dich kümmere.»

In einer Bauhütte am Rennweger Tor, gleich neben der ruhenden Baustelle des neuen Schlosses, hatte Veit sich sein kleines Heim eingerichtet. Der karge Raum bot nicht viele Annehmlichkeiten – eine offene Feuerstelle, ein Schlaflager gleich daneben, einen Tisch und einen Stuhl –, aber er wohnte hier kostenfrei und war gleich zur Stelle, wenn Neumann ihn brauchte. An diesem klammen Herbstmorgen sollten die Rollen jedoch vertauscht werden.

Veit hatte Neumann von der Schlossbaustelle zu sich in die Hütte gebeten, um seinen Rat und seine Hilfe bei der Befreiung Sabihas aus dem Zuchthaus einzuholen. Während Veit nach seinem Herrn suchte, hatte Sabiha die Gelegenheit genutzt, einen Kessel mit sauberem Wasser aufzusetzen, um sich nach vielen Wochen und Monaten endlich vom Schmutz zu reinigen, der wie ein Panzer auf ihr lag. In der Kleiderkiste fand sie keine große Auswahl, aber ein sauberes Hemd, eine Hose und vor allem warme Strümpfe. Einer frierenden Katze gleich saß sie an der Feuerstelle und beobachtete das Gespräch dieser zwei Männer, die sie ins Unglück gestürzt hatten.

«Du bist dir sicher», fragte Neumann, «dass sie dasselbe Mädchen ist?»

«Kein Zweifel, Herr», antwortete Veit. «Wir standen uns keine zwei Meter entfernt auf Kalemegdan gegenüber.

Und als ich heute Morgen in ihre Augen blickte, habe ich sie sofort wiedererkannt. Sie ist die Haremsdame Mustafa Pashas.»

Neumann erhob sich und ging zu der am Boden kauernden Sabiha hinüber. Er musterte sie eingehend. Ihre von der schweren Arbeit aufgerissenen Hände, die ungepflegten Haare und die von Sonne und Frost geschundene Haut zeugten wenig von einer Palastbewohnerin. Der Glanz in ihren Augen hingegen und eine unerwartet selbstbewusste Ausstrahlung irritierten ihn.

«Stimmt es, dass du eine Haremsdame bist?», fragte Neumann sie.

Sabiha hatte sich geduldig von diesem hünenhaften Mann in Uniform mustern lassen, wenngleich sie gute Lust verspürt hätte, ihm die Augen auszukratzen. Wenn es zutraf, was sie aus der Unterhaltung der beiden erfahren hatte, so waren das die zwei Kerle, die Kalemegdan in jener Nacht ausgespäht und anschließend vernichtet hatten. Hätte sie nur ein Messer zur Hand, dann würde sie vollenden, was Mustafa und Chalil Pasha nicht geschafft hatten.

«Es hat ihr scheinbar die Sprache verschlagen», sagte Neumann zu Veit. Aber dann wieder an Sabiha gerichtet: «Soweit ich mich erinnere, sind die Frauen der Wesire in vielen Fertigkeiten geschult. Und es würde mich nicht überraschen, wenn eine davon die Kenntnis fremder Sprachen ist, zumal in Belgrad auch Deutsch gesprochen wird. Nun, hübsches Kind, sag mir: Bist du die Haremsdame des früheren Wesirs von Belgrad, Mustafa Pasha?»

Doch Sabiha zog es weiterhin vor zu schweigen.

Neumann wurde ungeduldig. «Du solltest dich mit einer Antwort beeilen. Es wartet Arbeit auf mich und nicht zuletzt der Stadtrat, dem ich eine Erklärung schulde. Die

Stadtknechte werden bald hier sein, um dich zurück ins Zuchthaus zu bringen. Also, entscheide dich. Haremsdame oder Sträfling?»

Sabiha erhob sich. Sie hatte eine Entscheidung getroffen. «Ich bin Sabiha, die erste Hanim des Wesirs von Belgrad, Mustafa Pasha. Ihr seid wie Diebe in der Nacht in mein Haus eingedrungen und habt getötet, was ich liebte. Nun befinde ich mich in Eurer Hand – gedemütigt und ohne Schutz durch meinen Herrn. Das macht mich zu Eurer Gefangenen. Nun entscheidet, was ich für Euch bin.»

Veit trat zu den beiden heran. «Ich habe mich nicht geirrt», sagte er begeistert von seinem Fang, «eine echte Königin.»

Doch Neumann teilte seine Euphorie nicht. «Warte. Zuvor müssen wir klären, wie du nach Würzburg gekommen bist. Das ist entscheidend für die weitere Vorgehensweise. Sag, Sabiha, wie kamst du hierher? Warst du im Tross der Kriegsgefangenen oder ...»

Sabiha schilderte wahrheitsgetreu ihre Odyssee von Belgrad nach Würzburg.

Neumann hörte aufmerksam zu. «Dann kann ich dir leider nicht helfen. Wenn du als Kriegsgefangene in diese Stadt gekommen wärst, dann unterstündest du der fürstbischöflichen Befehlsgewalt. Das Gesindel jedoch wird durch den Rat der Stadt befehligt. Ich muss dich, wohl oder übel, an den Rat ausliefern.»

«Nein, Herr», fiel ihm Veit ins Wort. «Das dürft Ihr nicht tun. Sie ist eine Königin.»

«Mir sind die Hände gebunden», antwortete Neumann.

«Aber wenn wir sie als Kriegsgefangene angeben?»

«Dann würde sie in den Büchern stehen, was aber nicht der Fall ist.»

«Sie wurde bei der Registrierung übersehen.»
«Eine Haremsdame?»
«So etwas kommt vor.»
«Selbst wenn, sie hat sich strafbar gemacht. Wieso wurde sie ins Zuchthaus geworfen?»
«Wegen Brandstiftung und Mitschuld am Tod des türkischen Caffeesieders.»
«Dann wird es noch schwerer, etwas für sie zu tun. Du weißt, wie sehr die Eindämmung von Bränden dem neuen Fürstbischof am Herzen liegt. Glaubst du, er wird sich einen Deut um einen Feuerteufel kümmern?»
Nicht länger gewillt, der Diskussion über ihr Schicksal nur beizuwohnen, meldete sich Sabiha zu Wort. «Ich bin nicht schuld an diesem Feuer gewesen. Rahim war mein väterlicher Freund, mein Beschützer. Wieso hätte ich ihn töten sollen?»
«Das habe nicht ich zu entscheiden», widersprach Neumann. «Ich nehme an, in deiner Verhandlung hast du dich zu dem Vorwurf geäußert?»
«Niemand wollte mir Glauben schenken», antwortete Sabiha erbost. «Da waren zwei einflussreiche Männer. Sie wollten mich gesehen haben, wie ich das Feuer legte. Aber das ist eine Lüge. Niemals hätte ich Rahim etwas zuleide tun können.»
Von einem harschen Klopfen an der Tür wurde die hitzige Diskussion unterbrochen. «Aufmachen», rief jemand, «der Rat der Stadt schickt uns.»
Doch Veit wollte nicht so schnell aufgeben. Er wandte sich an Neumann: «Bitte, Herr, übergebt sie nicht den Henkersknechten. Sie werden sie töten, oder die anderen Sträflinge werden sie mit ihrem Zorn strafen.»
«So versteh doch. Ich kann nicht», entgegnete er.

Veit nahm Neumanns Hand. «Ich bitte Euch, Herr. Verlangt von mir, was Ihr wollt, wenn Ihr sie nicht ausliefert. Erinnert Euch der Stunde, als ich Euch zur Seite stand, damals vor Belgrad, weil Ihr meine Hilfe brauchtet.»

Ein Soldat würde niemals einen Kameraden im Stich lassen, das wusste Neumann nur zu gut. Und das, was Veit da von ihm verlangte, forderte seine Soldatenehre heraus.

«Nun gut», sagte er schließlich. «Ich will sehen, was ich machen kann. Lass mich mit ihnen sprechen.»

Veit fiel ein Stein vom Herzen. Er wusste, wenn der Neumann etwas anpackte, dann würde es gelingen. Er stellte sich schützend vor Sabiha und verfolgte die Verhandlungen, die sein Herr mit den Stadtknechten führte. Sie gestalteten sich schwierig, das war offensichtlich, und standen schließlich kurz davor zu scheitern. Doch als Neumann zu seinem Säbel griff, um seinem Standpunkt Nachdruck zu verleihen, ließen sich die Knechte auf einen Handel ein. Alle drei sollten mit zum Rat der Stadt kommen, um den Fall der entflohenen Türkin neu zu verhandeln.

Neumann stimmte zu. Während er Sabiha und Veit in die Hände der Knechte gab, würde er den Fürstbischof aufsuchen, um für das Leben Sabihas einzustehen.

Recht zu sprechen war seit jeher im Hochstift Würzburg und insbesondere in der Stadt ein schwieriges Unterfangen. Geprägt wurde das Misstrauen zwischen fürstbischöflicher Landesherrschaft und der nach Unabhängigkeit strebenden Bürgerschaft durch viele Ereignisse. Immer noch unvergessen war der Aufstand der Bauern im Jahr 1525, als sie und viele unzufriedene Bürger unter der Führung Florian Geyers und des Götz von Berlichingen die Festung Marienberg stürmten, um der Allmacht des Fürstbischofs ein Ende zu bereiten, aber auch, um ihre Forderungen nach mehr Gerechtigkeit durchzusetzen.

Der Fürstbischof Konrad von Thüngen siegte, und seine Vergeltung war umfassend und nachhaltig. Er sah die Hauptverantwortlichen für das blasphemische Aufbegehren im Stadtrat und in der Stadtbevölkerung. Hunderte Todesurteile wurden vollstreckt, und die Schmerzensschreie der Gefolterten wollten lange nicht verhallen. Es folgte eine nahezu vollkommene Entmündigung der Bürgerschaft und ihrer Vertreter im Rathaus.

Ein Teil der nachfolgenden Fürstbischöfe hielt sich an den Beschluss, ein anderer ließ die Zügel etwas lockerer, je nach Fasson. Einer, der sich in keinster Weise von den Stadtvätern in seinen Entscheidungen beeinflussen lassen wollte, war der verstorbene Johann Philipp Franz von Schönborn gewesen. Seine neue Ratsordnung machte aus den Stadtoberen wieder Lakaien seines Willens, ganz im Thüngen'schen Sinne. Er platzierte einen Mittelsmann – den Oberschultheißen oder auch Vicedom genannt – an die Spitze des Rates. Durch ihn behielt er die Kontrolle über die stets verdächtigen Bürger.

Erst der an weltlicher Macht wenig interessierte Buchwurm und Fürstbischof von Hutten ließ von dieser rigiden Vorgehensweise ab und sprach dem Rat wieder mehr Freiheiten zu. Der Oberschultheiß jedoch blieb. Und genau vor diesem erschien Veit mit der geflüchteten Sabiha, an ihrer Seite die zwei Stadtknechte. Sie erstatteten dem Oberschultheißen Bericht über die Festnahme des Türkenweibs und ihren Helfer.

Er hörte sich alles geduldig an, obwohl er mehr an den vor sich ausgebreiteten Protokollen des Stadtschreibers interessiert war als an einer flüchtigen Gefangenen und ihrem Helfer. Der trug eine fränkische Uniform und war damit von seiner Gerichtsbarkeit ohnehin ausgeschlossen. Ähnlich wie die Beamten, der Klerus oder die Professoren der Universität unterstanden Militärangehörige ihrer eigenen Rechtsprechung. Sie hatten vor seinem Richtertisch nichts verloren.

Bei der Frau hingegen verhielt es sich anders. Sie war eine Fremde und eine verurteilte Brandstifterin, die nach Aussage der Stadtknechte aus dem Steinbruch am Faulenberg geflüchtet war.

Als der Stadtknecht zu Ende gesprochen hatte, ließ der Oberschultheiß noch einen Moment verstreichen, um seiner nun folgenden, an sich überflüssigen Befragung mehr Gewicht zu verleihen, denn im Grunde genommen war alles klar: Das Weib war aus der Zuständigkeit des städtischen Zuchthauses geflohen und verdiente eine harte Bestrafung. Hart allein schon deswegen, um mögliche Nachahmer abzuschrecken und die aufkommende Dreistigkeit der Häftlinge im Keim zu ersticken. Ob dieses zarte Geschöpf allerdings die Bestrafung überleben würde, war fraglich. Jeder Strafgefangene wusste um die Folgen seiner Tat, nicht zuletzt um jene, die ihn erwarteten, wenn er in den Kreis der Mithäftlinge zurückkehrte, die zwischenzeitlich unter der Mehrarbeit und dem Zorn der Wachhabenden zu leiden hatten.

Noch bevor der Oberschultheiß seine Frage stellen konnte, platzte Veit, der um die Unantastbarkeit seiner Person, aber eben auch um die Rechtlosigkeit Sabihas vor diesem Gericht wusste, mit seiner Verteidigungsrede heraus. «Sabiha trifft keine Schuld, ehrwürdiger Schultheiß. Ich war es, der sie aus dem Steinbruch befreite.»

«So berichteten es mir die Wachen», antwortete der Schultheiß. «Es braucht also nur einen Mann, um diese Nichtsnutze zu beeindrucken.»

Er schüttelte verächtlich den Kopf, und sein Blick streifte vorwurfsvoll die beiden Wachen. «Aber ich hörte auch», fuhr er fort, «dass dieses Weib eine Wache zu bestechen versuchte, und das auf die niederträchtigste Art und Weise, wie es ein Weib nur anzustellen vermag.»

Veit schaute ratlos zu Sabiha, an der der Vorwurf abzuprallen schien. Sie rümpfte die Nase. «Ich tat, was mir als letzter Ausweg geblieben war.»

«Du bestreitest also nicht, dass du deinen schändlichen Körper im Tausch für einen Vorteil eingesetzt hast?»

«Nein.»

«Aber schaut sie Euch doch an», griff Veit ein. «Dieser zarte Körper wurde nicht zum Steineschleppen gemacht.»

«Das hätte sie sich früher überlegen müssen, bevor sie das Haus des Türken angezündet hat.»

«Das habe ich nicht», widersprach Sabiha.

«Ja, ich hörte davon», fuhr der Schultheiß unbeeindruckt fort. «Zwei ehrbare Bürger dieser Stadt haben dich aber beobachtet.»

«Sie waren es. Sie neideten Rahim den Erfolg. Deshalb musste er sterben. Von ihrer Hand, nicht von meiner.»

Der Schultheiß winkte ab, ihm wurde dieser Disput zu viel. Er führte das Gespräch auf ihre Flucht zurück. «Die Wachen sagen mir, du seist zu diesem Soldaten aufs Pferd gestiegen und mit ihm fortgeritten. Entspricht das der Wahrheit?»

Wieder griff Veit zum Schutze Sabihas ein. «Nein, ich habe sie entführt. Gegen ihren Willen. Die Schuld liegt bei mir.»

Dem Schultheiß entglitt ein Lächeln. «Auch du bist mir bekannt, Veit Sturm. Dein wagemutiger Einsatz auf der Burg Kalemegdan ist Ansporn für jeden Soldaten. Er gereichte uns zu Ruhm und Ehre. Nun sollen deine Eskapaden aber nicht darüber hinwegtäuschen, dass du dich nicht mehr in Feindesland befindest, sondern auf dem Boden unseres geliebten Landesherrn. Und der mag es überhaupt nicht, wenn sich Chaos und Willfährigkeit unter seinen Untertanen breitmachen. Du kannst von Glück sprechen, dass du in der Uniform eines fränkischen Soldaten steckst, sonst wärst du schneller im Turm, als dir lieb ist.» Er wandte sich wieder an Sabiha: «Da du deine Schuld eingestehst, mit deinem Helfer geflohen zu sein, will ich das übliche Strafmaß auf zwanzig Schläge mit dem Stock begrenzen. Sie sollen dich lehren, deinem Drang zur Flucht zu widerstehen. Danach kehrst du zurück ins Zuchthaus. Wachen, führt sie nun fort.»

Veit erschrak. Zwanzig Schläge mit dem Stock würden Sabiha Arme und Beine brechen. Sie würde nie wieder richtig gehen und ihre Hände gebrauchen können. Das durfte nicht sein. «Haltet ein», schrie er dem Schultheiß und den Wachen entgegen, «die Schläge gebühren mir.»

Doch die Wachen zerrten Sabiha weg.

«Wartet», schallte es durch die Amtsstube. In der Tür stand Neumann, die Hand fest am Säbel. «Ich habe eilige Nachricht von unserem Herrn.» Er schritt an den Wachen vorbei, geradewegs auf den Schultheiß zu. Der hörte aufmerksam zu, was Neumann ihm ins Ohr flüsterte. Es dauerte eine Weile, bis er begriff, und es schien ihm nicht so recht zu gefallen. Schließlich winkte er die Wachen zurück. Er blickte Sabiha verwundert an.

«Ihre gnädige Durchlaucht hat in ihrer Güte entschieden, dass dir die Stockschläge erspart bleiben. Ferner wirst du in die Obhut des Major Neumann überstellt. Er erhebt, reichlich spät, gerechtfertigten Anspruch auf dich als Kriegsgefangene. Du wirst in seinem Haus alle niedrigen Arbeiten ausführen, die sonst nur den Mägden obliegen. Damit bist du aus meiner Zuständigkeit entlassen.» An Veit gerichtet, fuhr er fort: «Und du, junger Mann, wirst dich vor deinem Major verantworten müssen. Er hat mir versichert, dass eine gerechte Strafe für dich gefunden wird.»

Veit glaubte vor Glück in die Luft springen zu müssen, doch der Schultheiß war mit seinem Urteilsspruch noch nicht am Ende. Er kam zurück auf Sabiha: «Damit du deinen Dienst in einem christlichen Haus antreten kannst, gibt es noch eine Voraussetzung zu erfüllen ... Du wirst deinem Irrglauben abschwören und in den Schoß unserer christlichen Gemeinschaft eintreten. Als unverrückbaren Beweis deiner Ernsthaftigkeit sollst du das Zeichen des Kreuzes auf deinem Leib tragen.»

Veit glaubte in diesem Moment, es würde ihm die Luft zum Atmen genommen. Denn das, was der Schultheiß verkündete, war nichts anderes als das heiße Eisen. Es würde Sabiha zu einer Gebrandmarkten machen. Verzweifelt blickte er zu Neumann. Dieser nickte ihm machtlos zu.

Sabiha nahm das Urteil äußerlich gefasst, aber innerlich aufgewühlt entgegen. Mit dem Kreuz der Ungläubigen auf dem Leib war ihr die Rückkehr in den Schoß ihrer Glaubensbrüder auf ewig verwehrt.

Kapitel 2

In diesem Haus ging der Tod um. Schon zum zweiten Mal war Sabihas neuem Herrn ein Kind gestorben. Wenige Wochen nach seiner Geburt war es verschieden – still und rätselhaft. Es war, als hätte der Wind eine Kerze ausgelöscht. In dem Haus in der Franziskanergasse, das zur Wiege einer neuen Familie hätte werden sollen, herrschte fortan eisiges Schweigen. Die Dienstboten wurden angewiesen, das Zimmer der trauernden Mutter zu meiden und es nur zu betreten, um der Bettlägerigen eine kräftigende Suppe zu bringen.

Neumann begegnete dem Verlust auf seine Weise. Wenn er von seinen zahlreichen Baustellen in und um Würzburg zurückkehrte, vergrub er sich nach einem kurzen Besuch seiner Frau Eva Maria im Arbeitszimmer. Dort, auf den Tischen und an den Wänden ausgebreitet, warteten Baupläne auf ihre Umsetzung.

Überraschenderweise war er nach der Einstellung aller Baumaßnahmen am neuen Schloss nicht arbeitslos geworden. Im Gegenteil, er hatte alle Hände voll zu tun. Der Fürstbischof hatte den Bau einer neuen Kaserne am Mainufer in Auftrag gegeben, ebenso galt es, einen neuartigen Wehrturm – einen Maschikuli – an der Festung Marienberg zu vollenden, sowie die bereits begonnene, aber sehr aufwendig zu gestaltende Grablege der Schönborns voranzutreiben. So blieb er für die Bewohner des Hauses nahezu unsichtbar. Einzig Sabiha durfte sein Zimmer betreten, und dort blieb sie oft bis tief in die Nacht hinein.

Neumann hatte sich von ihr die Ereignisse schildern lassen, die sie nach Würzburg und zum Caffeesieder Rahim geführt hatten. Er hegte große Sympathie für sie und insbesondere für ihre Fertigkeit, einen vorzüglichen Caffee zuzubereiten, der es ihm ermöglichte, die anstehenden Arbeiten mit der notwendigen Konzentration zu erledigen. Während seiner Aufenthalte in Wien und seiner Studienreisen durch Europa war er diesem seltsamen Getränk bereits begegnet und hatte es zu schätzen gelernt. Sabiha hatte einen Weg gefunden, dem Caffee eine Würze und ein Aroma zu verleihen, dass es ein Genuss war.

Um dies zu gewährleisten, hatte Sabiha Kontakte zu den Händlern geknüpft, die am Portal vor dem Dom ihre Waren aus der ganzen Welt feilboten. Es war nicht einfach gewesen, die richtigen Bohnen zu finden. Natürlich glaubten sie, im fernen Würzburg sei es ein Leichtes, mittelmäßige Ware für teures Geld an den Mann zu bringen. Aber Sabiha hatte das bald durchschaut. Sie bestand auf den Bohnen, die aus dem Hochland Abessiniens, aus den Bergwäldern der Provinz Kaffa, stammten. Diese hatten einen unverwechselbaren Geschmack. Und wenn man ihn nicht durch unsachgemäßes Rösten zunichtemachte, dann erhielt man mit der entsprechenden Zubereitung einen Caffee, den selbst der Sultan nicht verschmähen würde.

Neumann war bereit, für dieses kostspielige Vergnügen tief in die Tasche zu greifen. Er stattete Sabiha mit dem notwendigen Budget für die Anschaffung der Zubereitungsmittel und der Bohnen aus, das sie eigenverantwortlich verwaltete. Dafür hatte sie ihn mit Caffee zu belohnen, der alle Lebensgeister in ihm wecken sollte.

Das Verhältnis zu den übrigen Hausbewohnern gestaltete sich hingegen wenig harmonisch. Die Köchin Alma schätzte es gar nicht, wenn Sabiha mit ihrer Caffeepfanne ihre Feuerstelle zweckentfremdete. Die beiden Mägde, Ludwiga und Theres, erkannten in der wieder in alter Schönheit erstrahlenden Sabiha eine Rivalin, der die Lieferanten mehr Aufmerksamkeit schenkten als den braven hausbackenen Mägden.

Am tiefsten war die Ablehnung bei dem Zugehmädchen Clara. Sie stammte aus einer angrenzenden Gemeinde, wo sie in ärmlichen Verhältnissen aufgewachsen war. In der Stadt verdiente sie ihr Auskommen, da ihre Familie nicht genügend Mäuler stopfen konnte. Clara war im tiefverwurzelten Glauben an die Allmacht des Teufels aufgewachsen. Sie wusste, dass der Gehörnte es stets auf glaubensschwache Menschen abgesehen hatte. Um sich dessen Einfluss zu entziehen, trug Clara ein kleines geweihtes Holzkreuz über ihrer Bluse und führte in der Rocktasche einen Rosenkranz mit sich, um die Zeit, die sie mit der Betreuung der bettlägerigen Hausherrin verbrachte, sinnvoll zu gestalten. Wenn man sie nicht sah, dann hörte man sie allerorten. Selbst in der Nacht, wenn alle bis auf Neumann schliefen, murmelte sie ihre Rosenkranzgebete unaufhörlich in den Gängen. Clara war überzeugt, dass der Teufel in diesem Haus Einzug gehalten hatte. Und dieser Teufel hieß Sabiha, denn hier mussten dunkle Mächte am Werk sein, nachdem zwei Säuglinge gestorben waren. Erst wenn man diese boshafte Türkenhexe entfernt hatte, wäre die Gefahr gebannt, und die Hausherrin könnte endlich ein gesundes Kind zur Welt bringen.

Sabiha sah in der jungen Clara keine Gefahr, wusste sie doch, dass sie dem Hausherrn vortrefflich diente und er seine schützende Hand über sie hielt. Aber Sabiha wusste auch, dass sie sich nicht länger den absurden Verdächtigungen würde erwehren können, wenn es erneut einen Todesfall in diesem Haus gab. Daher war es besser, sich von dem Mädchen fernzuhalten, um sie nicht weiter auf dumme Gedanken zu bringen.

In einer dieser Nächte jonglierte Sabiha ein Tablett mit Caffee, Honig und Sahne durch die dunklen Gänge hinauf ins Arbeitszimmer Neumanns. Sie öffnete vorsichtig die knarrende Tür und stellte das Tablett auf einen kleinen Tisch, den Neumann zum Essen und für eine Caffeepause nutzte.

Müde und in Gedanken versunken drehte er sich zu ihr um. «Ist es schon wieder so spät?»

Sabiha nickte. «Ja, Herr.»

Er seufzte zufrieden. «Ich weiß nicht, wie ich die Arbeit ohne deinen Caffee bewältigen könnte.»

«Ihr fändet bestimmt einen anderen Weg.»

«Das bezweifle ich.»

Ein Lächeln flog über Sabihas Lippen. «Ihr trinkt ihn wie immer mit einem Löffel Honig und einem Schlag Sahne?»

«Genau so.»

Sie mischte beides unter und reichte ihm die Tasse.

«Setz dich ein wenig zu mir», sagte Neumann. «Wie geht es dir?»

Sabiha zeigte sich irritiert. «Gut, Herr.»

«Fühlst du dich in meinem Haus wohl?»

«Ja.»

«Wie geht es der Wunde?»

Einem Reflex folgend führte sie die Hand zur rechten Schulter und strich sanft über das Kreuz, das das Eisen hinterlassen hatte. «Es ist gut verheilt.»

«Das war nicht in meinem Sinn. Ich hoffe, du weißt das.»

«Sicher.» Doch bevor Neumann weiter auf seiner Unschuld insistierte, fragte sie ihn: «Was machen die Pläne?»

Er wies auf seine neueste Skizze, die an der Wand hing. «Eine Kirche für die Brüder in Münsterschwarzach», sagte er. Eine breite Fassade mit zwei spitzen Türmen zierte das Blatt. In der Mitte kreuzten sich die beiden Schiffe, die mit einer runden Kuppel den Blick zum Himmel heben sollten.

«Sie ähnelt einem Kreuz», sagte Sabiha, nachdem sie die Skizze in Augenschein genommen hatte.

«Richtig», sagte er erfreut. «Du hast einen guten Blick.»

«Unsere Moscheen haben einen anderen Charakter. In ihrem Zentrum steht das Allumfassende. Die Kuppel ist das Himmelszelt, das sich über uns erstreckt und in dem wir unsere Bestimmung sehen.»

«Eine schöne Idee. Warst du jemals in einer Moschee?»

«Sie ist den Männern und den Hanims vorbehalten. Junge Frauen haben ihre Gebete zu Hause zu verrichten.»

«Hanim? Was ist das?»

«Die Frau. Die erste, sozusagen. Jene, die der Herr an seine Seite genommen hat. Aber ich kenne Moscheen aus den geheimen Büchern. Eine gute Freundin hat sie mir gezeigt.»

«Welche geheimen Bücher?»

«Ihr wisst doch, dass der Prophet Abbildungen verboten hat. Aber dennoch gibt es sie. Wie hätten sonst die großen Baumeister lernen und ihr Wissen an die Nachfolger weitergeben können?»

«Und diese Bilder hast du gesehen?», fragte er erstaunt.

Sie nickte.

«Kannst du dich an diese Bilder erinnern?», hakte Neumann nach.

«Sicher», antwortete Sabiha. «Ich habe Tage mit ihnen verbracht.»

«Kannst du mir eine Moschee aufzeichnen?»

Wieder nickte sie, und Neumann machte Platz, reichte ihr einen Stift und ein leeres Blatt. Ohne zu zögern, begann sie zu zeichnen. Auf dem weißen Blatt entstand Strich um Strich eines dieser berühmten Gotteshäuser, die Neumann bisher nur aus Erzählungen kannte. Obwohl Sabihas Talent nicht unbedingt im Zeichnen lag, so gelang es dennoch, eine Moschee plastisch darzustellen. Im Zentrum der Anlage stand der große Betsaal, der gemeinhin von einer Kuppel überspannt wurde. Sie hatte je nach Größe der Moschee mächtige Ausmaße. Sie war das Herzstück, das den Eindruck von Erhabenheit vermittelte.

Und genau danach hatte Neumann die ganze Zeit gesucht. Der Idee von Erhabenheit. Sie war es, was seinem Schloss im Inneren noch fehlte, was im Zentrum stand, um dem Betrachter die Bedeutung dieses Ortes zu vermitteln.

Er nahm seinerseits ein leeres Blatt zur Hand und hielt fest, was ihm gerade in den Sinn gekommen war. Damit würde er seinem hartnäckigsten Konkurrenten, dem ungeliebten Wiener Baumeister Lukas von Hildebrandt, die passende Antwort geben.

Schon bald sollte der Weg über die Mainbrücke die *Heilige Straße* heißen.

Der zu Beginn seiner Amtszeit umjubelte und herbeigesehnte Fürstbischof Christoph Franz von Hutten hatte mittlerweile die Bürger der Stadt enttäuscht. Viele neue

Steuerlasten hatten sie zu tragen, und außerdem war von dem edlen Herrn wenig zu sehen. Mehr ein Geistlicher denn ein Fürst, hockte er hinter seinen Büchern und studierte die Schriften. Die eigentliche Macht übertrug er an die vielen Verwandten, die er peu à peu in ihre Ämter hievte. So blühte die Vetternwirtschaft allerorten in ungeahnter Weise auf. Diesem Zustand war es wohl zu verdanken, dass einige unerwartete Neuerungen sich den Weg bahnten, darunter das alleinige Recht des Stadtrats, den Wein vom Stein in eigens dafür vorgesehene, bauchige Flaschen abzufüllen und zu verkaufen. Wollte ein Wirt den Steinwein in Flaschen verkaufen, die das Stadtsiegel nicht trugen, bekam er Schwierigkeiten. Den einzig wahren Frankenwein galt es unter allen Umständen zu verteidigen.

Dieser Wein floss reichlich, als die ersten Heiligenfiguren auf der Mainbrücke aufgestellt wurden. Zwei wichtige Geschütze, die der Stadtverteidigung dienten, mussten dafür weichen. In den folgenden Jahren sollten weitere Figuren folgen, die eine beeindruckende Höhe von rund fünf Metern aufwiesen. Mit diesen ersten Figuren war der Anfang gemacht, und es zeigte sich, dass diese Maßnahmen bei den Bürgern wohlmeinend aufgenommen wurden.

Nachdem die Feierlichkeiten beendet waren und die Brücke wieder vom gemeinen Volk betreten werden durfte, hatte es sich Sabiha auf dem Brückenrand bequem gemacht. Die untergehende Sonne tauchte das Maintal in die gewohnten, aber immer wieder fesselnden rotgoldenen Töne, sodass man glauben konnte, kein Ort auf dieser Welt sei von der Natur mehr bevorzugt worden.

Vor ihr stand Veit, der sich an diesem Spätnachmittag

nicht nur gegen die gewohnte Unnahbarkeit Sabihas behaupten musste, sondern auch gegen das Licht- und Farbenspiel. In seiner Hand hielt er etwas versteckt. Bevor er es Sabiha offenkundig machen wollte, galt es, sie um ihre Einwilligung zu fragen. Unschlüssig, wie er beginnen sollte, setzte er mehrmals an.

«Nun, sag schon», forderte ihn Sabiha auf, «was hältst du da vor mir versteckt?»

«Dräng mich nicht», antwortete Veit verlegen. «Es fällt mir nicht leicht, dich zu fragen.» Schließlich gab er sich einen Ruck. «Seitdem ich dich das erste Mal gesehen habe … damals im Palast des Wesirs … gehst du mir nicht mehr aus dem Kopf. Ich habe versucht, dich zu vergessen, da ich glaubte, dass du in den Trümmern des Palasts gestorben wärst … und dem Herrn sei es gedankt, du bist es nicht. Nun habe ich dich wiedergefunden, und es treibt mich keine andere Furcht um, als dich wieder zu verlieren … Daher habe ich mir gedacht …»

Veit stockte.

«Nun sag schon», forderte Sabiha ihn auf. «Was hast du dir gedacht?»

«Ob du nicht …?»

Veit öffnete die Hand. Zwei Ringe hatte er darin verborgen. «Ob du nicht mein Weib werden willst.» Eine Last fiel von ihm ab, und er atmete erleichtert durch. «Das ist es, was ich dir sagen wollte.»

Sabiha nahm die beiden kupferfarbenen Ringe aus seiner Hand und betrachtete sie eingehend. Im inneren Ringlauf entdeckte sie eine Gravur. «*Pignus amoris habes*. Was bedeutet das?», fragte sie.

Veit erinnerte sich der Worte seines Herrn. «Du hast meiner Liebe Pfand.» Er hatte sie auf die Frage nach einer passenden Inschrift erhalten und in den Ring gravieren lassen. Würde sie Sabiha überzeugen?

Sie nahm sich für die Antwort Zeit. Was sollte sie ihm sagen? Dass sie ihn und seinen Herrn dafür hasste, was sie ihr angetan hatten? Dass sie sofort in die Heimat zurückkehren würde, wenn sie nur könnte? Oder dass sie trotz allem Gefallen an Veit fand? Diese widerstrebenden Gefühle. Was gäbe sie darum, wenn sich ihr Herz endlich für das eine oder das andere entscheiden könnte, allein deshalb, um endlich Frieden zu finden.

Die Antwort auf Veits Frage musste warten. Nicht zuletzt, weil über den Dächern der Stadt Rauch aufstieg. Nicht der gewöhnliche Rauch einer Feuerstelle, sondern dicker, schwarzer, giftiger Qualm, der rasch das Mainviertel hinter einem Schleier verbarg.

Sabiha deutete in Richtung des Feuers. «Dort brennt es!»

Veit drehte sich um. Wenn er sich nicht täuschte, dann musste der Brandherd ganz in der Nähe von Neumanns Haus liegen. Er nahm Sabiha bei der Hand und rannte los, die Straße zum Dom hinauf, dann rechts hinein, wo eine Menschenmenge Veits Befürchtung bestätigte. Er bahnte sich und Sabiha einen Weg, wenngleich der Rauch die Orientierung behinderte. Aber er musste so schnell wie möglich dorthin, um zu helfen.

Das Haus brannte lichterloh, und in dem Moment, als Veit und Sabiha eintrafen, stürzte das Dach unter lautem Getöse und Funkenwurf in sich zusammen. Eilig wurde das mühsam herbeigeschaffte Wasser nicht mehr auf das bereits verlorene Haus verschwendet, sondern auf die umliegenden Gebäude geschüttet, in deren Ritzen und auf deren Balken die heißen Funken fielen. Hier und da glomm es alsbald auf, da das Fachwerk durch die Hitze des Brandes im Unglückshaus bereits vorgewärmt war. Es galt, schnell zu sein, um die Ausbreitung des Feuers zu verhindern.

Veit nahm einem erschöpften und hustenden Mann den Eimer aus der Hand. Sabiha blieb, wo sie war. Sie sah Clara, die am Fenster des Neumann'schen Hauses stand und sie beobachtete. Jenseits des kleinen Platzes war das Haus eines Bäckers in Brand geraten. Seine gesamte Familie verbrannte darin, während er hilflos zusehen musste.

Clara wusste genau, dass der Feuerteufel wieder zugeschlagen hatte. Dort unten auf der Straße stand er.

«Der Bauwurm.»

Friedrich Karl von Schönborn

Fürstbischof von Würzburg und Bamberg

1729 bis 1746

Kapitel 1

Dieses Mal schwiegen die Glocken. Vielleicht lag es daran, dass der wenig geliebte Fürstbischof Christoph Franz von Hutten in aller Stille an einer Lungenentzündung verstorben war oder dass sein Nachfolger das Amt erst mit zwei Jahren Verzögerung antreten konnte. Denn auf die Dienste des Reichsvizekanzlers Friedrich Karl von Schönborn wollte der Kaiser nicht so schnell verzichten, gehörte er doch zu den bestimmenden Personen der Innen- und Außenpolitik und galt als einer seiner wichtigsten Berater in diesen unruhigen Zeiten, in denen es an den Reichsgrenzen überall nach Krieg roch.

Die Zeit des Umbruchs war durch den Tod des Familienoberhaupts Lothar Franz von Schönborn eingeleitet worden. In dessen Fußstapfen trat nun Friedrich Karl, der neue Herr von Schloss Weißenstein in Pommersfelden und des dazugehörigen Bistums Bamberg. Einige Würzburger befürchteten bereits, dass ihr neuer Fürstbischof sich nun meist in dem prächtigen Schloss aufhalten und Bamberg gegenüber der Stadt am Main bevorzugen würde. Mit einer persönlichen Nachricht an Balthasar Neumann schaffte Friedrich Karl diese Bedenken aus der Welt. Der Fürstbischof gedachte nicht in den bald fertiggestellten Nordflügel des Schlosses am Rennweg einzuziehen, sondern in den Südflügel, der bislang über den Rohbau nicht hinausgekommen war. Genaue Anweisungen, wie er dort zu residieren gedachte, sollte Neumann einer penibel aufgestellten Liste aus der Feder des Wiener Hofarchitekten Lukas von Hildebrandt entnehmen.

Der stolze Stadtbauarchitekt Neumann soll in seinem Arbeitszimmer getobt haben, als er die Auflistung der Änderungswünsche begutachtete. Kurz entschlossen verfasste er ein Schreiben an den fernen Fürstbischof mit der Bitte, nicht bereits Vorhandenes durch Sinnloses ersetzen zu wollen.

Die Antwort kam postwendend und befahl ihn an den Kaiserhof, wo er mit Hildebrandt die strittigen Details klären sollte. Nun endlich, nach so vielen Jahren der Demut, wagte Neumann das Wort gegen den mächtigen und einflussreichen Hildebrandt zu erheben. Er verteidigte seine Entwürfe und Ideen leidenschaftlich, wenngleich er sie nicht alle durchsetzen konnte. Manches musste aufgegeben werden, um anderes, Wichtigeres, durchzusetzen. Man einigte sich schließlich, und Neumann trat die Heimreise an.

Zurück in Würzburg, erfuhr er, dass seine Mutter im böhmischen Eger gestorben war. Der Verlust schmerzte ihn sehr. Wären da nicht seine beiden Töchter Maria Apollonia und Maria Margarete gewesen, die ihm seine Frau Eva mittlerweile geschenkt hatte, so hätte sich Neumann wieder hinter seinen Plänen vergraben. Aber jetzt spürte er das Rad der Zeit. Das Alte ging, das Neue kam. Der Lauf der Natur. Er würde nichts daran ändern können.

Sein Blick fiel aus dem Fenster, hinunter auf den kleinen Platz, wo die Ruine der vor Jahren in Flammen aufgegangenen Bäckerei stand. Noch immer hatte sie keinen Käufer gefunden, obwohl die Hutten'sche Steuerfreiheit für Häuser ohne Fachwerk den Kauf eines gutgelegenen Grundstücks eigentlich hätte begünstigen sollen. Die Menschen spürten, dass sie ihr Geld zusammenhalten mussten. Dem Land standen einschneidende Veränderungen bevor.

Zu später Stunde trat Sabiha mit dem üblichen Caffee zu Neumann ins Zimmer. Sie sah, was ihn beschäftigte, und sie erinnerte sich des hässlichen Vorfalls nach dem Brand, als das Hausmädchen Clara sie der Täterschaft bezichtigte. «Wie wird es ihr wohl ergehen?», fragte Sabiha in die Stille.

Neumann drehte sich zu ihr um. «Wen meinst du?»

«Clara. Glaubt Ihr, es war eine gute Entscheidung?»

Er nickte. «Die Schwestern im Kloster Unterzell passen gut auf sie auf. Vielleicht können sie sie lehren, dass ein einziger Funke genügt, um ein Haus in Brand zu setzen. Dazu braucht es keinen Teufel. Der Bäcker hätte besser auf seine Ofen achten müssen. Dich traf keine Schuld, und Claras einfältiges Gewäsch haben ohnehin nur die alten Weiber geglaubt.»

«Dennoch war es nicht ungefährlich, Partei für mich zu ergreifen. Ich habe davon gehört, wie früher ganze Familien zum Tod auf dem Scheiterhaufen verurteilt wurden.»

«Diese Zeiten sind gottlob vorbei. Ein neuer Geist schafft sich Raum. Die Wissenschaft hat den Hexenwahn entlarvt. Mach dir deswegen keine Sorgen. Bei uns passiert so etwas nicht mehr. Eher mache ich mir Vorwürfe, dass ich Claras Wahnvorstellungen nicht früher erkannt habe. Es hätte jeden treffen können. Du trägst keine Schuld daran.»

Sabiha ließ es damit bewenden. Sie fügte wie üblich dem Caffee Honig und Sahne hinzu und reichte dem Baumeister die Tasse. «Ich hoffe, er schmeckt Euch noch.»

«Wie am ersten Tag», antwortete Neumann, «und ich kann nicht sagen, wie froh ich bin, dass du hier bei uns bist und mich mit deinem magischen Trank verzauberst. Wäre ich den Menschen nur ein wenig mehr zugetan, dann empfände ich es als Verbrechen, ihnen deinen Caffee vorzuenthalten.»

«Ihr beschämt mich», antwortete sie.

«Ich meine es ernst. Du hast wahrlich ein Händchen für die Caffeezubereitung. Nirgendwo anders will er mir besser schmecken als bei dir. Was machst du nur, dass er diesen Geschmack erhält?»

«Rahim war ein guter Lehrmeister», antwortete sie. «Er hat mir alles beigebracht, was man über die Zubereitung von Caffee wissen muss. Dankt ihm.»

«Möge er in Frieden ruhen», antwortete Neumann. «Doch ich glaube, wir sollten dein Talent nicht allein auf mich beschränken.» Er wies auf die Ruine hinunter. «Unser neuer Fürstbischof, Friedrich Karl, ist ein Mann von Welt. Er ist weit gereist, spricht mehrere Sprachen und weiß einen guten Caffee zu schätzen. Ich denke, wir könnten ihm eine große Freude bereiten, wenn dein Können auch ihm zugutekommt.»

«Ich soll in seine Dienste treten?»

«Nicht ganz. Mir schwebt etwas anderes vor. So, wie ich es in Wien und in anderen Städten gesehen habe. Dort wird mit Caffee viel Geld verdient. Und das ist eine Sprache, die auf der ganzen Welt verstanden wird, nicht zuletzt in Würzburg. Wir können gar nicht genug davon bekommen.»

Die Baugerüste waren vom Nord- zum Südflügel gewechselt. Ein Heer von eifrigen Handwerkern arbeitete an der

Fertigstellung des neuen Bischofssitzes, der von Wien aus gesteuert und durch die Hand Neumanns geführt wurde. Es war, als hätte das kränkelnde Schloss durch die Ernennung Friedrich Karls von Schönborn neues Blut erhalten, das es kräftig und schnell wachsen ließ. Auf sein Betreiben hin kamen viele bedeutende Handwerker in die Stadt – darunter der Luganer Stuckateur Antonio Bossi und der Wiener Hofschlosser Johann Georg Oegg. Es gab viel zu tun. Nicht nur das Schloss drängte auf Fertigstellung, sondern auch die Grablege der Familie Schönborn, die der eigentliche Grundstein für die großen Bauarbeiten gewesen war.

Veit stand durchnässt vor einem der hohen Gerüste, auf denen Handwerker und einfache Arbeiter wie eifrige Ameisen Hand in Hand arbeiteten, um das Tagessoll zu erfüllen. Er war mit dem Herbeischaffen von massiven und akkurat zugeschnittenen Steinblöcken in Verzug geraten, seit der Steinbruch am Faulenberg zunehmend durch Wassereinbrüche gefährdet war. Knietief arbeiteten sie im aufsteigenden Wasser, das partout nicht weniger werden wollte, selbst dann nicht, als Neumann ein Drainagesystem angelegt hatte. Veit hätte gute Lust gehabt, den ganzen Steinbruch einfach wegzusprengen. Doch dieser bevorzugte Stein, der in der untergehenden Sonne golden glänzte, war nicht zu ersetzen. Neumann bestand darauf. Nicht einmal der Fürstbischof wollte hier seinen Einfluss geltend machen.

Wasser: dem einen Fluch, dem anderen Segen. So viel sauberes Wasser im Steinbruch nutzlos sprudelte, so wenig hatte man in der Stadt davon. Die meisten Brunnen litten an Verunreinigungen aller Art und waren damit Quell vieler Krankheiten. Sabiha hätte ein Königreich dafür gegeben, wenn sie anständiges Wasser für ihre Caffeekunst zur Verfügung gehabt hätte. So musste sie für Neumanns Nachttrunk eigens vor die Tore der Stadt gehen, um aus einer unverschmutzten Quelle den wichtigen Bestandteil ihres Caffees zu beschaffen. So auch an diesem Tag, als sie Veit eine Kanne ihres stärkenden Gebräus zur Baustelle brachte. Einer, der auf die Caffeelieferung besonders achtete, war der Stuckateur Antonio Bossi, der eigens von seiner Arbeitsstelle, der Schönborn'schen Grablege am Dom, herübergelaufen kam. Als Italiener kannte er den Türkentrunk von Venedig her und wusste ihn zu schätzen.

«Signorina Sabiha», sagte er wie immer nach dem ersten Schluck, «Euer Caffee duftet wie eine Reise in den Orient.» Dabei strahlte er sie an, als wollte er sie vom Fleck weg heiraten. Veit kannte diese Schmeichelei mittlerweile zur Genüge und wusste, dass es Bossis Art war, seine Bewunderung zu zeigen. So schritt er nicht mehr energisch ein wie beim ersten Mal. Dennoch: Konnte er nicht einfach seinen Caffee trinken, sich bedanken und dann schleunigst an seinen Arbeitsplatz zurückkehren?

«Signor Bossi», antwortete Sabiha, «es freut mich, dass er Euch schmeckt. Ich hoffe, er kann Euch bei der Arbeit unterstützen.»

«Mehr noch. Es ist, als erzählte Scheherazade eine ihrer berühmten Geschichten und ich könnte mich auf nichts anderes mehr konzentrieren.»

«Ihr kennt die *Alf Layla*, die Tausend Nächte?», fragte Sabiha überrascht.

«Ich hatte vor einigen Jahren die Gelegenheit, sie in einer Übersetzung zu lesen. Seitdem bin ich von ihnen gefangen.»

Veit, der nichts von dem verstand, witterte erneut Ungemach und schritt ein. «Genug, ich glaube, wir müssen nun alle an die Arbeit zurück.»

Er ließ Bossi kaum Zeit, seinen Becher zu leeren, nahm ihn und reichte ihn Sabiha, die ihn zornig ansah. Bossi machte sich eilends davon.

«Was bist du nur für ein ungehobelter Bursche», fuhr sie ihn an. «Du hast Glück, dass ich dich noch nicht zum Ehemann genommen habe. Und solange du deine Eifersucht nicht zügeln kannst, wird sich nichts daran ändern.»

Veit wehrte sich. «Ist er nicht zum Arbeiten da? Caffee kann er danach trinken.»

«Wie denn? Es gibt kein Caffeehaus in dieser Stadt.»

Und damit war sie beim eigentlichen Punkt angekommen, den sie mit ihm besprechen wollte. Neumann hatte ihr ein sagenhaftes Angebot unterbreitet. Doch in diesem Moment hätte sie Veit lieber zum Teufel geschickt, als seinen Rat einzuholen.

«Die Ruine», begann sie, «die gegenüber dem Haus unseres Herrn liegt, könnte bald einen neuen Bewohner finden.»

«Ach ja?», fragte Veit wenig interessiert, auch ein wenig beleidigt, «wer will denn in dieses Rattenloch einziehen?»

«Ich.»

Veit ließ überrascht den Becher sinken. «Du? Wie soll das geschehen, und warum?»

«Darüber wollte ich mit dir sprechen … sofern du dich wieder an deine Manieren erinnerst.»

Und Sabiha erzählte ihm den waghalsigen Plan, den sie mit Neumann ausgeheckt hatte. Aus der Brandruine sollte ein Caffeehaus nach orientalischem Vorbild entstehen, und Sabiha würde es führen. Neumann wollte schnellstens mit dem Fürstbischof darüber sprechen, damit sie die Erlaubnis und das notwendige Kapital dafür erhielten. Durch den Verkauf des Caffees und die darauf erhobenen Steuern würde frisches Geld den Bau des Schlosses unterstützen. In Bremen, Hamburg und Leipzig betrieb man dies bereits erfolgreich. Nun sollte Würzburg nicht länger hintanstehen.

«Nun, was sagst du dazu?», fragte Sabiha.

Veit antwortete darauf nichts. Es hatte ihm die Sprache verschlagen.

Einem langen majestätischen Wurm gleich schoben sich fünfzig Kutschen von Bamberg kommend in das Maintal. In einer dieser Kutschen saß Fürstbischof Friedrich Karl, weltlicher und geistlicher Herr der beiden einflussreichen und wohlhabenden Bistümer Bamberg und Würzburg. Nach zwei Jahren hatte sich der Reichsvizekanzler aus den Diensten des Kaisers verabschieden dürfen, um sich nun endlich der *Familiensache* widmen zu können.

Das hieß dreierlei: Fertigstellung der Totenkapelle am Dom, Fortführung der Bauarbeiten am Schloss und Wiederaufnahme der Schönborn'schen Regierungspolitik. Auf dem Weg zu Ruhm und Glanz galt es einiges aufzuholen und noch mehr einzuleiten. Einen Vorgeschmack darauf hatte das Domkapitel erhalten. Friedrich Karl dachte nicht im Geringsten daran, in das Rosenbachpalais seiner Vorgänger einzuziehen – das wäre eindeutig das falsche Zeichen gewesen. Er stellte von Anfang an klar, dass für ihn nur das neue Schloss als Regierungssitz in Frage kommen würde. Und solange es noch nicht fertiggestellt war, nahm er Quartier im Schönbornhof.

Von hier aus sollte es ihm auch nicht schwerfallen, die Arbeiten an der Totenkapelle und am Schloss zu verfolgen. So wunderte es nicht, dass er zuerst die Totenkapelle aufsuchte, wo die Arbeiten in vollem Gang waren. Neumann hatte die Baustelle zu Ehren des neuen Herrn schmücken lassen, wenngleich die Verschalung bis zur Decke reichte, auf der der Hofmaler Rudolf Byß seiner Arbeit nachging. Auch der Stuckateur Antonio Bossi war zugegen. Deren Anwesenheit schien den Fürstbischof in seinem Verständnis zu bestätigen. Wer Außergewöhnliches erschaffen will, braucht ausgezeichnete Mitarbeiter. Die Begrüßung gestaltete sich zuversichtlich, und Neumann war sich sicher, dass mit diesem Fürstbischof noch viele großartige Projekte zu verwirklichen seien. Das, was Friedrich Karl sah, entsprach seinen Vorstellungen. Schwarzer Marmor und kunstvoll gestaltete Totenköpfe wiesen zwar auf die Vergänglichkeit des Menschen hin, würden aber die Erinnerung an das Geschlecht der Schönborns weit in die Zukunft tragen. In der Kuppel hatte Byß das Jüngste Gericht gemalt, die Altäre und Grabplastiken stammten von Claude Curé, einem Franzosen, und der Italiener Bossi verlieh den vergoldeten Stuckaturen seine unverwechselbare Handschrift. Diese Grablege, klein in der Größe, aber groß in ihrer Kunstfertigkeit, war ein Juwel, das dem Anspruch eines Schönborn gerecht wurde.

Ganz anders stellte sich die Situation an der Großbaustelle des Schlosses dar. Obwohl die über dreihundert Handwerker und Arbeiter eifrig werkelten, entging dem neuen Herrn nicht, dass mit dem Grundstoff seines herrschaftlichen Hauses etwas nicht stimmte. Die graugelben Quader aus Sandstein trieften vor Wasser. Als ein Kutscher mit seiner Ladung unvorsichtig umging, ein Block von der

Ladefläche rutschte und sofort in zwei Teile zerbrach, konnte sich der Fürstbischof nicht länger zurückhalten.

«Was ist mit dem Stein?», fragte er besorgt seinen Baumeister.

Der konnte nicht anders, als den Wassereinbruch am Faulenberg zu gestehen. «Wir pumpen Tag und Nacht ab. Das Wasser will einfach nicht weichen.»

«Dann nehmt einen anderen Stein. Es gibt doch genug davon.»

«Nicht den vom Faulenberg.» Neumann nahm seinen Herrn zur Seite und zeigte ihm die Front seines Schlosses, wie es in der Nachmittagssonne glitzerte. Da traten silberne und goldene Reflexionen aus dem Stein hervor, die der Fürstbischof so noch nicht gesehen hatte. Jetzt verstand er. Ein anderer Stein gab dieses unvergleichliche Spiel des Lichts nicht wieder.

«Wir werden uns darum kümmern», versprach Friedrich Karl. «Und nun zur nächsten Station. Ihr wolltet mir jemand vorstellen?»

Nach der langen und anstrengenden Kutschfahrt willigte der Fürstbischof ein, den Weg zum Franziskanerplatz zu Fuß zu nehmen. Die Gelegenheit wollte Neumann nutzen, um ihn für die Vorteile seines Planes zu begeistern.

«Unsere schöne Stadt liegt am Kreuzungspunkt vieler Straßen, zu Wasser und zu Land», sagte er. «Händler, Reisende und Gäste Eurer Stadt würden eine gute Tasse Caffee zu schätzen wissen, so wie sie es aus Wien, Nürnberg oder Leipzig gewohnt sind.»

Der Fürstbischof nickte zustimmend.

«Seitdem der alte Caffeesieder tot ist, gibt es niemanden mehr, der einen Caffee in der geforderten Qualität zubereiten kann. Einige haben sich daran versucht, doch alle sind gescheitert. Ihre schwarze Brühe reichte nicht einmal aus, dass sich die Ratten daran vergiften wollten, so widerwärtig schmeckte sie einem.»

«Gibt es denn unter der Stadtbevölkerung überhaupt Bedarf an wohlschmeckendem Caffee?»

«Die Arbeiter und Handwerker sind die Ersten, die nach einem Caffee verlangen», fuhr Neumann fort. «Ihr wisst, dass ihr erstes Mahl am frühen Morgen bisher die Mostsuppe gewesen ist. Die war gut für die Stimmung, aber schlecht für die Arbeit. Der Caffee hingegen hat ihnen Kraft gegeben.»

Friedrich Karl wusste, worauf Neumann hinauswollte. Er kannte die alten Sitten und deren Auswirkungen auf die Arbeitsleistung. «Der Wechsel zum Caffee hat in Wien merklich zur Verbesserung der Arbeit und der Moral beigetragen.»

«Und nicht anders ergeht es den Beamten, Professoren und den Edelleuten», sprach Neumann weiter. «Sie waren die Nächsten, die sich an der Caffeesiederei eingefunden haben. Bei einem Becher Caffee ließen sich vortrefflich die neuesten Nachrichten austauschen und Gespräche knüpfen, die sich sonst nicht ergeben hätten.»

Obwohl Friedrich Karl im absoluten Herrschaftsanspruch eines Landesfürsten verankert war, sah er es doch gerne, wenn sich ein Meinungsaustausch zwischen den Ständen ergab. In seiner diplomatischen Tätigkeit am Kaiserhof hatte er oft erlebt, dass fehlende Informationen das Gelingen von Befehlen oder Gesetzen behinderten. «Nun gut», beschied er, «was habt Ihr Euch überlegt?»

«Vis-à-vis meinem Wohnhaus stand einmal eine Bäckerei», antwortete Neumann. «Sie ist inzwischen abgebrannt und steht ungenutzt leer. Dort wäre der geeignete Platz, um ein Caffeehaus zu errichten, das Euch Ehre und reichlich Steuern einbringt.»

«Muss es gleich ein richtiges Haus sein?», fragte Friedrich Karl. «Andernorts genügt ein Zelt oder ein Kiosk den Ansprüchen. Wir sind hier schließlich nicht in Wien, London oder Paris.»

«Aber wir könnten Würzburg dazu machen», ergänzte Neumann.

«Mit einem Caffeehaus?»

«Bevor man das Geld woanders ausgibt. Wieso nicht? In Wien verlangt man zwei Kreuzer für eine Schale, in London einen Penny und in Paris drei Sous. Mehr als die Hälfte davon kommt über die Steuer der Stadt zugute.»

«Ich kenne die Preise», sinnierte der Fürstbischof, und in seinem Kopf schienen sich die Münzen in Steine, Mörtel und Glasscheiben für sein Schloss zu verwandeln. Gegen ein paar Extraeinnahmen gab es wirklich nichts auszusetzen. «Aber wer soll das Caffeehaus betreiben? Ihr spracht selbst davon, wie schwierig es ist, einen guten Caffee zu kochen.»

Neumann lächelte siegesgewiss. «Dafür möchte ich Euch die beste Caffeesiederin vorstellen, die die Welt je gesehen hat. Sie stand im Dienst des Sultans und ist uns bei der Eroberung Belgrads in die Hände gefallen.»

Bis sie den Franziskanerplatz mit seiner schäbigen Ruine erreichten, schwieg der Fürstbischof. Dann, beim Anblick der verkohlten Mauerreste, schwand die Aussicht auf baldige Einnahmen aus dem Verkauf von Caffee.

«Soll das das Caffeehaus sein?», fragte er enttäuscht.

«Ich weiß», gab Neumann zu, «es sieht noch nicht danach aus. Aber es bedarf nicht viel.»

Er ging durch das offene Loch hinein, das früher einmal

die Tür gewesen war. Der Fürstbischof folgte ihm zögernd. Der Dachstuhl fehlte wie alles, das aus Holz bestanden hatte. So hatten sie wenigstens ausreichend Licht. Doch wider Erwarten galt es nicht über Steinbrocken zu steigen und sich das teure Gewand zu beschmutzen. Jemand hatte aufgeräumt und in die Mitte des Raums einen Tisch mit zwei Stühlen gestellt.

«Mit ein paar starken Balken lässt sich der Dachstuhl neu aufrichten», fuhr Neumann fort. «Dazu Bretter und Ziegel, und schon ist das Loch dicht. Auf ein Obergeschoss verzichten wir. Dadurch erhält der Raum Höhe. Einen Leuchter könnte er aber vertragen, damit genug Licht reinkommt. Es soll ja nicht wie eine Räuberhöhle aussehen.»

«Mein lieber Neumann», unterbrach der Fürstbischof, «Eure Begeisterung geht mit Euch durch. Als ich über Euer Angebot nachgedacht habe, ist mir nicht in den Sinn gekommen, dafür ein neues Haus bauen zu müssen ... oder ein altes von Grund auf zu renovieren. Für den Schlossbau benötigen wir das Geld und nicht für eine obskure Caffeehöhle.»

Aber Neumann ließ nicht locker. «Wir brauchen Material, starke Balken, Steine und Mörtel. All das ist vorhanden.»

«Und wer soll das errichten? Ich kann keine Arbeiter von unserem Projekt abstellen.»

«Das ist auch nicht nötig.» Neumann wies zur Tür. Dort standen Veit und Sabiha. Er winkte sie herein und stellte sie vor. «Die beiden werden die Arbeit leisten.»

Der Fürstbischof schaute ungläubig. «Ein Mann und eine Frau. Und eine zierliche obendrein, wie ich sehe. Die beiden sollen das allein bewerkstelligen?»

Unaufgefordert trat Sabiha einen Schritt vor. In den

Händen trug sie ein Tablett. «Darf ich Euer Gnaden eine Tasse Caffee anbieten? Er schärft die Sinne ungemein.»

«Soso, die Sinne», wiederholte er, während er die Tasse nahm. «Nun, dann wollen wir mal sehen, ob du es mit unseren Caffeesiedern in Wien aufnehmen kannst.»

Kapitel 2

Man schrieb das Jahr 1733. Neumann war nach einem dritten Töchterlein nun endlich der lang herbeigesehnte männliche Stammhalter geschenkt worden. Die Freude war groß und wurde auch nicht durch die großen Bauprojekte und die damit verbundene Arbeitslast getrübt. Wie vermutet, hatte Friedrich Karl die Erwartungen erfüllt, die mit seiner Inthronisation verbunden worden waren. Sein verlängerter Arm war Neumann, der zusehends das Vertrauen, das er in ihn gesetzt hatte, erfüllte. Von Maximilian von Welsch, dem *spiritus rectus* von Schloss Weißenstein in Pommersfelden, war nicht mehr die Rede, und selbst der Einfluss Lukas von Hildebrandts war merklich geschwunden. Einen kleinen Disput, wie die Hofkirche am Südflügel des Schlosses gestaltet werden sollte, hatte Neumann für sich entscheiden können. Seine Geduld hatte sich ausbezahlt. Wer auch immer seinen Einfluss am Schloss in den vergangenen Jahren hatte geltend machen wollen, war einer nach dem anderen ausgeschieden. Und das zu Recht. Neumann war Herr der Lage – am Zeichenbrett und auf der Baustelle. Er kannte jeden, wusste, was zu tun war, und genoss den Respekt seiner Mitarbeiter, die zeitweise zu Hunderten am Schloss arbeiteten.

Nun hatte der Fürstbischof eine weitere Aufgabe für ihn. Im rund zwanzig Kilometer entfernten Ortsflecken Werneck sollte eine Sommerresidenz entstehen, wo sich der Fürst im Kreise seiner geliebten Fasanen von den

Amtsgeschäften erholen konnte. Am Flüsschen Werrn gelegen, sollte der ehemaligen Burg und der seit ihrer Vernichtung im Bauernkrieg notdürftig instandgesetzten Anlage neues fürstliches Leben eingehaucht werden. Der auf drei Stockwerke angelegte Bau sollte darüber hinaus eine Gartenanlage nach englischem Vorbild erhalten. Das alles sollte kein Problem darstellen, solange die Werrn in ihren naturgegebenen Schranken blieb. Doch das tat sie nicht oft, sodass der Fürstbischof von Neumann verlangte, dem nassen Trauerspiel ein Ende zu bereiten und den Flusslauf zugunsten der neuen Residenz zu ändern.

Neumann standen bei diesem Auftrag die Haare zu Berge, und man sah ihn immer öfter in seiner Befehlskanzel auf dem Mansardendach seines Hauses scheinbar ziellos umherlaufen, wo er einen exzellenten Blick über die Stadt hatte und nichts und niemand seine Gedankengänge stören konnte. Um ihn herum hämmerte, sägte und polterte es derweilen, wenn an den zahlreichen Baustellen die Neugestaltung der Stadt vorangetrieben wurde. So auch zu Füßen seines Hauses schräg gegenüber. Die Mauern der ehemaligen Ruinen waren frisch hochgezogen und gestrichen worden. Unter dem neuen Dach, das wie eine Kuppel wirkte, hing ein Schild, das der Caffeesiederei ihren Namen gab. Es lautete Saray – das türkische Wort für Palast oder Residenz. Und dies sollte es nach Sabihas Meinung auch sein. Ein Palast, in dem sie nicht länger Dienerin war, sondern Herrin. Gleichwohl hatte sie die Kunden selbst zu bedienen, doch sie tat das als unabhängige und freie Geschäftsfrau.

Im Inneren des Sarays überspannte eine Kuppel aus Stein und buntem Mosaik den großen Gastraum, in dem gut hundert Gäste an Tischen und Bänken Platz fanden.

Auf den ersten Blick mochte man glauben, man hätte eine gewöhnliche Gaststube betreten, doch die Wandteppiche, die Sabiha bei armenischen Händlern erworben hatte, zeigten die Sultansstädte Adrianopel und Konstantinopel, die sagenumwobene Moschee Aghia Sophia und das Stillleben einer Karawanserei. Illuminiert wurde das Ganze durch Kerzen und einen Kamin an der Stirnseite, der eine wohlige Wärme spendete. All das hatte viel Geld gekostet. Nach anfänglichen Bedenken hatte Sabiha den Fürstbischof von der Geschäftsidee überzeugen können. Ein Vertrag war aufgesetzt worden, der ihr das alleinige Schankrecht für Caffee in Würzburg zusprach. Natürlich würde es deswegen bei den anderen Gastwirten Streit darüber geben, aber Sabiha erinnerte sich der Worte Rahims, dass die Fürstbischöfe viel Wert auf die Befähigung zum Caffeesieden legten. Friedrich Karl sah keinen Grund, etwas daran zu ändern. Schließlich sollte sein investiertes Kapital mit vielen Zusatzeinnahmen bald an ihn zurückfließen.

Sabiha hatte den ganzen Tag in der an den Gastraum grenzenden Küche gestanden, um die Eröffnungsfeier vorzubereiten. Neben dem Fürstbischof, Neumann, dem Stadtrat waren auch Beamte, Professoren, Geistliche und Geschäftsleute eingeladen, die eine Schale wohlschmeckenden Caffees zu schätzen wussten. Sie hatte sich vorgenommen, ihnen ein Schauspiel der besonderen Art zu bieten. Dazu bedurfte es einer genauen Planung und türkischer Spezialitäten, wie sie in Würzburg noch unbekannt waren. Auf ihre Anweisung hin hatte Veit nicht nur für einen ausreichend großen Vorrat an sauberem Quellwasser gesorgt, sondern auch die Zutaten für die Speisen bei den Händlern beschafft. Die hatten nicht schlecht gestaunt, welche Waren in dieser Stadt nun einen Abnehmer fanden.

Eine Besorgung hatte Veits Aufmerksamkeit besonders erregt. Zehn Gulden – der Wochenlohn von zehn Arbeitern – hatte er einem Händler für eine beunruhigend leichte Kiste für Sabiha aushändigen müssen. Was sich darin befand, wollte der Händler nicht sagen, doch es musste etwas von Wichtigkeit sein. Warum sonst hätte Sabiha so viel Geld, das obendrein geliehen war, dafür ausgegeben?

Sabiha wirkte aufgeregt, als er mit der Kiste im Saray erschien.

«Hast du sie geöffnet?», fragte sie ihn.

«Nein», antwortete er, «aber ich hätte gute Lust dazu. Ich fürchte nämlich, dass sich gar nichts darin befindet. Dieser Händler machte mir nicht gerade den ehrenwertesten Eindruck.»

«Sarkis ist kein Betrüger.»

«Was macht dich so sicher?»

«Ich habe es in seinen Augen gelesen.» Sie nahm ihm die Kiste aus der Hand und verschwand damit in der Küche.

Veit rief ihr nach: «Kennst du ihn, diesen Sarkis?»

«Ich weiß, mit wem er Geschäfte macht», hörte er sie aus der Küche.

«Und das reicht dir?»

«O ja, das tut es.»

«Was macht dich so sicher?» Veit näherte sich der Küche und spähte durch den Vorhang hinein. Sabiha war über die Kiste gebeugt. Er konnte etwas Weißes erkennen, das mit goldfarbenen Fäden geschmückt war. Und da war noch etwas Blaues, ein Stoff oder etwas Ähnliches, das im Kerzenlicht schimmerte.

Als Sabiha Veits Anwesenheit bemerkte, schloss sie den Deckel der Kiste augenblicklich. «Sei nicht so neugierig», sagte sie vorwurfsvoll. «Besorg mir lieber ein paar Handtücher. Ich muss mich noch waschen, bevor unsere Gäste eintreffen.»

Doch Veit war durch die Geheimnistuerei erst recht misstrauisch geworden. «Woher kommt dieser Sarkis, und was tut er, außer geheimnisvolle Kisten zu liefern?»

Für Sabiha war das Gespräch beendet. «Er handelt mit allem, was sich zu Geld machen lässt.» Sie bugsierte Veit zur Tür hinaus.

«Ist er vertrauenswürdig?»

«Warum sollte er das nicht sein? Nur, weil er Armenier ist?» Sabiha schüttelte tadelnd den Kopf. «Wenn es dich beruhigt: Er ist ein Christenmensch, so wie du einer bist.»

«Und du auch», antwortete Veit besorgt. «Vergiss das nicht.»

Sabiha schien für einen Moment wie erstarrt. Sie streifte die Bluse an der Schulter beiseite, und das Brandkreuz wurde sichtbar. «Wie könnte ich das jemals?», sagte sie.

Veit schwieg. Was hatten sie ihr nur angetan, schoss es ihm durch den Kopf. Das würde sie ihnen niemals verzeihen. Er verließ gesenkten Hauptes den Raum, um frische Handtücher zu holen.

Sabiha ging in die Küche zurück und öffnete die Kiste. Hastig durchsuchte sie den Inhalt. War alles da? Hatte Sarkis auch nichts vergessen? Die Hosen, die Sandalen, das Ambra?

Das Wasser im Kessel brodelte. Vorsichtig nahm sie ihn vom Feuer, schüttete den Inhalt dampfend in eine ausreichend große Wanne, mischte es mit kaltem Wasser zur richtigen Temperatur und entkleidete sich. Dann griff sie in die Kiste und holte eine kleine Flasche hervor. Ein paar Tropfen sollten genügen. Sie gab sie ins Wasser.

Unbemerkt trat ein Mann in den Gastraum des Sarays. Er war seltsam gekleidet. Lange Pluderhosen wölbten sich über spitzen Schnabelschuhen, ein halblanger Frack vermochte nicht die üppige Brustbehaarung zu bedecken. Auf dem Kopf trug er ein zu einem Turban gewundenes Tuch.

«Ist hier jemand?», fragte er schüchtern in die Stille hinein. Er erhielt keine Antwort. So setzte er sich auf einen Hocker an der Wand, zog aus dem mitgebrachten Sack ein bauchiges Instrument mit einem langen Hals und begann darauf zu spielen. Es waren merkwürdig fremde Klänge, die er mit flinken Fingern dem Instrument entlockte.

Sabiha schreckte auf. Sie stand nackt in der kleinen Badewanne. Hastig griff sie nach ihren Kleidern.

«Wer ist da?», rief sie in den Gastraum hinaus.

Der Mann unterbrach sein Spiel. Woher kam diese Stimme? «Ich bin Çem», antwortete er. «Sarkis sagte mir, ich solle heute hier spielen.»

Sabiha fiel ein Stein vom Herzen. Um ein Haar hatte sie befürchtet, dass Sarkis sein Versprechen nicht halten würde. Nun war er da, der Saz-Spieler, ihr wichtigster Helfer. Allah sei gepriesen. Jetzt konnte alles seinen von ihr bestimmten Weg nehmen.

«Gedulde dich noch einen Moment», rief sie, «ich bin gleich bei dir. Spiel so lange weiter. Es gefällt mir.»

In der Tür stand unvermittelt Veit. Er schätzte die Situation vollkommen anders ein. «Was willst du?», fragte er misstrauisch den fremden Mann.

Çem erhob sich augenblicklich. «Ich bin der Saz-Spieler.»

«Der was?»

Der Türke hob die Laute zum Beweis hoch. «Die Saz. Ich spiele sie.»

Von Veits drohenden Worten aufgeschreckt, erschien Sabiha, eilig in ihre alten Kleider gezwängt. «Beruhige dich, Veit. Er wird unsere Gäste aufs trefflichste unterhalten.»

Zur Bestätigung des Gesagten verbeugte sich Çem. «Salem aleykum.»

«Aleykum salam», antwortete Sabiha erfreut. «Was darf ich dir anbieten?»

«Wenn ich Sie um einen Caffee bitten dürfte, Hanim?», antwortete Çem ehrerbietig. «Die Reise war lang und anstrengend.»

Sabiha lächelte. «Nenn mich Sabiha. Wie es alle tun. Dennoch bleibe ich deine Hanim. Vergiss das nicht.»

Der Musiker verbeugte sich dankend, und Sabiha begab sich in die Küche, nicht ohne dem noch immer verwirrten Veit die Handtücher aus der Hand zu nehmen. Der wies Çem einen Platz an einem der Tische zu und setzte sich. «Entschuldige, wenn ich dich beleidigt haben sollte. Man muss vorsichtig sein heutzutage.»

Çem nickte zustimmend. «Es herrscht viel Unruhe. Neue Zeiten brechen an.»

«Woher kommst du?», wollte Veit wissen.

«Ich stamme aus einem Dorf an der Küste des Schwarzen Meers.»

«So weit bist du gereist?»

Çem lächelte schüchtern und schüttelte den Kopf. «Ich stand in Diensten eines reichen Kaufmanns in Wien, als Sarkis mich ansprach, ob ich nicht in diese Stadt kommen wollte.»

«Sarkis scheint ein recht umtriebiger Mann zu sein», sagte er.

«O ja, das ist er. Zweifellos. Er weiß, wo und wie er Geschäfte machen kann.»

«Und, welches Geschäft hat er mit dir gemacht?»

Çem stutzte. «Ich verstehe nicht, Herr.»

«Wien ist eine große und lebensfrohe Stadt. Wie hat er dich dazu bewogen, nach Würzburg zu kommen?»

Die Frage war Çem eindeutig zu persönlich. Dennoch entschied er sich, höflich zu sein. «Ich bleibe nicht gern lange an einem Ort. Die Welt ist groß, und es gibt viel zu sehen.»

Diese Antwort überzeugte Veit nicht. Der Mann verbarg etwas.

Da erschien Sabiha mit dem Caffee. «Lass ihn dir schmecken», sagte sie.

Çem blickte sich anerkennend um. «Es ist schön hier. Die Teppiche an der Wand zeigen Bilder aus der Heimat.»

«Noch ist nicht alles so, wie es sein soll», ergänzte Sabiha, «aber das wird kommen. Wir stehen erst am Anfang.»

«Was hast du denn noch vor?», fragte Veit besorgt.

Sabiha lächelte. «Wenn du glaubst, das hier sei schon ein richtiges türkisches Caffeehaus, dann hast du noch keines gesehen. Es fehlt an vielem.»

«Mir gefällt es, so wie es ist.»

Es ging bereits auf den Abend zu. Die drei hatten die Zeit völlig vergessen, und so wurden sie vom ersten Gast überrascht. Er steckte zögernd seinen Kopf zur Tür herein und fragte, ob er hier im neuen Caffeehaus richtig sei, das heute seine Einweihung feierte. Sabiha wies Çem an, seinen

Platz am Kamin einzunehmen und die Saz zu spielen. Veit sollte dem Gast einen Caffee reichen, sie selbst zog sich zurück. Es gab noch einiges vorzubereiten.

In der Zwischenzeit füllte sich das Caffeehaus mit Professoren der Universität, Beamten aus der fürstbischöflichen Kanzlei, dem gesamten Domkapitel, Stadträten, und schließlich erschien auch Neumann mit seiner Frau Eva Maria. In Gruppen standen und saßen sie mit einer Schale Caffee im großen Rund des Gastraums unter der Kuppel, die durch den Schein der vielen Kerzen und des Kaminfeuers eine wohlige Atmosphäre verströmte.

Çems Spiel auf der Saz wollte anfänglich den Gästen nicht so recht schmecken. Zu fremd waren die Melodien und Weisen, die er aus seiner Heimat nach Würzburg brachte. Aber es sollte nicht lange dauern, bis die fremden Klänge den Einheimischen ins Ohr gingen und auf Gefallen stießen. Einzig die geistlichen Herren des Domkapitels trauten dem Muselmanen nicht so recht. Hätten sie verstanden, dass seine Lieder mehr der Liebsten galten als der feindlichen Religion, dann hätten sie sich weniger sorgen müssen.

Eine Frage beschäftigte jedoch alle Anwesenden. Wo war der Hauptgast, der Fürstbischof, der seine Erlaubnis und sein Geld für das Caffeehaus gegeben hatte? Niemand wusste eine Antwort darauf. Auch Sabiha hatte sich bis zu diesem Zeitpunkt den Gästen noch nicht gezeigt. Sie wartete das Eintreffen Friedrich Karls ab. Ihm hatte sie zu gefallen und wegen seiner Großzügigkeit zu schmeicheln, nicht den anderen, die von seiner Gnade abhingen.

«Warum versteckst du dich in der Küche?», fragte Veit. «Unsere Gäste wollen dich sehen.»

«Geduld», erwiderte Sabiha, «noch ist es nicht so weit.

Der richtige Augenblick zählt und nicht, was diese Leute von mir erwarten. Schenk ihnen noch Caffee nach. Er wird sie beschäftigen.»

Kaum hatte sie dies gesagt, öffnete sich die Tür, und der langerwartete Gast erschien mit seinem Hofkanzler Schild. Augenblicklich verstummten alle Gespräche, und die Gruppen teilten sich, um für ihren Herrscher ein Spalier zu bilden. Çems Spiel erstarb im selben Moment. Er legte die Saz beiseite und begab sich auf die Knie. Mit einer Verbeugung begrüßte er den Herrn.

Als Friedrich Karl das sah, richtete er das Wort an die Umstehenden. «Seht, dieser Muselman weiß, wie er seinen Herrn zu begrüßen hat.»

Unsicher und eingeschüchtert schauten sich die Gäste um. Sollten sie tatsächlich auf die Knie gehen?

«Ihr habt Glück», sprach Friedrich Karl weiter, «dass unser aller Herr und König uns die Vergebung geschenkt hat.» Dann wieder an Çem gerichtet: «Erhebe dich und spiel weiter. Ich will hören, was du mir aus dem fernen Türkenreich mitgebracht hast.»

Çem gehorchte augenblicklich und stimmte ein Lied an. Friedrich Karl schien es zu gefallen. Er lächelte, und alle anderen fühlten sich erlöst.

«Nun denn», rief er in den Raum, «alle haben etwas zu trinken. Nur mir wird offensichtlich eine Schale des wohlschmeckenden Trunks vorenthalten.»

Veit räusperte sich und antwortete kleinlaut: «Noch einen Moment. Wir sind noch nicht so weit.»

Das allseitige Erstaunen folgte auf dem Fuß. Selbst der Fürstbischof glaubte seinen Ohren nicht zu trauen. Bevor Neumann eilenden Schrittes Veit zur Besinnung bringen konnte, trat Sabiha aus der Küche. Sie war in die Tracht einer Odaliske gekleidet, aber bei weitem nicht so verführerisch, wie sie es aus dem Palast des Wesirs gewohnt war. Doch das, was sie trug, und wie sie sich bewegte, sollte trotzdem jedem im Raum den Atem rauben. Ein durchsichtiger grüner Schleier bedeckte ihr Gesicht, einen weiteren hielt sie in den Händen und führte ihn in weiten Bewegungen zu den rhythmischen Klängen der Saz über ihren Körper, als liebkosten sie begierige Hände.

Der ekstatische Schwung ihrer Hüften hätte ihr am Palast des Sultans viel Lob eingebracht, doch hier im katholischen Würzburg war die Kunst des Bauchtanzes unbekannt. Alles, was mit nackter Haut und Erotik zu tun hatte, gehörte nicht an die Öffentlichkeit.

Die Herren des Domkapitels waren empört. Die Professoren, Beamten und Geschäftsleute hingegen sahen in Sabihas Tanz etwas Neuartiges und nicht zuletzt eine willkommene Abwechslung zu den traditionellen Tänzen des Frankenlandes. Friedrich Karl, ein weltoffener und erfahrener Herrscher, war durch sein langjähriges Wirken in der Reichshauptstadt Wien fremden Kulturen und ihren Bräuchen gegenüber durchaus aufgeschlossen, wenngleich er nicht alles guthieß, was er mit ansehen musste. Er unterlag, wie alle am politischen Geschehen Beteiligten, dem ehernen Gesetz der Diplomatie, und das forderte, dass Darbietungen, gleich welcher Art, ruhig und gelassen auszusitzen waren. Eine falsche Geste konnte mehr zerstören als jede noch so mächtige Waffe.

An Sabihas Bauchtanz konnte er nichts Obszönes entdecken, weshalb er die Empörung des Domkapitels in die Schranken wies. «Seid still und lernt, was in anderen Teilen der Welt als Kunst verstanden wird.»

Seine mahnenden Worte waren noch nicht verhallt, als

ein Mann zur Tür hereingestürmt kam. Er war sichtlich außer Atem und hatte wichtige Nachricht.

«Euer hochwürdigster Herr», keuchte er, «der Franzos' marschiert wieder. Er hat den Rhein überquert und kommt mit einer Armee auf uns zu.»

Kapitel 3

Die langersehnte Kunde von Ehrenbreitstein war eingetroffen. Der vierte Bruder Friedrich Karls, Franz Georg, hatte allen Grund zur Sorge. In seiner Eigenschaft als Kurfürst von Trier, Fürstbischof von Worms und Fürstpropst zu Ellwangen hatte er Neumann auf seine Festungsanlage Ehrenbreitstein, die an der Mündung der Mosel in den Rhein, der Stadt Koblenz gegenüber, lag, kommen lassen. Zur Lagebesprechung waren zu Neumanns Überraschung auch sein Kriegskamerad Graf Neipperg, der offizielle Abgesandte aus Wien, geladen, mit dem er die Schlacht um Kalemegdan in Belgrad geschlagen hatte.

Die Lage war ernst, zweifellos. Der Franzose stand marschbereit mit siebzigtausend Mann jenseits des Rheins bereit. Ehrenbreitstein gehörte zu seinen ersten Angriffszielen, wie es die Geschichte der letzten Jahrzehnte bewiesen hatte. Immer wieder war sie in die Hände der Franzosen gefallen, um ebenso blutreich zurückerobert zu werden. Der frühere Erzbischof Richard von Greiffenclau zu Vollraths hatte deshalb die ehemalige Burg zu einer Festung ausbauen und sie an der Nordseite mit einem Graben und Bastionen versehen lassen. Er ließ auch Kanonen für die neue Festung gießen. Die größte war die von Meister Simon aus Frankfurt am Main gegossene, zwölf Tonnen schwere und über fünf Meter lange Kanone mit dem Namen *Greif*. Sie war als Belagerungskanone bestimmt und sollte Kugeln von hundertsechzig Pfund Gewicht unter Zuhilfenahme von achtzig Pfund Schwarzpulver abfeuern können. Doch auch Greif konnte nicht verhindern, dass sich der Franzose an ihrer furchterregenden Feuergewalt vorbeischleichen konnte, um die strategisch wichtig gelegene Festung hoch über dem Zusammenfluss von Mosel und Rhein in die Hände zu bekommen. Dass dies nicht erneut geschah, war Neumanns Aufgabe, so wie schon drei Jahre zuvor, als er erste Fortifikationsarbeiten geleistet hatte. Nun galt es, die Festung noch weiter auszubauen, um der drohenden Invasion zu widerstehen.

Neumann machte dem Schönborn Franz Georg wenig Hoffnung, kleidete seine Zweifel aber in wohlgewählte Worte. Schließlich war auch Graf Neipperg zugegen, der im Auftrag des wiedereingesetzten Reichsvizekanzlers und Fürstbischofs zu Würzburg Friedrich Karl die Interessen des Reichs vertrat.

Jede Festung konnte bezwungen werden, das wusste Neumann spätestens seit dem Fall Kalemegdans. Man konnte es einzig dem Feind schwermachen und seine Kampfkraft auf die Festung leiten, damit andere Städte, zuvorderst Trier, es in ihrer Verteidigung leichter hatten. Selbst Würzburg war davon nicht ausgenommen. Schließlich war die Bischofsstadt über Rhein und Main binnen weniger Tage mit Kriegsschiffen erreichbar.

Es half alles nichts, es musste geschanzt werden. Jeder, der im Bistum einen Stein heben oder eine Schaufel führen konnte, war für die Landesverteidigung abgestellt. Jederzeit konnte der übermächtige Franzose die Grenzen passieren.

Neumann hatte einen Burschen namens Johann eilends nach Würzburg reiten lassen, um alles Notwendige für die Verteidigungsmaßnahmen zu veranlassen. Nachdem er dem Hofkanzler die Botschaft überbracht hatte, zog er von Gasthaus zu Gasthaus, um seine Nachrichten mit kostenlosen Getränken zu versilbern. Nach ein paar kräftigenden Bieren war er nun auch in Sabihas Saray angekommen. Zu seinem Becher Caffee war ihm ausnahmsweise auch eine Flasche Wein gestellt worden. Er saß umringt von den zahlreichen, neugierigen Gästen an einem Tisch und erzählte, was sich in den letzten Tagen zugetragen hatte.

«Wir ritten sodann eilends nach Trier weiter», sprach Johann. «Auch Neipperg war von der Partie. Überall schanzen die Leute, als ginge es um ihr Leben, und das tut es zweifellos. Die Angst ist ihnen in die Glieder gefahren. Aber keiner murrt, denn jeder weiß, jetzt geht's ums nackte Überleben. In einem Ort namens Trarbach richten sich die Leute auf die Belagerung ein. Für ein Jahr sollen sie Proviant herbeischaffen.»

Die Umstehenden erschraken. «Für ein ganzes Jahr?»

«Noch ist es nicht so weit», widersprach ein anderer. «Der Kaiser wird uns nicht im Stich lassen. Schließlich ist unser Fürstbischof wieder am Hof. Der wird sich für sein geliebtes Würzburg starkmachen.»

«Seid still», befahl Veit, der an weiteren Informationen Johanns interessiert war, bevor er seine Schlüsse zog. «Ist der Neumann noch immer in Trier?»

Johann trank durstig seinen Becher aus und verneinte. «Keine Zeit. Trier muss selbst sehen, wie es zurechtkommt. Wir ritten dann gen Luxemburg. Tausende auf dem Weg dorthin schanzen, graben, errichten Wälle gegen den Franzosen, der einen Steinwurf weit über dem Rhein seine Messer wetzt. Noch nie hab ich so viel Angst gesehen. Dieses Mal wird's ernst, auch für uns. Der Neumann hat mir Order für den Hofkanzler mitgegeben. Alle, die vom Schlossbau abgezogen werden können, müssen schanzen.»

Einige wunderten sich. «Geht die Arbeit am Schloss denn weiter?»

«Unser hochwürdiger Fürstbischof», antwortete einer aus dem Kreis der Umstehenden dreist, «wird doch sein Schloss nicht einfach aufgeben, solange kein Franzos die Stadtmauern bezwungen hat.»

Veit konnte das nicht unerwidert lassen. «Schweig. Ich will keine aufrührerischen Reden hier hören. Ab morgen sehen wir uns alle in den Schanzgräben wieder. Dort kannst du deine Unverschämtheiten der Schaufel erzählen.»

Von der sich anschließenden hitzigen Diskussion über Sinn und Unsinn von Fortifikationsarbeiten an einer längst überholten Stadtbefestigung unberührt, widmete sich Sabiha einer Lieferung, die Sarkis ihr am Morgen übergeben hatte. Es war ein seltsames Ding, das sie da unter freiem Himmel im kleinen Innenhof des Sarays aufgestellt hatte. Der Körper war rund wie eine Melone, an deren Seiten zwei Stäbe angebracht waren, die man in die Halterung eines eisernen Bocks über dem Feuer legen konnte. Der eine Stab besaß eine einfache Kurbel, mit der sich das Gerät rundum drehen ließ. Die innen hohle Kugel ließ sich über eine Klappe leicht öffnen und mit rohen Caffeebohnen füllen.

Für beste Ergebnisse sollten die Flammen nicht an die Kugel heranreichen, schärfte ihr Sarkis ein, damit die Bohnen im Innern nicht verbrannten. Und ständig drehen, das sei das Wichtigste überhaupt. Sabiha hatte sich genau an Sarkis' Anweisungen gehalten. Den genauen Röstgrad der Caffeebohnen über das ihr vertraute Knistern aus der Caffeepfanne zu bestimmen, war nun nicht mehr möglich.

Diese Röstkugel war aus einem anderen Material geformt. Sie würde mehrere Versuche unternehmen müssen, um den neuen Klang und damit die optimale Röstfarbe ermitteln zu können.

Der erste Versuch war wenig zufriedenstellend. Die Bohnen wiesen unterschiedliche Röstfarben auf. Die einen waren schwarz wie Pech, die anderen braun wie überreife Äpfel. Ein schlechtes Ergebnis. Auch das Entleeren der Kugel sollte nicht so leicht von der Hand gehen wie gewohnt. Schließlich war die Klappe vom Feuer heiß, und die Caffeebohnen mussten schnell auf das Kühlbrett kommen, damit das befürchtete Nachbrennen unterbunden wurde. Mit etwas Geschick gelang es ihr, jedoch verbrannte sie sich die Finger gehörig an der heißen Kugel.

Nun stand sie in der kleinen Küche und betrachtete ihr Werk, das wie Rosinen aus verschiedenen Ernten auf dem Kühlbrett zur Verkostung auf sie wartete. Sabiha pickte eine rabenschwarz glänzende Bohne heraus, legte sie in den Mörser und zerstieß sie mit dem Stößel. Sogleich führte sie den Mörser an die Nase heran. Das entweichende Aroma musste rasch eingeatmet werden, es verflog schnell. Bitter und verbrannt kam es ihr entgegen. Das war eindeutig zu viel des Guten.

Sie leerte und wischte den Mörser aus, nahm eine hellere Bohne und wiederholte den Vorgang. Besser, wenngleich sie noch etwas mehr Hitze hätte vertragen können. Schließlich griff sie beim dritten Versuch diejenige Bohne heraus, die ihrer Ansicht nach die beste Farbe aufwies. Sie war nahezu schwarz mit einem verräterischen Schimmer von dunklem Braun. Bevor sie sie zerstieß, roch sie daran. Ja, das war das Aroma, nach dem sie suchte. Diese Bohne hatte Charakter – er war kräftig, voll, und das begehrte Öl wartete unter dem Mantel auf die Verschmelzung mit dem Gaumen.

Sie klaubte eine Handvoll Bohnen der erwünschten Farbe vom Brett und zerstieß sie im Mörser. Welch ein wunderbarer Duft kam ihr da entgegen. Sarkis hatte nicht zu viel versprochen. Diese neuartige Röstkugel sollte die Caffeebohne veredeln. *Den Gewürzen kann der Mensch nicht Aroma verleihen,* hatte Sarkis gesagt, *der Caffee jedoch wird durch seine Geschicklichkeit von der Raupe zum Schmetterling. Hervor kommt der verborgene Schatz.*

Ohne auf die lauter werdenden Worte und Widerworte zu hören, die aus dem Gastraum zu ihr herüberdrangen, griff sie zu einer Çezve, einem kleinen, sich nach oben verjüngenden Kochtöpfchen, füllte das Caffeepulver hinein und goss genau einen Becher frisches und vor allem sauberes Quellwasser hinzu.

Sie musste das Gemisch aus Wasser und Caffee sanft umrühren, um das beste Ergebnis zu erzielen. Ähnlich verhielt es sich mit der Wärmezufuhr. *Langsam, moderat und andauernd* musste sie sein, so hatte es ihr Alina, ihre Lehrerin im Serail, beigebracht. Die Hektik des Menschen übertrüge sich sonst auf den Caffee – mit der Harmonie verhielte es sich ebenso. *Also rühre mit Bedacht, im gleichen Kreise, und verunreinige den Geist des Caffees nicht mit schlechten Gedanken.*

Wie nah ihr die Stimme Alinas in diesem Augenblick doch war, so als stünde sie neben ihr – aufmerksam, liebevoll und vom Wunsch beseelt, ihr Können an eine würdige Schülerin weiterzugeben. Eines Tages würde sie diese Kunst einsetzen, um ihren Gemahl zu verwöhnen, ihn mit dem Zauber des Caffees an sich binden, damit er nie wieder seine Gunst einer anderen Frau schenken würde.

Das wäre die beste Versicherung, die sie als Frau in dieser Welt haben könnte.

Sabiha traten Tränen in die Augen. Gute, liebe und gescheite Alina. Du wusstest, dass der Gaumen eines Mannes deinen Zauberkünsten schutzlos ausgeliefert war. Und du konntest sicher sein, dass er sich deiner Kunst erinnern würde und niemals mehr auf den Genuss, der sich in der Verschmelzung zwischen Leib und Seele ergab, verzichten könnte.

Doch Alina bereitete ihren Zaubertrank mit Zucker zu, dem weißen Gold, das in der Küche des Serails im Überfluss vorhanden war. Hier jedoch, im Frankenland, gab es keinen Zucker. Nur die Könige und hohen, wohlhabenden Geistlichen konnten sich diese Kostbarkeit leisten. Stattdessen mussten Honig und Sahne herhalten, um den kräftigen Geschmack zu mildern. Welch Vergeudung und welcher Frevel, den sie damit begingen.

Eine Prise Zucker hätte die Bohne mit dem Wasser verbunden – einer Hochzeit gleich, zwischen Weiß und Schwarz, süß und bitter, und etwas Neues geboren, das in seiner Art einzigartig war.

Nun war der Zeitpunkt gekommen. Der Schaum wandelte seine Farbe von einem hellen Braun in ein dunkles. Gleich würde er sich unter der Hitze wölben und Sabiha damit das Zeichen geben, die Çezve schnell vom Feuer zu nehmen. Jede Sekunde, die sie der Hitze länger ausgesetzt war, würde das Aroma unwiderruflich zerstören. Leise, kaum merklich, hob sich der Teppich aus Schaum, als Sabiha die Çezve vom Feuer nahm und das Getränk vorsichtig in eine Porzellantasse füllte. Es war die einzige im Haus, und sie hütete sie wie ein Juwel. Nur mit ihr würde sie jegliche Verfälschung des Geschmacks vermeiden.

Das Öl der Caffeebohne war nun von seinem schützenden Mantel befreit. Es kleidete den stolzen Schaum in einen verlockenden Glanz. Noch einen Augenblick warten, bis sich der feine Staub des Caffeepulvers gelöst hatte und den Weg zum Boden der Tasse antrat, dann würde Sabiha endlich ihr Werk kosten können.

Sie führte die Tasse zum Mund, schloss die Augen und sog das Aroma in einem langen, aber zufriedenen Zug in sich auf. Der erste Schluck war der entscheidende. Noch bevor sich die Zunge und der Gaumen mit ihren unbestechlichen Richtern darauf einstellen konnten, musste sie den Geschmack und die Beschaffenheit erfassen. Die Temperatur hatte sich gelegt, die Hitze war zur Wärme geworden. Jetzt war es so weit. Sie befahl die Schaumhaube mit einem Hauch zur Seite, sodass sie beides, Schaum und Caffee, im richtigen Verhältnis zu sich nehmen konnte.

Als Veit in die Küche trat, sah er eine Sabiha, wie er sie bisher noch nicht kannte. Mit ihrer kleinen Tasse aus Porzellan in der Hand stand sie da, die Augen geschlossen und mit einem Lächeln im Gesicht, als sei ihr ein wunderbares Geschenk zuteilgeworden.

Ende August des Jahres 1733 setzte die französische Armee zum Angriff an. Zu Lande und zu Wasser drang sie in die ihr hoffnungslos ausgelieferten Gebiete rund um Rhein und Mosel vor. Franz Georg von Schönborn schrieb Hilfegesuch um Hilfegesuch. Sein Bruder Friedrich Karl ließ von Wien aus wissen, dass Reichstruppen auf dem Weg seien. Sie standen unter dem Befehl des mittlerweile siebzigjährigen Prinzen Eugen von Savoyen, der aufgrund seiner Erfolge noch immer den Nimbus des Unbesiegbaren trug. Hoffnung keimte auf.

Nicht zuletzt in Würzburg, wo mittlerweile an die zweitausend Mann am Schanzen waren. Mit erheblich reduziertem Personal gingen die Bauarbeiten am Schloss jedoch weiter. Nur wenige brachten dafür Verständnis auf. Das wurde noch geringer, als im Mai 1734 die Front bis an Aschaffenburg herangerückt war. Neumann erreichte Order, dass er sich schnellstens auf den Weg ins kaiserliche Heerlager nach Heilbronn zu machen habe. Prinz Eugen erwarte ihn. Zwischenzeitlich knüpfte Friedrich Karl in Wien weiter an seinem Hilfsplan. Die Pfalz war nun gänzlich in französischer Hand. Zehntausend Preußen hatten sich daraufhin in Marsch gesetzt, und aus Russland sollten dreißigtausend Soldaten einen weiteren Vorstoß auf Reichsgebiet verhindern. Ein Teil davon, zehntausend Mann, wurde in Haßfurt stationiert und musste von Würzburg und Bamberg aus verpflegt werden. Für Würzburg versprach Prinz Eugen, dass kein Franzose die Stadtgrenzen je überschreiten werde, dafür lege er seine Hand ins Feuer.

Mit diesem Versprechen im Gepäck kehrte Neumann nach Würzburg zurück. Dort traf er auf Damian Hugo von Schönborn, einen weiteren Bruder Friedrich Karls und Fürstbischof von Speyer, der sein Schloss Bruchsal hatte verlassen müssen. Dort hausten nun die Franzosen.

Aber auch Friedrich Karl war nach Würzburg gekommen. Es hatte ihn nicht länger im fernen Wien gehalten. Nun hieß es Schulter an Schulter dem anrückendem Feind Paroli zu bieten.

Neumann hatte alle Hände voll zu tun. Das Schanzen musste koordiniert werden. Keine leichte Aufgabe, wenn die Angst regierte und das Land durch die Unterstützungsleistungen ausgezehrt wurde. Rückblickend war Neumann bei Ansicht des Maschikuliturms froh, dass von Hutten damals den Auftrag zu seinem Bau gegeben hatte. Mit dieser starken Bastion war der Einfall feindlicher Soldaten über den Leistengrund abgesichert. Doch es gab noch viele andere Löcher, die zu stopfen waren.

Im Morgengrauen eines dieser Kriegstage war das Zelt vor dem Saray am Franziskanerplatz erster Anlaufpunkt für die vielen Arbeiter am Schloss und an den Befestigungsanlagen. Ein paar Holzscheite brannten, um den Morgentau von den klammen Fingern zu vertreiben. Jeder hatte einen mitgebrachten Becher zur Hand und wartete auf seine Zuteilung. Friedrich Karl hatte säckeweise Caffee geordert, um seinen Arbeitern Kraft für den anstehenden harten Arbeitstag zu geben. Die bisher allerorts übliche Morgensuppe, das eigentliche Frühstück, in vielen Fällen auch das Bier, war allgemein dem neuen schwarzen Türkentrunk gewichen. Die Rechnung ging für beide Seiten auf: Die Arbeiter fühlten sich vom Caffee besser gestärkt als von Bier oder einer dünnen Mostsuppe, und der Fürstbischof blickte auf leistungsfähigere Helfer rund um das Schloss und die Verteidigungsanlagen der Stadt.

Andererseits bedeutete das für Sabiha bedeutend mehr Arbeit, sodass sie sich schnell nach Unterstützung umsehen musste. Neben Veit und Çem arbeitete nun auch ein junger Bursche namens Valentin für sie. Er war von wachem Verstand, aber, was noch wichtiger war, er hatte eine unglaubliche Ausdauer beim Mörsern und Mahlen der Caffeebohnen – eine schweißtreibende und körperlich anstrengende Arbeit, für die man Kraft und Technik benötigte. Nach einer Einweisung bediente er auch die Röstkugel, allerdings nur, wenn es sich um die großen Portionen handelte, die allmorgendlich zur Verfügung stehen mussten. Wenn die eine oder andere Bohne verbrannt war, richtete das keinen Schaden an, da sie in der Masse ohnehin unterging. Für einen kleinen Becher oder eine Schale konnte eine missratene Bohne den Caffeegenuss jedoch verderben. Dieses Risiko mochte Sabiha nicht eingehen, denn sie hatte sich vorgenommen, ihren Gästen beste Qualität zu bieten. Mit jedem zufriedenen Kunden würde ein neuer kommen und mit ihm weitere – so lange, bis die Einnahmen ausreichten, um das Saray nach ihren Vorstellungen zu erweitern. Was sie als Odaliske im Dienste ihrer Herren nicht geschafft hatte, hier in Würzburg erhielt sie die Chance, aus dem Stand einer Dienerin zu einer echten und weithin respektierten Hanim zu werden. Sie war entschlossen, diese Gelegenheit beim Schopf zu packen und nicht länger lockerzulassen, bis sie ihr Ziel erreicht hatte.

Dazu gehörte jedoch weit mehr, als aus einer anfänglich belächelten Caffeeschenke ein ansehnliches Caffeehaus zu machen, nein, ihre Pläne gingen weit darüber hinaus. Das Saray sollte der Inbegriff einer neuen Kultur werden, wie sie von Orientreisenden beschrieben worden war. So verbrachte sie viele Stunden damit, aus den Erzählungen ihrer Gäste zu lernen, die auf ihrer Durchreise von den neuen Entwicklungen in Venedig, Wien, Paris oder London berichteten. Dort hatte sich seit vielen Jahren eine eigenständige Caffeekultur entwickelt, die Anlass zur Freude gab. Das Caffeehaus war zur Begegnungsstätte aller Schichten geworden, seien es Künstler, Beamte, Geschäftsleute oder einfache Handwerker. Ein jeder fand bei einem Becher Caffee Platz und konnte sich über die Standesgrenzen hinweg austauschen – eigentlich ein Affront gegen die herrschende Ordnung. Aber dieses Rad war nicht mehr zurückzudrehen. So begannen sich Gruppen unterschiedlichster Interessen bei einem Caffee zu bilden und ihre Ziele zu formulieren. Das war ein Dorn im Auge eines jeden Herrschenden. Konnte er früher darauf vertrauen, dass jegliche Zusammenrottung letztlich in einem Besäufnis endete, so blieben die Caffeetrinker nun bei klarem Verstand. Es wunderte nicht, dass alsbald Gegenreden auf die Caffeekultur laut wurden. Sie seien Widerstandsnester des Aufrührertums, Treffpunkt subversiver und nichtsnutziger Subjekte, die die ehrbaren Handwerker und Handelsleute von der Arbeit abhielten, und wenn schließlich alle Argumente nichts mehr halfen, verwies man auf die Caffeeschenken als Hort der Prostitution. Liederliches Weibsvolk mache sich vor und in den Caffeeschenken über ahnungslose Gäste her, die darüber hinaus durch den Caffeekonsum Schaden an der Gesundheit nähmen. Dem Manne würde die Zeugungskraft geraubt, und ein Weib habe sogar nach einer Tasse Caffee die Milch in den Brüsten verloren. So mancher Arzt und Apotheker, der an den Nebenwirkungen des Alkohols bisher gutes Geld verdient hatte, sah schwierige Zeiten auf sich zukommen. So gesellte sich alsbald zu den bewährten Vorwürfen die medizinische Sorge, dass der Caffee Leib und Seele schade.

Eine scheinbar nicht kleiner werdende Menge bevölkerte den Franziskanerplatz im Morgengrauen. Es waren einfache, in schmutzige Lumpen gekleidete Menschen, die zum Dienst an der Heimatfront abgestellt worden waren. Einen richtigen Trinkbecher konnte sich kaum einer von ihnen leisten. So nutzten sie alles, was sich nur halbwegs als Trinkgefäß eignete, zur Aufnahme der schwarzen, noch immer geheimnisvollen Brühe. Auch wenn der eine oder andere lieber auf das altbekannte Bier zurückgegriffen hätte, so spürte doch ein jeder, dass ein seltsamer Zauber von diesem Türkentrunk ausging, der sie auf die anstehende Knochenarbeit besser vorbereitete als vergorener Gerstensaft. Dass nicht alles aus der Caffeebohne stammte, was da im aufkommenden Licht in ihren Bechern glänzte, ahnte keine dieser armseligen Gestalten.

Sabiha hatte sich auf die mahnenden Worte des Fürstbischofs etwas einfallen lassen müssen, dem die überbordenden Kosten der Caffeezuteilung allmählich zu viel geworden waren. Es musste einen Weg geben, den Caffeeeinsatz zu senken und dennoch die gewünschte Wirkung zu erzielen, hatte der Fürstbischof in Person seines Hofkanzlers ausrichten lassen. Allein dass dieser hohe Beamte mit der Überbringung der Botschaft betraut worden war, ließ erkennen, wie sehr Friedrich Karl das Anliegen am Herzen lag.

Der Wunsch, der einem Befehl gleichkam, war nicht ohne weiteres durchführbar gewesen. Wenn der Caffeetrunk verdünnt wurde, blieb nicht mehr viel von seiner stärkenden Wirkung übrig. Also machte sich Sabiha auf die Suche nach einer Lösung und fragte zuerst ihren Händler Sarkis. Der schmunzelte nur. Offensichtlich war die Frage nicht zum ersten Mal an ihn herangetragen worden, und natürlich hatte er eine zufriedenstellende Antwort.

Seit einigen Jahren hielt sich das Gerücht über eine wundersame Pflanze – Wegwarte oder auch Zichorie genannt –, der magische Kräfte zugeschrieben wurden. Unter anderem die des Liebeszaubers und der Unbesiegbarkeit im Kampf. Die Wurzel der Wegwarte konnte geröstet dem Caffee beigegeben werden, um ihn in der Menge zu strecken, jedoch verlieh sie ihm auch mehr Bitterkeit.

Das Problem mit dem bitteren Geschmack sollte schnell mit Honig zu lösen sein – den gab es im Überfluss und obendrein kostengünstig. Sarkis versprach, sich nach den Wurzeln der Wegwarte zu erkundigen und sie alsbald herbeizuschaffen.

Die Lösung mit der Zichorie fand breite Zustimmung. Der Fürstbischof musste nicht mehr so tief in die Tasche greifen, Valentin hatte weniger Caffeebohnen zu mörsern, und für die einfache Kundschaft war ein Geschmacksunterschied nicht feststellbar. Einige berichteten hingegen von der Besserung bestimmter Leiden, darunter Erkrankungen des Magens und des Darms, sogar lästige und juckende Hautausschläge traten nicht mehr so oft auf wie zuvor.

Die Nachricht, die an diesem Morgen von Mund zu Mund ging und großes Erstaunen auslöste, betraf die Festnahme eines französischen Spions, der diesseits der Kampflinie gestellt worden war. Er ritt ohne Hast und Angst, so berichteten es die vielen Zungen, und er war wenig beeindruckt, als er von den Kaiserlichen gestellt wurde. Im Gegenteil, er bestand frech darauf, ungehindert weiterreiten zu dürfen, und als ihm die Soldaten dies verweigerten, soll er ein Schriftstück aus seiner Tasche gezogen haben, auf dem ihm freies Geleit zugesichert wurde. Das Wappen, das die Richtigkeit des Dokuments bewies, sei das des Kaisers in Wien gewesen.

Hier musste es sich um Betrug handeln, das war den Soldaten klar, aber bevor sie ihn auf ihre langen Spieße nahmen, führten sie ihn zu ihrem Heerführer Prinz Eugen. Der war nicht weniger überrascht, als er das Schriftstück und darauf das kaiserliche Wappen erblickte. Auf die

Frage, was sein Auftrag sei, wofür er das Dokument mit sich führte, antwortete der Kerl, dass er zu Stillschweigen verpflichtet sei. Er bitte, nun wieder frei und ungehindert seines Weges ziehen zu dürfen.

Eugen, der in seinem Leben viele Schlachten geschlagen hatte, wusste, dass er diese nicht gewinnen konnte, und ließ den Mann weiterreiten. Betrübt und schwach soll er sich auf sein Feldlager zurückgezogen haben. Er, der Wahldeutsche und Held von Peterwardein, Belgrad und vielen anderen Schlachten, die zum Ruhm und zur Stärke des Reichs beigetragen hatten, war geschlagen worden. Nicht auf dem Schlachtfeld, wie es sich für einen Soldaten gebührte, sondern durch die Winkelzüge der Sekretäre und Diplomaten.

«Was mag das bedeuten?», fragte Veit Neumann, der sich wie allmorgendlich mit seinen Helfern an der Caffeeschänke traf.

Der zuckte nur mit den Schultern und sagte enttäuscht: «Verschachert haben sie uns, die feinen Herrschaften in Wien und Paris.»

Veit konnte sich keinen rechten Reim darauf machen. «Was bedeutet das für uns?»

«Dass wir uns bald wieder allein aufs Schlossbauen konzentrieren können.» Neumann löste den Säbel von seinem Gürtel und gab ihn einer seiner Dienstmägde. Sie solle ihn ins Haus zurückbringen und der Hausherrin Bescheid sagen, dass der Krieg vorbei sei, bevor er noch richtig angefangen habe.

Zwischen den zerlumpten Helfern trat ein Mann, sichtlich übernächtigt, hervor. Seine ansonsten gepflegte Erscheinung, auf die er viel Wert legte, war an diesem

Morgen von den Strapazen der vergangenen Nacht in Mitleidenschaft gezogen worden. Die Nachricht vom geheimnisvollen Spion war also bereits dem Fürstbischof zugetragen worden. Sein Hofkanzler, der nun bleich und müde vor Neumann stand, fragte, ob es etwas Neues von der Front gäbe.

«Welcher Front?», antwortete Neumann missmutig.

Der Hofkanzler rieb sich verärgert die Stirn. «Der Spion, Herrgott! Der Fürstbischof will wissen, ob es etwas Neues gibt.»

Folglich war auch sein Herr Opfer der neuen Politik geworden, die sich in den letzten Jahren am Hofe etabliert und die alten und treuen Haudegen wie den Prinzen Eugen zu Marionetten degradiert hatte, schlussfolgerte Neumann insgeheim. «Nur, was die Leute sagen. Mehr weiß ich auch nicht … Wie geht es unserem Herrn?» Er ahnte, dass sich Friedrich Karl durch die geheimen Abmachungen hinter seinem Rücken tief gekränkt fühlen musste.

«Zuerst war er aufgebracht», antwortete der Hofkanzler, «aber mittlerweile setzt sich die Einsicht durch, dass die Zügel nun in anderen Händen liegen. Morgen will er zur Erholung nach Schloss Weißenstein reisen, sofern hier alles seinen Weg geht.»

Neumann nickte. «Das tut es. Er soll sich keine Sorgen machen.» Dann wandte er sich an seine Helfer und rief: «Der Krieg ist vorbei, liebe Leut'. Jeder, der zum Schanzen eingeteilt war, kommt mit mir zum Schloss.»

Erleichterung machte sich breit. Der Krieg war in letzter Minute von Würzburg abgewendet worden. Das war eine gute Nachricht. Was kümmerte es sie, dass sowohl ihr Fürstbischof und Reichsvizekanzler als auch sein berühmter Feldherr Prinz Eugen auf dem Schachbrett der

Diplomatie wie dumpfe Bauern hin- und hergeschoben wurden?

Wie in den Wochen und Monaten zuvor war Sabiha von der drohenden Kriegsgefahr nicht im Geringsten berührt gewesen. Als hätte sie in die Zukunft blicken und den Ausgang dieses Konflikts voraussehen können, hatte sie all ihre Aufmerksamkeit der kleinen Caffeebohne und ihrer Veredlung geschenkt, ohne auch nur einen Gedanken daran zu verschwenden, dass auch ihr Leben bei einem Einfall der französischen Armee in Gefahr gewesen wäre. Wer Kalemegdan überlebt hatte, den konnte nichts mehr erschrecken.

Kalemegdan. Wieder und immer wieder kehrte jene Nacht, in der sie die Gemahlin des Wesirs und eine Hanim hätte werden können, in ihr Bewusstsein zurück. Ein einziger Kanonenschuss hatte alles zunichtegemacht. Verdammter Neumann, verdammter Veit. Wieso mussten die beiden in ihr Leben treten und alles zerstören? Sie wünschte sie zum Teufel. Andererseits waren sie es gewesen, die sie aus dem Steinbruch geholt und vor der Bestrafung durch den Oberschultheißen bewahrt hatten. Neumann hatte sie in sein Haus geholt, und Veit wollte sie gar zum Eheweib. Würde sie diese widerstrebenden Gefühle eines Tages besänftigen können?

Sabiha seufzte. Und was machte eigentlich diese Kiste da, die ihr Veit die Nacht zuvor in die Küche gestellt hatte? Sie war sperrig und schien eine lange Reise hinter sich zu haben.

Kapitel 4

Friedrich Karl gedachte in Wehmut seines treuen Gefährten Prinz Eugen von Savoyen, der von der Welt zurückgezogen in seinem Wiener Prachtschloss Belvedere verstorben war. Die Geschicke des Reichs lagen nun in den Händen anderer.

Doch der Kaiserhof war weit, Würzburg mit seinen fruchtbaren Böden und stolzen Erträgen des Fürstbischofs neue, alte Wahlheimat. Ihr galt fortan seine ungeteilte Aufmerksamkeit. Und die sollte bald weithin sichtbare Früchte tragen. Zu Stadt und zu Land erhoben sich die Menschen zur lang geforderten neuen Lebensart und der feineren Sitte. Im Vergleich zu anderen Regionen des Landes war Würzburg gesegnet mit fruchtbaren Böden und stolzen Erträgen. Sie flossen unter anderem in die Verbesserung des Wegenetzes ein, sodass nun geschotterte Straßen mit Gräben zu beiden Seiten schnelleres und vor allem bequemeres Reisen ermöglichten. Man errichtete Steinbrücken, geschmückt mit reichverzierten Bildstöcken und Heiligenfiguren, als deren Vorbild die *Heilige Straße*, die Mainbrücke mit ihren Brückenheiligen von Pippin bis zu den drei Frankenaposteln – Kilian, Kolonat und Totnan –, fungierte. In den Dörfern fanden sich neue Hausfassaden, die von Blumengärten umrankt waren, und selbst ein Dorfbrunnen sollte nicht fehlen.

In der Stadt, besonders in der Semmelstraße, reihte sich ein vornehmes Gasthaus ans andere, der Marktplatz wurde vergrößert und umgestaltet, und großes Erstaunen ernteten die fließenden Wasser – zuvörderst der Röhrenbrunnen am Juliusspital, aus dem frisches und sauberes Quellwasser sprudelte. Der andernorts stets wiederaufkeimenden Cholera und Pest war damit ein nachhaltiger Riegel vorgeschoben. Sauberes Wasser, zu Anfang noch ein teures Gut, dessen Preis dem eines guten Weins entsprach, war auf Bestreben Friedrich Karls zur vordringlichen Aufgabe erklärt worden. Neumann hatte nach neuen Quellen graben lassen und sie am Schalksberg gefunden. Das Wasser floss von dort in Bleirohren direkt zum Juliusspital und an einige andere Stellen der Stadt. Später sollten weitere folgen und mit ihnen Ungemach.

Der Glaube an Christus den Herrn wurde in den vielen neuen Kirchen gefeiert, die Neumann in dieser arbeitsreichen Zeit landauf, landab neu errichtete. Sie reichten von Arnstein über Kissingen, Burgebrach, Wiesentheid, Kitzingen, Gößweinstein bis nach Holzkirchen. Stadt und Land standen in der Blüte, und es war nicht zu befürchten, dass dies einmal ein Ende haben sollte.

Gute Nachrichten verbreiteten sich schnell. Sie lockten viele Künstler und Handwerker nach Würzburg, die von den neuen, wagemutigen Ideen und der Aussicht auf eine bessere Zukunft angezogen wurden. Nach dem Wiener Kunstschmied Georg Oegg und dem Luganer Stuckateur Antonio Bossi waren weitere Künstler dem Ruf gefolgt. Sie fanden sich alsbald an den zahlreichen Baustellen in und um Würzburg wieder. Mit ihnen reisten auch neue Ansichten, Fertigkeiten und fremdländische Sitten, die die Stadt zu einem Schmelztiegel der Kulturen machten. In dieser Zeit erhob sich die Stadt aus ihrer regionalen Abgeschiedenheit zu einer Metropole der Kunst und des Wohlstands. Einzig alles Französische war nicht gern gesehen. Zu bedrohlich wirkte die Militärmacht jenseits des Rheins auf die Mainfranken.

Die vielen Bauvorhaben in Stadt und Land verlangten nicht nur nach Menschen, die sie umsetzten, sondern auch nach Geld, das sie finanzierte. Nicht wenig, wie sich beim Blick in die schmaler werdenden Säckel zeigte. Allein Oeggs kunstvoll gefertigtes Gitter für den Ehrenhof, der das Schloss zur Stadt hin abtrennen sollte, kostete ein Vermögen. Sein geistiger Vater, Lukas von Hildebrandt, hatte aus Wien einen detaillierten Plan geschickt, wie das Gitter auszusehen hatte, und es verstand sich von selbst, dass seinen Vorstellungen Folge zu leisten war.

Hildebrandt, immer wieder Hildebrandt, ging es Neumann durch den Kopf. Hatte er nicht ausreichend bewiesen, dass der wahre Baumeister dieses Schlosses – dieser fürstlichen Residenz – nicht in Wien, sondern in Würzburg zu finden war? Neumann hatte alle Fäden in der Hand. Ohne sein Sachwissen, ohne die Führung der vielen hundert Helfer und ohne sein unermüdliches Improvisieren, wenn Fehler auftraten, würde hier kein Stein auf dem anderen sitzen. Er hatte diese Residenz von Anfang an geplant. Sie war in seinem Kopf und seinem Herzen entstanden, lange bevor ein Boffrand, ein de Cotte, ein von Welsch oder ein Hildebrandt einen Gedanken daran verschwendet hatten.

Drei Bauherren hatte Neumann bisher erlebt. Jeder von ihnen schätzte sein Talent, aber keiner wollte sein Genie würdigen und ihm die alleinige Befugnis zum Bau und zur Ausgestaltung des Schlosses geben. Von allen Seiten flatterten die Pläne herein, wie dies und dann jenes zu machen sei. Zugegeben, alles schöne Entwürfe, aber wurden sie auch den Gegebenheiten gerecht? Und am wichtigsten: Achtete einer der Herren auf die Kosten?

Zuweilen kam sich Neumann als der Hofzahlmeister selbst vor, der die überbordenden Kosten des inzwischen auf eine Million Gulden angewachsenen Baus mit aller Gewalt in den Griff bekommen musste, damit nicht noch ein weiterer Baustopp sein Lebenswerk zunichtemachte. Gottlob konnte er auf die Charakterstärke Friedrich Karls vertrauen, der wie sein verstorbener Onkel Lothar Franz alles daransetzte, das Familienschloss Wirklichkeit werden zu lassen.

Die Erhöhung der Steuern war ein Weg, um den drohenden finanziellen Kollaps abzuwenden, ein anderer, bisher unberücksichtigte Einnahmequellen zu erschließen. Da war die Glasfabrik in Schleichach im Steigerwald, die Neumann errichtet hatte. Nach anfänglichen Problemen wurde dort inzwischen ansehnliches Feinglas für Fenster und Spiegel produziert, das nicht nur für das Schloss tauglich war, sondern sich auch für den Export eignete.

Da war der *Badbrunnen* in Kissingen, dessen heilende Wasser inzwischen wohl bekannt und geschätzt wurden. Was ihm fehlte, war die überregionale Bedeutung, damit man zahlende Gäste locken konnte. Dazu musste der Flusslauf der Saale verändert werden, damit der Brunnen zugänglicher wurde und das Heilwasser sauber. Ja, die Umleitung des Flusses sollte der Neumann alsbald angehen, hieß es. Aus dem Badbrunnen würde man ein lukratives Heilbad machen können, mit einer sprudelnden Geldquelle.

Und schließlich hatte sich Sabihas Caffeehaus – das Saray – prächtig entwickelt. Die Kunde vom köstlichen Caffee, den sie in der kleinen Küche zubereitete, wurde über die vielen Händler und Reisenden, die die Stadt besuchten, weit ins Land hinausgetragen. Wer den Caffee als stärkenden Morgen-, Mittags- oder Nachmittagstrunk schätzte, war bei ihr in besten Händen. Zu einem Becher Caffee gesellten sich türkische Leckereien – Lukum –, die von der wohlhabenden Kundschaft begeistert aufgenommen wurden. Zucker, der für ihre Herstellung notwendig war, musste noch immer über weite Handelswege eingeführt werden und hatte einen hohen Preis.

Für die gewöhnliche Kundschaft musste etwas anderes her. Zu Beginn war es Brot, das den Kunden zum Caffee nicht recht schmecken wollte, dann kamen die Kipferl aus Wien, doch als Sabiha von einem seit über dreihundert Jahren verstorbenen Bäckermeister aus Bamberg namens Pfister Homlein hörte, der ein *Hörnla* hergestellt hatte, das den Leuten vorzüglich schmeckte, wurde sie aufmerksam.

Es basierte auf einem leichten, mit Milch hergestellten Hefeteig, den man über Nacht ziehen lassen musste, um ihm dann mehrere Schichten Butter beizumengen. Anschließend wurde er zu vielen kleinen Teigrollen gewickelt und wie kleine Halbmonde geformt. Diese sahen nicht nur gut aus, sondern schmeckten vortrefflich leicht und gut zu einem Becher Caffee. Frisch gebacken und verzehrt, wurden sie zusammen mit dem Caffee ein beliebtes Frühstück.

Çem, der Saz-Spieler, hatte indes dazugelernt. Seine anfänglich getreuen Türkenweisen hatte er auf die Hörgewohnheiten der Gäste abgestimmt – nicht viel, aber ausreichend, um eine angenehme musikalische Untermalung im Stimmengewirr der zahlreichen Gäste zu gewährleisten. Ihm zur Seite gesellte sich gerne der Stuckateur Antonio Bossi – wann immer es den Italiener ins Saray führte, und das war oft. Seine in Gips getauchten weißen Hände wusch er sich in einem Eimer Wasser, bevor er sich zu Çem setzte und eine seiner Geschichten vortrug. Sie handelten – dem Ort eines Caffeehauses entsprechend – von den Erzählungen aus den Tausend Nächten. Çem untermalte Bossis meisterhaftes Vortragen und Spiel mit allerlei Instrumenten und Gegenständen, die er in die Hände bekam. Einem Theaterstück gleich gestalteten sich die Aufführungen der beiden, sodass sie bald in aller Munde waren. Sabiha zollte ihnen Respekt und verlieh Bossi den Titel eines *Hakawati* – eines Geschichtenerzählers, der in der Heimat geschätzt und wegen seines Unterhaltungswertes verehrt wurde.

Die Kunde reiste schnell, und so fand sich eines Tages Farud im Saray ein. Er kam aus Wien und suchte sein Glück in den großen Caffeehäusern in Paris und London. Ein Gewürzhändler aus Nürnberg hatte ihn ein Stück mit seinem Karren mitgenommen. Während der Reise gab es viel zu erzählen. Farud berichtete aus Wien und der Händler vom Frankenland, in dem ein Würzburger Fürstbischof ein unvergleichliches Schloss bauen ließ, das Menschen aus der ganzen Welt anzog.

Farud reiste mit einem großen Koffer, in dem sich wunderliche Dinge befanden. Da gab es ein großes, aber dünnes weißes Tuch, das als eine Art Leinwand diente. Dazu Kerzen und ein schimmerndes halbrundes Gefäß, in dem man sein Gesicht spiegeln sehen konnte. Doch die eigentlichen Helden dieser kuriosen Sammlung waren buntbemalte Figuren, die auf dünnem Holz entlang der feingezeichneten Konturen exakt ausgeschnitten waren. Zu ihren Füßen konnte sie Farud an einem Stab halten, so wie es die Edelleute an Karneval mit den Masken taten.

Die Unterhaltung war nur ein Teil dieser neuen, schnell wachsenden Kultur. Wie es in den Caffeehäusern anderer Länder bereits geschehen war, fand man sich im Saray ein, um Neuigkeiten auszutauschen, um sie mitunter leidenschaftlich zu diskutieren. Das war eine andere Qualität als die schnell alkoholisierten Streitgespräche in den Gasthäusern.

Sabihas Plan von einem allseits akzeptierten Caffeehaus war aufgegangen. Ein Strohsack, wie er bei Rahim ins Feuer geworfen worden war, würde sie so schnell nicht mehr vertreiben können. Dennoch musste sie sich vor den zürnenden Gastwirten in Acht nehmen. Sie sahen die erstaunliche Entwicklung mit Argwohn. Eine Beschwerde nach der anderen landete auf dem Schreibtisch des Fürstbischofs. Es ging vornehmlich um die altbekannten Vorwürfe wie Zusammenrottung zum Zwecke des Aufruhrs, Müßiggang und natürlich Prostitution.

Der Fürstbischof ließ sich davon nicht beeindrucken. Er kannte all diese Vorhaltungen aus seiner Wiener Zeit. Einzig die zunehmenden Versammlungen wollten ihm nicht so recht schmecken. Jetzt war sogar eine Petition um Erweiterung des Gastraums eingetroffen. Sabiha gedachte den Hinterhof auszubauen und einen eigenen, abgetrennten Raum für Frauen und Versammlungen einzurichten. Um Himmels willen, Frauen und Versammlungen! Was dachte sich das Weibsbild? Wollte sie seine wohlgestaltete Ordnung in Gefahr bringen?

Andererseits versprach sie sich durch die Erweiterung mehr Kundschaft und somit auch höhere Einnahmen, die der Fürstbischof in dieser ausgabenreichen Zeit gut gebrauchen konnte. Wie sollte er entscheiden? Er könnte es ihr erlauben, solange ihn kein ernsthafter Vorfall eines Besseren belehrte. Doch das musste warten. Es gab Wichtigeres. Ein weiterer Krieg stand bevor, und Belgrad würde fallen.

Die riesige Kiste, in der eine neumodische Caffeetrommel aus dem fernen London ins Frankenland gereist war, hatte tagelang die Küche des Sarays blockiert. Sarkis hatte Sabiha ausrichten lassen, ein wachsames Auge darauf zu haben. Schnell mochte man die Kunstfertigkeit des Schmieds verkennen und das wunderbare Gerät allein wegen seines Materials zerstören. Sabiha nahm seinen Rat wie immer ernst. Sarkis kam viel herum, er wusste, was geschehen konnte. Dummheit und Gier reisten auf allen Straßen zu jedem Ort.

Mit Hilfe Valentins hatte sie das geheimnisvolle Gerät im hinteren Teil des Hofes von der Verpackung befreit und auf einen eisernen Bock gehoben. Darunter war ausreichend Platz für die Holzkohle, die Sabiha nun für den Röstvorgang nutzte. Sie brannte kontrollierter als Holzscheite und gab eine beständige Hitze ab – genau, was sie brauchte, um die Menge des verbrannten Caffeeguts gering zu halten.

Staunend und etwas ratlos standen Sabiha und Valentin um das imposante Gerät herum. Es glich einem mächtigen Eber, der der Länge nach aufgespießt über dem Grill seiner Zubereitung entgegensah.

«Du weißt, was nun zu tun ist, Hanim?», fragte Valentin.

Sabiha besah sich das Gerät von allen Seiten, bevor sie antwortete: «Es ist ein Röstapparat wie jeder andere.» Sie klang nicht sonderlich überzeugt.

Das spürte Valentin. «Hat Sarkis noch etwas zu seinem Gebrauch gesagt?»

Sie schüttelte gedankenverloren den Kopf. Ja, er hatte

ihr durch Veit etwas ausrichten lassen. Eine geheimnisvolle Botschaft. Die *himmlische Hölle* des Caffees sei eine Trommel, habe er gesagt. In diesem Fall ein Zylinder, weniger als einen Meter lang und im Durchmesser vergleichbar mit dem Stamm einer Buche. An beiden Enden waren Bleche angebracht, die den hohlen Körper luftdicht abschlossen – lediglich durchstoßen von einem eisernen Spieß, der den Zylinder vollkommen durchdrang und ausreichend Platz für die Auflage bot. Wie bei der Röstkugel war auch hier ein verschließbares Türchen zu finden, durch das die rohen Bohnen in das Behältnis geschüttet und nach erfolgreichem Rösten wieder entnommen werden konnten.

Der Zylinder sollte an seinen eisernen Enden auf einem Bock über das Feuer gelegt und mit der Kurbel bedächtig und ständig gedreht werden. Alle Bohnen hätten nun den gleichen Abstand zum Feuer. Das war eine entscheidende Verbesserung zur Caffeekugel, deren Bauch tief in die Flammen reichte. Die gefürchteten Brandflecken, die die Caffeebohne zerstörten, sollten nun weitaus seltener auftreten.

«Wir probieren es einfach aus», sagte Sabiha. «Wir werden sehen, was dann zu tun ist.»

Valentin hatte auf nichts anderes gewartet. Bevor sie sich weiter den Kopf zerbrachen, sollte das neue Ding erst mal beweisen, ob es tatsächlich die vielen Gedanken wert war. Er entzündete die Holzkohle, fächelte Luft hinzu und wartete, bis die Glut die richtige Temperatur erreicht hatte. Dann füllten er und Sabiha den Zylinder mit frischausgelesenen, von Würmern, Steinchen und Hülsen befreiten Caffeebohnen. Auch die weißen, verfaulten Bohnen waren zuvor entfernt worden. Sie hätten den Geschmack des gesamten Caffees verdorben.

Gut zu einem Drittel füllten sie die Trommel. Dann wurde sie unter schwacher Hitze langsam erwärmt, bis die Außenwand schließlich die gewünschte Temperatur erreicht hatte. Das alles brauchte seine Zeit. Caffeerösten war keine Tätigkeit, die mit Eile betrieben werden konnte. Stattdessen waren Ruhe und Gelassenheit gefragt, die nach Auffassung von Sabihas Lehrerin Alina auf die Qualität des Caffees Einfluss nahmen.

Eine weitere Voraussetzung war das nun folgende, ständige Drehen der Trommel, damit die Bohnen gleichsam von allen Seiten gebacken wurden. Valentin hatte dafür einen Stuhl neben der Feuerstelle parat, worauf er sich niederließ, um stetig die Trommel zu wenden.

«Du rufst mich, wenn es so weit ist?», fragte Sabiha wie immer, wenn die beiden ein neues Verfahren erprobten. Und wie immer nickte Valentin zustimmend.

«Du rufst mich auch, wenn dir etwas Sonderbares auffällt», fügte Sabiha besorgt hinzu.

«Ja, Hanim», entgegnete Valentin. «Nichts geschieht ohne deine Zustimmung.»

Damit zeigte sich Sabiha zufrieden und ging. Und bevor sie sich abermals umdrehte, um Valentin an etwas zu erinnern, kam er ihr zuvor.

«Nein, Hanim», sagte er lächelnd, «ich werde nicht einschlafen.»

Zufrieden ging sie in die Küche. Veit setzte gerade eine neue Kanne auf. «Ist der neue Apparat so beschaffen, wie du ihn dir vorgestellt hast?», fragte er.

Sabiha seufzte. «Wir werden sehen.» Sie wechselte das Thema und wurde ernst. «Gibt es schon Nachricht vom Fürstbischof?»

Veit verneinte. «Die Gäste sagen, es herrscht Unruhe

am Hof. Wahrscheinlich ist es nicht der beste Zeitpunkt, um den Fürstbischof für deine neuen Pläne zu begeistern.»

«Die Vergrößerungen dulden aber keinen Aufschub.»

Veit stellte die Kanne beiseite und nahm Sabiha in den Arm. «Sei geduldig. Du hast so viel in so kurzer Zeit erreicht. Dazu wäre niemand und schon gar nicht eine andere Frau imstande gewesen. Jetzt ist der Augenblick, um auf deine Erfolge stolz zu sein. Warte, bis sich die Aufregung legt.»

Sabiha wollte nichts davon wissen. Sie wand sich aus Veits Umarmung. «Wenn ich immer nur darauf gewartet hätte, wann der richtige Zeitpunkt gekommen ist, dann säße ich noch immer auf meinem kleinen Esel in den Bergen von Mostar. Ich will eine Entscheidung. Jetzt.»

Wann immer Sabihas aufbrausendes Gemüt die Oberhand gewann, war es besser, sie gewähren zu lassen. Sie würde sich wieder beruhigen. Irgendwann. Veit konnte nur hoffen, dass das bald geschah, bevor sie etwas Dummes tat. Er wandte sich wieder der Caffeezubereitung zu, während Sabiha überlegte, was sie als Nächstes tun sollte. Das Röstergebnis der neuen Caffeetrommel abwarten oder den Fürstbischof aufsuchen? Valentin drehte, wie versprochen, beständig die Kurbel und horchte, ob die Bohnen bereits den erwünschten Klang von sich gaben. Auf ihn war Verlass, sagte sich Sabiha, sie könnte ihn für eine Weile allein lassen.

Auf dem Weg durch die Gaststube fiel ihr ein Mann auf, den sie im Saray bisher noch nicht gesehen hatte. Er trug gute Kleidung, wenngleich die eines Dienstboten, und sprach in dem typischen Dialekt, wie man ihn aus Wien kannte. Um ihn herum hatten sich die anderen Gäste geschart. Selbst Çem hatte das Spiel auf der Saz eingestellt und lauschte aufmerksam seinen Worten.

«Der Kaiser ist nicht gut beraten», sagte der Mann. «Ein Abenteuer sei es, in das ihn die hohen Herren schicken. Die Situation sei günstig, heißt es wiederum von der russischen Seite, um den Türken zurückzudrängen. Er sei geschwächt durch die Streitereien mit den Persern, und außerdem sei seine beste Zeit ohnehin schon vorbei. Jetzt oder nie, sagen sie alle. Die Zarin Anna von Russland hat mit dem Kaiser eine Übereinkunft erreicht, um vorzurücken. Über hunderttausend Mann sind zur Krim, in die Walachei und in die Länder südlich von Belgrad in Marsch gesetzt worden. Schließlich will man einen Ausgleich dafür schaffen, was an die Franzosen verloren worden ist. Ja, meine Herren, so ist das. Die Franzosen und die Türken sind die größten Gefahren für unser geliebtes Reich. Der Teufel soll sie holen.»

Sabiha hätte gute Lust verspürt, diesen selbstgefälligen Krakeeler vor die Tür zu setzen. Doch was interessierte sie das Geschwätz von Krieg und Frieden in der fernen Heimat. Hier in Würzburg verfolgte sie ihre eigenen Erweiterungspläne, und die waren durch die Untätigkeit des Fürstbischofs bedroht.

Der Weg zum Rosenbachhof führte Sabiha an der Baustelle des neuen Schlosses vorbei. Sie sah Neumann inmitten seiner vielen hundert Helfer, der sie wie ein Feldherr auf dem Baugelände dirigierte. Neben ihm stand ein Mann, weniger gut gewachsen als der aufgeschossene Stadtbauarchitekt, dafür in feinerer Kleidung. Ihm schien das Durcheinander weniger Freude zu bereiten, und immer wieder führte er ein weißes Taschentuch wie einen Lappen um Mund und Stirn, um sich von Staub und Schweiß zu befreien. Dieser fremde Mann war von edlem Stand, kein Zweifel. Was tat er hier, und was wollte er von Neumann? Doch Sabiha kümmerten jetzt dringendere Fragen. Es galt, den Fürstbischof von ihrer Petition zu überzeugen.

Am Eingang zum Rosenbachhof ging es nicht weniger hektisch zu als an der angrenzenden Baustelle. Beamte, Geistliche, Professoren und Kaufleute drängten sich, um zu erfahren, ob das Reich und mit ihm das Frankenland in einen neuen, aberwitzigen und vor allem teuren Krieg ziehen würde. Hatte man nicht gerade die Franzosengefahr überstanden? Musste man nun wirklich an Russlands Seite und zu dessen Vorteil gegen die Türken marschieren? Nie und nimmer. Das war bar jeder Vernunft. Der frühere Reichsvizekanzler Friedrich Karl sollte seinen Einfluss bei Hof geltend machen. Aus Franken käme keinerlei Unterstützung für diesen Wahnsinn.

Sabiha schob sich an den aufgebrachten Männern vorbei, passierte die Wachen, die sie gut kannten, und landete im Vorzimmer des Hofkanzlers. Sein Sekretär hob fragend den Kopf. «Du wünschst?»

«Den Fürstbischof möchte ich sprechen», forderte sie.

«In welcher Angelegenheit?»

«Es geht um die Erweiterungsbauten für das Caffeehaus Saray.»

Ein mitleidiges Lächeln flog über seine dünnen Lippen. «Das wird warten müssen. Das Reich steht an der Schwelle zum Krieg.»

«Dieser Krieg interessiert mich nicht», antwortete sie trotzig.

Der knochige Kerl blieb ruhig, dafür änderte sich sein

Ton. «Das sollte er aber. Schließlich geht es gegen deine Leute.»

Sabiha verstand die Spitze wohl, doch ließ sie sich von einem unwichtigen Hofbeamten nicht einschüchtern. «Ich bin Bürgerin dieser Stadt und verlange, mein Anliegen dem Fürstbischof vortragen zu dürfen. Jeder Zeitpunkt ist dafür gut genug.»

Der Mann sah sie lange an, wägte verschiedene Möglichkeiten gegeneinander ab, um sie schließlich auf einen Stuhl in der Ecke des Raums zu bitten, wo sie auf weitere Anweisungen warten sollte.

Sabiha folgte der Entscheidung widerwillig. Warten. Nichts auf der Welt lag ihr ferner. Sie blickte aus dem Fenster und sah auf das Schloss, das sich Tag um Tag aus den Plänen der Architekten zu einem unübersehbaren Schatz des Reichs entwickelte. Sie erkannte Neumann, der mit dem kleinen Mann an seiner Seite im Inneren des Schlosses verschwand.

Die beiden Männer durchschritten das Vestibül, eine gedrungene, noch wenig schmucke Vorhalle, die einer Kutsche ausreichend Platz schenkte. Geradeaus ging es in den Gartensaal, dem sich der spätere Hofgarten anschließen sollte. Linker Hand erhob sich sanft eine Treppe, der eine zweite folgen würde. Die Stufen waren flach gehalten, was Lukas von Hildebrandt zupasse kam. Er schnaufte und wischte sich den staubigen Schweiß von Stirn und Nacken, als er mit Neumann die Stufen nahm. Auf halber Höhe blieben sie stehen.

Bisher hatte Neumann nichts zu seinem Meisterwerk gesagt. Sollte Hildebrandt selbst sehen und staunen.

Gleich einem Jungvogel im Nest, der von seiner Mutter

mit Würmern gefüttert wird, reckte Hildebrandt seinen Kopf in die Höhe und gluckste. Um Himmels willen, durchfuhr es ihn. Was hatte dieser Kerl nun wieder angestellt? Das war unvorstellbar und vor allem nicht akzeptabel.

Auf einer Länge von dreißig Metern und einer Breite von knapp zwanzig Metern erstreckte sich die Decke über das gesamte Treppenhaus hinaus, und das ohne eine einzige Stütze. Wie lange würde es dauern, bis dieser Irrsinn in sich zusammenstürzte? Ein einziges lautes Wort sollte genügen, und die Erschütterungen brächten diesen Plafond so schnell und unerbittlich herunter, wie ein Stein vom Himmel fiel. Ja, das war das Ergebnis, wenn man Stümper ans Werk ließ. Der Fürstbischof würde sich noch wundern, was ihm sein böhmischer Glockengießer da untergejubelt hatte – eine frei schwebende, ungestützte Decke mit einer Fläche von rund sechshundert Quadratmetern. Welch ein Wahnsinn. Und wenn sie doch eine Frostperiode überleben sollte, was gedachte der Soldat auf diese gähnend weiße Fläche zu bringen? Ein paar Verzierungen hier, ein paar Farbkleckse dort?

In Grund und Boden würde sich der Fürstbischof schämen müssen, wenn ihn seine Gäste auf die weiße Wüste über ihren Köpfen aufmerksam machten. Hohn und Spott waren die einzige Ernte, die er erhoffen konnte. Er müsste umgehend mit dem Fürstbischof darüber sprechen und diese Missgeburt wieder einreißen lassen. Denn was würden die Fürsten im Reich sagen, wenn ein Schloss in sich zusammenbräche, an dem er selbst beteiligt war? Das konnte ihn nicht nur den Ruf, sondern auch Aufträge kosten.

«Nun, edler Herr, wie gefällt Euch meine Decke?», sagte Neumann hoffnungsfroh und überlegen. Er hatte Hildebrandt nun ausreichend Zeit für die Überraschung gelassen, nun war es an der Zeit, dass der vornehme Wiener Architekt einem Meister Respekt zollte.

Hildebrandt musste mehrmals schlucken – nicht nur der überdehnten Haltung des Kopfes wegen, sondern auch, um die passenden Worte für diesen Murks zu finden.

«Ich lass mich an den Plafond hängen, wenn das hält.»

Das war nicht gerade die Reaktion, die Neumann erwartet hatte, aber er war auch nicht völlig überrascht. Was hätte dieser blasierte und vom Neid zerfressene Wiener Geck auch anderes auf sein Wunderwerk antworten können?

Sie waren durch seine Genialität Zeugen eines Weltwunders geworden, und dieser knickrige Hildebrandt würde sich eher eine Hand abhacken, als ihm die verdiente Hochachtung auszusprechen.

«Ich kann Euch versprechen, edler Herr», antwortete Neumann, nicht ohne sich vor Entrüstung über die freche Vorhaltung auf die Zunge zu beißen, «dass dieser Plafond die Jahre überdauern wird. Kein Sparren wird da oben aus dem anderen gehen, selbst wenn wir eine Batterie hier drinnen auffahren und feuern lassen.»

«Bei der Decke ist das letzte Wort noch nicht gesprochen», sagte Hildebrandt unheilschwanger.

Dann ging er schweigend weiter, nahm keuchend die letzten Stufen und stieß im ersten Saal nach dem Treppenhaus auf Bossi, den Stuckateur. Dieser arbeitete, wie gewohnt mit Händen und Armen tief im Gips vergraben, an den Wänden, die er kunstvoll mit gewagten Fingern verzierte. Abenteuerliche Formen erwuchsen aus den Händen dieses offensichtlich verrückt gewordenen Italieners. Hildebrandt hatte schon einiges über ihn gehört, er schätzte seine bisherigen Arbeiten, aber was er sich hier erlaubte, spottete jeder Beschreibung. Was waren das für sinnlose Formen, überflüssige Schnörkel, freche Kurven?

Bossi wechselte vom Gerüst herab ein paar Worte mit Hildebrandt, der gar nicht mehr hinhören wollte. Dieser Baumeister und seine Handwerker hatten völlig den Verstand verloren. Das war sicher. Der Fürstbischof müsste dem schnell Einhalt gebieten, bevor es zu spät war.

Hildebrandt schritt eiligen Fußes weiter in den Saal, der eine weitere Stufe seines Ruhms begründen sollte.

Dieser herrschaftliche Saal, mit einem ähnlichen Ausmaß wie das Treppenhaus, aber über zwei Stockwerke entworfen, war das Herzstück dieses Schlosses. Er stammte aus seiner begnadeten Hand und würde nicht nur in der Größe, sondern auch in der Pracht alles bisher Bekannte übertreffen. Hier würden sich Kaiser, Könige, Gelehrte und Künstler einfinden, und niemand würde sich seines schöpferischen Genies entziehen können.

Unter einer riesigen ovalen Kuppel würden sie staunen über die Eleganz und das Licht, das sich durch die großen Bogenfenster auf den Marmor ergoss. Rundum stünden zwanzig Halbsäulen aus rotem Stuckmarmor, geteilt durch herrschaftliche Supraporten und zwei Kamine. Darüber die Götter der Antike, Flora und Juno, Neptun und Apoll, und schließlich die wunderbaren Fresken, die den Raum krönen sollten. Wen würde der Fürstbischof für die Ausgestaltung auswählen? Es gab nur wenige Kandidaten für diese anspruchsvolle Arbeit. Hier galt es, die richtige Wahl zu treffen.

Doch bevor es so weit war, musste das größte Problem dieses Schlosses gelöst werden, und das hieß Neumann. Was würde aus seinem wunderbaren Saal werden, wenn nur wenige Meter entfernt das gesamte Treppenhaus jederzeit unter dieser wahnsinnigen Decke herabzustürzen drohte und womöglich seinen Saal in Mitleidenschaft zog? Er würde dem Fürstbischof ausführlich Bericht über die unverantwortlichen Arbeiten erstatten, um zu retten, was noch zu retten war. Diesem Neumann musste Einhalt geboten werden, und er, Hildebrandt, würde dafür sorgen.

Er ließ den ahnungslosen Neumann wortlos stehen und eilte die Treppen hinab in den Ehrenhof, bahnte sich den Weg an den Helfern und dem umherstehenden Material vorbei und fand sein Ziel im nahen Rosenbachhof. Was um alles in der Welt suchten die vielen Menschen hier, fragte er sich. Hatten sie nichts anderes zu tun, als die wertvolle Zeit ans Geschwätz über die drohende Kriegsgefahr zu verschwenden?

Hochroten Kopfes und mit reichlich Baustaub bedeckt, trat er vor den Sekretär des Hofkanzlers. «Meldet mich dem Fürstbischof. Es ist dringend.»

Der Sekretär blickte wie gewöhnlich auf. Ausdruckslos stellte er die immer gleiche Frage: «Was ist Euer Anliegen?»

Hildebrandt war zwar auf allerlei Schroffheiten in den fernen Reichsgebieten gefasst, aber für diese hier musste er nach der ohnehin knappen Luft schnappen. «Werdet nicht frech. Wisst Ihr nicht, mit wem Ihr sprecht?»

Gleichgültig gab der Sekretär zurück: «Eure hochwohlgeborenen Gnaden, der große Baumeister Lukas von Hildebrandt aus Wien, wünscht eine Audienz. Nennt mir Euer Anliegen, Eure Gnaden, damit ich die erforderlichen Schritte einleiten kann.»

Hildebrandt rang um Fassung, tupfte sich den Schweiß von Stirn, Wangen und Hals, um in bemühtem Ton dem

Protokoll Genüge zu tun. «Richtet Unserer Gnaden aus, dass das Treppenhaus kurz vor dem Einsturz steht.»

Vom drohenden Unheil wenig beeindruckt, erhob sich der Sekretär und verschwand in der Tür hinter ihm. Sabiha, die die Unterredung mit angehört hatte, trat auf den kleinen Mann zu. «Entschuldigen Sie, mein Herr. Habe ich richtig gehört … das Treppenhaus ist in Gefahr?»

Hildebrandt, unsicher, was das fremde Weibsbild von ihm wollte, nickte verhalten. «Ja, hast du etwas damit zu tun?»

«Ich kenne den Baumeister.»

Er lachte auf. «Den Baumeister? Das ist er die längste Zeit gewesen, dieser Handwerksbursche aus Eger.»

Die Tür zum Zimmer des Hofkanzlers öffnete sich, und sein Sekretär winkte Hildebrandt herein. Sabiha nutzte diese Gelegenheit und schlüpfte mit ihm hinein, ohne dass der Sekretär sie aufhalten konnte. Der Hofkanzler stand eine Tür weiter. Nach ihm betraten sie das Audienzzimmer des Fürstbischofs. Er war nicht allein. An einem Tisch saßen weitere Männer, die mit grimmigen Mienen die Situation um den Kriegseintritt des Reichs diskutierten.

Friedrich Karl erhob missmutig den Kopf. Es war ihm anzusehen, dass er die Störung seines Kriegsrates in diesem Moment überhaupt nicht schätzte. «Meister Hildebrandt», sagte er, «was gibt es so Dringendes, das keinen Aufschub duldet?» Und schließlich erkannte er Sabiha. «Ihr habt Verstärkung mitgebracht, wie ich sehe. Hat Euch der Caffee nicht geschmeckt? Wollt Ihr eine Beschwerde einreichen?»

Ein bitteres Grinsen ging durch die Männerrunde am Tisch. Hildebrandt kümmerte sich nicht darum, er war viel zu aufgeregt über das drohende Unheil.

«Euer Gnaden», antwortete er, um Fassung bemüht, «im Schloss gehen ungeheure Dinge vor. Soeben habe ich den Plafond im Treppenhaus inspiziert …» Das Taschentuch wanderte wieder über die gewohnten Stellen an Stirn, Wangen und Nacken.

«Ja, was ist mit ihm?», ermunterte ihn Friedrich Karl fortzufahren.

Hildebrandt sagte es geradeheraus. «Er wird einstürzen.»

«Der Plafond?» Friedrich Karl und sein Kriegsrat waren im Handumdrehen vom fernen Kriegsgeschehen bei der drohenden Katastrophe wenige Meter weiter. «Warum sollte er das tun?»

Für einen Moment war Hildebrandt irritiert. Was war das für eine Frage? Vertraute man seinem fachmännischen Urteil nicht mehr? Er zwang sich zur Ruhe und legte all seine Überzeugung in einen einfachen Satz, damit es auch jeder in diesem Raum verstehen konnte. «Der Plafond wird einstürzen. So sicher, wie ich hier stehe.»

«Niemand bezweifelt, dass Ihr vor uns steht, lieber Hildebrandt», antwortete Friedrich Karl versöhnlich, «aber ich weiß noch immer nicht, wieso er das tun sollte. Meister Neumann hat uns seine Pläne dargelegt, und Ihr wart an deren Verabschiedung ebenso beteiligt wie ich. Wieso glaubt Ihr nun, dass damit etwas nicht stimmt?»

Hildebrandt rang nach Luft, um dem hochwohlgeborenen Herrn verständlich zu machen, dass er sich nicht irrte. «Dreißig auf zwanzig Meter ergeben sechshundert Quadratmeter. Das ist die Gesamtgröße des Plafonds. Keine einzige Stütze trägt diese unvorstellbare Last. Alles schwebt frei in der Luft. Wie … soll … das … halten?!»

Sein Gesicht war durch die Anspannung hochrot angelaufen, und seine Stimme hatte sich weit jenseits seines Standes über die edlen Herren erhoben, sodass sie Hildebrandts Ausbruch erschreckt zur Kenntnis nahmen.

Friedrich Karl, der nicht gewillt war, diese frechen Äußerungen in seinen eigenen vier Wänden zu dulden, besann sich auf seine herausragendste Eigenschaft – die Diplomatie. Er ließ ein paar Momente verstreichen, bis sich die Aufregung gelegt hatte. Dann lenkte er ein. «Nun, gut, lieber Hildebrandt. Eure Worte sind mir Warnung genug. Lasst den Neumann kommen. Soll er uns seinen Plafond nochmals darlegen.»

Damit war die Unterredung beendet, wäre da nicht Sabiha gewesen, die aus dem Hintergrund dem Disput beigewohnt hatte. In Anbetracht der großen Gefahren an den Reichsgrenzen und im nahen Schloss hätte es wohl keinen schlechteren Zeitpunkt gegeben, um ihr Anliegen vorzubringen. Doch Sabiha setzte ihre eigenen Prioritäten, und die lagen im Erfolg ihres Caffeehauses.

«Eure Gnaden, noch immer warte ich auf die Erlaubnis, das Saray nach den eingereichten Plänen erweitern zu dürfen», unterbrach Sabiha mit fester Stimme die Stille.

Selten entfuhr dem früheren Reichsvizekanzler eine unkontrollierte Reaktion. Aber angesichts dieser unverschämten Frage konnte er sich nicht mehr zurückhalten. Seine Hand krallte sich vor Verärgerung in die Stuhllehne. «Wer hat dieses Weibsbild vorgelassen?!»

Der Sekretär des Hofkanzlers eilte nach vorn, bückte sich und bat um Verzeihung. «Sie schlüpfte mit Meister Hildebrandt durch die Tür. Verzeiht mir, Eure Gnaden.»

«Verzeiht, Eure Gnaden», insistierte Sabiha abermals, «aber die Entscheidung duldet keinerlei Aufschub, wenn wir durch das Saray weiterhin Einnahmen erzielen wollen. Schließlich …»

«Genug!», knurrte der inzwischen völlig fassungslose Friedrich Karl. «Schafft mir dieses Weib aus den Augen. Ich hätte gute Lust, sie wegen ihrer Unverschämtheit aufs Rad spannen zu lassen. Als hätten wir nicht schon genug Scherereien mit den Türken.»

Der Hofkanzler folgte dem Befehl seines Herrn augenblicklich, packte Sabiha am Arm und setzte sie vor die Tür.

Sabihas Brust bebte vor Zorn. «Das wirst du mir büßen.»

Kapitel 5

Wäre der Türkenbezwinger Prinz Eugen noch unter den Lebenden, müsste man sich keine Sorge um das Reich machen. Unter Kaiser Karl VI. hatte das Habsburgerreich zwar seine größte Ausdehnung erfahren, aber nun schienen seine besten Tage gezählt. Inkompetenz und Kriecherei waren am Kaiserhof gang und gäbe, anders war das Abenteuer, an Russlands Seite gegen die Türken vorzurücken, nicht zu erklären. Noch auf dem Schlachtfeld stritten die österreichischen Heerführer, wer das Sagen hatte, und machten es den Türken unter dem Befehl französischer Offiziere leicht, Schlacht um Schlacht für sich zu entscheiden.

Belgrad würde fallen. Daran gab es nichts mehr zu deuten. Und wenn Belgrad wieder in türkischer Hand war, dann war auch der Weg nach Wien frei, und von dort hatte der Feind ungehinderten Zugang ins Reich.

Obwohl die Gefahr wieder allerorten zu spüren war, hatten die in deutschen Landen lebenden Türken nichts zu befürchten. Verdächtig hingegen war alles, was französisch klang – ein französischer Name oder Verwandtschaft jenseits des Rheins. Wie der Bildhauer Claude Curé, einer der drei Schöpfer der Heiligenfiguren auf der Mainbrücke, standen selbst verdiente Helfer an der gemeinsamen Sache unter argwöhnischer Beobachtung. Die Kriegstreiberei war hausgemacht und beseelt vom Glauben, den Verlust angestammter Gebiete wettzumachen, und sei der Preis noch so hoch.

Im Saray wurden die Streitgespräche über die prekäre Lage immer lauter und schrankenloser, sodass sich Veit zunehmend über den Fortbestand des Caffeehauses Sorgen machte. Lange würde sich das der Fürstbischof nicht mehr ansehen, dass seine getreuen Untertanen die Obrigkeit ungestraft mit Worten angriffen.

Sabiha fühlte sich in ihrem Stolz bis ins Mark beleidigt. Seit Stunden saß sie nun mit ihrem neuen Verbündeten, Lukas von Hildebrandt, an einem der abgeschiedenen Tische, während um sie herum der Caffeehausbetrieb seinen gewohnten Verlauf nahm. Jede Faser ihres Körpers schrie nach Vergeltung für die erlittene Schmach. Doch ihr Gegner, Friedrich Karl, war unerreichbar. Er war ihr Herr, ihr Mäzen und ihr Richter. Er konnte mit ihr verfahren, wie es ihm beliebte. Und genau das war der Stachel, der Sabihas Stolz so sehr verletzte. Zeit ihres Lebens war sie den Launen ihrer Herren schutzlos ausgeliefert gewesen, und sie hatte geglaubt, diese Bürde nun ein für alle Mal abgestreift zu haben. Schließlich war sie des Fürstbischofs Geschäftspartnerin und nicht eine mittellose Bettlerin, die der Gemeinschaft auf der Tasche lag. Sie entrichtete ihren Obolus für die Finanzierung der Stadt und des Landes. Und das nicht zu knapp. Aus der ursprünglichen Caffeesiederei Rahims hatte sie ein florierendes Unternehmen geschaffen, das die Gulden der vielen einheimischen und der durchreisenden Gäste in die Säckel der Stadt und des Landes beförderte. Ihr Saray war ein Dukatenesel, der mehr als genug abwarf, solange sie frei und vorausdenkend arbeiten konnte. Die dringend notwendigen Erweiterungsbauten mit einem Handstreich vom Tisch zu fegen, war nicht nur dumm, sondern in hohem Ausmaß schädlich für ihr Lebenswerk. Das konnte sie nicht hinnehmen.

Ähnliche Gedanken beschäftigten auch ihr Gegenüber, Lukas von Hildebrandt. Der Plafond des Treppenhauses musste verschwinden, er gefährdete seine ganze bisher in den Schlossbau gesteckte Arbeit. Ähnlich wie Sabiha, jedoch nicht so barsch, war er vom Fürstbischof am Nachmittag gemaßregelt worden, als er eine Aussprache mit Neumann in die Wege geleitet hatte. Er hatte nach allen Regeln der Baukunst diese Wahnsinnsdecke ohne eine einzige Stütze als technisch unmöglich dargelegt. Der Handwerksbursche Neumann hatte dagegengehalten und seinen Murks verteidigt. Eigenhändig habe er in luftiger Höhe die Sparren angebracht, und kein einziger sollte sich je lösen. Dafür lege er seine Hand ins Feuer. Und um den letzten Zweifel an seiner Handwerkskunst zu zerstreuen, würde Neumann die Ecken noch mit Metallklammern verstärken, damit sich nichts bewegen könne. Hatte man schon Derartiges gehört? Metall unter dem Mörtel? Niemand arbeitete so, und das aus gutem Grund. Aber nein, der Herr Kanonengießer wollte auch noch seinen eigenen Mörtel anrühren, als sei der würzburgerische besser als der Wiener.

Der Fürstbischof wollte Genaueres erfahren, und so gab der Scharlatan sein Geheimnis preis. Nach alter Regel sollte der gute Würzburger Lehm mit feinem Mainsand vermischt werden, damit er beim Trocknen nicht springt. Des Weiteren sei ihm ein Teil grober Sand, gelöschter Kalk und Wasser zuzuführen. Hatte man alles gut vermischt, würde diese Mauerspeise härter werden als der härteste Stein. Wo hatte man diesen Unsinn schon gehört? Auf jeden Fall nicht in Wien. Aber die Würzburger glaubten wieder mal, das Bauhandwerk neu erfinden zu müssen. Sie würden schon sehen, was sie sich damit einbrockten.

Hildebrandt hielt trotz der leidenschaftlichen Verteidigungsrede Neumanns keine schlechten Karten in der Hand, schließlich war er der Erbauer von Schloss Belvedere. Das müsste ihm der Bursche aus Eger erst mal nachmachen. Der hatte bisher lediglich durch ein paar Kirchlein, Kasernen und Wehrtürme die Durchschnittlichkeit erreicht. Aber wahre Größe, wie sie hier gefragt war, trug einen anderen Namen.

Hätte er doch nur die Kostenaufstellung für seinen Kaisersaal länger zurückhalten können, dann wäre dieser Nachmittag anders verlaufen. Als der Fürstbischof die durchaus gerechtfertigte Summe für diesen beispiellosen Saal sah, die, zugegeben, so hoch war wie alle bisherigen Baukosten zusammengenommen, wollte er kein Wort mehr über den Plafond verlieren. Der sei jetzt oben und verbaut. Mit Neumanns Kunst und Gottes Hilfe würde das auch so bleiben. Noch einmal Tausende Gulden für eine zweifelhafte Restaurierung ausgeben wäre bar jeder Vernunft.

Wenn er nur etwas in der Hand hätte, um Friedrich Karls unvorstellbares Gottesvertrauen in den Bauzwerg Neumann zu erschüttern?

Die stille Frage schien Sabiha gehört zu haben. «Was denkt Ihr so angestrengt nach, mein Herr? Sagt es mir. Vielleicht kann ich Euch helfen?»

Hildebrandt seufzte. «Es ist nichts, edle Dame. Ich war in Gedanken versunken.»

«Lasst mich teilhaben. Euer Kummer ist auch der meine.»

Zögernd gab er nach und berichtete von der unsäglichen Diskussion über den Plafond, der beim nächsten Glockenschlag des Doms in sich zusammenbrechen würde. «Von wegen eine Batterie abfeuern und kein Sparren würde aus dem anderen gehen», mahnte er am Ende seiner Klage. «Gottvertrauen ist gut, aber Dummheit wird sie eines Besseren belehren.»

Sabiha horchte auf. «Eine Batterie abfeuern? Was meint Ihr damit?»

Und Hildebrandt erzählte von der kurzen Unterhaltung, die er mit Neumann unter dem Plafond geführt hatte. Wenn die Decke schon nicht ihr eigenes Gewicht würde tragen können, dann widerstünde sie erst recht nicht der enormen Druckwelle einer Kanone.

«Seid Ihr auf die Wette eingegangen?», fragte Sabiha.

«Nein, natürlich nicht. Was soll der Unfug?»

Ein einziger Schuss eines Mörsers hatte seinerzeit Kalemegdan zu Fall gebracht, sagte sich Sabiha. Wieso sollte das Gleiche nicht dem geliebten Schloss des Fürstbischofs widerfahren? Sein Baumeister Neumann hatte damals den Mörser auf die Pulverkammer gerichtet, und nun würde er sein eigenes Werk ebenso mit einem einzigen Schuss zerstören. Das nannte Sabiha eine Fügung des Schicksals und die gerechte Strafe für eine unentschuldbare Beleidigung durch den Fürstbischof.

Jedermann dachte, es handele sich um einen Scherz. Doch als Neumann höchstpersönlich mit einer Kanone auf der Kutsche in den Ehrenhof einfuhr, waren die letzten Zweifel zerstreut. Dieser verrückte Kerl wollte es tatsächlich wagen. Ein Raunen ging durch die Menge. Am Eingang zum Vestibül standen der Fürstbischof und sein Hofkanzler. Das Bangen um die befürchteten Folgen dieses Experiments war in ihren Gesichtern unverkennbar. Daneben hatte sich Hildebrandt aufgebaut. Er zeigte keinerlei Scheu, seine Schadenfreude in einem hoffnungsvollen Grinsen zu offenbaren.

Neumann sprang mit Elan vom Kutschbock und wies seine Artilleristen an, die schwere Kanone nebst Pulverfass ins Vestibül zu schaffen. Dort sollte der Schuss abgefeuert werden. Als Kanonenfutter hatte Neumann einen zusammengepressten Sack voller Lumpen vorgeschlagen, der der Pulverladung den notwendigen Gegendruck bescherte, aber den Wänden nichts zuleide tun würde. Hildebrandt hatte bedenkenlos zugestimmt. Es war ihm egal, womit Neumann feuerte. Die Druckwelle dürfte selbst ohne richtige Kanonenkugel ihren Zweck erfüllen. Der Plafond würde auf seiner Fläche von rund sechshundert Quadratmetern reißen und in einem fürchterlichen Getöse in sich zusammenbrechen. Nicht mehr und nicht weniger galt es an diesem schicksalsträchtigen Tag zu erwarten. Den Größenwahnsinn eines selbsternannten Schlossbaumeisters auf das erträgliche Niveau zu stutzen und Hildebrandt wieder die alleinige Kompetenz zuzusprechen.

«Verbarrikadiert die Säle», wies Neumann seine Handwerker und Arbeiter an, «damit die Druckwelle ihnen nicht schaden kann.»

Der sonst so fröhliche Antonio Bossi, der seine kunstfertigen Stuckarbeiten in Gefahr sah, zerstört zu werden, zeigte wenig Begeisterung, der Aufforderung nachzukommen. «Habt Ihr Euch das auch gut überlegt?», fragte er Neumann sorgenvoll. «Nicht nur meine Arbeit wird vernichtet werden.»

Neumann legte ihm beruhigend die Hand auf die Schulter. «Gräme dich nicht, alter Freund. Nicht die kleinste

Verzierung wird leiden müssen. Meine Hand darauf.» Er reichte sie Bossi, der sie zögernd nahm und schüttelte.

«Nun denn, das Glück sei mit Euch. Und solltet Ihr Euch irren, dann werde ich Euch eigenhändig mit einem zweiten Kanonenschuss ins Jenseitige befördern.»

Dann wandte Neumann sich Hildebrandt zu.

«Edler Herr, es bleibt dabei? Ihr wollt es wirklich wagen?»

Der Wiener Baumeister war ob des offenkundigen Selbstvertrauens Neumanns für einen Moment verunsichert, fing sich aber schnell wieder. Er konnte nicht verlieren. Die Naturgesetze und das Wissen um die übermütige Dilettanz Neumanns waren auf seiner Seite. Sie würden diesen Burschen in Kürze auf ein erträgliches Maß zusammenstutzen.

«Dann lasst uns diese Übereinkunft ein letztes Mal bekräftigen», sagte Neumann und zog Hildebrandt zum Fürstbischof.

«Euer Gnaden», sagte er, «Meister Hildebrandt und ich sind gewillt, den weiteren Fortgang des Schlossbaus nun ein für alle Mal zu entscheiden.»

Friedrich Karl war nicht wohl bei dieser Wette. So viel Geld und Schweiß waren bereits geflossen, und nun sollte ein einziger Kanonenschuss zeigen, ob sein Schloss wirklich für die Ewigkeit taugte? Nach langem Ringen mit sich und seinem Hofzahlmeister hatte er schließlich zugestimmt. Im schlimmsten Falle würde er einen Plafond verlieren und einen seiner beiden Baumeister. Das Geld für den Wiederaufbau des Plafonds würde er durch die Einsparung eines Architekten wieder hereinholen. Unter dieser Voraussetzung hatte er zugestimmt. Schließlich war er das Gezeter der beiden Streithähne leid. Hier und heute sollte sich beweisen, wem er zukünftig die alleinige Verantwortung für den Schlossbau übereignen würde.

Er ließ die beiden Kontrahenten sich ein letztes Mal die Hand geben und ihr Versprechen bekräftigen: Hält der Plafond der Druckwelle stand, wird sich Meister Hildebrandt aus den weiteren Bauarbeiten zurückziehen, und Meister Neumann soll der alleinverantwortliche Architekt des Schlosses sein. Stürzt der Plafond ein, verliert Neumann die Bauleitung und alle weiteren Ämter, die er bis zum heutigen Tage innehat. Des Weiteren hat er aus eigenen Mitteln für den Schaden aufzukommen, den er mit seiner Kanone angerichtet hat. Hildebrandt soll dann nach eigenen Plänen einen neuen Plafond errichten, der den Anforderungen gerecht wird.

Friedrich Karl schlug ein Kreuz über den Handschlag und murmelte still ein Gebet. Für welchen Ausgang es bestimmt war, würde keiner der Umstehenden je erfahren.

Wollte man die Antwort in Neumanns Gesicht lesen, dann sah man sich getäuscht. Er strotzte vor Zuversicht, als Sieger diesen Tag zu beschließen. Oder war es mehr die Aussicht, dass er sich bald seines ungeliebten Kontrahenten entledigen konnte? Wahrscheinlich traf beides zu. Er würde zwei Fliegen mit einer Klappe schlagen.

Weniger euphorisch, aber ebenso siegesgewiss zeigte sich Hildebrandt. Er hatte für diesen Tag seine vornehmsten Kleider aufbügeln und seine Perücke neu zupfen lassen. Hätte man ihn nicht als Baumeister gekannt, so wäre es den Umstehenden schwergefallen, ihn nicht mit einem der hohen Herrn in edlem Gewand zu verwechseln, die sich an der Seite des Fürstbischofs aufgereiht hatten. An diesem Tag wurde Geschichte geschrieben, und niemand wollte sich vorwerfen lassen, einem anderen Plaisir den Vorzug gegeben zu haben.

Im Kreis der Menge standen auch Sabiha und Veit. Erstere sehnte den Ausgang des Experiments herbei, Letzterer hätte ihn um alles in der Welt vermeiden wollen.

«Ich verstehe nicht», sagte Veit, «wieso sich Neumann darauf einlässt. Er kann alles verlieren, Hildebrandt setzt gerade mal eine Baustelle aufs Spiel.»

«Hier geht es um mehr als nur eine Baustelle», korrigierte Sabiha. «Es ist das Ringen um die eigene Existenz.»

Veit merkte auf. «Weißt du etwa mehr darüber?»

Sabiha zuckte unschuldig mit den Schultern. «Das ist doch offensichtlich.»

Er ahnte etwas. «Du hast gestern lange mit Hildebrandt zusammengesessen. Hat er mit dir darüber gesprochen?»

«Er hat etwas in der Art erwähnt.»

Jetzt ging ihm ein Licht auf. «Dann hast du ihn zu dieser Wette ermuntert?»

Sabiha schwieg.

«Los, sag schon», insistierte Veit. «Bist du die Urheberin dieses Wahnsinns?»

Wer eins und eins zusammenzählen konnte, würde die Antwort finden, dachte Sabiha. Sie schwieg und beobachtete Neumann, wie er die Kanone mit Pulver füllte.

An dessen Seite verfolgte Hildebrandt den Vorgang, ohne davon etwas zu verstehen. Feuerwaffen, gleich welcher Art, gehörten in andere Hände. Sein Metier war der Kohlestift und die leere Leinwand, auf die er seine Schlösser zeichnen könnte. Nichts lag ihm ferner, als seine Kleidung mit dem schwarzen und vor allem explosiven Pulver zu beschmutzen. Neumann hingegen war in seinem Element. Er würde diese Kanone füllen, so wie er es schon tausendmal zuvor getan hatte – akkurat, todbringend, leidenschaftlich. Wieder einmal setzte er mit einem einzigen Schuss alles aufs Spiel. Andere würfelten oder spielten Karten, um das Schicksal für sich zu entscheiden, Neumann zog den wohlüberlegten, zielgerichteten Schuss einer Kanone vor. Die Chancen auf einen Treffer waren weitaus höher.

Als es darum ging, die Kanone mit dem Lumpengeschoss zu füllen, zitierte Neumann Hildebrandt herbei. Er drückte dem Architekten eine Baulatte in die Hand, mit der er die Lumpen stauchen sollte, damit ein Mindestmaß an Widerstand im Kanonenlauf entstand. Unter den vielen Augen nahm Hildebrandt sie widerwillig in die Hand, andernfalls hätte er Neumanns Anliegen weit von sich gewiesen. Ein Artillerist stopfte Lumpen um Lumpen in das geöffnete Maul der Kanone, während Hildebrandt sie stauchte, bis ihm der Schweiß auf den kunstvoll gestärkten Kragen lief.

Jetzt endlich, nach zwanzig Jahren der Missgunst, des Misstrauens und des Streits, war der Zeitpunkt für eine Entscheidung gekommen – die Kanone war geladen und wartete nur noch auf das Feuer der Lunte, um ihre monströse Zerstörungskraft zu entfalten. Hildebrandt trat aus dem Vestibül heraus und gesellte sich zu den anderen hohen Herren im Ehrenhof. Zurück blieb Neumann, allein mit seiner feuerbereiten Kanone. In der Hand hielt er die brennende Lunte. Er blickte sich noch einmal um. In den Gesichtern der gespannt Wartenden las er Furcht, Bestürzung und bei dem einen oder anderen auch Zuversicht. Er sah Veit die Augen geschlossen halten, so wie es der Hasenfuß seinerzeit schon beim Sturm auf Kalemegdan getan hatte, er sah Sabiha und deren stoischen, ausdruckslosen Blick, er sah Antonio Bossi, der seine Hände wie zum Gebet gefaltet hatte, und er sah die vielen anderen Handwerker und Arbeiter, die ihm bis hierher treu ergeben gefolgt waren.

Sein letzter Blick galt jedoch Friedrich Karl, seinem Bauherrn und Förderer. War es dessen seliges Gottvertrauen oder der schlichte Glaube in die Fähigkeiten seines Baumeisters, die seine Vorfahren schon in den jungen, unbekannten, aber talentierten Neumann gesetzt hatten? Es kam Neumann vor, als würde sein Fürst ihm gütig und zuversichtlich zulächeln.

Die Kanone war auf den Gartensaal ausgerichtet, der als einziger großer Raum des Vestibüls geplant war. Dahinter sollte ein schöner Garten entstehen, in dem der Fürstbischof nach Lust wandeln konnte, um sich von den Regierungsgeschäften zu erholen. Zur Linken schloss sich die Treppe an, die nach der Umkehr auf den Plafond des Treppenhauses blicken ließ. Das Ganze war ein einziger Trichter, der unten schmal begann und sich nach oben hin öffnete. Diesen Verlauf würde die Druckwelle nehmen, wenn Neumann sie aus dem Pulver entließ. Ein letzter Gedanke schoss ihm durch den Kopf. Eva Maria und die Kinder. Was sollte aus ihnen werden, wenn er scheiterte?

Nein, Unfug, das würde er nicht. Er wäre nicht so weit gekommen, wenn er an sich oder an seiner Arbeit gezweifelt hätte. Der Plafond würde halten.

Er atmete nochmals tief ein, blickte siegesgewiss in die wartende Menge und legte die brennende Lunte an die Kanone.

Mit einem kurzen Zischen fraß sich die Flamme über die Pulverspur ins Innere, um in einem höllischen Donnerschlag die Ladung zur Explosion zu bringen. Das Mauerwerk erzitterte, aus dem Maul der Kanone schossen in Fetzen die aufgestauchten Lumpen heraus, und undurchdringlicher, schneidender Pulverdampf hüllte das Vestibül in nebelhafte Schwaden. Einige Zuschauer wurden durch die Druckwelle zu Boden geschleudert. Aus dem Vestibül wehten die Pulvernebel heraus. Neumann war nirgends zu sehen. Doch viel wichtiger war nun: Was würde man hören?

Ein Knarzen? Ein Ächzen? Ein Brechen?

Kapitel 6

Alle schliefen fest. Sabiha erhob sich aus dem Bett, in dem Veit selig vor sich hin träumte, und schlich auf leisen Sohlen vor die Tür. In der Kammer gegenüber hörte sie das gleichmäßige Atmen von Çem, lediglich unterbrochen vom leisen Schnarchen Faruds. Das Mondlicht warf ein schales Licht in deren kurioses Kabinett von Musikinstrumenten und Puppenfiguren, sodass man glaubte, ihre Welt kenne nur die Freude und den Tanz.

Auf dem Weg hinunter ins Erdgeschoss blickte sie durch eine Gaube hinüber zu Neumanns Arbeitszimmer. Das Licht war schon erloschen. Der Meister war früher zu Bett gegangen als üblich. In den letzten Tagen hatte er Nacht für Nacht über seinen Plänen zugebracht. Nachdem Lukas von Hildebrandt abgereist war und Neumann die volle Verantwortung für den Schlossbau übernommen hatte, gab es für ihn noch mehr zu tun als zuvor. Nicht allein der alles verschlingende Schlossbau zehrte an seinen Kräften, sondern auch die zahlreichen Bauvorhaben in der Stadt und in der Umgebung forderten seine Aufmerksamkeit. Obwohl noch immer stattlich in der Erscheinung, war er dünner geworden und ging etwas gebeugt, so, als laste die ganze Welt auf seinen Schultern.

Die knarzende Treppe führte Sabiha hinunter ins Erdgeschoss, wo sie Kerzen entzündete und sich in die Küche setzte. Vor sich fand sie fünf kleine Haufen gebrannter Caffeebohnen, die Valentin noch in den Abendstunden auf ihr Geheiß gebrannt hatte. Sie hatten nun ausreichend

Zeit gehabt, auf dem Holzbrett abzukühlen. Fünf kleine Haufen Caffeebohnen – alle in Farbe, Röstgrad und Größe verschieden. Sabiha wollte nicht bis zum Morgen warten, um zu sehen, was Sarkis' neueste Lieferung versprach. In der Nacht fand sie die nötige Ruhe, um neue Caffeesorten auszuprobieren. Diese stammten jedoch nicht aus Abessinien und dem Jemen, waren nicht über die Hafenstädte Mocha am Roten Meer und Jiddah verschifft worden, sondern diese hier hatten eine weitaus längere Reise hinter sich.

Nachdem die Zweiteilung der Welt in eine spanische Domäne im Westen und eine portugiesische im Osten von den aufstrebenden Mächten England, Frankreich und den Niederlanden aufgebrochen worden war, hatten diese sich einen beträchtlichen Teil des Handels mit Caffee gesichert. Auf ihren Stützpunkten in Ceylon, Sumatra und Bali im Osten, im Westen in Guayana, Hispaniola, Bourbon, Jamaika und Brasilien bauten sie nun ihre eigenen, zuvor von den Portugiesen gestohlenen Caffeepflanzen an. Sie wachten eisern über deren Anbau und deren Verbreitung. Wer dagegen verstieß, wurde mit dem Tod bestraft. Zu viel stand auf dem Spiel – vor allem aber Geld und Macht.

Immer wieder diese Politik, seufzte Sabiha und wünschte sie zum Teufel. In ihrer Welt sollte sie keinen Platz haben, wenngleich sie in der Gaststube täglich debattiert wurde. Solange ihre Gäste sich bei den hitzigen Auseinandersetzungen nicht die Köpfe einschlugen, sollte es ihr recht sein. Doch sie wollte damit nichts zu tun haben. Ihr Augenmerk lag auf der Caffeebohne. Mit ihr würde sie die Welt erobern.

Fünf Schritte sind notwendig, um wohlschmeckenden Caffee zuzubereiten, hörte sie die weisen Worte ihrer Lehrerin Alina durch die Nacht flüstern. Brenne die Bohne mit Sanftmut, kühle sie großzügig, zerkleinere sie zu feinem Staub, koche sie mit Bedacht und serviere sie mit glühendem Herzen. Befolgst du jeden einzelnen Schritt mit Hingabe, so liegt das Herz des Mannes in deinen Händen.

Sabiha war gewillt, den Rat ihrer Freundin und Meisterin in jeder Einzelheit zu befolgen. Denn Alina hatte es mit ihrer Kunst geschafft, die vielen Intrigen im Harem zu überleben und trotz ihres hohen Alters nicht aus der Gemeinschaft verstoßen zu werden. Das war nicht vielen gelungen. Sabiha schwor sich, es ihr gleichzutun. Allerorten lauerten Gefahren, und sie würde nicht jede einzelne kommen sehen.

Mit dem Kauf der großen Caffeetrommel hatte sie den ersten, vielleicht wichtigsten Schritt bereits vollbracht. Der Apparat erwies sich als vortrefflich beim genauen Brennen der mitunter empfindlichen Bohnen. Drehte man die Kurbel beharrlich und langsam, so konnte man eine große Menge gleichmäßig und ohne die gefürchteten Brandflecken veredeln. Anschließend boten die Kühlbretter den Bohnen ausreichend Platz, um die ihnen noch innewohnende Wärme abzugeben. Etwas Wasser, hin und wieder auch etwas Mandelöl darübergesprenkelt, schon verschloss sich die Bohne und bewahrte ihr flüchtiges Aroma. Doch beim dritten Schritt tat sich eine Abzweigung auf. Bisher hatte Valentin die Bohnen mangels Alternative mit einem großen Stößel im Mörser zerkleinert. Nun waren aber in letzter Zeit aus London und Paris – wo die Caffeezubereitung mittlerweile im großen Umfang betrieben wurde – neue Apparate aufgekommen. Sie glichen einer Mühle, wie Sahiba sie aus Adrianopel kannte. Auch Rahim hatte eine besessen.

Diese jedoch waren größer und mahlten die Bohne nicht so fein, wie sie es gewohnt war. Auch meinte Sabiha, dass sie den Geschmack der Bohne beim Mahlen änderten. Sie hatte den Grund dafür noch nicht herausgefunden. Vielleicht lag es an der Grobkörnigkeit, vielleicht auch an der Hitze, die das Mahlwerk beim Zerkleinern erzeugte. Veit, Çem und Farud vermochten keine Unterschiede zwischen zerstoßenem und gemahlenem Caffee festzustellen. Für sie schmeckten die beiden Zubereitungen gleich, aber ihrer feinen und gutausgebildeten Zunge wollte auch die kleinste Abweichung nicht entgehen. Und solange sie dieses Rätsel nicht gelöst hatte, setzte sie auf den zerstoßenen Caffee. Einen Vorteil hatten diese Caffeemühlen dennoch: Sie erleichterten Valentin die Arbeit beim Zerkleinern entschieden, und er konnte so in kürzerer Zeit mehr Caffeepulver herstellen, was dem hohen Bedarf in den Morgenstunden und bei der zweiten Welle am Nachmittag zugutekam.

Beim Zubereiten des Caffees waren Sabihas Experimente nicht annähernd so gut verlaufen. Neben dem bisher bewährten Aufkochen des Caffeepulvers in einer kleinen Çezve oder in einer großen Kanne hatte sich das Eintauchen eines mit Caffeepulver gefüllten Leinensäckchens in kochendes Wasser eingebürgert. Damit konnten sie zwar in kürzerer Zeit mehr Caffee herstellen, aber der volle, runde Geschmack ging verloren. Für eilige Besucher des Sarays war dies die bevorzugte Methode, doch für einen Gast, der in Muße einen wohlschmeckenden Caffee trinken wollte, konnte das nichts sein. Er schmeckte den Unterschied und nicht zuletzt den Eigengeschmack, der dem Leinensäckchen anhaftete. Diese störende Komponente vermochten sie nicht zu beseitigen, egal wie oft sie das Leinen gewaschen und in Caffee getränkt hatten.

So fuhr Sabiha, wie zwischenzeitlich in einigen Dingen mehr, doppelgleisig. Auf der einen Seite galt es die große Zahl der Schnelltrinker mit einem starken Caffee wieder zu kräftigen, auf der anderen Seite wollte der nach Genuss strebende, müßige Gast verwöhnt werden. Beide Gruppen waren gleich wichtig. Die einen sorgten für einen guten Umsatz, die anderen trugen die Botschaft hinaus ins Land, dass im Saray ein vorzüglicher Caffee zubereitet wurde.

Dieser Umstand war für das weitere Gedeihen des Caffeehauses unabdingbar, wenngleich man darauf nicht für alle Zeiten bauen konnte. Sabiha hatte mit Sarkis einen hervorragenden Händler gefunden, der ihr die nötigen Mengen in der bevorzugten Qualität lieferte, doch auch Sarkis war gegen Ernteausfälle, Diebstahl, Schwund und Verderben der empfindlichen Bohnen nicht gefeit. Wenn der Caffee knapp wurde, spürte Sabiha das in ihrem Geldbeutel, und dagegen galt es etwas zu unternehmen.

Die fünf kleinen Haufen Caffee sollten das Problem lösen. Keine einzelne Bohne stammte aus dem angestammten Gebiet im abessinischen Hochland. Diese Bohnen waren Neuzüchtungen der holländischen, französischen und englischen Handelsherren und wurden unter anderem über Amsterdam auf den Kontinent gebracht. Sie stammten aus den neuen Anbaugebieten in Indonesien, Afrika und Südamerika. In der Farbe und in der Größe gab es nichts an ihnen auszusetzen. Auch der Preis stimmte. Fraglich war, ob sie einem unverfälschten abessinischen Sidamo gerecht wurden.

Sabiha nahm vom ersten Haufen drei Bohnen und zerstieß sie in einem Mörser. Dann führte sie ihn an die Nase und roch, was die Bohne preisgab. Sie wiederholte den

Vorgang für alle weiteren Sorten und war vom Ergebnis nicht enttäuscht. Diese Bohnen hatten ihren eigenen Charakter. Beim Aufkochen würde sich zeigen, ob sie ihn auch unter Hitze beibehielten. Sie machte Feuer, zerstieß eine ausreichend große Menge an Caffeebohnen und setzte sie in gewohnter Weise auf. Sarkis hatte nichts davon gesagt, dass bei den neuen Sorten eine andere Zubereitungsweise vorzuziehen war.

Apropos Sarkis, dachte Sabiha. Morgen wollte er ihr einen Besuch abstatten, was auch endlich Zeit wurde. In all den Jahren ihrer Zusammenarbeit hatte er bisher den Weg ins Saray nicht gefunden. Ein seltsamer Kerl war er – undurchsichtig, umtriebig und nicht immer vertrauenerweckend. Ein Händler durch und durch. Nichts geschah in seiner Umgebung, von dem er nichts wusste, und nichts blieb lange vor ihm verborgen.

Das leise Pochen am Fenster schreckte Sabiha auf. Wer um alles in der Welt klopfte mitten in der Nacht? Ihr Herz raste, und schnell griff sie zu einem Messer. Gefährliches Volk schlich nächtens durch die Straßen, meist betrunken und streitsüchtig, das die Stadtknechte nicht unter die Kontrolle bekamen.

«Wer da?», rief Sabiha ängstlich, aber auch gewillt, ihren Besitz zu verteidigen.

«Ich bin's», kam verhalten eine Stimme von der Straße zurück, «Sarkis.»

«Sarkis?», wiederholte sie ungläubig. «Du wolltest doch erst morgen kommen.»

«Morgen, heute … was macht das für einen Unterschied? Ich bin jetzt hier. Also, willst du mich bis morgen auf der Straße stehenlassen? Meiner Gesundheit ist es ist nicht gerade förderlich, hier draußen herumzulungern.

Seltsame Gestalten sind in dieser gottesfürchtigen Stadt unterwegs.»

Sabiha vergewisserte sich mit einem raschen Blick, ob es sich tatsächlich um Sarkis handelte. Kein Zweifel, das war er. Sie ging zur Hintertür und öffnete ihm.

«Komm rein», sagte sie und legte sogleich den Riegel wieder vor. In der Küche sah und roch er sofort den frischen Caffee.

«Du hast mich also doch früher erwartet», sagte er mit seinem spitzbübischen Grinsen, das wegen des schmalen und an den Enden gezwirbelten Oberlippenbarts nicht weniger fremdländisch wirkte. Er war von kleiner Statur, drahtig, mit flinken Händen und wachen Augen. Sie nahmen die neue, ungewohnte Umgebung im Nu in Augenschein. Er wies auf die kleinen Caffeehaufen hin. «Sind das die Proben, die ich dir geschickt habe?»

Sabiha bestätigte es. «Ich bin gerade beim Aufkochen. Magst du eine Tasse?»

Nichts lieber als das. Er nahm seinen kleinen roten Fes vom Kopf, der wunderbar schwarze, glatte Haare offenbarte.

«Spielst du noch immer Osman, den türkischen Händler?», fragte Sabiha amüsiert.

«Ich bin das, was meine Geschäftspartner von mir erwarten. Heute Osman, morgen der erfolgreiche Venezianer Mauro, und übermorgen Thijs, der holländische Importeur.»

«Was ist das für ein Paket?», fragte Sabiha.

«Eine Überraschung. Aber lass uns zuvor einen Becher guten und vor allem stärkenden Caffee trinken. Was ist in der ersten Çezve?», fragte er, und ohne eine Antwort abzuwarten, nahm er den Geruch in seine kleine, spitze

Nase auf. «Belebend und kraftvoll. Sumatra. Das ist eine sehr gute Bohne. Ich habe mir gleich ein paar Säcke davon gesichert. Nicht billig, aber jede Bohne ihren Preis wert. Ich hoffe, du hast sie entsprechend gebrannt.»

«So, wie du es mir ausgerichtet hast.»

«Gut, dann hätte ich gern davon probiert.»

Während Sabiha seiner Aufforderung nachkam, griff Sarkis zu einer Kerze und ging hinaus in die Gaststube. Er wollte schließlich sehen, wo sein Caffee getrunken wurde.

«So habe ich mir das nicht vorgestellt», sagte er knapp, als er wieder in die Küche zurückkam.

«Wie meinst du das?»

«Ich hatte eine von diesen schmucklosen Caffeeschänken erwartet, die nun überall im Land eröffnet werden. Aber dein Saray ist wirklich eine kleine Perle. Ich gratuliere dir.»

«Danke», antwortete Sabiha erleichtert. Das hätte ihr gerade noch gefehlt, dass ihr wichtigster Mitarbeiter etwas an ihrem Caffeehaus auszusetzen hatte. «Es ist der Anfang. Ich habe größere Pläne.»

«Erzähl mir davon.»

«Später», wehrte sie ab und reichte ihm seinen Caffee in einem der üblichen Blechbecher, während sie aus ihrer geliebten Porzellantasse trank.

Sarkis verzog das Gesicht. «Das ist doch nicht dein Ernst?»

«Ich verstehe nicht …»

Er wies auf den Blechbecher. «Soll ich wirklich diesen wunderbaren Caffee aus einem derart schäbigen Gefäß trinken?»

«Wenn dein Caffee etwas taugen soll, dann muss er

sich darin beweisen. Meine Gäste trinken aus diesen Bechern.»

Widerwillig und mit Sabihas Vorhaltung überhaupt nicht einverstanden trank er daraus. Sabiha tat es ihm nach, allerdings aus der Porzellantasse. Ihre Erwartung an die neue Bohne war groß. Würde sie ihr Versprechen halten können, das sie beim Zerstoßen gegeben hatte?

Der erste Schluck war der wichtigste, wenn die Zunge noch keine Erfahrung mit der neuen Bohne gemacht hatte. Sabiha gab ihr bei geschlossenen Augen Zeit und Raum, sich zu entwickeln.

«Wie schmeckt er dir?», fragte Sarkis ungeduldig und unterbrach damit das Ritual der Verkostung.

Als sie die Augen wieder öffnete, hatte sie eine neue Welt entdeckt. Der Geschmack dieses Caffees war kräftig, voluminös und lang anhaltend. Sie meinte sogar, Schokolade und Nuss geschmeckt zu haben.

«Was ist das für eine Bohne?»

Sarkis zeigte sich zufrieden. «Ich wusste, dass du einen außergewöhnlichen Geschmack auf Anhieb erkennen würdest.»

«Streich mir keinen Honig ums Maul», erwiderte sie ungeduldig. «Woher stammt dieser Caffee?»

«Von einer Insel namens Sumatra. Die Holländer haben sie den Portugiesen abgejagt, um dort ihre Caffeepflanzen zu kultivieren. Sie sind geschickte Caffeebauern, die viel mit den Caffeefrüchten experimentieren. Über diese Bohne heißt es, dass ihr Fruchtfleisch nicht wie sonst mit Wasser entfernt wird, sondern durch Reiben im Sand. Danach trocknen die Bohnen mehrere Tage. Das könnte eine Erklärung für ihren außergewöhnlichen Geschmack sein, den man bei keiner anderen Bohne findet.»

Der Sand transportiert seinen ureigenen Geschmack über die Bohne, dachte Sabiha. Bereits beim Brennen war ihr dieses zarte jadefarbene Grün mit einem leichten Blaustich aufgefallen. Am Ende hatte sich die Bohne in das wunderbare Braun einer Kastanie verwandelt. Es war ein magischer Vorgang, der letztlich zu einem einzigartigen Geschmack führte.

«Und das Beste daran ist», fuhr Sarkis fort, «du kannst ihn sogar mit Milch trinken. Das Fett der Milch bringt den Geschmack und das Aroma stärker hervor. Ist das nicht wunderbar?»

Sabiha wusste genau, worauf Sarkis hinauswollte. Milch und Caffee waren für sie zwei unvereinbare Gegensätze. Die Milch raubte dem Caffee den Geschmack. Ihre Gäste sahen das hingegen anders. Sie schütteten gedankenlos Milch hinzu, um die Bitterstoffe zu mildern. Wenn sie nun aber einen Caffee im Angebot hatte, der ausdrücklich Milch verlangte und dann auch noch besser schmeckte als ohne, dann hätte sie zwei Fliegen mit einer Klappe geschlagen.

Sie probierte es umgehend aus. Ein paar Tropfen Milch sollten genügen. Noch war sie nicht überzeugt. Das änderte sich nach dem nächsten Schluck. «Tatsächlich, du hast recht», gab sie zu, «die Milch fördert den Geschmack, anstatt ihn zu unterdrücken.»

«Ich habe es dir doch gesagt.» Er rieb sich die Hände. Ein neues Geschäft war so gut wie gemacht. «Wie viele Säcke darf ich dir liefern?»

«Gedulde dich», antwortete Sabiha. «Es stehen noch vier weitere Sorten aus.»

Die Verkostung zog sich bis ins Morgengrauen. Keiner der beiden fühlte sich in irgendeiner Weise übernächtigt, im Gegenteil, es war ihnen, als hätten sie alle Kraft der Welt.

«Ein Problem haben wir aber noch nicht gelöst», sagte Sabiha. «Wie können wir eine regelmäßige Lieferung sicherstellen? Wenn ich meine Gäste mit diesem außerordentlichen Caffee verwöhne, dann werden sie ihn täglich trinken wollen.»

Sarkis nickte. «Ich habe keinen Einfluss auf Missernten und Ähnliches. Wenn du bei der reinen Sorte bleiben willst, musst du mit den Risiken leben. Aber es gibt auch dafür eine Lösung.»

Er nahm den Mörser zur Hand, griff vom ersten Haufen eine Handvoll Bohnen, dann vom zweiten und schließlich auch vom dritten. Mit dem Stößel zerkleinerte er die Komposition und forderte Sabiha auf, eine Çezve bereitzuhalten.

«Was hast du vor?», fragte sie.

«Das wirst du gleich sehen.» Während der Caffee aufkochte, legte er ihr die Idee dar. «Um die Abhängigkeit von einer Sorte zu verringern, stellst du eine Mischung aus unterschiedlichen Caffeesorten her. Das hat den Vorteil, dass du einen teuren Caffee mit einem günstigen mischen kannst, und das bei gleichbleibenden Preisen für deine Gäste. Du verdienst an einer Mischung mehr, als wenn du reinen Caffee von einer Sorte verkaufst.»

«So, wie wir es mit der Zichorie tun?»

«Richtig, allerdings streckst du den Caffee nicht, sondern du verfeinerst ihn. Das ist der entscheidende Unterschied.» Er reichte ihr den frischgebrühten Caffee. «Ich nenne ihn *Sarkis Java*.»

Er lehnte sich zurück und erwartete ihre Reaktion. Sabiha ließ sich mit der Verkostung Zeit. Wenn es stimmte, was Sarkis ihr unterbreitete, dann würden sich völlig neue Wege für sie und das Saray auftun. Es könnte dann einen *Saray Java* oder einen *Saray Sumatra* geben. Die Möglichkeiten schienen endlos.

«Ich bedaure es nicht», sagte Sabiha schließlich, «dass ich dich als meinen Händler und Freund gewonnen habe.»

Sarkis stutzte. «Was soll das bedeuten?»

«Dass dein *Sarkis Java* ein hervorragender Caffee ist. Er hat einen ausdrucksvollen Körper, feine Säuren und viele unerwartete Aromen. Ich bin begeistert.»

Es brauchte gemeinhin viel, um Sarkis erröten zu lassen. Aber bei diesem Kompliment versagte seine vielgerühmte Fähigkeit der Verstellung. «Danke», antwortete er schlicht, um gleich darauf wieder in seine gewohnte Rolle des umtriebigen Händlers zu schlüpfen. «Mit wie viel Prozenten willst du mich am Verkauf *meines* Sarkis Java beteiligen?»

Damit war er bei der inzwischen zur Geschäftsfrau gereiften Sabiha an der richtigen Adresse. «Ich denke, für den Anfang sollten zehn Prozent genügen.»

Sarkis hielt ihr zum Vertragsabschluss die Hand hin. «Wie wäre es mit zwanzig Prozent?»

«Elf.»

«Neunzehn.»

Sie trafen sich schließlich bei vierzehn Prozent, und beide waren mit dem Handel zufrieden.

«Nun sag mir endlich, was in diesem Paket ist», wollte Sabiha wissen. Sie hatte die Nacht hindurch immer wieder gerätselt, was sich darin verbergen mochte. Nun war es an der Zeit, das Geheimnis zu lüften.

«Genau der richtige Zeitpunkt, um danach zu fragen», antwortete er. «Nach einem guten Geschäft können wir sofort das nächste angehen.»

Sabiha lächelte. «Denkst du auch einmal an etwas anderes als an Geschäfte?»

«Ja, sicher. An Transportkosten, neue Entwicklungen …»

«Schon gut», winkte Sabiha ab. Sarkis war nicht beizukommen. Der Handel lag ihm einfach im Blut.

Sabiha erinnerte sich an ihre gemeinsame Zeit im Sultanspalast von Adrianopel. Sarkis war in den angrenzenden Gemächern zum Harem untergebracht, getrennt durch die Räume des einflussreichen Obereunuchen. Er teilte dasselbe Schicksal mit den anderen Lustknaben: Wenn ihre Zeit gekommen war und sie den Herren nicht mehr genügten, wurden sie verstoßen. Meist geschah das in den Wintermonaten, wenn nach einer neunmonatigen Abstinenz die Aufmerksamkeit der Herren sich wieder auf die Lustknaben verlagerte. Nach allgemeiner Auffassung galt der Rat: *Gib dich im Sommer mit Frauen ab, im Winter mit Jünglingen.*

Frauen sollten demnach einen kühlen Körper besitzen, der im Sommer als wohltuend empfunden wurde. Die Körper der schlanken Jünglinge hingegen sollten im Winter wärmen. Diese Aufteilung war sehr beliebt, und man fand nichts Anstößiges daran. Es war ein natürlicher Bestandteil des Lebens.

Der junge Sarkis vermochte seinen Herren irgendwann keine Wärme mehr zu spenden. Sabiha sah ihn hin und wieder durch die vergitterten Fenster, wie er mit einem seltsamen Apparat hantierte, den er als Rechenstab bezeichnete. Er hatte ihn von einem englischen Gast geschenkt bekommen, dem er dienlich gewesen war. Mit dem Rechenstab führte er für Sabiha unverständliche Berechnungen durch. Die Steine, die er vor sich zu kleinen

Haufen aufrichtete, waren die Handelswaren, die er in seinen Träumen bewegte.

Irgendwann war Sarkis aus dem Harem verschwunden. Niemand wusste, was mit ihm geschehen war. Manche munkelten, er sei einem Herrn zum Geschenk gemacht worden, andere sahen ihn kopflos im Bosporus treiben, wieder andere wähnten ihn bei seinen Landsleuten, den Armeniern, wo er sein Talent unter Beweis stellte. Alina berichtete eines Tages von einem Caffeehändler, der einen sehr begabten jungen Mann in seine Dienste aufgenommen hatte. Sein Name sei Sarkis gewesen.

«Was ist mit dir?», hörte sie Sarkis an ihrer Seite. «Träumst du mit offenen Augen?»

Sabiha lächelte. «Die alten Zeiten rufen mich ab und an.» Sie verbannte den Gedanken aus dem Sinn. «Nun, was hast du mir Schönes mitgebracht?»

Sarkis wies zur Seite auf den Küchentisch. Dort hatte er wunderschöne kleine Tassen mit Untertellern und eine Caffeekanne aufgebaut, wie sie sie aus der Heimat kannte. Für gewöhnlich kam das edle Porzellan aus China, billige Imitate aus London. Aber dieses reichverzierte und geschmackvoll geformte weiße Porzellan stammte aus Deutschland.

«Es war ein weiter Weg von Leipzig nach Dresden», berichtete Sarkis. «Die Leipziger Caffeewirte haben mich auf einen Ort namens Meißen, abseits des Wegs, aufmerksam gemacht. Dort hat der Kurfürst von Sachsen vor einigen Jahren eine Porzellanfabrik errichten lassen. Ein Apothekengehilfe und Goldmacher namens Böttger …»

Sabiha hörte Sarkis' Ausführungen nicht weiter zu. Ihre ganze Aufmerksamkeit gehörte den Tassen und Tellern.

Wie fein sie gearbeitet waren und welche Liebe in das Dekor geflossen war. Zeigte es einen Granatapfel oder eine Zwiebel? Die Antwort war im Augenblick nicht entscheidend. Viel wichtiger war, dass diese Tassen und kleinen Teller für einen Caffeetrinker herzerfrischend anzusehen waren. Die fröhlich geschwungenen Linien, blau auf weißem Porzellan. Kein Wunder, dass Sarkis mit einem Blechbecher unzufrieden war, wenn er in seinem Gepäck einen solchen Schatz mit sich führte. Sabiha nahm eine Tasse und untersuchte sie genau. Das Dekor – fein gezeichnet und die Farben gut gewählt – lag unter einer Art Glasur, um vor Abrieb geschützt zu sein. Am Boden der Tasse erkannte sie ein Zeichen – zwei gekreuzte Schwerter.

«Ist das das Zeichen des Kurfürsten?», fragte sie

«Die gekreuzten Schwerter stehen für die Porzellanmanufaktur», antwortete Sarkis. «Ein jeder soll sehen, woher die Tassen und Teller stammen, die sie fertigen. Sie legen großen Wert darauf, dass ihre Erzeugnisse nicht mit anderen verwechselt werden. Ein interessanter Gedanke im Hinblick auf die vielen billigen Imitate, die echtes chinesisches Porzellan vortäuschen.»

Sabiha erinnerte sich der silbernen und goldenen Gefäße, die sie in Adrianopel zur Verfügung hatte, auch an das feine Service aus China. Diese Pracht war in Würzburg unvorstellbar, und schon gar nicht in ihrem Saray, das zwar gute Erlöse erzielte, aber noch weit von der Anschaffung solch edler Service entfernt war. Dennoch: Dieses feingearbeitete weiße Porzellan, das es bisher nur in China gab, wollte sie haben. Sie wusste nur nicht wie. Damit würde sie den fünften und letzten Arbeitsschritt, wie Caffee nach Alinas Vorgaben zuzubereiten war, vollenden. Caffeetrinken war ein kunstfertiges Ritual, und sie gedachte genau dies als Markenzeichen ihres Sarays einzuführen.

«Schulen und Universitäten sind nicht halb so gut wie die schlechtesten Caffeehäuser», hatte ein erboster Literaturprofessor in Leipzig verkündet, der über den engstirnigen Lehrplan an seiner Universität wenig Gutes zu berichten hatte. Im fernen London schlug man in dieselbe Kerbe. So manches Caffeehaus war mit dem Titel «Penny University» geadelt worden, wo man für den Preis eines Caffees die flammenden und rebellischen Reden der Gelehrten und Denker hörte, die für ihren Informations- und Meinungsaustausch ein neues Domizil gefunden hatten.

Das Caffeehaus als Treffpunkt, Versammlungsort und Kanzel für ein neues und unzensiertes Gedankengut hatte nach anfänglichen Schwierigkeiten seinen Siegeszug durch Europa angetreten, und es schien noch lange kein Ende in Sicht. Zur reinen Unterhaltung hatte sich bald der Austausch von Nachrichten gesellt, der von den Marktplätzen, Poststationen und Schänken ins Caffeehaus gewechselt war. Die ersten Wochenzeitschriften entstanden, die ihre Themen im Caffeehaus aufgriffen und zu Artikeln formten. Bei einem Londoner Wirt namens Edward Lloyd kamen Reeder, Händler und Kapitäne zusammen, und alsbald entwickelte sich sein Caffeehaus zur Versicherungsbörse, die schließlich so erfolgreich wurde, dass er den Ausschank von Caffee nur noch als Nebengeschäft betrieb.

In deutschen Landen hinkte man dieser rasanten Entwicklung lange hinterher. Mit Blick auf Frankreich und England, wo die Stimmen aus dem Caffeehaus immer lauter und aggressiver wurden, fürchtete man im eigenen Land Aufruhr und Veränderung. Es hagelte Verbote und Strafen. Im preußischen Berlin dachte man zunehmend über ein Generalverbot nach, das den Konsum von Caffee selbst in den eigenen vier Wänden untersagen sollte.

Doch die Kraft des Caffees ließ sich nicht mehr bändigen. Er widerstand jedem noch so gestrengen Verbot, sodass die Obrigkeit letztlich zulassen musste, dass in den Caffeehäusern offen debattiert wurde.

Durch das Würzburger Saray wehte hingegen ein gemäßigter Wind. Stadt und Land blühten unter der Schönborn'schen Wirtschaftspolitik auf, und es gab wenig Grund zur Klage. Einzig die Gelehrten der Universität schauten neidisch auf den Diskurs, der in den fernen Städten geführt wurde. Sie hätten sich gewünscht, dass auch die Wissenschaften in Würzburg durch neues Gedankengut befruchtet würden. Nur selten ergab sich die Gelegenheit dazu, wenn sich ein Reisender im Saray als Gelehrter preisgab und man wissbegierig die Entwicklungen an anderen Universitäten erfragte.

Einer, der nicht auf den Zufall wartete, war ein gewisser Professor Ullrich. Er lehrte an der Universität Römisches Recht. Seine Leidenschaft hingegen gehörte den Pflanzen und deren Nutzbarkeit im Anbau. Während seine Kollegen streng die Grenze zwischen Lehrer und Schüler zogen, fand man Ullrich oft bei den Bauern auf dem Feld anstatt im Hörsaal. Diese hatten trotz der wirtschaftlichen Blüte ihre Probleme, sodass der tägliche Kochbedarf nicht mit den selbstangebauten Früchten gedeckt werden konnte.

Ullrich wollte diesen Missstand beheben und fahndete nach allem, was sich in fränkischen Landen anbauen und verwerten ließ. Den oft weitgereisten Händlern, die sich im Saray trafen und das eine oder andere Geschäft besiegelten, lauerte er regelrecht auf, um sie nach Saatgut zu befragen, das er in Würzburg anbauen konnte. Zu diesem Zweck hatte er sich am Wöllrieder Hof eine Experimentierfläche eingerichtet.

Sabiha war dieser seltsame Ullrich, der im Volksmund den Titel «Bauernprofessor» trug, durch seine klugen und leidenschaftlichen Reden aufgefallen, die er im Saray gern hielt. Als sie dem Gelehrten seine tägliche Tasse Caffee brachte, fand sie ihn über eigenartige Knollen gebeugt.

«Nun, Professor, wächst und gedeiht alles?»

Ullrich schaute hoch. «Sabiha, setz dich zu mir und sieh dir das an.»

Sie stellte die Tasse neben die Knollen, die Ullrich wie einen Schatz betrachtete. «Was ist das?», fragte sie.

«*Solanum tuberosum*. Nach dem italienischen *Tartuffolo* nennt man sie bei uns Kartoffel.»

«Und was hat es damit auf sich?»

«Mit dieser unscheinbaren Erdfrucht werden wir den Hunger ein für alle Mal ausrotten.»

Sabiha schaute ungläubig diese Kartoffel an. Meinte er das ernst? Konnte man diese Knolle wirklich essen?

«Deinem Schweigen entnehme ich, dass du mir nicht glaubst», sagte Ullrich. «Aber sei versichert, die Kartoffel ernährt seit vielen Jahrhunderten die Menschen in fernen Ländern.»

«Woher stammt sie?»

«Aus der Neuen Welt. Die Spanier haben sie bei ihren Eroberungszügen erbeutet und nach Europa gebracht. Langsam, viel zu langsam breitet sie sich nun über den Kontinent aus. Ein holländischer Soldat hat sie im großen Krieg ins Oberfränkische gebracht. Das ist nun schon fast hundert Jahre her. Die Bauern dort bauen sie reichlich an und stopfen mit ihnen jedes hungrige Maul. Selbst der Preußenkönig ist jetzt auf sie aufmerksam geworden.»

«Wieso habe ich noch nichts von ihr gehört?»

Ullrich seufzte. «Das hat einige Gründe. Einer ist der, dass die Kartoffelfrucht von den Heiden stammt, ein anderer, dass sie unter der Erde wächst. Das ist für so ein Pfaffenhirn natürlich äußerst verdächtig.»

«Was habt Ihr nun mit dieser Kartoffel vor?»

Ullrich lachte laut. «Sie anbauen, was denn sonst?»

«Geht das denn so einfach?»

«Auf meinen Feldern gedeiht sie prächtig. Komm doch einfach mal mit, dann zeig ich sie dir.»

Das war eine gute Idee, dachte Sabiha. Dann könnte sie gleich herausfinden, ob Ullrich auch einen Caffeestrauch würde züchten können.

Kapitel 7

Neues Unheil zog auf. Dieses Mal drohte die Gefahr nicht von jenseits der Grenzen, sondern aus dem Inneren eines von Siechtum geplagten Reichs. Kurz vor seinem Lebensende hatte der Habsburger Kaiser Karl VI. ein unbedeutendes Herzogtum am Rhein entgegen seiner Zusage nicht dem preußischen König Friedrich II. zugesprochen, sondern es den französischen Interessen preisgegeben. Der darüber erboste Friedrich verbündete sich daraufhin mit dem Wittelsbacher Kurfürsten Karl Albrecht von Bayern gegen Österreich und marschierte mit einer Armee in Schlesien ein. Karl Albrecht, der auch mit den Franzosen im Bunde war, fiel über Böhmen her. Im inzwischen führungslosen Wien wusste man dem Bruderkrieg, in dem Deutsche gegen Deutsche kämpften, nichts entgegenzusetzen.

Es herrschte Uneinigkeit über die kaiserliche Erbfolge. Da mit Karl VI. der letzte männliche Nachkomme aus dem Haus der Habsburger gestorben war, machte sich Kurfürst Karl Albrecht von Bayern, der die jüngere Tochter des verstorbenen Kaisers Joseph I. geheiratet hatte, berechtigte Hoffnungen auf die Thronbesteigung, so wie es auch Friedrich August II. von Sachsen und Polen tat, der mit der älteren Tochter Josephs I. vermählt war. Und schließlich stand Maria Theresia, Tochter Karls VI., als Kaiserin zur Disposition. Nach der von ihrem Vater rechtzeitig erlassenen Pragmatischen Sanktion war auch eine Frau für den Kaiserthron erbberechtigt.

Wohin sollte das noch führen, wenn nicht in einen weiteren auszehrenden Krieg?

Der Fürstbischof von Würzburg, Friedrich Karl, der jahrelang die diplomatischen Geschicke des Reichs beeinflusst hatte, traf für sich und sein Land eine pragmatische Lösung. Er würde sich neutral verhalten, wenngleich er dafür manche Kröte schlucken musste. So den Durchmarsch französischer Truppen, die an der Seite des Kurfürsten Karl Albrecht von Bayern in Böhmen kämpften. Fränkische Reichstruppen standen von Würzburg bis Kronach Gewehr bei Fuß, um keinerlei Zweifel an der Wehrhaftigkeit des Frankenlandes aufkommen zu lassen. Waren die Kassen durch die zahlreichen Bauvorhaben auch chronisch belastet, wenn der Erzfeind aus Frankreich die Grenzen überschritt, reihte sich Schulter an Schulter – notfalls nur mit Hacken und Mistgabeln bewaffnet.

Doch all das war nicht nötig. Die Franzosen waren bald wieder verschwunden, und der wirtschaftliche und kulturelle Aufschwung Frankens konnte ungehindert fortschreiten. Der Handel und das Handwerk blühten, neue Einnahmequellen taten sich auf. Die ergiebigste begann in Kissingen zu sprudeln, als Neumann im Zuge der Umbettung der Saale auf eine alte, von den Römern bereits genutzte Heilwasserquelle stieß. Diese war so klar und der Gesundheit zuträglich, dass selbst Fürsten aus aller Herren Länder nach Kissingen reisten, um sich zu therapieren. Man gab ihr aufgrund ihres ergiebig sprudelnden und turbulenten Wesens den Namen *Rákóczi* – in Anlehnung an den turbulenten Lebenslauf des Fürsten Ferenc Rákóczi II. von Ungarn, der bei den kurenden fränkischen Offizieren wohl bekannt war und wegen seines Freiheitskampfes geschätzt wurde.

Neumanns Glashütte in Schleichach fertigte derweil exporttaugliches Spiegelglas, sodass er gezwungen war, nach Amsterdam zu reisen, um Verträge zu machen. Für ein paar Wochen mussten seine zahlreichen Baustellen ohne ihn auskommen. Dafür konnte sich Neumann auf der Reise erholen und viele neue Eindrücke sammeln. Amsterdam, die geschäftige und wasserdurchflutete Stadt. Er notierte viel, machte Zeichnung um Zeichnung und besuchte die Caffeehäuser. Welch reichhaltiges Leben in dieser Stadt herrschte. Es war ein Stück Zukunft, das er sich auch in seinem geliebten Würzburg vorstellen konnte. Seine Kutsche war bei der Heimreise mit allerlei Geschenken gefüllt. Sie sollten zeigen, was alles möglich war und woran sich die Welt außerhalb Frankens erfreute.

Als er auf der Anhöhe stand und hinunter ins Maintal blickte, überkam ihn ein ähnliches Gefühl, wie er es vor vielen Jahren gespürt hatte, als er als einfacher Handwerksbursche in die Stadt seiner Mutter gekommen war. Damals war es die Gewissheit, wo seine Zukunft lag, heute war es das Empfinden von Heimat. Beiden gemein war die Sicherheit, am richtigen Ort zu sein.

Nach all dem kräftezehrenden Ringen um Anerkennung konnte er sich nun am Ziel seines Strebens fühlen. Er hatte die hochgelobten französischen Baumeister überwunden, die wechselnden Fürstbischöfe ertragen und schließlich seinen Erzkonkurrenten Lukas von Hildebrandt in die Knie gezwungen. Von jetzt an konnte er sich nur noch selbst zu Fall bringen.

Die Sommerresidenz in Werneck war auf den Weg gebracht, Gößweinstein machte Fortschritte, und es lagen bereits weitere Anfragen für neue Bauvorhaben vor. Da war zum einen eine katholische Kirche im Dorf Etwashausen, nur durch den Main von Kitzingen getrennt, wo der Fürstbischof zuvor den Evangelischen erlaubt hatte, ein Gotteshaus zu errichten. Deren Pläne stammten bereits aus Neumanns Zeichenwerkstatt. Friedrich Karl war zwar um Liberalität bemüht, doch wenn es um die Vorherrschaft des katholischen Glaubens ging, war seine Präferenz eindeutig: Dem evangelischen Gotteshaus musste ein katholisches an die Seite gestellt werden. Neumann würde in Etwashausen erneut tätig werden.

Und noch eine Kirche sollte gebaut werden. In Gaibach, wo die Schönborns ein Wasserschloss unterhielten, würde ein Kirchlein mit dem Namen *Zur Heiligsten Dreifaltigkeit* entstehen. Friedrich Karl hatte dafür wieder einiges im Sinn. Neumann konnte nicht so recht dahinterkommen, als er aber davon hörte, dass Friedrich Karl nach einem Maler für ein Familienporträt Ausschau hielt, war es klar: Im Geiste des verstorbenen Familienoberhauptes und Kurfürsten Lothar Franz sollten die Schönborns in einem gemeinsamen Bild für die Ewigkeit festgehalten und zentral am Hochaltar dargestellt werden. Neumann sollte es recht sein.

Was ihm jedoch gar nicht zusagte, war der Nikolausberg, eine der drei bestimmenden Erhebungen, in deren Tal die Stadt gebettet war. Eigentlich war es nicht der Nikolausberg, der ihn störte, sondern eine kleine Kirche aus Holz, im Volksmund *Käppele* genannt, die in ihrer Bedeutung nicht mehr zeitgemäß war. Hundert Jahre zuvor, acht Jahre vor Ende des großen Kriegs, hatte ein Mainfischer in seinem Weinberg eine Marienstatue aufgestellt, zu der die Menschen in Zeiten der Not Zuflucht suchten. Wunderbare Heilungen sollen sich dort ereignet haben, sodass alsbald besagtes Kirchlein entstand, nicht zuletzt der nächtlichen Lichterscheinungen wegen, denen man göttlichen Ursprung zumaß. Immer mehr Menschen pilgerten zu dieser kleinen, schmucklosen Kirche am Nikolausberg, und Neumann war gewillt, ihr eine größere Bedeutung zu verleihen. In seiner Phantasie entstand ein neues Gotteshaus – schöner, größer und weit ins Maintal blickend.

Unter der vielen Arbeit drohte der umtriebige Baumeister seine Familie zu vernachlässigen. Als sein Schwiegervater, der Hofkanzler Franz Ignaz Schild, starb, ging Eva Maria der Verlust des geliebten Vaters näher, als Neumann befürchtet hatte. Ihre Schwestern waren allesamt auswärtig verheiratet, und in diesen schweren Stunden fühlte sie sich mehr als verlassen. Neumann wusste sich nicht anders zu helfen, als sie nach der Bestattung unter Menschen zu bringen, damit sie auf andere Gedanken kam.

Schräg gegenüber im Saray gaben sich die vielen Gäste die Klinke in die Hand. Nun erwies sich, wie recht Sabiha mit ihren Erweiterungsplänen gehabt hatte. Frauen und Kinder hatten in einem öffentlichen Caffeehaus nichts verloren, und so mussten sie auf den Hinterhof ausweichen. Die aus der Not getroffene Entscheidung fand bei den Kindern Gefallen. Hier konnten sie nach Herzenslust toben, hier konnte nichts umfallen, zerbrechen oder sonst wie in Mitleidenschaft gezogen werden. Nur vor den glühenden Caffeekohlen hatten sie sich in Acht zu nehmen.

Eva Maria saß derweil im Schatten und beobachtete das wilde Treiben ihres Nachwuchses. Wann immer Hilfe in der Küche benötigt wurde, ging sie Veit und Sabiha zur Hand. Bald war sie aus dem hektischen Caffeehausbetrieb nicht mehr wegzudenken. Sie übernahm das Herrichten der Speisen, die die Gäste zunehmend nachfragten. Aus dem Hörnla zum Caffee und dem süßen Lukum waren mittlerweile größere Speisen geworden. Der Wunsch nach Übernachtung wurde geäußert, wie sie in anderen Caffeehäusern bereits erfolgreich angeboten wurde. Das gab den Gastwirten weitere Munition für ihre Beschwerden. Für derlei Bewirtung besäße Sabiha keine Konzession, was auch stimmte, und so wurde offensichtlich, dass mit zweierlei Maß gemessen wurde. Friedrich Karl geriet in Bedrängnis. Er beorderte Sabiha in den Rosenbachhof. Der neue Hofkanzler Fichtl, der getreue Vetter, ließ seine Base Eva Maria wissen, dass Unheil drohte. Sabiha sollte sich schnellstens etwas zu ihrer Entschuldigung einfallen lassen.

Noch ein paar Jahre zuvor hätte diese Einbestellung für Sabiha das Aus bedeutet. Inzwischen war ihr Saray jedoch zu einer Institution gereift, die viele Fürsprecher besaß und anständig Geld abwarf. Hofbeamte gingen bei ihr ein und aus, seriöse Kaufmänner genossen die ruhige und ansprechende Atmosphäre, und die Adligen konnten sich nun mit der Verwandtschaft in Leipzig, Bremen und Nürnberg messen, denn auch Würzburg beheimatete nun eines dieser fortschrittlichen Caffeehäuser, in denen es sich vortrefflich über die Weltläufte fabulieren ließ.

Sabihas engagierteste Mitstreiterin war Eva Maria, die als Ehefrau des fürstlichen Stadtbauarchitekten Neumann und Tochter des verstorbenen, aber immer noch geschätzten Hofkanzlers Schild großes Ansehen besaß. Sie bestand darauf, Sabiha zum Fürstbischof zu begleiten.

Sabiha nahm ihre Unterstützung nur zu gern an, wusste sie doch, dass mit diesem Gespräch ihr Schicksal auf dem

Spiel stand. So wurden die beiden Frauen in den Amtsräumen vorstellig, wo sie der knorrige Sekretär des Ex-Kanzlers nach ihrem Anliegen fragte.

«Schau Er in seine Bücher, dann weiß Er, wieso», gab Eva Maria selbstbewusst und schnoddrig zurück. Sie kannte diesen Vorsteher gut und war nicht gewillt, sich von ihm in irgendeiner Weise belehren zu lassen. Dafür war er zu oft bei ihrem Mann zu Hause gewesen und hatte sich von ihr bedienen lassen. Nun war es an der Zeit, dass diese bleiche Gestalt nach ihrer Pfeife tanzte.

«Von einem Weib namens Neumann steht hier nichts», gab er zurück.

«Das Weib», antwortete Eva Maria mit aufkeimendem Zorn, «ist in Begleitung eines anderen Weibs. Es heißt Sabiha und wird vom Fürstbischof erwartet. Also, spiel Er sich nicht weiter auf und melde unserer hochfürstlichen Gnaden, dass wir da sind. Schließlich haben wir nicht den ganzen Tag Zeit, nutzlos herumzustehen.»

Dem Vorsteher war nicht so leicht beizukommen. «Das Weib Sabiha kann bleiben. Alle anderen haben sich draußen zu begnügen, bis sie gerufen werden.»

Vom Gezeter aufgeschreckt, kam der Hofkanzler Fichtl aus einem Zimmer in den Vorraum. «Eva Maria», fragte er überrascht, «was machst du hier?»

«Dem Herrn sei's gedankt, wenigstens ein freundlich gesinntes Gesicht.»

«Ich habe dich nicht auf der Liste gesehen.»

«Sag ich doch», pflichtete der Vorsteher bei. «Sie steht nicht auf der Liste.»

«Ich begleite Sabiha», antwortete Eva Maria trotzig.

Fichtl war von der unerwarteten Unterstützung nicht begeistert. Dennoch winkte er beide herein.

«Halte du dich zurück», riet er Eva Maria, «und sprich nur, wenn du dazu aufgefordert wirst.»

Eva Maria kannte die bei Hof einzuhaltende Etikette gut. Sie war gewillt, sie nicht vorsätzlich zu brechen. Sie ergriff Sabihas Hand. Gemeinsam warteten sie im Zimmer des Hofkanzlers, bis sie aufgerufen wurden.

«Du brauchst das nicht zu tun», sagte Sabiha.

«Ich weiß», antwortete Eva Maria.

«Warum tust du es dann?»

«Weil mir diese Engstirnigkeit zuwider ist. Du hast etwas Neues, etwas Großes aufgebaut, und nun soll das alles wegen neidischer Mostköpfe scheitern?» Sie schüttelte entschieden den Kopf. «Das werde ich nicht zulassen.»

Dann endlich öffnete sich die Tür, und Fichtl winkte sie herein. Der Fürstbischof saß über den Beschwerden gebeugt, die in den letzten Tagen in der Hofkanzlei eingegangen waren. Er schenkte den beiden Frauen keinerlei Aufmerksamkeit. Fichtl wies sie an, in gebührendem Abstand zum Fürstbischof ruhig zu warten, und begab sich dann an die Seite seines Herrn.

«Sie ist jetzt da», sagte er im ruhigen Ton zu Friedrich Karl.

Der sah auf. «Wie ich sehe, hat sie Unterstützung mitgebracht.» Er warf Eva Maria ein höfliches, aber distanziertes Lächeln zu. «Ist das ein Eingeständnis für ihre Schuld?»

«Euer hochfürstliche Gnaden», antwortete Eva Maria trotz Fichtls grimmigen Blicks, «wir haben uns nichts zuschulden kommen lassen.»

«Uns?», fragte Friedrich Karl. «Teilt Sabiha die Führung des Sarays inzwischen mit Euch?»

«Nein …»

«Wieso spricht sie dann nicht für sich selbst?»

Sabiha, die die ganze Zeit über ruhig geblieben war, so wie sie es von Kindheit an bei Hof gelernt hatte, blickte auf. «Ich trage die Verantwortung für alles, was im Saray geschieht.»

Friedrich Karl nickte zustimmend. «Gut, dann haben wir das also geklärt.» Er blätterte in den Papieren und las aus den Beschwerden vor. «Aufwiegelung zur Störung der öffentlichen Ordnung, Missbilligung der fürstlichen Macht, Förderung der fleischlichen Lust, Verbreitung eines giftigen Getränks zur Schwächung der Manneskraft …»

«Niederträchtige Lügen», entfuhr es Eva Maria. «Nichts davon ist wahr.»

«Es sind ehrbare und über jeden Zweifel erhabene Bürger unter den Beschwerdeführern», antwortete Friedrich Karl. «Wieso sollte ich sie nicht ernst nehmen?»

«Weil es die Gleichen sind, die morgens einen Caffee im Saray trinken und nachmittags Verleumdungen in die Welt setzen.»

«Woher wollt Ihr das wissen?»

«Ich bereite ihnen den Caffee zu und muss mit anhören, worüber sie sprechen.»

«Wen bezichtigt Ihr?»

«Branntweinbrenner, Wein- und Bierschenker und sogar Ärzte und Apotheker. Jeder, der im Ausschank von Caffee eine Gefahr für sein Geschäft sieht.»

«Zweifelt Ihr an der Redlichkeit von Ärzten und Apothekern?»

«Ja, denn sie wollen am Caffee mitverdienen.»

Friedrich Karl ließ die Worte Eva Marias unwidersprochen für einen Moment im Raum stehen. Dann packte er die Beschwerden beiseite. «Die Debatte um den Caffee ist mir aus Wien wohl bekannt. Es gibt ebenso viele Fürsprecher als auch warnende Stimmen. Ein jeder hat seinen berechtigten und auch unberechtigten Grund – je nach persönlicher Präferenz. Wie sollte ich Eurer Meinung nach entscheiden?»

«Lasst Sabiha in Ruhe arbeiten. Sie weiß, was sie tut, und sie macht es mit Erfolg.»

Er blickte zur schweigenden Sabiha. «Zweifellos. Mein Schatzmeister hat nur Gutes über dich zu berichten. Doch das ändert nichts an der Frage, ob alles rechtens ist, was im Saray geschieht.»

«Ich habe mir nichts vorzuwerfen», antwortete Sabiha. «Die Reden, die gegen mich geführt werden, sind hinterhältig und zielen nur darauf ab, mir und Euer fürstlichen Gnaden zu schaden.»

«Ist unser beider Schicksal denn so eng miteinander verknüpft?»

«Das Saray ist der Knoten, der uns beide bindet.»

Friedrich Karl nickte zustimmend. «Das ist weise gesprochen …»

«… und es ist wahr», fügte Eva Maria hinzu. «Sabiha tut mehr für das Wohl unserer geliebten Stadt als die eifersüchtigen Gastwirte. Sie hat das Saray über die Stadtgrenzen hinaus bekannt gemacht, sodass mancher Reisende eigens für einen Caffee in Würzburg Station macht. Nur reicht das mittlerweile nicht mehr aus …»

Fürstbischof und Hofkanzler merkten auf. «Was soll das heißen?»

«Dass wir erweitern müssen. Unsere Gäste fragen nach sättigenden Mahlzeiten und bequemen Übernachtungen. Für Frauen und Kinder sollte ein eigener, von der Gaststube abgetrennter Raum entstehen, wo sie sich ungestört treffen und unterhalten können. Des Weiteren zwei weitere Räume, wo sich die Bürger versammeln können. Und schließlich sollten wir den Handel mit Caffee aufnehmen.»

«Das ist ungeheuerlich», entfuhr es dem Hofkanzler. «Frauen und Kinder gehören nicht in ein Caffeehaus. Und dann noch Versammlungen. Damit würden wir dem Aufruhr Tür und Tor öffnen. Denkt nur an den Krieg mit den Bauern, Euer fürstliche Gnaden. Es ist noch gar nicht so lange her.»

Friedrich Karl wollte sich nicht so schnell festlegen. «Wie sollte das eurer Meinung nach aussehen?»

Als hätten die beiden Frauen den Verlauf dieser Unterhaltung in allen Details vorausgeplant, holte Sabiha einen eingerollten Plan hervor und trat an den Tisch. «Darf ich es Euch zeigen?»

Der Fürstbischof nickte, und Sabiha breitete die Skizze eines völlig neugestalteten Sarays aus, das in seiner Art an ein prächtiges Caffeehaus im Orient erinnerte. «Darin würde sich selbst ein Sultan wohlfühlen», fügte Sabiha hinzu.

Und tatsächlich, in dem Plan waren noch mehr Räume aufgeführt, als sie und Eva Maria gefordert hatten. Neben den Versammlungsräumen und abgetrennten Zimmern für die Frauen waren ein Badehaus sowie ein Spielzimmer zu erkennen, das mit einem Karten- und einem Billardtisch bestückt werden sollte. In der Mitte der Anlage würde ein kleiner Hof liegen, der im Sommer wohltuende Kühle an einem wasserspeienden Brunnen bot.

Fichtl war nun noch mehr aufgebracht. «Wer hat diesen … Harem gezeichnet?»

Eva Maria grinste. «Verzeiht. Er wusste nichts davon. Es sollte nur eine Spinnerei, eine Phantasie sein.»

«Harem ist das zutreffende Wort», führte Sabiha Fichtls Befürchtung weiter. «Harem heißt in meiner Sprache *verborgen*, und genau das sollen einige dieser Räume sein. Sie sollen nur für bestimmte Gäste zugänglich sein, und sie haben nichts mit den von Euch befürchteten Frauendiensten zu tun. In diesen Räumen sollen sich hochherrschaftliche Gäste treffen, die exquisit unterhalten und bewirtet werden. Das alles geschieht auf einem Niveau, das jeglicher Anforderung an Sittlichkeit und Moral genügt.»

Friedrich Karl seufzte. «Reicht man euch die Hand, so wollt ihr den ganzen Arm.» Dennoch, er war der Idee nicht abgeneigt, wären da nur nicht die immensen Kosten für diesen prächtigen Bau gewesen. «Was soll das neue Saray kosten?»

Sabiha lächelte kühl. «Nichts, keinen einzigen Gulden. Ich möchte nur die Erlaubnis Euer hochfürstlichen Gnaden, mit Caffee frei handeln zu dürfen. Kein Gastwirt und kein Apotheker soll sich an meiner Ware vergreifen dürfen.»

Kapitel 8

Neumann und sein Herr waren gemeinsam einen weiten Weg gegangen, hatten mit Kriegen und permanenten Geldsorgen zu kämpfen gehabt. Das hatte Spuren hinterlassen. Neumann laborierte seit einiger Zeit an Magenschmerzen. Eva Maria schob die Schuld auf die Sorgen, die sich ihr geliebter Mann um sein Lebenswerk machte, Neumann hatte stattdessen den guten Frankenwein im Verdacht.

Friedrich Karl, mittlerweile im siebzigsten Lebensjahr, hatte sein Bestreben, Franken aus den Kriegswirren herauszuhalten, viel Kraft gekostet. Der deutsche Bruderkrieg hatte sich mit Krönung des Wittelsbachers Karl Albrecht zu Kaiser Karl VII. in Frankfurt abermals verschärft. Auf der einen Seite stand das von Frankreich unterstützte Bayern und Preußen mit Friedrich II., auf der anderen Franz Stephan von Lothringen und seine Frau Maria Theresia, die nach Verbündeten für die anstehenden Auseinandersetzungen um die rechtmäßige Kaiserwürde suchten. Beide Parteien buhlten um die Unterstützung der freien Reichsfürsten, so auch um die Gunst Friedrich Karls. Um Land und Volk vor Verwüstung und Leid zu bewahren, wählte Friedrich Karl die strikte Neutralität, was alles andere als einfach war, schließlich lag Würzburg auf einer Achse mit Frankfurt und Wien.

Es trieben sich viele versprengte und marodierende Horden unterschiedlichster Herkunft durch die deutschen Lande und bedrohten nicht selten auch Franken. Die fränkischen Kreistruppen konnten allzu großes Unheil verhindern, was nicht zuletzt an ihren Fürsten lag, die sie gut ausstatteten und besoldeten. So tobte der Kampf um Krone und Amt meist außerhalb Frankens.

Friedrich Karl wich keinen Zentimeter von seinem einmal eingeschlagenen Weg. Wer letztlich der rechtmäßige Kaiser sein würde, sollte außerhalb und ohne Mitwirkung Frankens entschieden werden. Daran würde auch ein anderer deutscher Fürst, der Hannoveraner Georg II., der den englischen Thron innehatte, nichts ändern können. Der war inzwischen gegen die Franzosen marschiert und hatte sie vor den Toren Aschaffenburgs, in Dettingen, vernichtend geschlagen. Nun forderte er den Fürstbischof auf, seine Neutralität endlich aufzugeben. Friedrich Karl protestierte gegen den Einfall englischer Truppen in neutrales Gebiet und stellte zur Abschreckung sechstausend Mann an Main und Tauber auf. Georg II. hätte gute Lust gehabt, den *störrischen Bischof mit ein paar tausend Gäulen zur Raison* zu bringen, ließ aber von diesem Plan ab und zog weiter.

Auch beim Bau des Schlosses war Friedrich Karls Standhaftigkeit schließlich von Erfolg gekrönt. Ihm treu zur Seite stand sein Architekt Neumann, dessen Talent sein seliger Onkel Lothar Franz früh erkannt hatte. Welch göttliche Fügung war es gewesen, Neumann an den Bauarbeiten teilhaben zu lassen. Er hatte alle berühmten und hochgelobten Konkurrenten aus dem Feld geschlagen – einen von Welsch, einen von und zu Erthal, einen de Cotte, einen Boffrand, einen zu Groenesteyn und schließlich den beharrlichsten von allen, Lukas von Hildebrandt. Neumann war der richtige Mann zur richtigen Zeit am rechten Ort gewesen. Es wurde Zeit, ihn zu belohnen. Sollte er den Sohn armer Leute in den verdienten Adelsstand setzen?

Friedrich Karl wollte noch die Begehung seines Schlosses anlässlich des Richtfestes abwarten. Alles Weitere würde man dann sehen.

Neumann war das alles nicht in die Wiege gelegt worden. Bettelarm, aber frohen Herzens war er in die Heimatstadt seiner Mutter gekommen, um sein Glück zu machen. Er hatte es in zweifacher Hinsicht geschafft. Dieses Schloss war sein Lebenstraum und seine Lebensaufgabe. Das wusste er von Anfang an. Den Weg dorthin hatte er sich jedoch weitaus weniger anstrengend vorgestellt. *Per aspera ad astra* – durch Mühsal zu den Sternen. Wiederum hatte sich die alte Weisheit bewahrheitet. Nichts war ihm einfach in die Hände gefallen, für alles hatte er kämpfen müssen.

Nun, nicht ganz. Sein zweites Glück hieß Eva Maria. Das *Püppchen* war ihm damals auf der Mainbrücke in die Arme gelaufen, so, als wollte sie ihm die Leiter des Erfolgs geradewegs vor die Füße stellen. Ihr Vater, der selige Hofkanzler Schild, war sein Billet in die hohe Gesellschaft der Stadt gewesen. Aber auch dafür musste er kämpfen. Der Schwiegervater hatte für seine Tochter eine weitaus bessere Partie im Auge gehabt als einen mittellosen Tuchmachersohn aus Eger. Aber Neumanns Talent und unbändige Beharrlichkeit hatten ihn schließlich überzeugt. Er war verschwiegen, loyal und parteilos – drei Eigenschaften, die ihm wahrscheinlich die Empfehlung Lothar Franz' eingebracht hatten. Solange er auf sein Können und die Gunst des Fürstbischofs vertrauen konnte, hatte er nichts zu befürchten.

In den vielen Jahren hatte er an die hundert Kirchen, Klöster, Schlösser, Brücken, Wohn- und Geschäftshäuser,

Wasserleitungen und Wehranlagen errichtet. Das würde ihm so schnell niemand nachmachen. Erst kürzlich waren ein neu zu errichtendes Kloster der Dominikaner und eines in Oberzell, gleich vor den Toren der Stadt, hinzugekommen. Einen weiteren Beweis seiner Baukunst hatte er in den Fluren von Lichtenfels geliefert – die neue Wallfahrtskirche zu Ehren der vierzehn Nothelfer. Vor einem Jahr war sie endlich eingeweiht worden. Er hatte während der Messe seines alten Konkurrenten Hildebrandt gedacht, mit dem er sich über so vieles beim Bau der Kirche gestritten hatte. Neumann hatte sich letzten Endes durchgesetzt, Hildebrandt war gescheitert.

Und genau so war es auch bei diesem Schloss gewesen. Wie einen Lehrlingsburschen hatten sie ihn über die vielen Jahre behandelt, seine Pläne und Ideen mit Hohn und Spott überzogen, bis er weder ein noch aus wusste. All die eitlen Herren, mit stolzgeschwellter Brust und hochfliegenden Plänen waren sie gekommen, kleinlaut und in der Sache gescheitert mussten sie von dannen ziehen. Alle hatten ihn unterschätzt, niemand ahnte, wie viel Kraft in ihm steckte.

Im Vestibül des Schlosses spielten die Edelknaben Verstecken, davor, im Eingangstor, stand Neumann – unruhig, sorgenvoll, gebeugt. Er hielt nach der Kutsche des Fürstbischofs Ausschau, die schon längst das majestätische Gittertor des Tiroler Kunstschmieds Oegg, das den Ehrenhof vom weiten Vorplatz abtrennte, hätte passieren sollen. Davor standen die Würzburger Bürger Spalier. Keiner wollte den Moment verpassen, wenn nun endlich, nach einem Vierteljahrhundert Bauzeit, das neue Schloss von Fürstbischof Friedrich Karl in Besitz genommen wurde. Neumann hätte sich keine günstigere Zeit als diesen letzten Dezembertag des Jahres 1744 für das Richtfest wünschen können. Die Sonne strahlte frisch von einem blauen Himmel und spendete ein wenig Wärme.

Neumann schmerzte indes der Rücken vom langen Stehen. Er ging die paar Schritte durchs Vestibül, vorbei an den herumtollenden Edelknaben hinüber zum Gartensaal, wo sich das erlauchte Domkapitel und die Hofkammer versammelt hatten. Auch diese Herren mussten sich gedulden, was ihnen jedoch mit einer Tasse Caffee versüßt wurde. Veit und Valentin hatten alle Hände voll zu tun. Den rund vierhundert Künstlern und Handwerkern, die mit ihren Frauen im neuerrichteten Hofgarten auf Holzbänken saßen, erging es nicht so gut. Erst nachdem der Fürstbischof ihre Arbeit begutachtet hatte, würden die zweihundert Fässer Wein *vom Stein* und *von der Harfe* ausgeschenkt werden. Derweil drohten die vielen Bratwürste über dem Feuer zu verkohlen.

Neumann blickte seine Treppe hinauf. Wie würde sie seinem Herrn gefallen, jetzt, nachdem sie fertiggestellt war? Würde auch er ihre Anmut unter dem Schuhwerk spüren, wenn er sie Stufe um Stufe erklomm, wenn er aus dem Dunkel des Vestibüls hinauf in das helle Treppenhaus stieg? Würde er den Plafond, seinen Plafond, um den er mit Hildebrandt auf Leben und Tod gewettet hatte, als genauso majestätisch empfinden wie er?

Der Stuckateur Antonio Bossi hatte erst ein paar Tage zuvor staunend hinaufgeblickt und laut *Grandezza* gerufen. Das Echo wollte und wollte nicht verklingen. Neumann meinte es noch immer zu hören, als er sich auf den Stufen niederließ.

Vielkehlige *Vivat*-Rufe rissen ihn aus seinen Erinnerungen. Sie galten dem Fürstbischof. Nun war sein Herr endlich eingetroffen. Neumann erhob sich, nicht mehr so leicht und voller Elan wie früher, aber immerhin ohne Gehstock. Den hatte der Fürstbischof seit längerem in Gebrauch.

Die Edelknaben eilten aus ihren Verstecken ins Spalier, und Neumann schleppte sich zum Toreingang. Ein Diener öffnete die Kutschtür. Der Gehstock zuerst, dann ein Fuß und schließlich die Soutane des geistlichen Fürsten waren im hellen Tageslicht zu sehen, das den alten Herrn sichtlich blendete. Die blasse Haut und die weiße Perücke passten nicht so recht zum vornehm zurückhaltenden Schwarz der Kleidung. Einzig das goldene Kreuz am roten Band verlieh seiner Erscheinung ein wenig Glanz.

Neumann kam ihm zu Hilfe und führte ihn ins angenehm dunkle Vestibül, wo die Knaben in die Vivat-Rufe der Bevölkerung einstimmten. Ihre Stimmen hallten vielfach wider, sodass Friedrich Karl um Mäßigung bat. Er tat es mit einem Lächeln.

Die vornehmen Herren des Domkapitels und der Hofkammer begaben sich aus dem Gartensaal herüber, doch Friedrich Karl winkte sie zurück. Bevor er sich ihnen widmete, wollte er sehen, was Neumann in den letzten Wochen fertiggebracht hatte. Er griff nach Neumanns Arm, der ihm als Stütze für die Begehung dienen sollte. Zusammen nahmen sie, Bauherr und Baumeister, Stufe um Stufe, hinauf in das lichtdurchflutete Treppenhaus.

Das weiße Haupt des Fürstbischofs wandte sich mühsam zu allen Seiten. So viel Raum, so viel Licht und über ihm der himmelsgleiche, scheinbar nie enden wollende Himmel des Plafonds. Noch war er weiß, frisch getüncht, doch schon bald würde er das Auge des Besuchers verführen. Wer das Kunstwerk schaffen sollte, war noch nicht entschieden, aber es musste ein wahrer Meister sein, wenn er mit diesem Treppenhaus mithalten wollte.

Friedrich Karl trat in den ersten Saal – den Salle des gardes, den Raum der hochfürstlichen Garde. Er war ganz in Weiß gehalten, einzig das Licht, das sich in den fiebrigen, wildgeschwungenen Skulpturen Bossis brach, konnte ein leichtes Grau erzeugen. Man musste gute Augen haben, um dieses Spiel von Licht und Schatten zu erkennen, und über feine Sinne verfügen, um die Kunst Bossis zu verstehen.

«Rokoko», flüsterte Neumann, «so nennt Meister Bossi diese Kunst.»

Friedrich Karl nickte wortlos. *Rokoko*. Das Wort gefiel ihm, so wie der gesamte Saal in seiner vordergründigen Schlichtheit. Nur wer genauer hinsah, konnte den Einfallsreichtum des Künstlers und mit ihm die seines Bauherrn erkennen.

«Gut gemacht», murmelte Friedrich Karl und schritt voran in den Kaisersaal.

Das sollte einmal der prächtigste Raum des gesamten Schlosses werden, in dem sich Kaiser, Könige und Fürsten aufhielten, rund vierhundert Quadratmeter groß, mit zwanzig fast neun Meter hohen Halbsäulen aus rötlichem Stuckmarmor. Darüber wölbte sich eine große Ovalkuppel mit runden Fenstern, aus denen sich das Licht auf den Betrachter ergoss. Dieser Raum würde das Herz- und Glanzstück seines Schlosses sein, dachte Friedrich Karl. Es bedurfte noch der Kunst weiterer Meister, um ihn zu vollenden. Neumann schien Gedanken lesen zu können. Er nickte. Doch all das war in einem Menschenleben nicht zu schaffen. Das wussten beide.

Neumann führte seinen Herrn weiter in die südlichen

Zimmer, die des Fürstbischofs neues Zuhause sein würden.

«Wie ich hörte, habt Ihr noch eine Überraschung für mich», sagte Friedrich Karl. Er schenkte seinen noch unmöblierten Räumen wenig Aufmerksamkeit, obwohl die Wandteppiche des unvergleichlichen Andreas Pirot ihm allen Grund dazu hätten geben sollen. Der Fürstbischof wollte schnell das Kabinett sehen, von dem sein Hofkanzler Fichtl geschwärmt hatte.

«Wer hat Euch das verraten, Euer Gnaden?», fragte Neumann.

Friedrich Karl lächelte. «Nichts bleibt mir verborgen. Das solltet Ihr nach den vielen Jahren unseres gemeinsamen Weges wissen.»

An den Kaisersaal schloss sich das Vorzimmer an, darauf folgte das Audienzzimmer, dann das üppige Venezianische Zimmer, das als Schlafzimmer diente, und dann endlich erreichten sie das Spiegelkabinett. Sie traten in einen mit Gold und Spiegeln ausgestatteten Raum, der durch das reichlich einfallende Licht in ein Schatzkästlein verwandelt wurde, wie es sich ein König nicht prachtvoller hätte wünschen können.

Erneut hatten Neumann und seine Helfer, Auwera, Bossi und die Schüler des verstorbenen Byß, den Fürstbischof nicht enttäuscht. Ein seliges Lächeln zeigte sich im Gesicht Friedrich Karls. Für den Moment hatte er genug gesehen. Er ergriff Neumanns Arm. «Nun lasst uns feiern», sagte er.

Gemeinsam schritten sie den weiten Weg ins Vestibül zurück, von dort in den Gartensaal und schließlich in den Hofgarten. Die Köpfe reckten sich. Ein jeder war gespannt und suchte am Gesichtsausdruck des Fürstbischofs abzulesen, ob die Begehung der Räume erfolgreich verlaufen war.

Als Zeichen seiner Zufriedenheit hob er die Hand, an der er den fürstbischöflichen Ring trug. Vivat-Rufe erschallten aus vielen hundert Kehlen. Nun konnte gefeiert werden.

Als der Abend allmählich hereinbrach, wurden Fackeln entzündet, und das Fest war noch lange nicht vorbei, als Hofkanzler Fichtl aufgeregt an den Tisch des Fürstbischofs trat. Er hatte wichtige Kunde erhalten und flüsterte sie Friedrich Karl ins Ohr. Der war über diese Störung ungehalten, wollte mit dem unseligen Krieg im Reich nichts mehr zu schaffen haben, zumindest nicht an diesem Tag, an dem sein Schloss endlich bezugsfertig geworden war. Aber die Nachricht duldete keinen Aufschub. Der Fürstbischof entschuldigte sich bei seinen Gästen und rief seine wichtigsten Berater aus der Hofkammer zum Gespräch in den nahe gelegenen Rosenbachhof. Dort stand man vor verschlossenen Türen, hatte der Fürstbischof seinem Leibdiener für diesen Tag doch freigegeben – er sollte wie jeder andere feiern und nicht arbeiten müssen.

Kurzum schlug Neumann, der als Obrist der fränkischen Armee zur Besprechung eingeladen worden war, vor, die neugestalteten Räume des Sarays aufzusuchen. Dort hatte man Ruhe und konnte von Sabiha und ihren Angestellten ausgiebig verköstigt werden.

Die Kutsche entließ Friedrich Karl am Franziskanerplatz. Er war in den letzten Jahren nicht mehr hier gewesen und hatte von den Umbauten nur gehört. Sie seien sehr aufwendig und fremdartig gewesen. Was darunter genau zu verstehen war, konnte der Fürstbischof jetzt in Augenschein nehmen. Aus dem alten, notdürftig instandgesetzten Saray war nun eine dreigeschossige Anlage mit Rundbögen geworden, die statt des Daches eine Kuppel trug. Mannshohe Fenster öffneten sich zum Platz hin, ließen einen Blick nach innen aber nicht zu, da sie mit orientalisch verzierten Blenden versehen waren. Was mochte sich wohl dahinter verbergen?, fragte er sich. Kurz entschlossen begab er sich zum Eingang.

«Nicht diese Tür», hörte Friedrich Karl den herbeieilenden Neumann rufen, der wie die anderen auch zu Fuß gekommen war. «Das ist der Haupteingang für die gewöhnlichen Gäste», führte er aus. «Unsere Räume sind von dort aus zu erreichen.»

Neumann wies auf eine unauffällige, schmiedeeiserne Tür an der Seite des Baus. Sie war weit weniger auffallend gestaltet als der Haupteingang, und Friedrich Karl zögerte, ob dieser Zugang für einen Fürstbischof akzeptabel war. Neumann ahnte die Gedanken des Fürstbischofs. «Vertraut mir, Euer Gnaden. Ihr werdet nicht enttäuscht sein.»

Und tatsächlich, Neumann hatte nicht zu viel versprochen. Kaum waren sie durch die Tür geschritten, breitete sich vor ihnen ein opulent geschmückter Innenhof aus, mit einem Springbrunnen in seiner Mitte. Die Machart dieses Brunnens erinnerte Friedrich Karl doch sehr an die Hand Auweras und auch Oeggs.

Noch bevor er Neumann dazu befragen konnte, öffnete sich eine Tür. Er erkannte eine Frau, nicht mehr so jung, wie er sie in Erinnerung hatte, doch noch immer atemberaubend schön.

«Es freut mich, dass Euer Gnaden mir die Ehre geben», sprach Sabiha. «Bitte, tretet ein.»

Sie machte einen Knicks, wie es die guterzogenen Frauen taten, wenn sie einem Fürsten begegneten. Friedrich Karl reichte ihr die Ringhand. Sie küsste sie.

«Auch mich freut es, liebste Dame», sprach der Fürstbischof, der Sabihas seltsame Wandlung hin zu einer westlich geprägten Etikette wohlwollend zur Kenntnis nahm. «Nun erhebt Euch und zeigt mir Euer neues Reich.»

«Gern», erwiderte sie und ging voran. Die Herren der Hofkammer folgten ihnen, weniger überrascht als der Bischof. Sie kannten das neue Saray zur Genüge, verbrachten sie doch täglich einige Stunden hier, um sich bei Caffee und einem Trester ungestört zu unterhalten.

Sabiha führte die Herren in einen Vorraum, von dem sternförmig weitere Zimmer abgingen. An der Seite schwang sich eine Treppe im Halbkreis nach oben. Hatte der Fürstbischof nicht schon etwas Ähnliches in einem der Pläne aus Neumanns Hand gesehen?

Aus einem der Zimmer glaubte der Fürstbischof das Geräusch von aufeinanderprallenden Billardkugeln und gleich darauf die triumphierende Stimme des Bürgermeisters zu hören.

In einem weiteren Raum saßen Frauen gemütlich auf Chaiselongues um den Kamin herum. Gekonnt jonglierten sie kleine Tassen in der einen Hand, während sie mit der anderen Kuchen von Tellern aßen. War unter ihnen nicht die Frau des Hofmarschalls?

Er hatte keine Zeit, dem nachzugehen, denn Sabiha wies auf das Sultanzimmer, wie sie es nannte, einen großen Raum, der mit einem feingearbeiteten Tisch aus dunklem, edlem Holz bestückt war. An der Seite, gleich neben einem weiteren Kamin, waren seltsam geformte Sitzmöbel aneinandergereiht, die Friedrich Karl aus seiner Wiener Zeit kannte. Es waren kunstfertige Diwane, die zum Müßiggang einluden. Davor standen kleine, runde Tischchen, deren Messingplatten mit orientalischer Ornamentik geklopft waren und als Getränkeablage dienten. Über allem thronte ein Lüster mit zahllosen bunten Glasstücken, die das Licht der Kerzen vielfach brachen. Am Boden verliehen feine Teppiche dem Kommen und Gehen der Besucher absolute Geräuschlosigkeit. Niemand sollte sich durch die Schritte eines anderen gestört fühlen.

Die Wände zierten altbekannte Malereien von den Sultanspalästen in Konstantinopel und Adrianopel. Ein Bild jedoch zeigte das Verborgene, den Harem. Hell- und dunkelhäutige junge Frauen saßen unbekleidet am Rande eines Wasserbeckens. Einige badeten, andere unterhielten sich ausgelassen, manche flüsterten, anderen schien die pure Angst in die Glieder gefahren zu sein, denn der nubische Obereunuch schritt mit grimmigem Gesicht auf sie zu.

Dieses Bild erregte Friedrich Karls Aufmerksamkeit im Besonderen. Er hatte wenig für die Nacktheit der Mädchen übrig, stattdessen erfasste er die Situation im Harem auf Anhieb. Hier wurde gelebt, geliebt, getäuscht, betrogen und getötet – alles in der kleinen, luxuriösen Welt eines goldenen Käfigs für Frauen und ihrer Diener.

«Ich nenne das Werk *Die Hölle im Garten Eden*», sagte Sabiha. «Es wurde von einem ehemaligen Haremssklaven gemalt. Es unterscheidet sich von den Bildern meist westlicher Reisender durch seine Authentizität.»

«Ich glaube zu verstehen», antwortete Friedrich Karl. «Ich kenne ähnliche Situationen wie diese aus meiner Zeit in Wien ...»

Nahezu unbemerkt hatte sich ein dunkelhäutiger Junge in bunten Pluderhosen, einer ärmellosen Jacke und einem goldfarbenen Turban auf dem Kopf den beiden genähert. Er hielt den Blick gesenkt und wartete auf die Anweisungen seiner Hanim Sabiha.

«Darf ich Euch einen Caffee servieren lassen?», fragte Sabiha. «In Anbetracht der noch anstehenden Gespräche empfehle ich einen Matari aus dem Jemen. Es ist ein gehaltvoller Caffee mit edler Säure. Sein eigenwillig exotischer Geschmack erinnert an Rotwein, verbunden mit den Aromen grüner Kräuter. Ich habe ihn mit verschiedenen Bohnen aus dem fernen Südamerika veredelt. Sie geben der Mischung einen unverwechselbaren Charakter. Euch zu Ehren habe ich die Mischung *Frederico Saray* genannt. Ich hoffe, Ihr gebt Eure Zustimmung und nehmt das Geschenk gütigst an.»

Friedrich Karl war geschmeichelt. «Ein Caffee, der meinen Namen trägt?»

«Ja, Herr», antwortete Sabiha und verbeugte sich. Sie erwartete die fürstbischöfliche Hand als Einverständnis. Er gewährte sie, und sie küsste den Ring.

Darauf gab sie dem Jungen Anweisung, den Caffee zuzubereiten. Die anderen Gäste würden trinken, was sie auch sonst um diese Uhrzeit zu sich nähmen. «Oder besser», entschied sie sich um, «wenn Euer Gnaden nichts dagegen haben, würde ich den Frederico Saray an alle Gäste ausschenken. Mal sehen, wie gut erzogen ihre Zungen sind.»

Friedrich Karl willigte ein und wählte wie die anderen einen Platz am Tisch. Schließlich gab es einiges zu besprechen. Als er sich auf einen der weichgepolsterten Stühle niederließ, konnte er ein Schmunzeln nicht unterdrücken. «Meine gesamte Hofkammer geht hier also ein und aus», sagte er.

Die gutgelaunten Mienen der Herren verfinsterten sich. Wie hatten sie das zu verstehen? War es ein Vorwurf?

«Wieso wurde ich nicht früher hierhergebracht?», sprach der Fürstbischof weiter.

Eisiges Schweigen griff um sich.

«Während ich in meinem ungemütlichen Rosenbachhof mit Caffee, der noch nicht einmal meinen Namen trägt, abgefertigt werde, amüsieren sich die Herrn wie Sultane in diesem Saray. Was soll ich davon halten?»

In die betretene Stille hinein wagte es Neumann, eine Antwort zu geben. «Es sollte eine Überraschung werden, Euer Gnaden.»

Friedrich Karl stieß mit seinem Gehstock heftig auf, doch die Teppiche schluckten jedes Geräusch. «Das ist Euch in drei Teufels Namen auch gelungen.»

Dann lachte er, wie er in den letzten Jahren nicht mehr gelacht hatte. Noch immer unsicher, stimmten die Herren der Hofkammer nacheinander ein. Ihr Fürst hatte sich einen Scherz mit ihnen erlaubt, und der war ihm auch gelungen.

Im Hintergrund beobachtete Sabiha das Geschehen. Sie würde erst dann den Raum verlassen, wenn der Caffee serviert und zu aller Zufriedenheit gekostet war. So sah es das Ritual vor, das sie von Kindesbeinen an erlernt hatte. Viele tausend Meilen von der Heimat entfernt konnte sie es nun wieder praktizieren. Dieses Mal jedoch nicht als Sklavin, sondern als Hanim in ihrem eigenen Haus. Sie hatte viele Jahre darauf hingearbeitet. Nun war es endlich so weit. Der Fürstbischof war zu Gast, und es schien, dass er sich wohlfühlte.

Der Caffeejunge kam in Begleitung eines anderen Knaben zurück. Auch er trug die Caffeehauskleidung. In den Händen führten sie Tabletts, auf denen aromatischer Caffee in kleinen Tassen dampfte. Sie verteilten sie, wie sie angewiesen worden waren, und zogen sich daraufhin zurück.

Friedrich Karl betrachtete die kleine Tasse, die mit leuchtenden Farben geschickt verziert war, ausgiebig. «Ist das echtes Porzellan?», fragte er.

«Ja, Euer Gnaden», antwortete Sabiha, «aus der Kurfürstlich-Sächsischen Porzellanmanufaktur in Meißen. Ein meisterliches Erzeugnis deutscher Handwerkskunst.»

Die Antwort trübte seine Laune für einen Moment. Sachsen war nicht gerade ein Freund der Franken. Doch er besann sich. «Eine vorzügliche Arbeit.»

«Danke, Euer Gnaden», antwortete Sabiha.

«Nun wollen wir meinen Frederico Saray endlich kosten», sagte er und führte die Tasse zum Mund. Die anderen taten es ihm gleich. Das Schlürfen des einen oder anderen tat nichts zur Sache, entscheidend war der Geschmack, genauer: die Reaktion darauf.

Friedrich Karl ließ sich Zeit. Seine Mundwinkel verzogen sich für einen Moment. Ein schlechtes Zeichen. Dann schloss er die Augen, rümpfte die Nase und schluckte den schwarzen Türkentrunk langsam hinunter. Als er die Augen wieder öffnete, blickte er in besorgte Gesichter. Stumm, mit einem Wink, befahl er Sabiha an seine Seite. Sie kam und erwartete gebeugt das Urteil.

«Das ist ein hervorragender Caffee», sagte er leise. «Ich wünschte, ich hätte dich früher an meinen Hof berufen, damit du mich und meine Gäste mit deiner Caffeekunst hättest verwöhnen können.»

Sabiha antwortete demütig: «Ich danke Euch.» Dann wollte sie sich zurückziehen. Doch sie kam nicht weit.

«Einen Moment noch», rief der Fürstbischof ihr nach. «Setz dich zu uns. Wir könnten deinen Rat in einer anderen Angelegenheit gebrauchen.»

Von diesem Angebot aufgeschreckt, irrten die Blicke der hochwürdigen Herren umher, auch Sabiha war sich nicht schlüssig, was das zu bedeuten hatte.

«Setz dich», wiederholte Friedrich Karl. «Es gibt einiges zu besprechen.»

Sabiha folgte notgedrungen der Aufforderung und nahm neben dem Fürstbischof Platz.

«Wir haben Nachricht aus München erhalten», begann der Fürstbischof, «dass Kaiser Karl schwer erkrankt ist. Er könne jeden Augenblick sterben, heißt es, oder er ist bereits tot. Wer weiß das schon.» Er wies seinen Hofkanzler Fichtl an, alles Weitere vorzutragen.

Fichtl berichtete von einer weiteren schweren Gichtattacke, die den Kaiser aufs Totenbett befohlen hatte. Seine Nieren würden zunehmend den Dienst verweigern, und sein Ableben wäre nur noch eine Frage von Wochen, wenn nicht Tagen. Da die preußische Armee in Böhmen kämpfte und Österreich dadurch gebunden war, würde ein erneuter Einfall österreichischer Truppen nach Bayern unwahrscheinlich sein. Das könnte sich jedoch bald ändern, wenn Kaiser Karl verstarb und die Frage nach der rechtmäßigen Thronfolge damit eine andere Richtung bekäme. Wahrscheinlich war, dass Franz von Lothringen, Maria Theresias Ehemann, die Krone nun endlich zugesprochen bekäme.

Welche neuen Bündnisse würden dadurch zustande kommen, und inwieweit würde Franken dadurch betroffen?

Reihum gab jeder seine Einschätzung der kommenden

Ereignisse ab. Friedrich Karl hörte jedem aufmerksam zu. Doch für ihn war klar, dass das Heilige Römische Reich Deutscher Nation in Trümmern lag. Deutsche hatten sich gegen Deutsche gestellt und Blut vergossen. Niemals würde mehr zusammenwachsen, was Kaiser Barbarossa einst zusammengefügt hatte. Wer nach Karls Tod den Kaiserthron besteigen würde, war daher nicht mehr entscheidend. Die Reichsidee war in Blut getaucht worden und würde sich nie wieder davon erholen. Das war ein schrecklicher Gedanke für den ehemaligen Reichsvizekanzler, dem sich eine Idee geradezu aufdrängte. Er beorderte Neumann an seine Seite.

«Was auch immer in den nächsten Wochen und darüber hinaus geschieht», flüsterte er Neumann ins Ohr, «beim Ausmalen des Kaisersaals sollten wir Kaiser Barbarossas gedenken. Schließlich hat er seine Beatrix in Würzburg zur Frau genommen.»

«Wird der neue Kaiser das nicht als Affront werten?», gab Neumann zu bedenken.

«Wien ist weit, und wenn er doch einmal nach Würzburg kommt, weiß ich es ihm schon schmackhaft zu machen.»

Neumann nickte und begab sich an seinen Platz zurück.

Sabiha, die die Diskussion still verfolgt hatte, fühlte sich in ihrer neuen Rolle nicht wohl. Sie hasste Politik. «Euer Gnaden, es ist mir eine große Ehre, an Eurer Seite sitzen zu dürfen, aber ich weiß nicht, wie ich in dieser Sache dienlich sein kann. Politik ist wahrlich nicht mein Metier.»

Er legte seine Hand auf die ihre. «Geduld. Du wirst noch eine wichtige Aufgabe übernehmen. Bald wird es einen neuen Kaiser geben. Auf dem Weg zu seiner Krönung in

Frankfurt wird er in Würzburg Station machen. Es liegt mir sehr daran, dass wir uns dann von unserer besten Seite zeigen. Und du bist ein Teil davon.»

Sabiha glaubte ihren Ohren nicht zu trauen. «Ich soll dem Kaiser vorgestellt werden?»

«Dein Caffee wird es auf jeden Fall. Der Kaiser wird die Person kennenlernen wollen, die ihn zubereitet hat. Dessen bin ich mir sicher.»

«Aber Ihr wisst doch noch nicht, wer es sein wird?»

«Unwichtig, wer letzten Endes den Thron besteigt. Vom Tagelöhner bis zum Kaiser wird Caffee getrunken. Als ich vorhin meinen Frederico Saray gekostet habe, wurde es mir schlagartig klar. Wer die Sinne des Menschen beherrscht, hat auch Zugang zu seinem Verstand. Und du, liebste Sabiha, hast den Schlüssel in der Hand.»

Wie konnte sie nur so kurzsichtig sein, fragte sich Sabiha. Das hatte ihr Alina, ihre Lehrmeisterin, vor Jahren schon beigebracht, und jetzt bestätigte es sich erneut. Der Caffee gewinnt erst das Herz und dann den Verstand des Mannes.

Mit Verweis auf seinen schmerzenden Rücken zog sich der Fürstbischof aus der Diskussion auf einen der umstehenden Diwane zurück. Natürlich war es nur ein Vorwand, um mit Sabiha in Ruhe sprechen zu können, die Stühle waren ausgezeichnet gepolstert. Aber im Moment interessierte den Fürstbischof mehr, wie es Sabiha ohne seine finanzielle Unterstützung geschafft hatte, das Saray zu dem zu machen, was es war.

Er versah seine Worte mit einem Lächeln. «Heute wurde mir ein wunderschönes Schloss geschenkt. Aber wenn ich dein Saray dagegenhalte, werde ich neidisch.»

Sie ahnte, worauf die Frage abzielte. «Ich danke Euer

Gnaden für das Kompliment. Doch seid versichert, Euer Schloss ist das prächtigste im Land, wenn nicht auf der Welt. Mein kleines Caffeehaus hat keine Bedeutung.»

So schnell wollte Friedrich Karl nicht aufgeben, deshalb stellte er seine Frage direkt: «Willst du mir nicht das Geheimnis deines Erfolgs verraten? Vielleicht kann ich daran teilhaben.»

«Das tut Ihr bereits, Euer Gnaden. In den letzten Jahren sind meine Abgaben an die fürstliche Kasse um ein Mehrfaches gestiegen.»

«Ich hörte davon. Mein Hofzahlmeister lobt dich in den höchsten Tönen. Bisher hatte ich nicht die Gelegenheit, dein Unternehmen genauer zu inspizieren.»

«Im Grunde genommen hat sich seit Anfang des Caffeesiedens in Eurer Stadt nichts geändert. Außer dass ich meinen Caffee nicht mehr ausschließlich in Würzburg verkaufe.»

«Sondern?»

«In Amsterdam, London und Paris.»

«Wie kam es dazu?»

«Das Geheimnis liegt in der richtigen Mischung unterschiedlicher Caffeesorten, an die sich die Zunge gewöhnt hat und nicht mehr davon ablassen will. Schlechten Caffee gibt es zuhauf, guten jedoch selten. Dafür braucht es eine feine Nase und eine geübte Hand. Meine Kunden wissen das zu schätzen und zahlen dafür auch gern einen Gulden mehr.»

Friedrich Karl nickte vorausahnend. «So wie ich es nun für meinen Frederico Saray tun werde?»

«Diesen mache ich Euch zum Geschenk. Allerdings möchte ich eine Gunst erbitten.»

«Sprich. Was soll es sein?»

«Frauen dürfen an Eurer Universität nicht die Lehren der Professoren hören. Mich dürstet es nach Bildung.»

Was sucht ein Weib an einer Universität, wenn sie zu Hause gebraucht wird?, fragte er sich. Die Bitte war außergewöhnlich. Sie würde für einige Unruhe sorgen, wenn er sie gewährte.

«Was willst du denn studieren?»

«Wie ich Euer Land noch reicher machen kann.»

Kapitel 9

Die Kaiserin kommt. Der Ruf schallte durch die Straßen der Stadt. Er erfasste die Bürger und trieb sie zum Schloss, wo Friedrich Karl, umringt von den Honoratioren der Stadt, Maria Theresia von Österreich willkommen hieß. Den Titel einer Kaiserin trug die inzwischen achtundzwanzigjährige Tochter Kaiser Karls VI. nur im Volk, den offiziellen Kaisertitel würde sich ihr Ehemann Franz Stephan von Lothringen in Kürze in Frankfurt sichern.

Wie Maria Theresia hatte auch Franz Stephan einige Tage zuvor in Würzburg Station gemacht. Die Frage, welchen der beiden Friedrich Karl für den wahren Kaiser des Heiligen Römischen Reichs Deutscher Nation hielt, beantwortete er eindeutig, indem er am Tag des Eintreffens Franz Stephans in Würzburg überhaupt nicht zugegen war – er weilte bei seinen Fasanen in Werneck. Tags darauf reiste er an und wechselte ein paar Worte mit dem künftigen Kaiser, bevor der nach Frankfurt weiterreiste.

Neumann war in Vertretung seines Herrn die Ehre zuteilgeworden, Franz Stephan das vielgelobte neue Schönbornschloss zu zeigen. Der war sehr an Architektur interessiert, nicht zuletzt war der Ruf des *Schlosses unter den Schlössern* bis nach Wien gedrungen. Nun wollte er sehen, was es damit auf sich hatte.

Für die anstehenden Umbauten in der Wiener Hofburg suchte er nach neuen Ideen, und als er mit Neumann das Treppenhaus betrat, wusste er, wo er sie finden konnte.

Die Bitte des Kaisers, einen Plan für das neue Treppenhaus der Wiener Hofburg zu entwerfen, traf Neumann unvorbereitet. Er sollte dem Kaiser ein neues Treppenhaus bauen? Das hatte er nicht zu träumen gewagt. Er würde nun in anderen Kategorien denken müssen. Würzburg wurde ihm allmählich zu klein.

Als der Tross der Kaiserin auf dem riesigen Vorplatz des Schlosses einfuhr, erhob sich unbändiger Jubel. Hüte, Mützen und Taschentücher tanzten über den Köpfen der Menge, Hände reckten sich nach der goldenen Kutsche, und Vivat-Rufe begleiteten die Kaiserin durchs Oegg'sche Gittertor am Ehrenhof, über dem das Schönborn'sche Wappen prangte. Wahrlich, nach den vielen Kriegsjahren schien ein andauernder Frieden in greifbare Nähe zu rücken – zumindest hofften es die vielen, die in Maria Theresia eine verlässliche Herrscherin sahen.

Nur einer unter ihnen war sich da nicht so sicher. Friedrich Karl sah die Ankunft der *Resel*, wie er sie in ihren Kindertagen am Wiener Hof genannt hatte, mit gemischten Gefühlen. Der kürzlich in Füssen erzielte Frieden zwischen Bayern und Österreich war nach dem Tod Kaiser Karls VII. nur ein Etappensieg. Weitaus größer war die Aufgabe, Preußen zu besänftigen. Daran würde sie gemessen, darauf hoffte Friedrich Karl und mit ihm die vielen anderen deutschen Fürsten. Ein geeintes Reich – das war Kaiser Barbarossas Lebenswerk, und nichts anderes erwartete Friedrich Karl von ihr.

Die kaiserliche Kutsche fuhr ins Vestibül ein, und eine strahlende Maria Theresia nahm die Ehrerbietung eines ihrer einflussreichsten Fürsten entgegen. Gemeinsam schritten sie die Stufen des Treppenhauses empor. Der Fürstbischof wurde dabei von seinem treuen Baumeister

Neumann gestützt, der die Fragen Maria Theresias zu beantworten hatte.

«Meister Neumann», sagte die Kaiserin, die wie jeder, der die Stufen emporstieg, den Kopf nach allen Seiten verdrehen musste, um der ganzen Pracht gewahr zu werden, «Ihr habt vortreffliche Arbeit in diesem Schloss geleistet. Es scheint mir, als müsste ich meine Baumeister zu Euch in die Lehre schicken.»

Das kaiserliche Lob verfehlte seine Wirkung nicht. «Ich danke Euch, Eure kaiserliche Durchlaucht. Doch nicht mir gebührt die Ehre. Ohne die gnädige und höchst vertrauensvolle Berücksichtigung unseres geliebten Fürstbischofs würde hier kein Stein auf dem anderen stehen.»

Friedrich Karl widersprach der Antwort seines Baumeisters. «Verkauft Euch nicht unter Wert, treuer Neumann. Ihr wart es, der mir und allen anderen den rechten Weg gezeigt hat.»

«Ein bescheidener Baumeister und ein weitsichtiger Fürst», urteilte Maria Theresia, «das trifft man selten. Ich sehe, dass hier Großes geleistet worden ist.»

In stiller Eintracht setzten sie ihren Weg in die oberen Räume fort. Friedrich Karl empfahl sich in seine fürstbischöflichen Zimmer, während er Maria Theresia in die Obhut Neumanns gab. Er fühle sich für eine Besichtigung zu schwach. Sein Hofkanzler Fichtl eilte ihm zu Hilfe und führte ihn in den Kaisersaal. Dort, an einer langen Tafel, die mit bestem Geschirr, vergoldeten Kerzenleuchtern und feinstem Kristall bestückt war, würden sich nach der Besichtigung ausgewählte Gäste einfinden, um mit der Kaiserin und dem Fürstbischof feierlich zu speisen.

Friedrich Karl nahm das geschäftige Treiben um ihn herum nicht wahr. Sein Sinn war auf das anstehende, unausweichliche Gespräch mit Maria Theresia gerichtet. Was hatte ein alter Mann, der frühere Reichsvizekanzler, einer jungen, aufstrebenden Kaiserin zu sagen, was sie ohnehin nicht schon wusste? Die Einheit des Reichs war dahin. Barbarossas Traum war gescheitert. Jetzt galt es, dem Blutvergießen Einhalt zu gebieten. Der Frieden mit Preußen war erste Reichssache. Friedrich Karl würde nichts anderes von der Kaiserin fordern.

Weitab von diesen freudlosen Gedanken stimmte Sabiha ihre Helfer auf den bevorstehenden Abend ein, bei dem sie eine wichtige Rolle spielen sollten. Der Fürstbischof hatte Wert darauf gelegt, dass nichts dem Zufall überlassen wurde. Maria Theresia war eine gebildete Frau, die durch den Wiener Hof verwöhnt war und hohe Ansprüche an die Unterhaltung stellte.

Auch wenn Sabiha die frischgebrannten Caffeebohnen immer wieder verkostet hatte, bevor sie sie zum Mahlen freigab, so wollte sich ihr Gemüt nicht beruhigen. Was, wenn sich doch die eine oder andere schlechte Bohne eingeschlichen hatte und damit den ganzen Sud ruinierte? Nicht auszudenken, wenn die Kaiserin vom modrigen Geschmack den Mund verziehen und den Caffee von sich weisen würde.

Ein ums andere Mal schöpfte sie die Bohnen in beide Hände und roch daran. Der Sidamo roch würzig, seine Farbe und die Größe der Bohnen waren außergewöhnlich. Der Malabar verströmte ein leichtes, abgerundetes Aroma. Und schließlich die Finchoa-Bohne. Sarkis hatte sie erst vor kurzem geliefert. Sie stammte aus der Region des Sidamo in Abessinien und versprach ein einzigartiges Geschmackserlebnis. Diese Bohne war mild, weich und trotzdem voll im Geschmack wie keine andere bisher. Eine fruchtige Blume mit leichten Anklängen von Pfirsichen und Aprikosen machte sie zu einem Kunstwerk.

«Ist alles zu Eurer Zufriedenheit?», fragte unvermittelt Valentin, der Röstmeister, der gespannt auf ihre Reaktion wartete.

Sabiha blickte nicht auf. Ihre Nase wanderte nach wie vor über die Caffeebohnen, um die einzige, alles vernichtende aufzuspüren. «Du hast jede einzelne Sorte so gebrannt, wie ich es dir gesagt habe?»

«Ja, Herrin.»

«Du hast auch alle zuvor vom Unrat befreit?»

«Sicher, wie immer.»

«Und die brandbefleckten?»

«Einzeln mit der Hand ausgelesen.»

Eva Maria, ihre getreue Gefährtin, trat auf sie zu. «Mach dir keine Sorgen», beruhigte sie Sabiha, «auf Valentin ist Verlass. Er hat sein Bestes getan. Wie wir alle.»

Sabiha seufzte. «Ich hoffe es. Für uns alle.»

«Nun komm», antwortete Eva Maria und nahm sie fürsorglich bei der Hand. «Du musst dich vorbereiten. Es ist Zeit. Die Gäste finden sich ein.»

Ja, es war höchste Zeit. Sabiha musste sich noch waschen, anziehen, schmücken und auf ihren großen Auftritt vorbereiten.

Seite an Seite mit Eva Maria ging sie vom Küchenhaus hinüber zum Gartensaal, die Treppe hinauf in ein Zimmer der Dienerschaft. Es war alles vorbereitet. Veit hatte einen großen Holzbottich ins Obergeschoss gebracht, in dem sich Sabiha waschen konnte. Das Wasser war wohl temperiert und mit Rosenöl verfeinert.

«Worauf wartest du?», fragte Eva Maria, als sie feststellte, dass Sabiha sich ihrer Kleider nicht entledigte, sondern auf das dampfende Wasser vor ihr starrte, auf dessen Oberfläche Rosenblätter schwammen.

«Ich bin in Gedanken», antwortete Sabiha, «an einem Ort weit weg von hier. Auf einer Burg, wo alles begann.»

«Du meinst den Sultanshof in Adrianopel?»

«Nein, später. Ich fühle mich an die Zeit auf Kalemegdan zurückversetzt. So viele Jahre sind seitdem vergangen. Damals wollte ich einem Herrscher gefallen, um zu überleben. Heute will ich einem Herrscher gefallen, um zu beweisen, dass ich das Beste aus meinem Leben gemacht habe.»

Bilder der Bombardierung der stolzen und mächtigen Festung Kalemegdan kamen ihr in den Sinn, ihre Flucht in den blutgetränkten Donauauen, die erniedrigenden Jahre in der Schauspieltruppe des Mörders Konrad, der Hunger, die Kälte, die Warmherzigkeit Rahims und sein Tod, die Jahre im Zuchthaus und im Steinbruch und schließlich die Aufnahme im Hause der Neumanns. Seitdem hatte sich ihr Schicksal zum Guten gewandelt. Tränen stiegen ihr in die Augen.

Eva Maria machte ihr Mut. «Sorge dich nicht. Du hast geschafft, was kein Weib vor dir geschafft hat. Du hast es verdient, egal, wie der heutige Abend ausgeht. Ich … nein, wir alle sind stolz auf dich. Du hast bewiesen, wozu ein Weib fähig ist, wenn man es nur lässt.»

Sabiha schluchzte bei diesen Worten. Es war ihr, als spüre sie alle Last der letzten Jahre in diesem einen Moment auf ihren Schultern.

Eva Maria strich ihr über die Haare und nahm sie in den Arm. Als die Dämonen der Vergangenheit von Sabiha abgelassen hatten, blickte sie ihr aufmunternd in die Augen. «So, und jetzt ab ins Bad. Da draußen warten ein

Fürst, eine Kaiserin und der halbe Hofstaat auf ein ganz bestimmtes Weib. Du wirst sie mit deiner Anmut und deiner Kunst verzaubern. Niemandem außer dir kann das gelingen.»

«Und wenn ich sie enttäusche?»

«Das wirst du nicht. Es ist dein Abend. Sie werden dir zu Füßen liegen, selbst die knorrigen Herren des Domkapitels. Ich weiß es, ich spüre es.»

Nun wich die bedrohliche Angst vor dem Scheitern dem festen Willen, endlich das zu tun, wozu sie ein halbes Leben lang ausgebildet worden war. Wenn sie die Intrigen im Harem, die Zerstörung von Kalemegdan und ihre Flucht überlebt hatte, dann brauchte sie sich vor ein paar verstaubten Würdenträgern nicht zu fürchten. Mit ein paar flinken Handgriffen löste sie ihre Kleider. Ihre Haut war für ihr Alter noch immer stramm, nichts fiel in Falten, nur die Narben von den vielen Hieben auf dem Rücken störten das Bild. Sie würde sie mit etwas Puder und Öl kaschieren. Die Brandnarbe des Kreuzes auf ihrer Schulter jedoch würde sie nicht verbergen können.

«Komm jetzt», ermunterte sie Eva Maria mit einem Waschschwamm in der Hand, «das Wasser wird kalt.»

Sabiha gehorchte und setzte sich in den Bottich. Wie in den alten Zeiten verharrte sie still und ließ die Zeremonie der Säuberung und der anschließenden Pflege geduldig über sich ergehen.

Das Festessen war mit einem Trinkspruch auf den neuen Kaiser Franz Stephan und seine Frau Maria Theresia zu Ende gegangen. Mochten die beiden die Einheit des Reichs wieder gewährleisten und ihnen zahlreiche gesunde Nachkommen geschenkt werden.

Maria Theresia nahm die Glückwünsche gern entgegen und bedankte sich ihrerseits für die Gastfreundschaft ihres getreuen und weisen Fürsten Friedrich Karl – auf dass er das fränkische Land noch viele Jahre lang regieren und noch wohlhabender mache, als es jetzt schon war.

Nachdem dann endlich alle Ehrbekundungen ausgesprochen waren, erwartete die feine Hofgesellschaft die in der Eröffnungsrede angekündigte Unterhaltung. Friedrich Karl hatte seine Worte mit Bedacht gewählt, wusste er doch, dass die nun anstehende Darbietung nicht seinen fränkischen Adligen oder den Geistlichen des Domkapitels gefallen musste, sondern einzig der Kaiserin. Es galt, einen starken Eindruck auf sie zu machen, damit Maria Theresia ihren Aufenthalt in Würzburg lange in Erinnerung behielt. Seinem Nachfolger im Amte des Fürstbischofs wäre damit weit mehr geholfen als durch jedes sonstige Versprechen.

Je näher der Zeitpunkt rückte, desto unwohler fühlte sich Friedrich Karl. Hatte er Maria Theresia richtig eingeschätzt? Würde sie sich von einer solch außerordentlichen Darbietung beeindrucken lassen? Die Antwort sollte nicht mehr lange auf sich warten lassen. Während die letzten Teller von der Tafel geräumt wurden, betraten Sabihas Musiker, Çem und Farud, den Saal und postierten sich mit ihren Instrumenten in einer Ecke. Dienstboten schafften eilig Blumengestecke heran, andere entzündeten wohlriechendes Räucherwerk, sodass der riesige und hohe Raum bald erfüllt war von seltenen Gerüchen, die an den Orient erinnerten.

Auf Anordnung Eva Marias, die am Eingang den Ablauf koordinierte, strömte eine Schar von Edelknaben in

Zweierreihen in den Saal, einer wie der andere als türkischer Diener in bunten Pluderhosen, Jäckchen und Turban gekleidet. Ihre Gesichter waren schwarz wie die eines Mohren geschminkt und die Hände in weiße Handschuhe gehüllt. Ein jeder trug ein kleines silbernes Tablett mit einer Caffeetasse darauf in den Händen. Das zweifache Klatschen Eva Marias ließ sie in Formation zu den erstaunten Gästen ausschwärmen. Die Kaiserin war über dieses Schauspiel höchst erfreut und bemerkte dabei gar nicht, dass sie ausgespart blieb.

Ein erneutes Klatschen befahl den Knaben, sich zu verbeugen und sich hinter der Tafel an der Gartenfront entlang zu postieren.

Nun erst bemerkte die Kaiserin, dass sie als Einzige nicht mit einem Caffee bedient worden war. Ihr fragender Blick wanderte zum Fürstbischof, der ihr zulächelte.

«Einen Augenblick, Eure Majestät», flüsterte er ihr zu, «Ihr werdet eigens bedient.»

Maria Theresia nickte zögernd. Im Schein der vielen Kerzen, die den Saal in eine geheimnisvolle, von der Außenwelt abgeschirmte Stimmung tauchten, erklang ein kurzer Wirbel, den Farud auf einer Dumbek, einer orientalischen Trommel, schlug. Das fröhliche Geplapper der Gäste verstummte. Çem spielte die ersten Töne auf seiner Saz, als sich die hohe Doppeltür zum Kaisersaal öffnete. Im Halbdunkel erkannten die Gäste eine Person, vom Scheitel bis zum Fuß in eine Art Tunika gehüllt, sodass niemand sagen konnte, wer sich darunter verbarg.

Dieses unförmige Etwas hielt ein reichverziertes, golden schimmerndes Tablett in den Händen, darauf eine prächtige, mit Edelsteinen verzierte Tasse. Zum Spiel der Saz gesellten sich die leisen, leicht anschwellenden Töne der Dumbek. Sie waren der Takt, nach dem sich dieses in schmuckloses Schwarz gehüllte Wesen in Bewegung setzte. Einzig die unter dem Saum sichtbaren weißen Schnabelschuhe, die mit Goldfäden verziert waren, stellten dem aufmerksamen Beobachter eine Überraschung in Aussicht. Die Spannung im Saal wuchs, als sich die Gestalt auf die Kaiserin zubewegte und ihr schließlich mit einer Verbeugung den Caffee reichte. Einzig Maria Theresia konnte im Schein der Kerzen einen kurzen Blick hinter den Schleier werfen. Sie blickte in zwei türkisfarbene Augen, die ihr nichts Böses wollten. Mit einem Lächeln entließ sie die Fremde, die rückwärts schreitend den Weg in die Mitte des Saals antrat. Dort verharrte sie regungslos.

Die Gäste rätselten, was es mit dieser seltsamen Darbietung auf sich hatte, und allmählich schwoll ein um sich greifendes Stimmengewirr an, bis erneut die Trommel alle Aufmerksamkeit forderte und das schwarze Wesen sich zu drehen begann. Erst langsam, aber mit jedem Takt schneller werdend, hob sich der Saum der Tunika und ließ darunter weißgoldene Schuhe und zwei in grüne Seide gehüllte Beine erkennen.

Während sich Sabiha mittlerweile wie ein Kreisel drehte und die Musik Çems und Faruds anschwoll, flog die Tunika mit einem Mal fort. Die Musik erstarb im selben Augenblick, und ein graziler, wohlgeformter Frauenkörper sank auf den Boden, wie eine Marionette, bei der die Fäden zerschnitten wurden.

Sabiha lag auf dem blanken Marmor. Ihr Kopf war mit einem Schleier verhüllt. Ein Raunen ging durch die Reihen. Erst als Faruds Trommel erneut erklang, kehrte Leben in das geheimnisvolle Wesen zurück. Sabiha erhob sich. Abwartend stand sie in grünen Pluderhosen da, die ihre nackten Beine mehr unterstrichen, als sie zu verbergen. Auch ihr Bauch lag frei, im Nabel mit einem Edelstein geschmückt. Der Busen wurde durch ein dünnes Oberteil nur notdürftig verdeckt. Einzig das Gesicht war nicht zu erkennen. Sie hatte es mit einem Yashmak, einem türkischen Schleier, umhüllt. Doch jeder im Saal wusste nun, wer sich unter dem Schleier verbarg.

Sosehr Sabihas gewagte Darbietung die Gäste auch in ihren Bann zog, Friedrich Karl zeigte mehr Interesse für die Reaktion der Kaiserin. Diese blickte wie gebannt und voller Spannung auf Sabiha, was sie als Nächstes tun würde. Die erlauchten Herren des Domkapitels taten es ihr gleich, jedoch aus einer gänzlich anderen Interessenlage. Sie empfanden das Zurschaustellen nackten Fleisches als unzüchtig. Empört tuschelten sie untereinander. Doch sie sollten noch weitaus mehr Grund zur Klage bekommen. Als Faruds Trommelspiel den Takt für Sabiha vorgab, begann sie ihre bloßen Hüften in kreisender Ekstase zu bewegen.

Das war zu viel! Einer der Herren des Domkapitels erhob sich und protestierte. Friedrich Karl wies ihn mit strenger Miene zurück auf seinen Platz. «Setzt Euch und schweigt!», befahl er streng.

Sabiha registrierte genau, was um sie herum vor sich ging. Sie überlegte, ob sie den Tanz früher als geplant beenden sollte. Der Fürstbischof schien gewillt, ihr die Entscheidung zu überlassen. Doch was machte die Kaiserin? Sie schaute ihr mit einer scheinbar ausdruckslosen Miene zu. Sabiha gab Çem und Farud ein Zeichen, das Spiel zu beenden. Ihre Tanzeinlage war offenbar zu freizügig gewesen. Mit den letzten Takten der Musik bewegte sie sich auf die Kaiserin zu, um beim finalen Trommelschlag vor ihr auf die Knie zu fallen. Damit beugte sie sich ihrem Urteil.

Alle Augen im Saal ruhten gespannt auf der Kaiserin. Diese blickte sich im weiten Rund um.

«Erhebe dich», sagte sie zu der noch immer vor ihr knienden Sabiha, «und zeig mir dein Gesicht.»

Sabiha kam der Aufforderung nach. Sie entfernte den Schleier und blickte ehrfurchtsvoll zu Boden.

Maria Theresia hob ihr das Kinn an. «Welch hübsches Gesicht du hast. Wieso verbirgst du es vor mir?»

«Die Verschleierung ist ein wesentlicher Bestandteil dieses Tanzes, Eure Majestät», gab Sabiha zurück.

Die Kaiserin zeigte sich verständnisvoll. «Die Männer sollen dich nicht sehen. Habe ich recht?»

«Ja, Eure Majestät. Es geziemt sich nicht, mir in die Augen zu sehen.»

«Schade, dabei hast du die schönsten Augen, die ich je gesehen habe. So viel Willen, so viel Mut. Da kann es ein Mann schon mit der Angst bekommen.»

Sie strich Sabiha übers Haar bis zu den Schultern und bemerkte die Narbe. «Was ist das?»

«Das Kreuz.»

Die Kaiserin war betroffen. «Das hat man dir angetan?»

Friedrich Karl ergriff das Wort. «Sabiha kam als Muselmanin zu uns, Eure Majestät.»

«Geht man in fränkischen Landen so mit Schönheit um?»

«Gemeinhin nicht. Es war eine Verkettung tragischer Umstände, die dazu geführt haben.»

Sabiha wollte es erklären. Ihr Gönner Friedrich Karl hatte damit wahrlich nichts zu tun. «Darf ich sprechen, Eure Majestät?»

Die Kaiserin nickte.

«Es geschah vor vielen Jahren, als unsere hochfürstliche Gnaden noch an Eurem Hof in Diensten stand. Das Brandzeichen hat jemand verschuldet, der schon lange tot ist. Rügt mich. Ich hätte das Kreuz besser bedecken sollen.»

Maria Theresia schüttelte verständnislos den Kopf. Sie verspürte gute Lust, ihrer Empörung freien Lauf zu lassen. Doch sie schwieg. Der Tag war ohnehin aufregend genug gewesen. Sie beschloss, sich in ihre Gemächer zurückzuziehen, nicht ohne vorher den versammelten Gästen für ihr Kommen zu danken. «Und im Besonderen möchte ich dem Hausherrn ein Kompliment für die exquisite Unterhaltung aussprechen. Selten zuvor habe ich eine derart meisterhafte Darbietung des orientalischen Tanzes gesehen, und ich bin mir sicher, dass es meinen Freunden in Wien und London genauso gefallen hätte. Dort ist man ganz versessen auf die türkische Lebensart. Ich werde ihnen lobend berichten, welch große Kunst in Würzburg gepflegt wird.»

Während sich die Gäste verbeugten, verließ die Kaiserin mit ihrem Gefolge die Tafel. Zurück blieben düpierte Geistliche und manch Adliger, der sich von der Kaiserin eine andere Reaktion erhofft hatte. Das Domkapitel hingegen würde diese Schmach nicht auf sich sitzenlassen.

Tags darauf reiste Maria Theresia nach Frankfurt weiter – nicht zu Land, sie wählte den Wasserweg über den Main. Es war ein sonniger, warmer und friedlicher Tag. Nachdem das Schiff hinter der Flussbiegung verschwunden war, löste sich die Menschenmenge auf, und jeder ging wieder seiner gewohnten Arbeit nach.

Friedrich Karl beschloss, der Aufregung der letzten Tage und Wochen mit einem Kuraufenthalt in Kissingen zu begegnen, Neumann inspizierte seine Baustellen, und Sabiha konzentrierte sich auf ihre Studien mit Professor Ullrich außerhalb der Universität. Obwohl sie unter dem Schutz des Fürstbischofs stand, offenbarten sich zunehmend Widerstände gegen ihre Anwesenheit. Einige Professoren hatten ihre Vorstellung im Kaisersaal erlebt und waren nicht damit einverstanden gewesen. Andere sahen die gottgewollte Bestimmung der Frau darin, den Haushalt zu führen und sich der Erziehung der Kinder zu widmen. Und schließlich neidete ihr so mancher den Aufstieg in die Würzburger Oberschicht. Eine Muselmanin, die ein zwar erfolgreiches, aber dennoch verruchtes Caffeehaus führte, passte nicht in diese Stadt. Weiß der Teufel, was sich da hinter den Vorhängen der Séparées täglich abspielen mochte.

Sabiha kümmerte sich nicht weiter darum. Sie konzentrierte sich mit Professor Ullrich auf die Forschungsarbeit mit neuen Gewächsen, die sie unter anderem in den Versuchsstationen am Wöllrieder Hof und am Herleshof züchteten. Das daraus gewonnene Saatgut kam den dankbaren Bauern im Land zugute. Neben Klee, Spargel und Kartoffel experimentierten die beiden mit einer ganz besonderen Frucht: dem Pfirsich.

Sabiha kannte die wohlschmeckende süße Frucht noch aus Adrianopel. Die schön anzusehenden Früchte waren aus China über Persien ins türkische Reich gekommen. Daher nannte man sie auch *persische Äpfel*.

«In China gilt der Pfirsich als Symbol der Unsterblichkeit», sagte Sabiha. Sie ging mit Ullrich an einer Reihe

Obstbäume entlang, die er mit Erlaubnis des Fürstbischofs in der Nähe des Schlosses in Werneck gepflanzt hatte.

«Ja, ich habe davon gehört, auch, dass er gar ein wunderbares Bild der weiblichen Anatomie abgibt.» Er grinste. «Entschuldige, ich wollte dir nicht zu nahe treten, aber der Pfirsich hat auch Eingang in die Poesie gefunden.»

«Wer könnte das besser wissen als ich, werter Professor. Formen, Klänge und Gerüche spielen eine große Rolle in der Dichtkunst meiner Heimat. Keine Frucht, die nicht mit einer Frau oder der Liebe in Verbindung gebracht worden ist. Von der einfachen Dienerin bis zur Sultansmutter, die Natur hat uns mit Reichtum beschenkt. Was wäre ich heute ohne diese kleine unscheinbare Caffeebohne?»

«Es gab einmal eine weise Klosterfrau in deutschen Landen, Hildegard mit Namen. Sie hat die Natur, das Gestirn und den Menschen als Einheit gesehen. Ihre Forschungen hat sie in mehreren Schriften festgehalten, die noch erhalten und sehr lesenswert sind. Zum Pfirsich schreibt sie, dass die Blätter, die Wurzel, das Harz und die Rinde bei Augenleiden, Kopfschmerzen und der Gicht helfen sollen.»

«Und aus den Gesprächen unserer Eunuchen weiß ich, dass die Ägypter mit Pfirsichkernen Verbrecher hingerichtet haben. In den Kernen lauert ein Gift, das unweigerlich zum Tod führt.»

Ullrich merkte auf. «Was wissen eure Eunuchen über Gifte?»

«Die Eunuchen sind die wahren Herrscher im Reich. Sie wissen alles, was im Harem und im Serail vor sich geht. Im Harem wird auf viele Weisen getötet, und das stille Gift ist oft die bevorzugte. Pfirsiche gab es auf allen Schalen im Harem, so musste man das Gift nicht erst mühsam einschmuggeln.»

«Das sind unschöne Sitten», bemerkte Ullrich. «Wie ich in den Berichten über den Orient lese, soll der Harem doch eher ein Paradies sein.»

«Alles Phantastereien», widersprach Sabiha. «Diese Berichte sind von Männern geschrieben worden, die nicht einmal vor dem streng bewachten Tor eines Harems gestanden haben. Wie sollten sie auch? Der Harem ist der verschlossene, heilige Bereich eines Serails. Kommt ein Mann auch nur in dessen Nähe, ist er des Todes.»

«Aber auf den Bildern ist es doch genau gezeichnet worden.»

«Das sind Wunschträume unwissender Maler, die einen Harem nie zu Gesicht bekommen haben.»

«Wie würdest du denn einen Harem beschreiben?»

Sabiha musste für die Antwort nicht lange überlegen. «Es ist ein Gefängnis auf Lebenszeit. Der Tod ist die einzige Erlösung.»

«Aber du bist ihm entkommen.»

«Das stimmt, allerdings habe ich nur den Harem gewechselt. Ich war nie für etwas anderes bestimmt gewesen, als meinem Herrn zu dienen und ihm Lust zu bereiten. Das war meine einzige Aufgabe.»

«Und jetzt, nach so vielen Jahren in Freiheit? Was ist jetzt deine Aufgabe?»

Sabiha hielt inne. Sie pflückte einen Pfirsich und biss hinein. «Ich werde niemals mehr jemandem zu Diensten sein. Niemals. Eher sterbe ich … oder er.»

Der Sommer ging dahin. Schloss Werneck wurde von einem sichtlich gestärkten und genesenen Friedrich Karl in Besitz genommen. Neumann erfreute sich, neben den Arbeiten am Schloss, zahlreicher neuer Aufgaben. Unter ihnen war auch die Neuerrichtung der Fassade des Juliusspitals, das einem Brand zum Opfer gefallen war.

Die Leitung des Sarays hatte Sabiha mehr und mehr in die Hände Eva Marias und Veits gelegt. Sie konzentrierte sich auf das Studium der Pflanzen und deren Anbau. Die Geschäfte liefen gut. Ihre Saray-Mischungen wurden in die ganze Welt verkauft und schwemmten viele Gulden sowohl in ihre wie auch in die Taschen des Fürstbischofs.

Am Ende des Sommers erschütterte eine Nachricht die Stadt. Maximilian von Welsch, der langjährige kurmainzische und Bamberger Oberbaudirektor, war in Mainz verstorben. Er war lange Zeit ein treuer Gefährte der Schönborns und auch Neumanns gewesen. Ihm folgte wenige Wochen später der nächste große Baumeister – Lukas von Hildebrandt. Er hinterließ der Nachwelt ein imposantes Erbe, nicht zuletzt durch seine Mitarbeit am Würzburger Schloss.

Das alte Jahr ging, das neue kam. Neumann war viel auf Reisen. Er war der letzte große Baumeister, auf den die mächtigen Fürsten im Lande noch Zugriff hatten, und jeder wollte sich seiner Kunst bedienen.

Der inzwischen zweiundsiebzigjährige Fürstbischof Friedrich Karl fühlte mit Anbruch des Jahres 1746 neue Kräfte. Noch zu Lebzeiten wollte er sein Schloss fertigstellen, und deshalb griff er zu ungewöhnlichen Maßnahmen. Er inserierte in deutschen, holländischen und auch französischen Zeitungen, damit frisches Handwerkerblut, Künstler und Händler nach Würzburg kamen. Er versprach ihnen Vergünstigungen und ein Schaffen im Kreise Gleichgesinnter, auf dass das mainfränkische Land weiterhin gedeihen und sich am Wohlstand erfreuen könne. Niemand sollte mehr Hunger leiden, ein jeder ein

Dach über dem Kopf haben und sich an Kunst und Kultur erfreuen.

Doch am Kilianstag, dem 8. Juli 1746, zogen dunkle Wolken über das selige Land auf. Friedrich Karl begann zu fiebern. Nicht viel, nicht lange. Bald hatte sich alles wieder beruhigt. Dann, zwei Wochen später, kam das Fieber zurück.

Am folgenden Morgen wurde der frühere Reichsvizekanzler, Fürstbischof von Würzburg und Bamberg, das Oberhaupt der Schönborns, Friedensbewahrer und leidenschaftlicher Bauherr, von seinem Leiden erlöst.

«Die dunkle Zeit.»

Anselm Franz von Ingelheim
Fürstbischof von Würzburg
1746 bis 1749

Kapitel 1

Würzburg und Bamberg waren in einer Schockstarre gefangen. Gestern noch ruhte die Welt in einer festgelegten und vertrauensbildenden Ordnung, heute war durch den Tod Friedrich Karls alles in Frage gestellt. Wer würde künftig das Frankenland aus den allseits tobenden Kriegswirren heraushalten? Wer wäre der Garant für den Fortbestand wirtschaftlichen Wohlstands? Und für viele Berufsgruppen, besonders die Handwerker und ihre Familien, überlebenswichtig: Würden die Arbeiten am Schloss und den Kirchen bald fortgeführt, und wenn ja, in welchem Maß?

Mit dem überraschenden Tod des Fürstbischofs waren alle Bauarbeiten eingestellt worden. Niemand wagte es, auch nur einen Gulden auszugeben, geschweige denn, neue Bauvorhaben zu beginnen, solange die hochfürstbischöfliche Zustimmung dafür fehlte.

Friedrich Karl war in einer bewegenden Zeremonie in seine letzte Ruhestätte gebettet worden, und das gleich an drei Orten. Sein Körper wurde neben den Ahnen in der Schönbornkapelle am Dom beigesetzt, das Herz in Bamberg und die Eingeweide im österreichischen Göllersdorf, wo er unweit von Wien lange gelebt hatte und ein Schloss besaß.

Von der Reichshauptstadt ging für die Wahl eines geeigneten neuen Fürstbischofs auch die größte Gefahr aus. Am Hof hatte man die Neutralitätspolitik Friedrich Karls, die lange Jahre Frieden und Wohlstand in Franken gesichert hatte, nicht vergessen. So schnell sollte nicht wieder ein Schönborn die Geschicke des fernen, aber einflussreichen Fürstentums lenken. Dafür brauchte man einen, der weitaus gefügiger war.

Ähnliche Überlegungen hatte sich wohl auch das Domkapitel in Würzburg gemacht. Aus ihren Reihen würde der Vorschlag eines neuen Kandidaten kommen, der sowohl für das fränkische Land passend war als auch die Zustimmung des kaiserlichen Hofes fand. Tage und Wochen vergingen, in denen sich die Schönborngünstlinge mit den Schönborngegnern stritten, bis sich schließlich ein Kandidat aus dem Zweig der hochangesehenen Echter von Mespelbrunn durchgesetzt hatte – Anselm Franz Graf von Ingelheim, zum Zeitpunkt seiner Wahl Kapitular in Aschaffenburg, Mainz und Würzburg. Nachdem er rund zwanzig Jahre zuvor in Würzburg als Kantor tätig gewesen war, lebte er nun in Mainz. Viel mehr schien nicht über ihn bekannt zu sein, aber es reichte aus, um ihn zum Fürstbischof zu wählen.

Neumann, Fichtl, Riedel und die anderen am Schlossbau Beteiligten waren durch die Entscheidung tief verunsichert. Wer war dieser Anselm Franz von Ingelheim? Bisher war er durch keinerlei Liebe zum Bauwesen aufgefallen. Würde dieser Mann vollenden, was Johann Philipp Franz von Schönborn angefangen und Friedrich Karl mit aller Leidenschaft vorangetrieben hatte? Davon war nicht auszugehen.

Eine lähmende Apathie legte sich über das Land. Je länger Unklarheit über das Schicksal des Schlosses herrschte, desto zerfahrener wurde die Situation. Die inzwischen arbeitslos gewordenen Künstler und Handwerker trieb es in die Schenken, andere kehrten Würzburg den Rücken. Da konnte Neumann noch so lange und inständig auf sie einreden und sie zum Bleiben überreden wollen, ohne eine klare und vor allem schnelle Zusage über das weitere Vorgehen wollte niemand das Risiko eingehen, arbeitslos herumzusitzen. So begann das unaufhaltsam scheinende Bröckeln am Lebenswerk der Schönborns und dem Schloss aller Schlösser.

Mit der ersten Anweisung aus Mainz wurde die Furcht verstärkt. Der altgediente General von Bastheim wurde seines Befehls enthoben. Ein in der Truppe wenig beliebter Major von Draxdorf wurde an seine Stelle gesetzt. Er erhielt damit den Oberbefehl über ein Regiment, das wegen der roten Aufschläge an der Uniform auch das rote Regiment genannt wurde. Es sollte in der Zukunft noch eine wichtige Rolle spielen.

Dann, wie aus heiterem Himmel, sah sich Hofzahlmeister Riedel in einer Sitzung der Hofkammer dem Vorwurf der Vergeudung fürstbischöflicher Mittel ausgesetzt. Die Verlegung der Bleiröhren für das erste fließende Wasser der Stadt, das einige Epidemien verhindert hatte, sollte viel zu teuer gewesen sein. Energisch fuhr Neumann dazwischen und stellte sich vor Riedel. Der Vorwurf wurde zurückgenommen, doch nun war es eindeutig: Die große Abrechnung mit den Schönborns und ihren Günstlingen hatte begonnen.

Davon aufgeschreckt, verließen weitere Handwerker die Stadt. Sie wussten, dass sich ihre bisherige Begünstigung rächen sollte. Die vielen einheimischen Handwerker hatten viele Jahre gegen die Bevorzugung der angeworbenen Fachkräfte protestiert. Denn: Unter Friedrich Karl war die Leistung entscheidend gewesen, nicht ein vermeintliches Vorrecht aufgrund der Ortsansässigkeit.

Neumann hatte unversehens viel Zeit. Alle Arbeit ruhte. Doch Neumann nutzte die Zwangspause, um Liegengebliebenes aufzuarbeiten, und schenkte neuen Anfragen nun weitaus mehr Aufmerksamkeit, als es ihm vorher möglich gewesen war. So erreichte ihn die Bitte eines Abtes aus dem Schwäbischen. Dieser stand einer reichen Benediktinerabtei in einem Örtchen namens Neresheim vor und war gewillt, die zwar schön gelegene, aber hoffnungslos veraltete Abteikirche neu errichten zu lassen. Nachdem der Abt die Festschrift zur Einweihung der Benediktinerkirche in Münsterschwarzach gesehen hatte, war ihm klar: Diesen Neumann musste er haben.

Münsterschwarzach war der unvergleichbare Kirchenbau in Franken gewesen, der die Maßstäbe für alle folgenden Bauten setzte, und der Abt war gewillt, Neumanns Kunst in die einsam schönen Auen nach Neresheim zu holen. Geld spielte eine untergeordnete Rolle. Welch bessere Voraussetzungen konnte ein Künstler haben, der seine langjährige Erfahrung nun in ein alles überragendes, fulminantes Kunstwerk einbringen konnte?

Die ersten Entwürfe gingen flott von der Hand und wurden per Boten nach Neresheim übermittelt. In der Zwischenzeit wusste Neumann seine erschöpften Kräfte mit ausgedehnten Spaziergängen aufzufrischen. Ein Freund, dem die vielen einsamen Wanderungen Neumanns aufgefallen waren, schenkte ihm eine große, graue Dogge, die ihn vor dem herumvagabundierenden Gesindel im Land schützen sollte. Pluto, die Dogge, und Neumann, der Baumeister ohne Schloss, wurden alsbald unzertrennlich. Bei einem ihrer Ausflüge auf den Nikolausberg erinnerte sich Neumann einer alten Idee, wie er das armselig daliegende Holzkirchlein, das Käppele, zu einer prächtigen, das Maintal überstrahlenden Wallfahrtskirche erheben wollte.

Wenn nicht jetzt, wann dann, fragte sich Neumann, war die Zeit für die Umsetzung dieser kühnen Idee gekommen? Auf dem steilen Nachhauseweg bildeten sich erste Formen des neuen Käppeles heraus, und als er schließlich zu Hause am Zeichenbrett saß, musste er sie nur noch zu Papier bringen.

Schräg gegenüber im Saray herrschte noch reger Betrieb. Nicht mehr so viel wie in den Monaten zuvor, aber die Räume waren immerhin zur Hälfte gefüllt. Seit dem Tod Friedrich Karls und der Einstellung aller Bauarbeiten kamen nicht mehr so viele Reisende nach Würzburg. Die Stadt hatte an Attraktivität und auch an Kaufkraft verloren. Wo das Geld in Befürchtung klammer und unsicherer Zeiten zusammengehalten wurde, war kein guter Ort für Handeltreibende, die viele Gulden in die Stadt gebracht und auch dort gelassen hatten.

Sabiha konnte indes nicht klagen. Sie hatte rechtzeitig ihr Geschäftsmodell gefunden, und das hieß Export. Ihre Caffeemischungen wurden in allen großen deutschen Städten getrunken. Die Einnahmen aus dem Caffeehaus dienten der Begleichung der Grundkosten, und das sollte genügen. Farud, der begnadete Karagöz-Spieler, war inzwischen weitergezogen. Er hatte die neue, abweisende Stimmung schnell erfasst und suchte sein Glück in Amsterdam, wo ihm ein Empfehlungsschreiben Sabihas eine neue Anstellung sicherte. Çem war hin und her gerissen. Sollte er bleiben, sollte er Farud folgen? Überall in Europa begeisterten sich die Menschen an der türkischen Kultur, so wie es in Würzburg die letzten Jahre auch gewesen war, doch nun plötzlich schien alles Türkische wenig gelitten, zum Teil verhasst.

Sarkis hatte monatelang nichts von sich hören lassen. Er reiste viel zwischen London und Paris, man munkelte, er sei auch in den neuen Ländern Westindiens gewesen, um neue Caffeesorten zu entdecken. Doch nun hatte ein Brief Sabiha erreicht, der seine baldige Ankunft ankündigte. Er hatte vom Tod Friedrich Karls erfahren und machte sich Sorgen.

«Hör auf ihn», sagte Professor Ullrich, der mit Sabiha bei einer Tasse Caffee im abgetrennten Teil des Sarays saß. «Deine vormals sichere Lage ist gekippt, und es scheint mir nur noch eines Funkens zu bedürfen, bis die Stimmung gegen dich schlägt. An der Universität kann ich dich auch nicht mehr schützen. Selbst für mich ist es gefährlich geworden. Neid und Hass treten offen zutage.»

Sabiha nahm seine Hand. «Danke, werter Professor. Ich weiß sehr wohl, was Ihr all die Jahre für mich getan habt. Aber ich fürchte die Zukunft nicht, das habe ich nie getan. Es findet sich immer ein Ausweg, selbst im hoffnungslosesten Moment.»

«Dein Glück ist wahrlich beneidenswert», gab Ullrich zu, «und genau deshalb fürchte ich um deine Unversehrtheit. Glück ist ein flüchtiger Gast. Es war lange an deiner Seite, doch nun ist es weitergezogen. Um mein Seelenheil: Folge ihm nach.»

«Sorgt Euch nicht. Ich habe mich vorbereitet. Wenn es sein muss, bin ich sehr schnell fort. In meinem Haus ruht ein Schatz, der mir alle Wege offenhält.»

«Weiß noch jemand davon?», fragte Ullrich.

Sabiha verneinte. «Nur Ihr. Er steht auch Euch zur Verfügung, sofern Ihr schnell verschwinden müsst.»

«Deine Großzügigkeit habe ich nicht verdient.»

«Das habt Ihr sehr wohl, genau wie eine Handvoll anderer, die mir in all den Jahren treu zur Seite gestanden haben. Ohne Euch und Eure Lehren säße ich noch immer hinter der Caffeetrommel. Jetzt aber weiß ich, wie sich alles fügt und ineinandergreift.» Sabiha lächelte. «Ihr habt mir die Welt des Wissens offenbart, so wie es meine geschätzte Lehrmeisterin Alina vor vielen Jahren getan hat. Ohne ihr Wissen wäre ich nicht zu dem geworden, was ich heute bin.»

«Und wofür willst du meine Lehren nutzen?»

«Ich werde sie zum Wohl und Reichtum der Menschen einbringen.»

Ullrich rätselte. «Was hast du vor?»

«Geduld, noch ist es nicht so weit. Ich habe noch so viel bei Euch zu lernen. Wenn es so weit ist, weihe ich Euch in meine Pläne ein. Seid darauf gefasst. Ihr werdet eine wichtige Rolle darin spielen.»

Noch bevor er nach dem Hintergrund dieses geheimnisvollen Versprechens fragen konnte, drangen laute Stimmen aus dem angrenzenden Gastraum des Sarays zu ihnen herüber. Sabiha erhob sich und eilte durch die Verbindungstür hinüber. Dort sah sie einen jungen Burschen, der außer Atem die ersehnte Nachricht verkündete.

«Der neue Fürstbischof kommt.»

Zum Empfang hochgestellter Persönlichkeiten, wie seinerzeit beim Besuch des Kaisers und jetzt beim Empfang des neuen Fürstbischofs, hatten sich Bürgerkompanien, am Kürschnerhof beginnend, über die Eichhornstraße und den Neuen Graben bis zum großen Schlossplatz, in Parade aufzustellen. Das Ehrengeleit wurde vom Stadttor aus von berittenen Kaufleuten gegeben. Auf dem Schlossplatz, noch vor dem Gitter des Ehrenhofs, wurde der neue Fürstbischof dann von seinem Hofstaat, dem Domkapitel und den Truppen unter Befehl des Generals von Hutten empfangen.

Drum herum scharten sich die neugierigen Bürger der Stadt. Ein jeder wollte weit vorn am Wege stehen, wenn der Tross der prachtvollen Kutschen passierte, um einen ersten Blick auf den neuen Herrscher zu werfen. Stunde um Stunde verging ohne das erlösende Zeichen der vielen Glocken der Stadt, dass der Fürstbischof die Stadttore passiert hatte. Unruhe machte sich breit. Soldaten gingen in die Menge.

Dann endlich: Das mächtige und ohrenbetäubende Geläut der Domglocken erschallte und besänftigte die Ungeduldigen. Die Truppen gingen in Habtachtstellung. Jetzt, nach so vielen Wochen des Wartens und der Ungewissheit, war es endlich so weit. Der geheimnisvolle und lang herbeigesehnte Anselm Franz von Ingelheim zog in seine Stadt ein. Ein prächtiges Gefolge würde an seiner Seite reiten. Könnte seine Pracht gar die von Johann Philipp oder Friedrich Karl übertreffen? Manch einer wettete darauf.

Doch irgendetwas stimmte nicht. Wo waren die vielen lauten Vivat-Rufe, die den Fürst und sein Gefolge auf dem Weg durch die Stadt begleiteten?

Neumann, im aufgebügelten Rock eines Obristen der Artillerie und mit frischgezupfter weißer Perücke, reckte den Hals, um über die vielen Köpfe hinweg nach den Kutschen Ausschau zu halten. Dahinten, am Neuen Graben, tat sich etwas. Das Ehrengeleit führte eine einzige Kutsche in den Reihen. Waren die anderen von den vielen Ehrbekundungen aufgehalten worden? Aber nein, dann würde diese eine Kutsche sich nicht vom Tross gelöst haben. Seltsam.

Die Kutsche kam rasch näher. Hinter ihr schloss sich das Spalier von überraschten und enttäuschten Bürgern. Der Vierspänner machte vor dem Ehrentor halt, die erschöpften Pferde schnaubten weißen, aufgeschäumten Speichel aus dem Maul. Ein Diener preschte vor, klappte das kleine Treppchen aus und öffnete die Tür.

Das Erste, was das angespannte Domkapitel von ihrem neuen Herrn sah, war nicht ein Fuß oder der Saum der Soutane, sondern das Ende eines Stocks, der sich später als Zepter des *petit maître* herausstellen sollte – ein brusthoher schwarzer Stab, an dessen Ende eine lächerliche goldfarbene Krone prangte.

Aus dem Dunkel der Kutsche war ein seltsam zischender, befehlender Laut zu hören. Eine Hand, in schwarzen Samt gehüllt, befahl einen Diener herbei. Er hatte dem Ehrengast die Hand zur Stütze zu reichen, derart, wie Frauen sie erhielten, wenn sie der Kutsche entstiegen.

Und auf den ersten Blick schien es auch so, als stiege da eine Frau das Treppchen hinunter. Sie trug allerdings kein Kleid, sondern einen enganliegenden, schwarzen Anzug, der an den Ärmeln mit weißen Rüschen besetzt war. Dieses Wesen war ein Mann, auffallend feminin in Statur und Benimm, sogar die Wangen waren gepudert und mit einem Rouge belegt. Auf dem krausen, schwarzen Haar saß ein kleines, lustiges Hütchen, wie es Damen bei der Jagd trugen. Eine kobaltblaue Feder ging im Bogen davon ab.

Diese Gestalt blickte aus zwei wachen, aber hektischen Augen auf das erstaunte Empfangskomitee. «Schön, schön», sagte sie gespielt beeindruckt, ließ die völlig entgeisterten Herren einfach stehen und schritt durch das Gitter.

«Euer Gnaden», rief ihm einer aus dem Domkapitel nach, «Ihr seid …»

«… petit maître Pépin», entgegnete sie. «Mein Herr weilt in Mainz. Er liegt krank zu Bett.»

Anspannung und Erleichterung fielen gleichermaßen von den Umstehenden ab. Ein kranker Fürstbischof war hinnehmbar, aber diese Gestalt nicht. Die Versammlung löste sich auf, die Truppen zogen sich wieder in die Kaserne zurück, und die enttäuschte Menge trieb es in die Schenken. Es gab viel zu besprechen.

Ein sichtlich enttäuschter Neumann blieb zurück. War diese schrille und völlig inakzeptable Gestalt der Vorbote dessen, was noch kommen sollte?

«Soll ich Euer Schlösslein vielleicht allein in Augenschein nehmen?», hörte er Pépin rufen. Ein *Ts-ts* befahl ihn heran.

«Gern zeige ich Euch unser stolzes Schloss», antwortete Neumann. Er eilte mit seinen schweren, auf Hochglanz gewienerten Stiefeln auf ihn zu, die Hand fest am Säbel. Als er ihn erreicht hatte, stand ein kräftiger, hochaufgeschossener Artillerieobrist einem kleinen, zarten Etwas gegenüber.

«Wer ist Er?», fragte Pépin spitz.

«Der Obrist und oberste Stadtbaudirektor Balthasar Neumann.»

Pépin musterte ihn. «Ich habe von Ihm gehört. Gar hochfahrende Pläne hat Er, wie mir scheint.» Pépins Blick traf die offenen, erwartungsfrohen Augen Neumanns. «Nun denn, voran. Lasst mich sehen, was Er für meinen Herrn vorbereitet hat.»

Für dreitausend Gulden sollten fünfzehn Zimmer im Nordflügel hergerichtet werden. Eine lächerliche Summe, die gerade für die Malerarbeiten ausreichte. Dem Befehl aus Mainz war auch gleich der Plan eines gewissen Schenkel beigelegt worden, nach dessen Vorgaben die Arbeiten zu leisten waren. Neumann hatte sie ungläubig in Augenschein genommen. Er kannte diesen Schenkel nicht. Würde ein völlig unbekannter und offensichtlich wenig talentierter Architekt seine Komposition eines Schlosses derart durcheinanderbringen wollen? Neumann feuerte die Pläne in die Ecke.

Es half nichts. Als Oberbaudirektor hatte er den Anweisungen seines neuen Herrn Folge zu leisten. Widerwillig machte er sich an die Arbeit und korrigierte den einen und anderen Fehler, den jener Schenkel gemacht hatte. Zum Teufel mit diesem Kretin! Friedrich Karl hätte ihn zur Stadt hinausgejagt.

Nach Fertigstellung der Umbauten gingen weitere Wochen des Wartens ins Land. Die öffentliche Ordnung litt am meisten darunter, sodass sich kaum noch jemand des Nachts auf die Straßen traute. Wer um diese Zeit dort noch anzutreffen war, führte nichts Gutes im Schilde. Man blieb besser hinter verriegelter Tür und wartete das Tageslicht ab. Eines Abends wurden die Anwohner entlang des Neuen Grabens aus dem Schlaf gerissen. Im Galopp brauste ein Tross Kutschen durch die Straßen. Die Fackeln erhellten nicht, wer sich darin befand. Als am nächsten

Morgen jedoch das Ehrentor mit Wachen besetzt war und niemand, selbst nicht die Handwerker, das Schloss betreten durfte, war klar, um wen es sich gehandelt hatte.

Der neue Fürstbischof war wie lichtscheues Gesindel in stockfinsterer Nacht nach Würzburg gekommen. Als Erstes war Major von Draxdorf zur Audienz einberufen worden. Sie dauerte nicht lange und brachte ihm die Beförderung zum Oberstleutnant ein. Viele Fragen wurden ihm anschließend gestellt. Er beantwortete keine einzige.

Auf ihn folgte der Hofzahlmeister Riedel. Kreidebleich trat er nach Stunden wieder vor die Tür. Auch er gab keine Antwort. Nun sollte Neumann an der Reihe sein. Schließlich musste über die zahlreichen Baustellen in Stadt und Land entschieden werden. Doch Neumann wurde nicht aufgerufen. Statt seiner beorderte man Hofkanzler Fichtl hinein. Kaum hatten die Diener die Türen hinter ihm geschlossen, wurden sie wieder aufgestoßen, und ein wutentbrannter Fichtl stapfte an ihnen und am erstaunten Neumann vorbei. Nun wäre es aber an ihm, dachte er. Er würde standhaft seine Pläne und sein Vorgehen verteidigen. Schließlich war alles mit Friedrich Karl abgestimmt. Daran gab es nichts zu deuteln. Als sich die Tür öffnete, griff er sich seinen Hut und schritt beherzt hinein.

«Wohin wollt Ihr?», fragte der Diener. Er stellte sich Neumann in den Weg.

«Zum Fürstbischof», antwortete Neumann, «er wird mich dringlichst erwarten.»

«Da täuscht Ihr Euch. Die Audienzen sind beendet. Kommt morgen wieder. Oder wartet zu Hause, bis Ihr gerufen werdet.»

Wie sprach dieser Lakai denn mit ihm? Neumann stieg die Zornesröte ins Gesicht. «Was fällt Ihm ein?!»

Doch der Diener ließ sich nicht beeindrucken. Er schloss die Tür. Neumann blieb der Zutritt verwehrt.

Die Tage vergingen. Das wartende Volk hoffte vergebens auf ein Lebenszeichen des Fürstbischofs. Des Nachts sah man lediglich Kerzenschein hinter den Fenstern des Ingelheimers, wie man ihn inzwischen nannte. Sein Leibdiener, der petit maître Pépin, hingegen war eifrig unterwegs. Er inspizierte die Wachen, schlenderte mit einem Regenschirm bei schönstem Sonnenschein durch die Straßen, gab hier Anweisungen, dort Befehle, als sei er selbst der Fürstbischof.

Der erste Herbsttag begann mit einer Überraschung. Der Hofzahlmeister Riedel war ins Loch geworfen worden. Seine Rechnungslegung sei lückenhaft, und die Kosten für die Bleiröhren wären horrend. Als die Nachricht zu Neumann drang, sprang er erbost vom Zeichenbrett auf.

«Jetzt reicht's», schrie er, als er sich in Uniform und Stiefel zwang. «Die gute Seel' hat ihr Lebtag kein Unrecht getan.»

Schnellen Schrittes eilte er zum Schloss. Bei den Wachen am Ehrentor war Schluss. Sie ließen ihn nicht passieren. Zornerfüllt schrie er zu den Fenstern des Ingelheimers hinauf: «Gebt den Riedel frei. Ich verbürge mich für ihn.»

«Auf dass Ihr Euch dabei die Finger nicht verbrennt», hörte er von der Seite eine Stimme sagen. Sie gehörte einem dicklichen, kleinen Mann. «Nun wird der Sumpf trockengelegt. Ihr seid gut beraten, wenn Ihr Eure Zunge hütet.»

Neumann antwortete schroff. «Kenn ich Euch?»

«Schenkel, mein Name. Ich bin der Oberbaudirektor.»

«Der was?!» Neumanns Hand glitt zum Säbel. Die Wachen gingen dazwischen, und der dicke Schenkel rettete sich hinters Gitter. «Ihr habt richtig gehört. Ich bin der neue Baudirektor, und Ihr seid entlassen.» Ohne eine Antwort abzuwarten, ließ Schenkel mit einem schadenfrohen Grinsen auf den Lippen Neumann einfach stehen und verschwand im Schloss.

Er hatte nicht gelogen. Als Neumann nach einem ausgedehnten Spaziergang zur Beruhigung seines erhitzten Gemüts wieder nach Hause kam, lag seine Demission schon auf dem Tisch. Tatsächlich, er war entlassen worden. Auf dem Schriftstück prangten die Unterschrift und das Wappen des Ingelheimers. Nach über dreißig Jahren treuer Dienste war mit einem Federstrich alles dahin. Neumann wurde schwindelig. Eva Maria bekam ihn noch zu fassen und setzte ihn auf einen Stuhl.

Wortlos reichte er ihr das fürstbischöfliche Papier.

Eva Maria las es, überflog es ein ums andere Mal. «Das darf nicht wahr sein. Das darf er doch nicht tun. Du bist …»

«Ich war», unterbrach Neumann niedergeschlagen.

Noch bevor Neumanns Entlassung die Runde machte, stachelte Riedels Inhaftierung die Würzburger zu Protesten auf. Sie versammelten sich vor dem Schuldgefängnis und forderten lauthals Riedels Freilassung. Eilig gerufene Soldaten lösten die Proteste auf. Anderntags kam Riedel unerwartet frei, seines Postens zwar enthoben, aber unversehrt.

Die Nachricht von einem freien Riedel hätte viel Jubel ausgelöst, wäre ihr nicht eine andere auf dem Fuß gefolgt, die Männer, Frauen und Kinder gleichsam in Angst und Schrecken versetzte. Die Regimenter Rot und Blau, insgesamt zweimal tausendachthundert Mann, waren auf

Anordnung des Ingelheimers nach Westindien verkauft, genauer: gegen ein hohes Entgelt verliehen worden. Dort sollten sie im Auftrag eines fremden Herrn einen zweifelhaften Kampf führen. Gegen wen?, fragte man sich. Niemand wusste eine rechte Antwort darauf. Westindien, die Inseln vor dem neuen Kontinent Amerika. Dort gab es nur Sklaven, Caffee, Typhus, Malaria und andere tödliche Krankheiten. Das war ein Todeskommando ohne Aussicht auf ein Grab in heimischer Erde.

Die Ersten seien bereits desertiert, weitere würden folgen, hörte man. Im Gramschatzer Wald hielten sie sich versteckt, hieß es hinter vorgehaltener Hand, andere hätten im Kloster Unterzell, das vor den Toren Würzburgs lag, Unterschlupf gefunden.

Sosehr die Fahnenflucht der Soldaten auf Verständnis stieß, aber in einem Kloster, das allein von wehrlosen Nonnen geführt wurde, hatten Soldaten wahrlich nichts verloren. Von wegen wehrlos, wollte eine Frau wissen. Die Subpriorin, eine Nonne namens Renata Singer, soll die Schutzmaßnahme vor aller Kritik verteidigt haben. Es sei ihre erste Pflicht als Christenmensch, Verfolgten Unterschlupf zu gewähren. Doch so weit sollte die Nächstenliebe in der Bevölkerung nicht gehen. Soldaten und Nonnen gehörten nicht unter ein und dasselbe Dach, darüber war man sich einig.

Im großen Gastraum des Sarays wurde die neue Lage kontrovers diskutiert. An den Tischen hatten sich die, die sich gut kannten, zusammengetan. Fremde wurden ausgeschlossen. Spitzel des Pépin seien über die ganze Stadt verteilt, hieß es, um aufkeimenden Widerstand sofort zu melden. Man musste vorsichtig sein. Die Gefängnisse füllten sich Tag um Tag mehr.

Neumann, Ullrich, Riedel, Fichtl und Sabiha hatten sich in den angrenzenden Privatbereich zurückgezogen.

«Meine Sachen sind gepackt», sagte Ullrich. «Bei Anbruch des Tages mach ich mich schleunigst davon. Und Ihr, liebe Freunde, solltet mir folgen, wenn Euch Euer Leben lieb ist.»

Niemand widersprach, selbst Sabiha nicht, die damit ihren geschätzten Lehrmeister verlor.

«An der Universität ist niemand mehr sicher», fuhr Ullrich fort. «Ein falsches Wort genügt, und die Schergen des Bischofs holen dich ab. Viele Kollegen werden mir folgen. In ein paar Tagen ist es mit dem Unterricht vorbei.»

«Und das alles wegen diesem Hundsfott!», rief der ehemalige Hofkanzler Fichtl. «Der gibt nicht eher Ruhe, bis das ganze Frankenland ausgeblutet ist. Alles, was wir aufgebaut haben, wird mit einem Streich niedergerissen.»

«Er brütet seltsame Dinge aus», sagte der stille Riedel. «In eines der Zimmer darf niemand hinein. Dort soll er einen Ofen betreiben, mit dem er Zaubermittel braut.»

Neumann fuhr dazwischen: «Unsinn. Der Ingelheimer ist ein Christ, genauso wie wir. Der gibt sich nicht mit schwarzer Magie ab.»

Riedel blickte ihn aus traurigen Augen an und entgegnete ruhig: «Brauchst ihn gar nicht zu verteidigen. Auch dir hat er die Existenz genommen.»

Neumann nickte notgedrungen und schwieg.

«Wie kommt Ihr darauf, dass er mit den dunklen Mächten paktiert?», wollte Sabiha wissen.

«Seine Augen», antwortete Riedel, «die haben Dinge gesehen, von denen wir besser nichts wissen wollen.»

«Wie kommst du darauf?», fragte Ullrich interessiert.

Riedel schwieg. Statt seiner antwortete der zweite

Zeuge, der Anselm Franz von Ingelheim bisher zu Gesicht bekommen hatte. «Es stimmt», sagte Fichtl, «irgendetwas ist nicht geheuer mit ihm. Diese fahle Haut, der gebückte Gang. Ein seltsames Buch trägt er mit sich herum, das er nicht aus der Hand gibt und in das er unablässig stiert, als sei seine Seele darin begraben. Nachts möchte ich dem nicht begegnen. Aber er soll die Musik lieben.»

«Die Teufelsmusik», warf Riedel ein.

«Er ist krank», fuhr Fichtl fort. «Aus Mainz habe ich gehört, dass er dort wochenlang nicht gesehen worden sein soll und dass sich die Ärzte die Klinke in die Hand gegeben haben. Irgendeine geheimnisvolle Krankheit plagt ihn. Aber niemand weiß, worum es sich handelt.»

«Dann brauchen wir also nur abzuwarten», gab Neumann zu bedenken.

«Das dauert mir zu lange», sagte Ullrich. «Der Tod kommt, wann es ihm passt.» Er stand auf. «Ich werde nicht darauf warten, bis er an meine Tür klopft. Ich werde euch jetzt verlassen. Wer mit mir kommen will, ist eingeladen.» Er blickte sich in der Runde um. Niemand wollte ihn begleiten. «Was ist mit dir, Sabiha?»

«Ich kann nicht fort», entgegnete sie, «ich werde noch gebraucht. Veit, Valentin und all die anderen …»

«Die schaffen es auch ohne dich», unterbrach Ullrich. «Komm jetzt.» Er reichte ihr die Hand.

Sabiha nahm sie und führte ihn hinaus zur Treppe, in den Keller hinunter. Dort, gut hinter Kisten und Säcken verborgen, hatte sie eine massive Truhe im Mauerwerk versteckt. Sie öffnete das Schloss. Auf mehreren Regalen stapelten sich Dokumente, kunstvoll verzierte Schatullen und einige Ledersäckchen. Sie nahm eines heraus und drückte es dem staunenden Ullrich in die Hände.

«Ist das der Schatz, von dem du gesprochen hast?», fragte er.

«Diese Golddukaten sollen dir helfen», antwortete sie beschwörend. «Halte sie gut versteckt, wenn du das Stadttor passierst. Ich werde nach dir suchen lassen, wenn der Spuk vorbei ist.»

«Das kann ich nicht annehmen.»

«Doch, das kannst du. Und jetzt geh.»

Sabiha verschloss den Tresor, hängte sich den Schlüssel wieder um den Hals und führte Ullrich nach oben. Durch die Hintertür entließ sie ihn in den Hof und wartete, bis er in der Nacht verschwunden war. Dann ging sie zu den anderen zurück.

«Ist er fort?», fragte Neumann.

Sabiha nickte. «Macht Euch keine Sorgen. Ich werde auch für Euch da sein, wenn Ihr Hilfe braucht. So wie Ihr für mich da wart. Ich vergesse nichts und niemanden.»

Sie schauten sich fragend an und überlegten, was sie damit meinte. Sabiha drehte den kleinen Schlüssel in der Hand. Gulden hatten schon immer jede Tür geöffnet.

«Es ist spät», gähnte Riedel. «Ich geh nach Hause.»

Die anderen stimmten ein.

«Sei vorsichtig», sagte Neumann ihr zum Abschied. «Dein Geheimnis hat es in diesen dunklen Tagen schwer.» Er war es, der Sarkis' Lieferung eigenhändig in der Mauer befestigt hatte. «Nach dem neuen Erlass dieses furchtbaren Ingelheimers steht auf die Ausfuhr hoher Geldmengen der Kerker.»

Sabiha nickte. «Ich weiß.»

Nachdem Veit den letzten Gast vor die Tür gebracht hatte, kehrte Ruhe im Saray ein. Alle waren müde und gingen rasch nach Hause.

«Wirst auch du nach Westindien gehen müssen?», fragte Sabiha.

«Ich bin Artillerist», antwortete Veit und gähnte. «Die beiden Regimenter sind reine Infanterie. Keine Gefahr.»

«Und wenn doch?»

Veit antwortete nicht mehr, er war eingeschlafen.

Es war noch nicht Tag, aber die Nacht neigte sich, als Sabiha und Veit aus dem Schlaf gerissen wurden. Jemand pochte fordernd an die Eingangstür des Sarays. «Aufmachen. Sofort!»

Veit stürmte ans Fenster und blickte hinunter. «Es ist die Torwache … sie haben jemanden dabei.»

Mühsam hielten sie den blutüberströmten Ullrich auf den Beinen. Sabiha verstand sofort. «Halte sie auf, so lange du kannst.»

Sie rannte die Treppe hinunter in den Keller. Hastig öffnete sie den Tresor, stopfte alles in einen Sack und eilte zur Hintertür hinaus. Im Hof war niemand zu sehen. Sie musste es nur über die Straße schaffen, hinüber zu den Neumanns, dann wären sie und ihre Ersparnisse vor den Wachen sicher.

Plötzlich packte sie eine starke Hand am Arm. Ein grimmig dreinschauender Wächter hielt sie fest. Neben ihm stand Pépin und lächelte. «Wohin so eilig, mein Täubchen?»

Kapitel 2

Alle Fuhrwerke und Schiffe, die Geld ausführen, ohne dazu befugt zu sein, sollen angehalten und die frevelnden Personen in Verhaft genommen werden. Der Anzeiger derartiger Verfehlungen erhält als Belohnung den vierten Teil der konfiszierten Summe.

Eine der ersten Verfügungen, die Fürstbischof Anselm Franz von Ingelheim erlassen hatte, zielte darauf ab, Zugriff auf die Geldströme im Lande zu erhalten. Wer ohne Erlaubnis Geld ausführte, machte sich strafbar, und wer dies meldete, konnte auf eine Begünstigung hoffen. Das war nun das genaue Gegenteil der Schönborn'schen Wirtschaftspolitik, die auf den großzügigen Austausch von Waren, Geld und Wissen gesetzt und das Frankenland in all den Jahren zuvor reich und nahezu sorgenlos gemacht hatte. Jetzt herrschte eine Atmosphäre der Beschränkung, der Unsicherheit und der Angst. Niemand traute sich mehr, die vorgegebenen, enggesetzten Grenzen des Fürstbischofs zu überschreiten. Was heute galt, konnte morgen schon Makulatur sein. Willkür stand auf dem Wappen dieses fränkischen Fürsten geschrieben.

Sabiha war in den Augen des Fürstbischofs ein fetter Fang. Sein verlängerter Arm Pépin war bei der Durchsuchung des Sarays auf weitere erhebliche Ersparnisse gestoßen. Das durch Folter erzwungene Geständnis Ullrichs, dass er im Auftrag Sabihas große Summen Geldes außer Land schaffen sollte, gab dem Fürstbischof die Handhabe, mit aller Härte seines Gesetzes vorzugehen. Sabiha kam in Haft. Dort sollte sie befragt werden. Man erhoffte sich weitere Geldverstecke. Schließlich musste die Pracht des Sarays ja irgendwo herkommen.

Auch Neumanns Haus war durchsucht worden, es lag schräg gegenüber, und die enge Verbindung zwischen den Neumanns und Sabiha war bekannt. Ergebnislos, wie sich zeigte. Allerdings wurde den Neumanns schmerzhaft bewusst, dass sie durch den Wegfall des Baudirektorsalärs nur noch über den Militärsold verfügten. Die wenigen Einnahmen aus der Glasfabrik in Schleichach und den privaten Bauaufträgen reichten hinten und vorn nicht. Schließlich waren es acht Mäuler, die gestopft werden wollten.

Eva Maria hatte bereits Kontakt zu ihrem Vetter, dem ehemaligen Hofkanzler Fichtl, aufgenommen, der sich nach der Festsetzung Ullrichs rasch aus dem Staub gemacht hatte. Er war beim Fürstbischof von Trier, Franz Georg von Schönborn, untergekommen. Der schickte ihr, was er nur konnte – jedes Mal unter der Gefahr, dass die Geldsendung in die falschen Hände geraten konnte. Aber das reichte nicht aus. Andere Einnahmequellen mussten her. In seiner Not schrieb Neumann dem Kaiser Franz Stephan, den er bei seinem Besuch durchs Schloss geführt hatte, ob er ihm eine Anstellung bei Hofe verschaffen könne. Neumann tat dies widerwillig. Sabiha war weiterhin in Haft, und er mochte sie nicht ihrem Schicksal überlassen. Darüber hinaus fragte er sich, ob er in Wien glücklich werden würde. Hier in Würzburg lag seine Vergangenheit und vielleicht auch seine Zukunft. Das Schloss, sein Lebenswerk, war noch nicht fertiggestellt, die Abteikirche in Neresheim könnte ein weiteres Meisterstück werden, der Umbau des Klosters Oberzell war noch nicht abgeschlossen, und schließlich dachte er an die Wallfahrtskirche auf dem Nikolausberg, das Käppele, das er zu Ehren der heiligen Mutter Maria erbauen wollte. Unmöglich, er konnte Würzburg nicht verlassen, wenngleich er der drohenden Verarmung entkommen musste. Er reiste viel in den folgenden Monaten, stets auf der Suche nach einem Auftrag, der ihm und seiner Familie das Überleben sicherte. Mancher Rückschlag machte ihm schwer zu schaffen. Seine Pläne für den Neubau des Schlosses in Stuttgart waren abgelehnt worden. Statt der erhofften Zusage aus Wien kam ein Geschenk Maria Theresias, verbunden mit der Absage für den Bau der neuen Hofburg. In diesen kriegerischen Zeiten galt es, sich auf anderes zu konzentrieren als auf einen teuren Ausbau des Kaisersitzes.

Dann, unverhofft, kam die Rettung und, wie sollte es anders sein, von einem Schönborn. Franz Georg, Kurfürst von Trier, beauftragte ihn mit dem Bau eines Schlosses, eines kleinen allerdings. *Schönbornlust* sollte es heißen und an den Ufern des Rheins bei Koblenz entstehen. Er musste sofort reisen. Doch ohne Papiere durfte er die Stadt nicht verlassen. Noch immer stand er als Obrist der Artillerie unter dem Befehl seines Fürsten. Eine erste Anfrage scheiterte. Schenkel hatte die Hände im Spiel. Die zweite, nachdrückliche Anfrage kam von Franz Georg von Schönborn. Sie musste nun von Ingelheim direkt beantwortet werden. So kam es zum ersten Aufeinandertreffen Neumanns mit seinem ihm bis dahin unbekannten Fürstbischof.

«Tretet ein», sagte der Diener.

Neumann steckte den Hut unter den Arm und schritt guten Mutes voran. Der Fürstbischof stand am Fenster, schaute hinaus auf den großen Vorplatz, wandte ihm den Rücken zu. Selbst als Neumann die Hacken aneinanderstieß und das Echo den weiten leeren Raum erfüllte, wollte er sich nicht umdrehen.

«Der Obrist Johann Balthasar Neumann meldet sich zur Stelle, Euer hochfürstliche Gnaden», verkündete Neumann im Ton eines gehorsamen Soldaten.

Neumanns Begrüßung war bereits verhallt, da erwachte der Ingelheimer aus seiner offen zur Schau getragenen Lethargie. «Er hat einflussreiche Freunde, wie mir scheint. Einen Kurfürsten sogar, der sich eifrig um Ihn bemüht.»

Neumann stutzte, wusste nicht recht, was er auf diese merkwürdige Eröffnung erwidern sollte. Es war besser zu schweigen.

«Den Schönborns sagt man nach», fuhr Ingelheim fort, «sie seien große Bauherren und vorausblickende Staatsmänner, die das Wohl ihrer Untertanen stets im Auge behielten. Keine Last sei ihnen zu groß. Sie wollen stets das Gute. Habe ich nicht recht?»

Neumann war direkt angesprochen worden. Nun musste er antworten. «Das Volk liebt die Familie Schönborn. Sie hat das Land vorm Krieg verschont und Wohlstand ins fränkische Land gebracht.»

«Nicht das Volk … Ich will Seine Meinung hören. Wie erging es Ihm unter den Schönborns?»

«Euer Vorgänger, wie der seine, haben mich zu dem gemacht, was ich bin.»

«Exakt», antwortete Ingelheim. Er wandte sich um. «Ich hätte es nicht besser formulieren können.»

Neumann blickte in zwei dunkle, eng beisammenstehende Augen, die noch eine Spur unheimlicher wirkten, da sie in tiefe Augenhöhlen gebettet waren. Die auffällig helle Gesichtsfarbe unterstrich seine unheimlich anmutende Persönlichkeit.

«Weiß Er», sprach Ingelheim, «was Er und Seine Schönborns das Land in den letzten Jahren gekostet haben?»

«Wenn es die Baukosten betrifft, ja», gab Neumann zurück. «Als Oberbaudirektor habe ich die Zahlen auf Richtigkeit überprüft.» Mit Verweis auf den früheren Hofzahlmeister Riedel fügte er hinzu: «… und es gibt nichts, was zu beanstanden wäre.»

Diese rüde Antwort hätte jeden anderen den Kopf gekostet. Doch Ingelheim hatte anderes mit ihm vor. «Es überrascht nicht, dass Er das so sieht, und für diese Frechheit verdient er, ins Loch geworfen zu werden, gleich neben Seiner so geschätzten Muselmanin, die ihren Fürsten und das Land um viele tausend Gulden betrogen hat.»

Hätte es eines Funken bedurft, um Neumanns Zorn über die widerrechtliche Verhaftung Sabihas neu zu entzünden, dann hatte Ingelheim dies soeben getan. Er musste alle Kraft aufwenden, um diese Gefühle durch wohlüberlegte Worte zu bändigen.

«Sabiha war dem Fürstbischof viele Jahre eine treue Dienerin», sprach Neumann. «Die Einnahmen aus ihrem Caffeehaus und dem Handel waren uns beim Bau des Schlosses eine große Hilfe.»

Ingelheim nickte gespielt verständnisvoll. «Wohl wahr, ich habe es in den Büchern gesehen. Ihre Steuerzahlungen übertrafen die kühnsten Vorstellungen. Vermutlich hat sie mein Vorgänger für ihre Geschäftstüchtigkeit geschätzt.»

«Auch dafür», pflichtete Neumann bei.

«Ich hörte von ihrem Intermezzo beim Empfang der Kaiserin. Wie hat Ihm die Vorstellung gefallen?»

Neumann spürte, dass er vorsichtig sein musste. Dieser hinterhältige Teufel wollte ihn zu einer unüberlegten

Äußerung verführen. «Die Kaiserin fand nur lobenswerte Worte.»

Der Fürstbischof kam nicht umhin, seinen Unmut zu äußern. «Wieder weicht Er meiner Frage aus. Haben Ihn die Schönborns das gelehrt?»

«Es geziemt mir nicht, meine Meinung mit der kaiserlichen zu messen.»

«Wohl gesprochen. Der Oberst soll wissen, dass er nur ein Soldat des kaiserlichen Willens, oder des meinen, ist.»

Ingelheim musste einsehen, dass er Neumann nicht so leicht zu einer unüberlegten Antwort verführen konnte. Seine bleiche Hand ergriff die Feder, tauchte sie in ein Tintenfass und kritzelte aufgeregt seine Unterschrift auf ein Papier. Er ließ es liegen, sodass Neumann sich darum bemühen musste. Es waren seine Reisepapiere, eigenhändig vom Fürstbischof unterschrieben. Nun konnte er endlich fort. Nicht aber, um ein letztes Mal für Sabiha einzustehen.

«Gestattet Ihr mir noch eine Bitte, Euer Gnaden?»

Ingelheim hatte ihm wieder den Rücken zugekehrt, stand am Fenster und blickte hinunter. «Was will Er denn noch?»

Neumann musste trickreich vorgehen, den Fürstbischof bei seiner Gier packen. «Die Caffeehändlerin Sabiha befindet sich seit Wochen im Gefängnis …»

«Ein angemessener Ort für ihre Verfehlungen. Sie wird viel Zeit haben, darüber nachzudenken.»

«Solange sie im Gefängnis sitzt, gehen Euch wertvolle Einnahmen verloren.»

«Dafür ist gesorgt. Mein Leibdiener wird sich um ihre Geschäfte kümmern.»

Pépin, schoss es Neumann durch den Kopf. Dieser hinterhältige Intrigant sollte Sabihas Caffeehandel übernehmen? Niemals. Sarkis würde nicht mit ihm zusammenarbeiten. «Bei allem Respekt, Eurem Leibdiener fehlt das Wissen und die Erfahrung, um mit den Händlern in aller Welt zu operieren.»

Nun war der dünne Faden der Geduld gerissen. Ingelheim fuhr herum. «Was erlaubt Er Sich? Einen Befehl Seines Herrn in Frage zu stellen? Ich hätte gute Lust, Ihn statt nach Koblenz mit den Regimentern in die neuen Länder zu schicken.»

Die neuen Länder … Das brachte ihn auf eine Idee. War nicht ein Kanonier namens Veit Sturm, der mit dieser Muselmanin unter einem Dach lebte, der Rädelsführer jener Aufrührer, die Tag für Tag die Herausgabe dieses Weibsbilds forderten? Er war in der Bevölkerung sehr beliebt, nicht zuletzt wegen seines Heldentums bei der Schlacht um Belgrad. Bisher war ihm nicht beizukommen gewesen, Kriegshelden konnten nur mit Schläue und Raffinesse überführt werden. Nun offenbarte sich ihm eine Gelegenheit, um sich dieses Mannes ein für alle Mal zu entledigen.

«Euer furchtloser Einsatz bei der Erstürmung der Burg Kalemegdan hat großen Eindruck gemacht», sprach der Fürstbischof. «Ich kann mich aber nicht daran erinnern, dass er Euch entsprechend vergütet worden wäre.»

«Ich wurde zum Leutnant befördert», entgegnete Neumann nichtsahnend, dass mit *Euch* nicht er allein gemeint war.

«Unter Seinem Befehl diente noch ein anderer Soldat. Wie hieß er noch?»

«Veit Sturm», erwiderte Neumann. «Er ist zum Ersten Kanonier aufgestiegen.»

«Richtig. Doch erscheint mir das für eine derart wagemutige Tat nicht angemessen. Machen wir ihn zum Stückjunker. Was meint Er?»

Neumann war überrascht. Woher kam diese plötzliche Wohltätigkeit? «Eine weise Entscheidung, Euer Gnaden. Der Soldat Sturm hat es verdient.»

«Gut, dann gib Er ihm den Befehl über eine Batterie. Danach soll er sich bei Oberstleutnant von Draxdorf melden.»

Neumann fuhr der Schreck in die Glieder. «Beim Regiment Rot?»

«Die Truppen werden in ein paar Tagen für die Überfahrt in die neuen Länder eingeschifft. Ich denke, sie haben nichts gegen ein paar anständige Kanonen einzuwenden.»

«Aber ...»

«Geh Er jetzt. Ich mache Ihn persönlich für die reibungslose Abwicklung verantwortlich.»

Ingelheim grinste. Es war nicht leicht gewesen, diesen selbstherrlichen Obristen aufs Eis zu führen, aber schließlich war es ihm doch gelungen.

Neumann hingegen stand wie versteinert da.

Die Tage im Loch vergingen, wie sie kamen – dumpf und hoffnungslos. Sabiha kauerte in der Ecke einer dunklen und feuchten Gefängniszelle. Sie hatte nur das dünne Nachthemd am Leib, das sie in jener Nacht getragen hatte, als Pépin und seine Schergen ins Saray eingedrungen waren. Jetzt war es zerrissen und stank nach Schweiß und Exkrementen. Frierend wie die fünf anderen Gefangenen, die mit ihr die enge Zelle teilten, wartete sie auf die Essenszuteilung. Die abgestandene, immer gleiche Brühe aus Wasser und Kohl war alles andere als schmackhaft, aber sie verlieh zumindest die Illusion, etwas Wärmendes und Nahrhaftes zu sich zu nehmen.

Der Riegel der schweren Eichentür wurde zurückgezogen. Die Frauen stürzten sich vom Hunger um den Verstand gebracht auf den schäbigen und verdreckten Eimer, den eine Wache angewidert vom Gestank in die Zelle stellte. Jetzt galt es, schnell zu sein und mit bloßen Händen zu schöpfen, damit möglichst viel im eigenen Bauch landete. Sabiha war am längsten in dieser Zelle gefangen, sie hatte nicht mehr genügend Kraft, um sich ihren Anteil zu sichern. Doch an diesem Tag sollte ihr das Glück hold sein. Eine kräftige Hand packte sie am Schopf und zerrte sie wie einen räudigen Hund aus der Zelle heraus. Den Gang hinunter, vorbei an den Zellen ihrer Leidensgenossinnen, wurde sie in einen Raum gebracht. Er hatte keine Fenster, dafür zwei Türen. Als einziges Mobiliar standen eine Sitzbank und ein Tisch darin, darauf Teller und Schalen mit leckerem Essen.

Sabiha nahm davon nichts wahr, sie war viel zu geschwächt. Der Wächter legte sie in Ketten, die an der Wand festgemacht waren. Dann verließ er den Raum. Kurz darauf trat Pépin herein. Er setzte sich, schenkte sich Wein ein und begann an einer Hühnerkeule zu knabbern.

«Haben dich die letzten Tage endlich zur Räson gebracht?», fragte er.

Sabiha reagierte nicht.

Pépin erhob sich, ging zu ihr hin und führte die Hühnerkeule unter ihre Nase. Sabiha kam wieder zu sich, schnupperte wie ein Tier, das Fährte aufgenommen hatte. Pépin warf ihr den Knochen zu Füßen, Sabiha riss an den

Ketten und schnappte danach, ein ums andere Mal, doch der Knochen blieb für sie unerreichbar.

Pépin nahm wieder Platz und aß in aller Ruhe weiter. «Ich habe dein Caffeehaus mehrfach durchsuchen lassen, doch nirgends will ich deine Aufzeichnungen entdecken. Sag mir, wo du sie verbirgst, und ich will dich freilassen.»

Hätte Sabiha nur noch genug Speichel gehabt, sie hätte diesem hinterhältigen Spion des Fürstbischofs geradewegs ins Gesicht gespuckt.

«Deine Helfer versichern mir, dass du allein den gesamten Handel mit dem Caffee abgewickelt hast. Kunden, Lieferanten und Mischungen seien dein Geheimnis gewesen. Ich glaube ihnen. Niemand hält der Daumenschraube lange stand. Auch nicht dem Wasserrad. Also, nenn mir endlich ihre Namen, damit ich dich aus deinem unwürdigen Dasein erlösen kann.»

Zum Teufel mit dir, versuchte Sabiha zu sagen, aber erneut brachte sie nur ein Krächzen hervor. Pépin hatte ein Einsehen und befahl eine Wache herein, die Sabiha den Mund befeuchten sollte. Eine Kelle Wasser tat das Nötigste.

«Nun sprich», sagte Pépin. «Wer ist dieser Sarkis? Ich höre seinen Namen immer wieder, wenn es um den Versand deines Caffees geht. Ist er dein Mittelsmann?»

«Du sollst an deinem Fraß ersticken», schleuderte sie ihm mit brüchiger Stimme entgegen.

Pépin lächelte. «Ich hoffte auf eine andere Antwort. Doch wie mir scheint, brauchst du noch ein paar Wochen im Loch, die dich eines Besseren belehren.» Er stand auf, ging zu ihr und packte sie am Schopf. «Nur habe ich keine Zeit für deine Spielchen. Sag mir endlich, was ich wissen will.»

Dieses Mal war er nahe genug, und das wenige Wasser in ihrem Mund reichte aus, um ihn zu treffen.

Pépin wischte sich angewidert übers Gesicht. «Störrisches Weibsbild. Ich lass dir alle Knochen brechen, bis du mich anflehst, auf meine Fragen antworten zu dürfen.» Er gab der Wache ein Zeichen. Die Stockschläge trafen sie hart, sodass Pépin fürchten musste, sie zu verlieren.

«Du sollst sie nicht töten, du Narr», schrie er die Wache wütend an.

«Verzeiht mir, Herr», entgegnete der Mann devot und trat zurück.

Pépin unternahm einen neuen Versuch. «Nein, tot nutzt du mir nichts. Das weißt du. Aber bis dahin sind es noch viele Qualen, die ich dir zufügen kann. Es liegt an dir, ob du sie schmecken willst. Sag mir endlich, wie dein Caffeehandel funktioniert. Auch dir ist damit gedient. Du kommst frei, und wenn du mir Treue schwörst, lass ich dich im Saray sogar wieder tanzen. Ich hörte, du tanzt sehr gut. Zögere nicht, solange du noch zwei Beine hast, auf denen du stehen kannst.»

«Ich habe mächtige Freunde», krächzte Sabiha. «Bald werden sie mich befreit haben, und dann wünschst du dir nur noch, weit weg zu sein.»

Er grinste. «Es stimmt. So mancher Brief ist in den vergangenen Tagen eingetroffen. Sie kommen aus Holland, Frankreich und England, sogar von einem Kurfürsten. Alle wollen wissen, was aus ihrem Caffee geworden ist. Und sei versichert, das ist auch der einzige Grund, wieso du noch am Leben bist. Mein Fürstbischof wünscht inständig, dass er die edlen Herren nicht länger vertrösten muss. Er ist sehr am Fortgang dieses einträglichen Geschäfts interessiert und kann es sich nicht leisten, auch nur auf einen

Kreuzer zu verzichten.» Pépin holte Luft. «Und nun mach endlich dein Maul auf!»

«Du und dein Fürstbischof sollen verfaulen. Niemals werde ich euch mein Geheimnis verraten.»

Pépin hieb vor Wut mit seinem Stab, den er stets als kleines Zepter mit sich führte, auf den Tisch. «Wache, bring sie nach nebenan. Wir werden sehen, wie lange sie ihre frechen Reden noch führt.»

Die Wache kettete sie los und schleifte sie durch die zweite Tür in den Nebenraum, die Welt der Pein. Sie war großzügig mit Streckleitern, Knieschrauben, Brustkrallen, Mundsperren, Schädelschrauben, gedornten Halsketten, Kopfpressen, Halsgeigen und dergleichen mehr ausgestattet.

Sabiha war nicht die einzige Gefangene in diesem Raum der Schmerzen. Auf einem mit Dornen bestückten Stuhl kauerte eine junge Frau, deren Nonnengewand, in Fetzen vom Leib gerissen, vor ihr auf dem Boden lag. Sie blickte aus einem zerschundenen Gesicht auf, musterte ihre neue Leidensgenossin, bis sie glaubte, sie erkannt zu haben.

«Das ist sie», schrie Clara, das ehemalige Hausmädchen der Neumanns. Sie war bei einem vergeblichen Sturm auf das Kloster Unterzell gefangen genommen worden. Nun sah sie einer Befragung wegen des Vorwurfs der Hexerei entgegen. «Sie ist mit dem Teufel im Bunde.»

Pépin merkte auf. «Was sagst du da?»

«Das Weib hat zwei Kinder der Neumanns getötet», rief Clara. «Ich war dabei, ich habe sie bei ihrem Hexenwerk beobachtet. Als ich ihr auf die Schliche gekommen bin, hat sie Feuer gelegt, die Hexe. Weg, weg mit ihr.»

Wie von Sinnen drückte sich Clara tiefer in den dornenbesetzten Folterstuhl, sodass Blut durch das lange Unterhemd drang.

Pépin dachte kurz nach, dann grinste er Sabiha an. «Das eröffnet uns völlig neue Möglichkeiten. Gegen ein peinliches Hexenverhör kann wahrlich niemand etwas einwenden. Schon gar nicht einer der hochwohlgeborenen Herren, die sich so sehr um dich sorgen.»

«Sie ist verhext.» Dreimaliges Kreuzschlagen sollte die eigene unschuldige Seele vor dem Zugriff des Teufels bewahren.

Über einhundert Jahre waren vergangen, seitdem die letzten Scheiterhaufen in Würzburg erloschen waren. In keiner anderen deutschen Stadt hatten sie so zahlreich und so lange gebrannt wie hier. Man glaubte, das Übel bis auf die Wurzeln ausgemerzt zu haben. Und nun das.

Die vormals ehrwürdige Subpriorin des Klosters Unterzell Renata Singer musste des Teufels sein. Wie sonst ließ es sich erklären, dass sie dem Haufen desertierter Soldaten weiterhin freiwillig Schutz gewährte? Ganz zu schweigen von den skandalösen Vorgängen, die sich zwischen jungfräulichen Nonnen und zügellosen Soldaten ereigneten. Das konnte nicht mit rechten Dingen zugehen. Sie musste mit dem Teufel im Bunde sein und mit ihr alle Schwestern, die ihr beistanden.

Ein paar wenige sahen das anders. Ihrer Meinung nach wucherten die Soldaten mit dem Leben der Nonnen, falls das Kloster von eidgetreuen Soldaten gestürmt werden sollte. Und was zwischen Soldat und Nonne passierte, das wisse nur der Herr im Himmel.

Veit kümmerte die Aufregung wenig. Er harrte seit Wochen vor dem Gefängnis aus, in der Hoffnung, etwas über Sabiha zu erfahren. Die Wachen kannten ihn inzwischen und waren nicht gut auf ihn zu sprechen. Ein ums andere Mal sorgte er für Unruhe, wenn er sich mit einer Handvoll Bürger zusammenrottete, um lauthals die Freilassung Sabihas zu fordern. Dann mussten sie ausrücken und die Versammlung auflösen. Vom Fürstbischof hatten sie in letzter Zeit die Befugnis erhalten, mit der Gewaltanwendung nicht zurückhaltend zu sein, damit für jeden ersichtlich wurde, dass hier der Wille Ihrer hochfürstlichen Gnaden durchgesetzt wurde.

Täglich kam Neumann in Begleitung seiner Dogge am Gefängnis vorbei, und Veit erstattete ihm Bericht. An diesem Abend jedoch war es umgekehrt. Neumann musste Veit die traurige Mitteilung überbringen, dass er zwar zum Stückjunker befördert, aber dem Regiment Rot zugeteilt worden war, das in den nächsten Tagen über Holland in die neuen Länder verschifft wurde.

«Ich werde nicht eher von hier fortgehen, bis Sabiha auf freiem Fuß ist», widersprach Veit. «Eher lass ich mich ins Loch werfen.»

Neumann hatte keine andere Reaktion erwartet. «Treuer Veit, auf dich ist Verlass. Ich würde genauso handeln. Nun müssen wir uns überlegen, wie wir dich verstecken können. Der Fürstbischof wird nicht tatenlos zusehen, wie seine Befehle missachtet werden.» Über die eigenen Konsequenzen seines Tuns, die ihm der Ingelheimer angedroht hatte, schwieg er. Das ging nur ihn etwas an.

«Ins Saray kann ich nicht mehr zurück», sagte Veit. «Dort hat sich Pépin mit seinen Kumpanen breitgemacht. Sie hausen wie die Vandalen. Wenn Sabiha davon erfährt ...»

«Die hat im Moment andere Sorgen», unterbrach ihn Neumann. «Hast du etwas von ihr gehört?»

Veit verneinte. «Seit Stunden warte ich auf eine Wache, der ich einen Gulden versprochen habe. Aber sie zeigt sich einfach nicht. Wenn ich nur wüsste, was hinter diesen Mauern vor sich geht.»

Pluto, Neumanns Dogge, knurrte unversehens und fletschte die Zähne. «Was ist?», fragte Neumann seinen Hund. Der hatte zwei Gestalten ausgemacht, die sich ihnen im Dunkeln näherten. Von der anderen Seite kamen zwei weitere. Neumann und Veit zogen die Säbel.

«Ergebt Euch», rief einer. «Wir handeln auf Befehl des Fürstbischofs.»

Das konnte die beiden nicht schrecken. Im Gegenteil, es spornte sie an. «Kommt nur her», schrie Veit. «Mein Säbel hat schon lange nicht mehr das Blut von Halunken geschmeckt.» Auch Neumann war zu allem bereit. Rücken an Rücken stellten sie sich dem Kampf.

«Meister Neumann, legt die Waffe nieder», rief einer. «Wir sind nur wegen des Artilleristen Veit Sturm gekommen. Der Fürstbischof besteht auf seiner Festsetzung.»

«Dann müsst ihr mich gleich mitnehmen», widersprach Neumann.

Doch bevor sich der erste Säbel mit einer Lanze kreuzte, durchfuhr Neumann im Augenblick der höchsten Anspannung ein lang bekannter Schmerz. Seit Monaten laborierte er mit seinem Magen, und nun, im unpassendsten Moment, meldete er sich mit aller Gewalt zurück. Neumann ging schmerzerfüllt in die Knie.

«Herr, was ist?», fuhr Veit herum. «Seid Ihr getroffen?»

«Achte nicht auf mich», ächzte Neumann, «es ist nichts.»

Zu spät. Eine Lanzenspitze erwischte Veit am Arm. Pluto, die Dogge, stürzte sich auf eine Wache.

Ein neuer Fall von Hexerei ließ den Fürstbischof aufhorchen. Nicht die geistig verwirrte Clara erregte sein Interesse, sondern jene Muselmanin, die aus unscheinbaren Caffeebohnen so lange und erfolgreich ein stärkendes Getränk zubereitet hatte. Woher kam nun der Vorwurf der Hexerei? Konnte sie etwas wissen, was ihm bisher verborgen geblieben war?

Er würde es herausfinden und ließ nach ihr schicken. Bis dahin musste die althergebrachte Methode des Aderlasses genügen. Sein Leibarzt setzte den Schnepper, eine achteckige Messingkapsel mit zwölf scharfen Klingen an seinem Boden, auf die Haut und gab den Hebel frei. Anselm Franz stöhnte kurz auf, wie immer, wenn ihm die Klingen unter die Haut fuhren. Mit jedem Blutstropfen, der seinen Körper verließ, sollte die Erleichterung kommen. Doch sie blieb schon seit langem aus. Er fragte sich, ob diese ganze Prozedur des Aderlasses eigentlich ihre Berechtigung hatte. Sie machte ihn zusehends schwächer anstatt stärker.

«Ihr seid schlimmer als jeder Strauchdieb», fuhr er seinen Arzt an. «Nicht Geld, sondern Blut raubt Ihr mir.»

«Euer Gnaden wird es gleich bessergehen», wehrte sich der Arzt. «Wenn die Säfte wieder im richtigen Verhältnis fließen, kehrt die Kraft zurück.»

«Das versprecht Ihr mir schon seit Jahren. Aber es hilft nichts.» Anselm stöhnte vor Schmerz auf. «Ich sollte Euch zu Euresgleichen in die Sümpfe werfen lassen. Wurm zu Wurm, das gesellt sich gut.»

Der Arzt war derartige Vorhaltungen seit langem gewohnt. Er achtete nicht mehr darauf, sondern überwachte den Blutfluss. Er war nicht mehr so stark wie in den ersten Tagen, als er mit dem Aderlass begonnen hatte. Er musste sich bald etwas Neues einfallen lassen, damit ihm der Fürstbischof weiterhin gewogen blieb.

Und wie so oft in der letzten Zeit überkam den Fürstbischof der Schwindel, der ihn in eine sanfte Ohnmacht gleiten ließ. Als er die Augen wieder öffnete, sah er seinen Leibdiener Pépin über sich gebeugt.

«Wacht auf, Herr», sagte er. «Ich habe Euch die Hexe Sabiha gebracht.»

Er wies zur Seite. Blutig, verschmutzt und noch immer im zerfetzten Unterhemd lag sie auf dem Boden und rührte sich nicht. Anselm griff benommen nach dem Arm Pépins und zog sich hoch.

«Wie lange?», fragte er seinen Arzt, der an seiner Seite gewacht hatte.

«Zwei Stunden, Herr», antwortete er, als hätte er sich schuldig gemacht.

«Die Ohnmacht wird von Tag zu Tag länger», warf Anselm ihm vor. «Geht mir aus den Augen.»

Eilig verschloss der Arzt seine Tasche und machte sich davon.

«Ist das das verhexte Weib?», fragte er.

«Ja, Herr.»

Er hielt sich ein Taschentuch vor die Nase. «Hättest du sie nicht vorher waschen können?»

«Ich dachte, es wäre eilig.»

Anselm erhob sich, zupfte die Kleider zurecht und schlich um die am Boden liegende Sabiha herum wie um ein erlegtes Tier. «Macht sie wach», befahl er.

Ein Diener rüttelte grob an ihr, wobei er sich mit einer Hand aufgrund der widerwärtigen Ausdünstungen die Nase zuhielt. «Wach auf. Dein Herr wünscht mit dir zu sprechen.»

Sabiha zeigte keine Reaktion. Pépin näherte sich, trat ihr in die Seite. «Verhextes Weib, wach endlich auf. Ich bin noch nicht mit dir fertig.»

Anselm zeigte wenig Geduld. Missmutig fuhr er Pépin an. «Habe ich dir befohlen, sie zu töten?»

«Sie ist nicht tot, Herr. Das Weib verstellt sich nur. Sie ist eine wahrhafte Meisterin darin. Glaubt mir.»

Wieder trat er zu. Keine Reaktion.

«Probiert das», warf Anselm ein. Er reichte ihm sein Riechfläschchen. Pépin hielt es Sabiha unter die Nase, und siehe da, sie regte sich. Der scharfe Geruch des Ammoniaks fuhr ihr wie ein Nagel durch die Nase.

«Seht, Herr», antwortete Pépin, «ich habe nicht gelogen. Sie hat sich nur verstellt, dieses niederträchtige Weibsbild.»

«Genug», befahl Anselm. «Lasst mich mit ihr allein.»

«Aber, Herr», warf Pépin ein, «das Weib ist gefährlich. Soll ich nicht besser bleiben?»

«Ich bin zwar schwach, aber nicht wehrlos. Und nun geht. Alle!»

Nachdem Anselm mit Sabiha allein war, ging er um sie herum, studierte sie aus allen Winkeln. Er betrachtete die alten Narben auf ihrem Rücken, das eingebrannte Kreuz auf der Schulter und viele frische Wunden, die ihr der Nichtsnutz Pépin zugefügt hatte. Sosehr er dessen bedingungslose Treue und fast schon diabolische Lust an der Folter schätzte, in manchen Momenten wünschte er ihn an den Galgen, wo er früher oder später auch enden würde.

Sabiha schlug die Augen auf. Sie blickte in ein bleiches Gesicht mit eingefallenen Wangen, glanzlosen Augen und schlohweißem Haar. Wer war dieser Mann? Auf jeden Fall keine der Wachen. Die trugen kein goldenes Kreuz um den Hals.

«Wo bin ich?», fragte sie.

«Im Hause deines Herrn», antwortete Anselm. «Erhebe dich. Ich möchte mit dir sprechen.»

Unter Schmerzen raffte sich Sabiha auf. Nur mühsam konnte sie sich auf den Beinen halten. «Was wollt Ihr von mir?»

Anselm ließ sich hinter seinem Schreibtisch nieder. Der Aderlass forderte seinen Tribut. «Man beschuldigt dich der Hexerei», sagte er emotionslos.

«Der Vorwurf einer geistesverwirrten, armen Seele. Ich habe mit Hexerei nichts zu schaffen.»

«Das behaupten alle … bis die Pein ihre Zunge löst.»

«Barbaren», antwortete Sabiha scharf.

Ein Lächeln flog über sein Gesicht. «Von Zeit zu Zeit bedarf es ungewöhnlicher Maßnahmen, um der Wahrheit auf die Sprünge zu helfen.» Er schenkte Wasser in ein Glas und forderte Sabiha auf, daraus zu trinken. Sie verweigerte es, obwohl ihr Hals brannte wie Feuer.

«Man erzählt sich wundersame Geschichten über dich und deinen Caffee», fuhr er fort. «Für die einen vollbringt er wahre Wunder, für die anderen raubt er dem Mann die Kraft. Von missgebildeten Kindern ist gar die Rede, von Müttern, die keine Milch in ihren Brüsten mehr haben, und andere wollen gar erblindet sein. Sag mir, was ist die Wahrheit?»

«Die Wahrheit ist», antwortete Sabiha, «dass die Angst den Geist vernebelt.»

Anselm nickte zustimmend. «In deinem Fall scheint es mir doch anders zu sein. Mit diesem Professor, der an unserer Universität Studenten in Römischem Recht unterweisen sollte, hattest du ein enges Band geknüpft. Man sah euch oft auf den Feldern, wo ihr mit fremdartigen Pflanzen experimentiertet. Wart ihr dem Geheimnis des Lebens auf der Spur?»

Allmählich dämmerte es Sabiha, worauf der Fürstbischof hinauswollte. Sie hatte von seinem Hang zur Alchemie gehört. «Was Euch fremd erscheint, ist in anderen Ländern angewandte Wissenschaft. Euer Vorgänger hatte nichts dagegen einzuwenden.»

«Auch ich vermag nichts Verwerfliches darin zu sehen.» Anselm erhob sich. Er schlich wie eine Katze um Sabiha herum. «Wie weit sind Eure Forschungen gediehen?»

«So weit, dass niemand in Eurem Land mehr hungern muss.»

Anselm hatte eine andere Antwort erhofft. «Das meine ich nicht», erwiderte er ärgerlich. «Wie weit seid Ihr im Bereich der medizinischen Anwendung gekommen?»

Sabiha nannte einige Pflanzen, die im Verzeichnis der heiligen Hildegard genannt wurden und deren Wirksamkeit sie überprüft hatten. «Der Knoblauch reinigt das Blut, das Johanniskraut beruhigt die Seele …»

«Habt ihr auch etwas gegen die Magenpein gefunden?»

Sie überlegte. «Die Terra Armena soll Linderung verschaffen.»

«Könnt Ihr mir einen Trunk daraus zubereiten?»

Wieso sollte sie das tun?, fragte sie sich. Dieser Mann hatte sie in den Kerker werfen und foltern lassen.

Anselm schien ihre Zweifel zu erraten. «Du müsstest

nicht mehr ins Gefängnis zurück und dich dem Vorwurf der Hexerei stellen.»

Das reichte ihr nicht. «Was ist mit Professor Ullrich geschehen?»

«Er sitzt wie du im Loch.»

«Lasst ihn gehen.»

«Wieso sollte ich das tun?»

«Er kann mir alle Zutaten besorgen, die ich für die Zubereitung Eurer Medizin benötige.»

Wollte ihn das Weib täuschen? «Das kann auch ein anderer für dich erledigen.»

«Nur er kennt die wirksamen Bestandteile. Er weiß sie zu prüfen.»

Schweren Herzens stimmte Anselm nach einiger Bedenkzeit zu. «Nun gut. So sei es.»

Damit war Ullrich gerettet. Er würde auf Nimmerwiedersehen ins nächste Fürstentum fliehen. Sabiha atmete erleichtert auf. Nun musste sie nur noch das Saray von Pépin und seine Helfern befreien. «Dann lasst mich nach Hause bringen, damit ich beginnen kann.»

«Nicht nötig», erwiderte Anselm. «Alles, was du brauchst, ist hier.»

Bevor Sabiha widersprechen konnte, führte er sie in den geheimen Raum, den nur er und sein Arzt betreten durften.

Kapitel 3

Der Verschiffung der Regimenter Rot und Blau, insgesamt dreitausendsechshundert Mann, hatte Balthasar Neumann nicht beiwohnen können. Er lag seit Tagen im Bett, ohne dass der Arzt ihn von seinen Schmerzen zu befreien vermochte. Sie waren in den letzten Jahren immer nur kurz aufgetreten, und Neumann hatte die Schuld dafür der deftigen und fettreichen Kost gegeben. Vielleicht war auch der eine oder andere Schoppen eine Spur zu herb gewesen – oder schlicht zu viel. Nun aber hielt der Schmerz an, und er ließ sich nur mühsam mit einer Diät besänftigen. Die ersehnte Reise nach Koblenz zum Bau des neuen Schlosses Schönbornlust hatte er deswegen verschieben müssen. Auch das Fortschreiten der Abteikirche in Neresheim konnte er nur vom Krankenbett aus verfolgen. Neumann drohte den Verstand zu verlieren, Untätigkeit war er nicht gewohnt, zumal seine Familie ihn jetzt mehr brauchte denn je. Das Offizierssalär und das, was Vetter Fichtl aus Trier schickte, reichten schon lange nicht mehr aus, um die Familie zu ernähren. Alles, was Wert besaß, war verkauft worden, und jeder seiner Freunde hatte gegeben, was er konnte. Nun mussten neue Einnahmen her – schnell und reichlich. Sollte er den Fürstbischof um ein Darlehen bitten? Diese Schmach wollte er sich ersparen.

Über den Verbleib Veits hatte er keine verlässlichen Informationen erhalten. Nach dessen Festnahme war er im Dunkel der Nacht abgeführt worden und blieb seitdem verschwunden. Einer wollte ihn im Loch auf dem Marienberg gesehen haben, wo er bis zur Verschiffung der Regimenter ausharren sollte. Ein anderer brachte Nachricht, dass er in der Kaserne am Main festgehalten worden war, aber auch nur bis zum Abtransport der Truppen. Zum Teufel mit diesem Fürstbischof!

Eine Nachricht hatte ihm das Krankenlager dann doch noch erleichtert. Sabiha befand sich nicht mehr im Gefängnis, wo sie von seinem ehemaligen Hausmädchen Clara der Hexerei bezichtigt worden war. Sie sollte sich im Schloss aufhalten, hieß es. Im angrenzenden Kammerbau oder an einem anderen geheimen Ort bereite sie dem Fürstbischof Medizin zu. Dessen Gesundheit habe sich seitdem gebessert, wenngleich er noch immer mehr dem Tod als dem Leben nahestand. Ein Bild davon hatten sich die Würzburger bei der Bischofsweihe im Dom machen können. Seine Haut sei bleich gewesen, als ob sie viele Jahre keine Sonne mehr gesehen hätte. Flecken wie die eines Greises überzögen Hals und Hände. Dieser Bischof war vom Tod gezeichnet, lange bevor er sein Amt in Würzburg angetreten hatte, und er schien gewillt, das gleiche Schicksal der Stadt und dem Land zu bringen.

Sein Handlanger Pépin terrorisierte die Bevölkerung vom Saray aus. Hier war er im Herzen der Stadt und konnte nach Belieben unschuldige Bürger drangsalieren. Nachts traute sich nun kein rechtschaffener Bürger mehr auf die Straße. Ein jeder fürchtete, von Pépins Handlangern verschleppt und ausgeraubt zu werden.

Der Dritte im Bunde, der Hofarchitekt Schenkel, hatte sich derweil auf das Jagdschlösschen in Veitshöchheim verlegt. Daraus wollte er ein wahres Lustschloss fertigen, wie er es nannte. Und tatsächlich, es wurde in der Stadt getuschelt, dass häufig Damen zu Besuch kämen, in deren Kreis er mehr Zeit verbringe als auf der Baustelle.

Ähnlich skandalös hatten sich die Nachrichten aus dem Kloster Unterzell entwickelt. Nachdem die Regimenter verschifft worden waren, ließen die desertierten Soldaten die Klostermauern hinter sich und verstreuten sich in alle Himmelsrichtungen. Zurück blieben die Subpriorin Renata Singer und ihre nicht minder verdächtigen Schwestern. Singer war bis zum Schluss zu ihrer Entscheidung gestanden, Hilfesuchende nicht abzuweisen. Viele bissige Gerüchte, was sich in jener Zeit alles im Kloster zugetragen haben mochte, hatten sich zu einer bestürzenden Wahrheit geformt. Das Weib war verhext. Vor den Toren der Stadt lagen Sodom und Gomorrha. Das würde ein Nachspiel haben.

Doch so weit war es noch nicht. Würzburg war durch den Verkauf der beiden Regimenter seiner Wehrfähigkeit enthoben und lag schutzlos da. Einzig dem Einspruch aus Wien war es zu verdanken, dass der Fürstbischof eine geringe Anzahl Soldaten zum Schutze der Stadt zurückhielt. Sie würden einer Bedrohung von außen jedoch nicht standhalten können. Vielleicht war genau das der Plan des Bischofs gewesen, denn seine Handlanger hatten so auch keinen Widerstand innerhalb der Stadtmauern zu fürchten. Sie walteten und schalteten, wie es ihnen gefiel. In nur wenigen Monaten hatte Anselm Franz von Ingelheim die einst so reiche und für jedermann offene Stadt in ein Gefängnis für seine Untertanen verwandelt. Misstrauen, Denunziation und Angst herrschten, sodass niemand mehr seines Lebens sicher war und Türen und Fenster verschlossen blieben. Das fröhliche öffentliche Leben war erloschen.

Eines Nachts jedoch riss ein gewaltiger Knall die Würzburger aus ihren Albträumen. Von Straße zu Straße eilte die Kunde, dass im Schloss etwas explodiert sei. Aus dem seitlichen Kammerbau schlugen Flammen hoch, und giftiger Rauch stieg in die Luft. Hatte sich der Fürstbischof in die Luft gesprengt und mit ihm seine schändliche Brut? Der Herr im Himmel mochte seinen Segen dazu gegeben haben. Dann wäre es mit dieser Schreckensherrschaft des Ingelheimers endlich vorbei.

Sabiha hatte das Gemisch unterschätzt. Eigentlich sollte es erst nach Beimischung von Salpeter reagieren. Sie war keine ausgebildete Alchemistin und handelte nur nach den knappen Beschreibungen Professor Ullrichs. Der hatte einen Weg gefunden, die geheimen Botschaften in den Früchten und Kräutern zu verstecken, die auf Anweisung Sabihas ins Schloss geliefert wurden. Daraus braute sie das eine oder andere Süppchen für den Fürstbischof. Die Heilkräuter zeigten durchaus Wirkung, und Anselm legte sein anfängliches Misstrauen ab, doch in letzter Zeit halfen auch sie nicht mehr. Die Schmerzen kehrten zurück, und Anselm spielte mit dem Gedanken, die nutzlos gewordene Sabiha wieder ins Gefängnis werfen zu lassen. Dort wartete Pépin auf sie.

So war in ihr der Gedanke gereift, sich mit einem Schlag von der drohenden Entscheidung des Fürstbischofs zu befreien. Irgendetwas musste sie aber falsch gemacht haben. Nachdem der Leibarzt des Fürstbischofs die Schalen inspiziert hatte, wie er es immer tat, wenn Sabiha das Getränk zubereitete, war etwas passiert, das sie nur vermuten konnte. Oder hatte der eifersüchtige Kerl selbst Hand an die Beimischung gelegt, um sie in Misskredit zu bringen? Seitdem sie der Fürstbischof ihm vorzog, ließ er keine Gelegenheit aus, auf ihre offensichtliche Unkenntnis hinzuweisen. Bisher hatte er damit keinen Erfolg gehabt, denn Ullrichs Zauberkräuter hatten gewirkt. Nun aber schien er einen folgenschweren Fehler begangen zu haben. Er sabotierte Sabihas heilenden Trunk mit einem tödlichen und vor allem explosiven Grundstoff, der nicht für ihn, sondern für den Fürstbischof bestimmt war.

Sabiha hatte sich für einen Moment hinter eine Regalwand zurückgezogen, wo Dutzende Bücher der Alchemie und des Heilwesens zur Verfügung standen. Hatte der ahnungslose Arzt genau diesen Moment genutzt, um sein hinterhältiges Werk auszuführen? Die enorme Druckwelle hatte ihn fortgerissen, zum Fenster hinaus, wo sich nun ausgehungerte Katzen und Hunde seiner Reste annahmen.

Unter zerfetzten Büchern hatte Sabiha die Explosion überlebt. Benommen kroch sie hervor. Um sie herum liefen Diener mit Wassereimern umher und versuchten ein weiteres Ausbreiten der Flammen zu verhindern. Sie wankte zur Tür. Dort empfing sie ein sichtlich zorniger Fürstbischof. Sie verstand seine Worte nicht, noch immer klingelte die Explosion in ihren Ohren. Im angrenzenden nächtlichen Hofgarten fand sie Ruhe. Dort fiel sie ins Gras, wo ihr Bewusstsein schwand. Als sie wieder erwachte, starrte sie in die hinterhältig grinsende Fratze Pépins.

«Sie ist erwacht», rief er zur Seite. «Holt den Fürstbischof.» Dann wandte er sich Sabiha zu. «Na, mein Täubchen, wieder unter den Lebenden? Nicht mehr lange, wenn es nach mir geht.»

Sie blickte sich um. Sie war wieder im Schloss, in einem der Räume des Ingelheimers. Ihr Rücken schmerzte. «Was ist geschehen?»

«Du hattest Glück», antwortete Pépin. «Wärst du nicht hinter dem Bücherregal gestanden, würdest du nun genauso tot sein wie unser Doktor. Um ihn ist es nicht schade. Aber die Bücher … Der Fürstbischof wird dir das nicht verzeihen. Er hat viele Jahre gebraucht, um sie zusammenzutragen.»

Im Nachthemd, von zwei Dienern gestützt, kam Anselm herein. Er hielt den Kopf gesenkt, aus seinem Mund tropfte Blut. Die Diener setzen ihn in einen Sessel. Pépin packte Sabiha und schleuderte sie dem Fürstbischof zu Füßen. «Was soll nun mit ihr geschehen?», fragte er.

Aus müden Augen blickte Anselm auf. «Du hast meine Bibliothek zerstört …»

«Nein, Herr, ich war es nicht», verteidigte sich Sabiha. «Euer Arzt …»

«Er ist tot, und du lebst.» Er fuhr sich über die kalte Stirn, wischte sich das Blut aus den Mundwinkeln. «Alles verbrannt in einem einzigen Augenblick. Ich habe Jahre dafür gebraucht. Was soll nun werden? Die Rezepturen …»

«Ich bringe sie Euch zurück.»

«Ein Menschenleben reicht dafür nicht aus.»

«Ich mache mich gleich an die Arbeit.»

«Schweig, du irrsinniges Weib. Ich hätte dich niemals aufnehmen dürfen.» Er wandte sich Pépin zu: «Schaff sie mir aus den Augen. Mach mit ihr, was du willst.»

Das waren die Worte, die Pépin hören wollte. Er packte Sabiha an den Haaren. «Gebt mir noch eine Gelegenheit», flehte sie.

«Du hattest sie», entgegnete Anselm kalt.

«Ich kann Euch wieder gesund machen.»

«Das versprichst du mir seit Monaten.»

«Aber jetzt habe ich die richtige Rezeptur gefunden.»

Anselm grinste abfällig. «Wie man sieht. Mein Leibarzt ist tot, und in meinem Schloss klafft ein Loch.»

«Ich war dem Geheimnis auf der Spur. Man muss die Bestandteile nur anders zusammensetzen.»

Anselm, von Haus aus neugierig, zögerte.

«Glaubt dem Weib kein Wort», erwiderte Pépin. «Es will Euch nur hintergehen, so wie sie es seit Anbeginn getan hat.»

«Von welcher Zusammensetzung sprichst du?», fragte Anselm.

«Man nehme den Apfel als Grundlage. Füge Blüten der Kamille und die Mistel hinzu. Das Öl von Leinsamen und Malvenblüten …» Sabiha trug vor, was sie aus den Berichten von Professor Ullrich in Erinnerung behalten hatte. «… und das Fleisch des Pfirsichs. Der Trunk lässt sich sofort zubereiten. Alle Bestandteile wachsen in Eurem Land.»

Anselm stutzte. Diese Rezeptur war ihm bekannt. Er kannte Teile davon aus dem *Buch über das innere Wesen der Kreaturen und Pflanzen* – der heiligen Hildegard bekanntes und berühmtes Werk. Doch was machte der Pfirsich darin? Er konnte sich nicht erinnern. An anderer Stelle hatte er davon gelesen. Die Blätter, die Wurzel, das Harz und der Kern sollten verwendet werden, aber nur zur Anwendung auf der Haut, der Sud sollte niemals getrunken werden. Der Pfirsich konnte heilen, und er konnte töten.

«Eine letzte Chance will ich dir noch geben», entschied Anselm. «Pépin geht mir dir aufs Feld hinaus. Er wird beobachten, was du tust. Wenn du zurück bist, zeigst du mir, was du gesammelt hast und wie du den Trank zubereitest. Aber hüte dich. Ich kenne die Schriften.»

Pépin würde keinen Fuß auf dieses verfluchte Feld setzen, um Sabiha beim Sammeln der Kräuter zur Hand zu gehen. Sollte das Weib allein schauen, wie es im Morast zurechtkam. Er blieb in der Kutsche sitzen und beobachtete sie, wie sie sich nach jedem Blümchen bückte, es begutachtete und bei Gefallen in den Korb steckte. Närrisches Weib, dachte er, als würde das dein Leben verlängern. Sobald der Fürstbischof wieder bei Kräften war, würde er sich etwas einfallen lassen. Das Weib gehörte in die Folterkammer und, wenn er mit ihr fertig war, auf den Scheiterhaufen. Was dem tölpelhaften Leibarzt nicht gelungen war, er würde sie der Scharlatanerie überführen.

Die Flasche Wein war leer getrunken, und Pépin beugte sich zum Fenster hinaus. «Komm jetzt endlich», schrie er übers Feld, «du hattest Zeit genug.»

Sabiha winkte zustimmend und machte sich auf den Weg zurück. «Ich habe alles gefunden, wonach ich gesucht habe», sagte sie, als sie an der Kutsche angekommen war. «Jetzt nur noch die Pfirsiche.»

Er seufzte. «Was denn noch, Weib?»

«Ohne Pfirsich keine Heilung», entgegnete Sabiha. «Keine Sorge, es geht schnell.»

So eilte die Kutsche zum Sommerschloss in Werneck, wo Sabiha und Ullrich den Pfirsich angebaut hatten. Das Schloss lag verlassen da, niemand kümmerte sich darum. Die Gemüsebeete waren verwildert und die Obstbäume ungeschnitten. Hörte man früher allerorts den Schrei des Fasans, so war nun Stille eingetreten. Grau in grau schien alles, und Sabiha beeilte sich, den Korb mit Pfirsichen zu füllen. Sie waren trotz der Vernachlässigung prächtig gediehen, und sie war sich sicher, dass die Früchte ihre Aufgabe erfüllen würden.

Auf dem Weg zurück zur Kutsche fiel Sabiha eine Gruppe blau blühender Pflanzen auf. Sie konnte sich nicht erinnern, dass Ullrich oder sie selbst sie angebaut hatten. Der Wind musste die Samen hergetrieben haben. Sabiha kannte diese Blume gut, die so strahlend blau blühte. Ihre Blätter und die Wurzeln hatten eine entscheidende Rolle im Harem und auch bei den Mauren gespielt. Die Blume trug viele Namen, und einer von ihnen war Venuswagen.

Es dämmerte bereits, als die Kutsche das Stadttor erreichte. Pépin, hungrig und müde, sah einem üppigen Abendessen entgegen, aber Sabiha hatte andere Pläne. «Wir müssen noch am Saray vorbei.»

Der Einwand brachte Pépin auf. «Keine Minute länger werde ich in dieser Kutsche verbringen. Wir fahren auf direktem Weg ins Schloss.»

«Ich benötige aber noch ein Buch. Ansonsten werde ich die Medizin nicht anfertigen können.»

«Das hättest du dir früher überlegen müssen.»

«Ihr werdet dann dem Fürstbischof erklären, wieso er einen weiteren Tag auf seine Medizin warten muss.»

Dieses vermaledeite Weib brachte ihn noch um den Verstand. Würde er sie nur auf direktem Weg in den Kerker bringen können, dann wäre allen gedient. «Ins Saray», befahl er dem Kutscher. «Und wehe dir, wenn du nicht in einer Minute zurück bist.»

Die Kutsche entließ sie an der alten Wirkungsstätte. Das Schild am Eingang hing krumm herunter, Unrat hatte sich vor der Tür angesammelt. Als sie in den Gastraum trat, stockte ihr der Atem. Tische und Bänke waren umgestoßen, die prächtigen Bilder von Adrianopel zerstört, Becher und Kannen lagen verstreut über dem Boden. Tränen traten ihr in die Augen. Sie ging weiter durch die Tür in den hinteren, privaten Bereich. Hier bot sich das gleiche Bild. Zerstörung, Verwüstung und Vandalismus. Die feinen Spiegel waren allesamt gebrochen, die edlen Diwane aufgeschlitzt, die reichverzierten Lüster aus der Verankerung gerissen und mit den teuren Teppichen entwendet. Alles, wofür sie hart gearbeitet hatte, lag in Trümmern. Sabiha fiel auf die Knie und schluchzte – nur für einen Moment, denn aus dem Hintergrund trat jemand hervor. Sie ballte die Fäuste, wollte nur noch blind auf den Verbrecher einschlagen, als sie in ein anderes, völlig unerwartetes Gesicht blickte.

«Sarkis؟»

Er nickte und nahm sie in die Arme.

«Was machst du hier؟», wollte sie wissen.

«Ich habe nach dir gesucht.»

«Du solltest nicht hier sein. Es ist zu gefährlich.»

«Ich kann dich doch nicht kampflos den Barbaren überlassen.»

Sabiha drückte ihn fest. «Guter, alter Sarkis.»

«Genug», erwiderte er, «lass uns verschwinden.»

«Was hast du vor؟ Die Tore sind bewacht. Niemand kommt ohne die Einwilligung des Fürstbischofs herein oder hinaus.»

«Ich habe ein Schiff. Es wird uns still und heimlich fortbringen.»

«Dann lass uns gehen. Vor der Tür wartet Pépin, die rechte Hand des Fürstbischofs.»

Sie wählten den Weg über den Hof. Von dort würden sie in eine der Gassen gelangen, die sie schnell zum Mainufer brachte. Doch bevor Sabiha das Saray auf immer verließ, schaute sie sich wehmütig um. Ihr Blick fiel auf das Billardzimmer, wo auch eine kleine Bibliothek untergebracht war.

«Wo willst du hin?», fragte Sarkis.

«Einen kleinen Moment noch», antwortete sie. «Fast hätte ich es vergessen.»

Ihre Augen huschten über die Bücher. Am Ende einer Reihe stand das Buch, nach dem sie suchte. Sie zog es heraus. «Wegen dir bin ich gekommen, und ich werde nicht ohne dich gehen.»

«Der *Qanun al-Tibb*?», fragte Sarkis. «Was hast du damit zu schaffen?»

«Er sollte mir das Leben retten.»

Was auch immer Sabiha damit meinte, es war höchste Zeit zu verschwinden. Sarkis nahm sie an die Hand und schlich mit ihr zur Hintertür hinaus. Im Hof war niemand zu sehen, die Tür, die in die Freiheit führte, war nur ein paar Schritte entfernt. Die Pferde jenseits des Hofes schnaubten. Pépin würde sich allmählich wundern, wo Sabiha blieb. Als sie die Tür öffneten, war niemand zu sehen, der sie noch aufhalten konnte.

Sie rannten los, die enge Gasse hinunter, an deren Ende in die nächste, bis sie zu einer Ecke kamen, an der sie endlich auf den Main stießen. In ihrem Rücken hörten sie plötzlich das Schnauben von Pferden.

Pépins Triumph war vollkommen. Er berichtete dem Fürstbischof stolz von der Verfolgungsjagd und der Festsetzung von Sabiha und Sarkis in letzter Minute, bevor sie ein vor Anker liegendes Schiff besteigen konnten. Es hätte nicht viel gefehlt, und sie wären auf Nimmerwiedersehen verschwunden.

«Was soll nun mit ihnen geschehen?», fragte Pépin.

Anselm fixierte Sabiha und Sarkis, die vor ihm auf dem Boden kauerten, argwöhnisch. Er konnte sie in die Hände Pépins geben und damit ihr Schicksal beschließen. Oder er würde herausfinden, was Sabiha im Saray zu suchen und was dieser fremdländisch anzusehende Mann dort verloren hatte. War er Sabihas Komplize? Was hatte es mit dem seltsamen Buch auf sich, das in unbekannter Sprache geschrieben und reich illustriert war? Er hatte es mehrfach durchgesehen, und obwohl er belesen war, konnte er den Ursprung des Textes nicht eindeutig zuordnen. Es könnten arabische Schriftzeichen sein. Auf jeden Fall hatte es etwas mit Heilkunde zu tun. Pflanzen waren darin abgebildet, die er zum Teil kannte, andere wiederum entzogen sich gänzlich seiner Kenntnis. An anderer Stelle waren Gliedmaßen des Menschen aufgezeichnet und wie sie behandelt wurden. Zum Teufel damit, er musste herausfinden, was es mit diesem Buch auf sich hatte.

«Was ist das?», fragte Anselm.

Sabiha blickte auf. «Das ist der Grund, wieso ich das Saray aufgesucht habe. Es ist die Lehre des ehrwürdigen Ibn Sina, der *Qanun al-Tibb*.»

«Sprich deutsch!», herrschte Anselm sie an.

«Ibn Sina ist Euch wahrscheinlich besser bekannt unter dem Namen Avicenna.»

Nun fiel der Groschen. Anselm wagte es nicht zu hoffen. «Und das ist der *Kanon der Medizin*?», entgegnete er nahezu euphorisch.

«Ja, in einer arabischen Abschrift vom Original. Die Illustrationen sind nachträglich aufgenommen worden.»

Avicennas *Kanon der Medizin* war über viele Jahrhunderte das Standardwerk an europäischen Universitäten. Er vereinte nahezu alle griechischen, römischen und persischen Behandlungsformen in der Medizin. Natürlich kannte der Fürstbischof den *Kanon*, allerdings nur in einer übersetzten Version, da er des Arabischen nicht mächtig war. Folgenschwere Fehler bei der Übersetzung waren nicht auszuschließen. Nun aber hielt er eine Abschrift in der Originalsprache in der Hand. Das war ein Schatz, der alle verbrannten Bücher seiner ehemaligen Bibliothek aufwog.

«Du kannst ihn lesen?», fragte er Sabiha.

Sie nickte, schränkte dann aber ein: «Das meiste. Wenn ich etwas nicht verstehe, dann kann Sarkis mir helfen.»

Der blickte erstaunt auf. Sabiha sprach fließend Persisch und Arabisch, so wie es jede Odaliske, die es am Hof des Sultans zu etwas bringen wollte, können musste. Wieso sagte sie das?

Die Antwort folgte auf dem Fuß. Sie wollte ihn unabdingbar machen. Das war ihr Plan. «Ohne Sarkis' Hilfe muss ich an manchen Stellen raten», fuhr Sabiha fort, «und Ihr wisst, das kann tödlich enden.»

Anselm dachte eine Weile darüber nach. Der *Kanon* warf ein völlig anderes Bild auf die Situation. War er vor ein paar Minuten noch fest entschlossen, Sabiha und Sarkis in die Hände Pépins zu geben, zweifelte er nun daran. Wenn er sie töten ließ, blieben ihm die Geheimnisse des *Kanons* verschlossen, andererseits hatte Sabiha sein Vertrauen nun mehrfach missbraucht.

Pépin kannte seinen Herrn gut. Er wusste, dass der Fürstbischof Bücher über alles stellte. Der Zugriff auf Sabiha könnte ihm abermals verwehrt werden. «Glaubt der Hexe kein Wort», beschwor er ihn, «Lügen sind das Einzige, was sie zubereiten kann. Sie ist geflohen. Ist das nicht Beweis genug?»

«Es stimmt», erwiderte Sabiha. «Die Gelegenheit schien günstig. Ich weiß nicht, was mir die Sinne getrübt hat. Es war dumm. Verzeiht mir.»

«Glaubt ihr nicht», wiederholte Pépin eindringlich. «Sie will Euch töten.»

Anselm musste eine Entscheidung treffen. Die Zeit arbeitete gegen ihn. Wenn er nicht bald einen rettenden Heiltrunk zu sich nahm, drohte er innerlich zu verbluten. Doch so leicht wollte er es ihr nicht machen.

«Zeig mir, welche Kräuter du gesammelt hast.»

Pépin widersprach. «Nein, Herr. Sie steckt voller Lügen.»

«Schweig still!»

Sabiha erhob sich und zeigte dem Fürstbischof, welche Zutaten sie besorgt hatte. Er prüfte jedes Kraut und jede Frucht eigenhändig. Es stimmte, nichts war verdächtig, bis auf die Pfirsiche. Was wollte sie mit ihnen?

«Im Pfirsich ist ein Bestandteil, der Euch von allen Schmerzen befreien wird», antwortete Sabiha.

Anselm nickte. Er hatte die Wirkungsweise des Pfirsichs nachgelesen. Er konnte heilen, er konnte aber auch töten.

Im Korb blieben zwei unscheinbare, braune Knollen zurück. «Was ist das?», fragte er.

«Das sind Rüben, aus denen Zucker gewonnen wird», antwortete Sabiha. «Der Professor und ich haben damit experimentiert.» Sie reichte ihm eine Knolle, die er aufmerksam betrachtete. Er hatte von einem Wissenschaftler gehört, der kürzlich den hohen Zuckergehalt in einer wundersamen Rübe aus Schlesien festgestellt hatte. Damit war es nun möglich, große Mengen einheimischen Zuckers zu gewinnen, ohne ihn teuer im Ausland einkaufen zu müssen. Er würde sie im kommenden Jahr in Franken anbauen lassen. «Sind sie Bestandteil deines Trunks?»

«Nein, sie sind allein für mein Caffeehaus bestimmt. Ich werde sie im Frühjahr aussetzen.» Sabiha dachte nach. «Aber der Zucker hilft auch, Wunden zu schließen, die nicht aufhören wollen zu bluten.»

Anselm streifte den Ärmel zurück, wo der Schnepper beim Aderlass über die Jahre hinweg tiefe Spuren hinterlassen hatte. «Würde der Zucker diese Wunden schließen?»

Sabiha nahm sie in Augenschein. «Ja, ich denke schon.»

«Dann tut etwas darauf.»

Sabiha forderte ein Messer von Pépin, schnitt zwei saftige Scheiben von der Knolle ab und packte sie mit einem Verband auf die offene Wunde. Anselm beobachtete jeden ihrer Handgriffe. Die Pfirsiche, dachte er. Wenn sie einen nimmt, ist ihr Schicksal besiegelt.

«Morgen sollte sich die Wunde geschlossen haben», sagte Sabiha.

Anselm nickte zustimmend. «Dann lasst uns jetzt mit der Zubereitung meiner Medizin beginnen.»

Pépin protestierte erneut. «Tut es nicht, Herr. Sie wird Euch töten.»

Anselm schenkte ihm keine Aufmerksamkeit mehr. Er wusste, was er tat. «Komm, nebenan steht ein neuer Ofen.»

Während Sarkis aus dem *Kanon der Medizin* vorlas, und er tat dies auf Arabisch, führte Sabiha die Anweisungen des Ibn Sina vorschriftsgemäß aus. Anselm war nicht wohl bei der Sache, weil er nicht verstand, was Sarkis sprach. Aber das war nicht entscheidend. Er hatte alle Zutaten geprüft und musste nur auf den Pfirsich achtgeben.

Sollte Sabiha den Kern zerstoßen und dessen Samen als Pulver verwenden, dann war es bewiesen: Sie wollte ihn töten. Würde sie wirklich so dumm sein und annehmen, dass er nicht von den Giftmorden im alten Ägypten gelesen hatte?

Alles ging seinen Weg. Die Schüssel füllte sich mit Zutaten, der Sud kochte auf.

«Zum Schluss der Pfirsich», sagte Sabiha, und Anselm merkte auf. Sie brach den Kern, entnahm den Samen und zerkleinerte ihn. Übrig blieben viele winzige Stücke, einem Pulver gleich. Sie musste die richtige Dosis finden, den schmalen Grat zwischen Leben und Tod, damit der Trunk wirkte. Weniger als eine Messerspitze sollte genügen. Sie gab sie dem Sud bei.

Sarkis erschrak für einen Moment, fasste sich aber sogleich wieder. Was tat sie da? Würde der Fürstbischof die tödliche Wirkung des Pfirsichs kennen? Der ließ sich jedoch nichts anmerken.

Sabiha nahm den Topf vom Herd und füllte den Sud in einen Becher. «Es ist so weit», sagte sie, «dieser Trunk sollte Euch von den Schmerzen befreien.»

Anselm stand dem Becher gegenüber, den Sabiha ihm hinhielt. Seine Miene verfinsterte sich. «Ist das die Medizin, die du für mich vorgesehen hast?»

«Ja, Herr», antwortete Sabiha.

«Närrisches Weib!», stieß er hervor. «Hast du nicht die Bücher gesehen, die ich in meiner Bibliothek aufbewahrt hatte?»

«Jedes einzelne», gab Sabiha zu.

«Wieso glaubst du dann, dass ich den Schierlingsbecher nicht erkenne, den du mir zubereitet hast?»

«Es befindet sich kein Schierling darin, Herr.»

«Aber der giftige Samen des Pfirsichs.»

«Die Dosis ist entscheidend. Sie macht den Unterschied zwischen Leben und Tod, zwischen Heilung und Krankheit. Euch wird nichts Böses widerfahren.»

Anselm glaubte ihr kein Wort mehr. «Pépin, ergreif sie. Mach mit ihr, was du willst. Ich habe keine Verwendung mehr für sie.»

Erleichtert folgte Pépin der Entscheidung seines Herrn. Er würde sich viel Zeit für sie nehmen.

«Aber Herr», wehrte sich Sabiha, «es ist nicht so, wie Ihr glaubt.»

Anselm fuhr herum. «Schweig, ich will nichts mehr von dir hören.» Da kam ihm eine Idee. «Lass doch deinen Freund von der Medizin kosten. Mal sehen, wie sie ihm schmeckt.»

Sarkis fuhr der Schreck in die Glieder. Sabiha wandte sich ihm zu. «Vertrau mir», sagte sie, «es wird dir kein Leid geschehen.»

«Aber ...»

Als Zeichen ihrer Ernsthaftigkeit führte sie den Becher an den Mund und trank daraus. Nicht nur Sarkis, sondern auch Anselm und Pépin starrten wie gebannt auf sie. Sie hatte sich vor ihren Augen tatsächlich vergiftet.

Sabiha bot den Becher Anselm an. «Trinkt. Ihr habt nichts zu befürchten.»

Zornig schlug Anselm ihn ihr aus der Hand. «Dummes Weibsbild ... vielleicht hätte ich dich noch am Leben gelassen.»

Er ließ sich in den Sessel fallen, schüttelte verständnislos den Kopf. Das Geheimnis des *Kanons* blieb ihm nun für immer verschlossen.

Sabiha setzte sich in die Mitte des Raums, dem Fürstbischof gegenüber, und beobachtete ihn aufmerksam. «Darf ich Euch eine Geschichte erzählen, während der Tod zu uns kommt?»

Anselm willigte ein.

«Die alten Griechen erzählen sich eine Geschichte von Herakles, vielleicht ihrem größten Helden, wie er den Höllenhund Kerberos aus der Unterwelt heraufbrachte. Dieses Untier hatte drei Hundsköpfe mit grässlichen Rachen, aus denen unaufhörlich giftiger Geifer rann, ein Drachenschwanz hing ihm vom Leibe herunter, und das Haar der Köpfe und des Rückens bildete zischende, geringelte Schlangen ...»

«Ich kenne die Geschichte», unterbrach Anselm. «Was willst du mir damit sagen?»

«Nachdem Herakles die Kämpfe in der Unterwelt für sich entschieden hatte, verlangte er nach Kerberos, dem Höllenhund. Hades, der ihm wegen seines Sieges zürnte, stimmte unter einer Bedingung zu: Herakles solle gegen den Kerberos kämpfen, ohne eine seiner Waffen gebrauchen zu dürfen, die er mit sich führte.

So ging Herakles, einzig mit seinem Brustharnisch bedeckt und mit dem Löwenfell umhangen, hin, um das Untier zu fangen. Er fand Kerberos an den Toren des Acheron angekettet und fasste ihn entschlossen an der Kehle. Der stachlige Schwanz des Kerberos holte zum Schlag aus, aber Herakles war mit seinem Löwenfell gut geschützt und lockerte erst seinen Griff, als Kerberos schon am Ersticken war und sich ergab.»

Anselm wurde ungeduldig. «Alte Sagen. Was sollen sie bedeuten?»

«Ihr seid der Kerberos», entgegnete Sabiha scharf. «Ihr habt dieses Land in eine Hölle verwandelt. Und diese Ausgeburt von einem Teufel dort», sie wies auf Pépin, «ist euer Drachenschwanz.»

«Und du willst der Herakles sein?», gab Anselm spöttisch zurück.

«Ich kam ohne Harnisch, nur mit einem Löwenfell und dem festen Willen, über Euch zu triumphieren. Mein ganzes Leben wurde von Männern wie Euch bestimmt. Sie befahlen, ich gehorchte ...»

«Du langweilst mich, Weib.»

«Wartet, die Geschichte ist noch nicht zu Ende», entgegnete Sabiha. «Als Herakles mit dem Kerberos aus der Unterwelt trat, tropfte giftiger Geifer aus dem Maul des Höllenhunds. Ihm entspross eine Pflanze. Sie trägt viele Namen. Einer davon ist Venuswagen, ein anderer Eisenhut. Dieses Gift strichen meine Brüder, die Mauren, auf ihre Pfeile, um die Feinde zu töten. Ich kenne es aber auch aus dem Harem, wo es den Eunuchen ein willkommenes Mittel war, um unliebsame Sultane, Frauen und Kinder zu töten. Die Pflanze blüht prächtig blau und ist wahrlich schön anzusehen – so wie eine Frau des Harems, die auf Rache sinnt.»

«Ich kenne die Blüten des Eisenhuts», widersprach Anselm. «Sie wären mir aufgefallen.»

Sabiha lächelte wissend. «Der Blick von Männern richtet sich vornehmlich auf das Schöne. Wer könnte das besser wissen als ich. Die andere Seite, das tief in der Erde Versteckte jedoch, entgeht ihrer Aufmerksamkeit. Die Blüten des Eisenhuts werden von einer unscheinbaren, aber giftigen Knolle gespeist. Ihr seid leicht zu durchschauen, so wie es jeder Mann ist. Ich habe mein halbes Leben damit verbracht, die Aufmerksamkeit von Männern zu gewinnen oder sie in eine bestimmte Richtung zu lenken.

Andernfalls hätte ich im Harem nicht lange überlebt. Der schön anzuschauende, aber harmlose Pfirsich hatte Euch gefangen genommen. Die giftige und unscheinbare Knolle des Eisenhuts habt ihr stattdessen übersehen.» Sabiha schenkte ihm ein letztes, geringschätziges Lächeln. «Ihr hättet keinen Tag im Harem überlebt.»

Mit einem Mal verstand Anselm. Er strich den Ärmel zurück und zerrte an dem Verband, den ihm Sabiha zur Wundheilung aufgelegt hatte. Zu spät. Die Scheiben der Knolle hatten längst ihren tödlichen Saft in seine offenen Wunden gepresst. Nichts würde ihn mehr retten können.

«Hilf mir», schrie er Pépin zu. Sein Herz raste vor Todesangst und beförderte das vergiftete Blut nur noch schneller durch den Körper. Allmählich und unaufhaltsam begann das Ersticken. Anselms Hände krallten sich in die Arme Pépins.

«Lass uns verschwinden», drängte Sarkis. «Eine bessere Gelegenheit kommt nicht wieder.»

Sabiha erhob sich, so wie es Herakles über den Hades getan hatte, und blickte hinunter auf den sterbenden Anselm, dem blutiger Geifer aus dem Mund rann.

«Vollendung und Aufbruch.»

Karl Philipp von Greiffenclau zu Vollraths

Fürstbischof von Würzburg

1749 bis 1754

Kapitel 1

Wie aus einem Albtraum erwachte die geschundene Stadt. Anselm Franz Graf von Ingelheim war tot. Dem Herrn im Himmel sei Dank.

Anselms Brut war aus Angst vor Rache überstürzt geflohen. Den petit maître Pépin holten Reiter auf der Straße nach Heidingsfeld ein und nahmen ihm einen Sack Geld ab. Was weiter mit ihm geschah, blieb unklar. Einer wollte wissen, dass man ihn nach einer gehörigen Tracht Prügel in den Main geworfen habe. Von dort sei er nicht mehr aufgetaucht.

Schenkel, der Architekt, hatte von den Geschehnissen der letzten Tage nichts mitbekommen. Er lag in seinem Veitshöchheimer Lustschloss betrunken zwischen zwei Huren, als man ihn fand. Das aufgebrachte Volk wollte ihn gleich im Park aufknüpfen, aber man brachte ihn nach Würzburg, wo er auf dem Marktplatz der Menge präsentiert wurde. Für den Galgen war er zu betrunken, und so landete er vorerst im Loch auf der Festung, wo er seinen Rausch ausschlafen konnte.

Die Wachen, die vormals am Ehrengitter postiert waren, hatten wie ihre Befehlshaber das Weite gesucht. Das Schloss stand nun für jedermann offen. Als Neumann davon erfuhr, eilte er sofort dorthin. Auf dem Weg befahl er zwei Stadtknechten, ihn zu begleiten, und stellte sie zum Schutz des Schlosses ab. Er selbst hastete die Stufen des Treppenhauses empor, um zu sehen, welche Schäden der Ingelheimer angerichtet hatte. Zu seiner Überraschung jedoch fand er den Salle des gardes unberührt vor, ebenso den Kaisersaal und alle weiteren Zimmer. Es schien, als seien sie nicht betreten, geschweige denn bewohnt worden.

Hatte das Feuer wirklich alle Zimmer verschont?, fragte er sich. Im Nordflügel waren auch keine Brandspuren festzustellen, doch die Ingelheimzimmer waren ein wahrer Schauplatz der Verwüstung, fast so, als hätte ein Kampf stattgefunden. Es war alles mitgenommen und herausgerissen worden, was von Wert war.

Neumann setzte sich auf einen Stuhl und ließ den Blick des Architekten durch den Raum schweifen. Die Schäden ließen sich beheben, das, was zerstört war, konnte ersetzt werden. Ein paar Monate Arbeit, und niemand würde sich mehr an den Ingelheimer erinnern. Neumann seufzte erleichtert auf, er hatte Schlimmeres befürchtet.

Der in letzter Zeit besänftigte, aber noch vorhandene Schmerz im Magen ließ ihn in Gedanken versinken. Er war ernsthaft krank, das war nicht mehr zu leugnen. Er wünschte, dass mit ein paar Tagen Ruhe und Pflege auch sein alter Zustand wiederhergestellt werden könnte. Aber die Hoffnung war vergebens. Die Ingelheim-Jahre hatten ihn viel Substanz gekostet. Er war hoch verschuldet, und es fehlte ihm die Kraft der Jugend, dies wieder auszugleichen. Was sollte nun werden? Wer würde auf den Ingelheimer folgen?

Auch das Saray war von den geflohenen Helfern des Fürstbischofs nicht verschont geblieben. Hektisch hatten sie geplündert und geraubt, und was nicht mitgenommen werden konnte, war blinder Zerstörungswut zum Opfer gefallen.

Sabiha stieg an Sarkis' Seite über die kümmerlichen

Reste ihres einst so stolzen Caffeehauses. Stühle und Tische waren zerbrochen, die kostbaren Meißner Tassen und Kannen lagen in Scherben, die Bilder von der Wand gerissen und zerschlitzt. Ihre kleine, aber feine Bibliothek lag in Asche, in den Herrschaftszimmern wimmelte es von Ungeziefer, und in der Küche, dem Zentrum des Sarays, hatte ein Feuer alles mit sich gerissen. Schwarzer, beißender Ruß lag dick über den verkohlten Gerätschaften.

Sarkis nahm Sabiha in die Arme. «Ich werde dir helfen. In ein paar Wochen wird sich das Saray wieder aus der Asche erheben und glänzen, genau so wie in den guten alten Tagen.»

«Diese Zeit ist vorbei», antwortete Sabiha müde. «Das Saray wird nie mehr das werden, was es einmal war.»

«Natürlich wird es das», widersprach Sarkis. «Ich habe talentierte Handwerker an der Hand. Am Geld soll es nicht scheitern ...»

«Das ist es nicht», unterbrach Sabiha. «Mir fehlt die Kraft.»

«Unsinn. Du hast mich an deiner Seite.»

«Du verstehst nicht. Der Wille ist mir abhandengekommen. Ich habe mein ganzes Leben darauf hingearbeitet, mich aus den Fesseln einer Sklavin zu befreien. Es hat mich viel gekostet, aber es ist mir gelungen. Ich war eine Hanim. Niemand konnte mir befehlen. Das allein zählt.»

«Aber du bist nach wie vor eine Hanim. Das kann dir keiner mehr nehmen.»

«Richtig. Ich bleibe eine Hanim, und deswegen werde ich nun tun, was getan werden muss.»

Sarkis stutzte. Was mochte das sein?

Die Antwort darauf würde warten müssen. An der Tür waren Geräusche zu vernehmen. Sarkis blickte sich um, was er als Waffe gebrauchen konnte. Als Sabiha erkannte, wer sich mühsam Zutritt ins Saray verschaffte, gab sie Entwarnung. Es waren Eva Maria und Valentin. Erleichtert nahmen sie einander in die Arme. Eva Maria schluchzte vor Glück. «Ich habe nicht mehr daran geglaubt, dich lebend zu sehen.»

«Es hat nicht viel gefehlt», antwortete Sabiha. «Aber so schnell kriegt man mich nicht klein.»

«Was ist mit Euch passiert?», fragte Valentin, als er die Verletzungen an Sabihas Körper sah. Zorn stieg ihn ihm hoch. «Sagt mir, wer Euch das angetan hat, und ich werde mich um ihn kümmern.»

Sabiha nahm ihn wie den eigenen Bruder in die Arme und beruhigte ihn. «Dafür ist schon gesorgt worden. Ich wette, dass Pépin nicht weit kommt, bis ihn die Rache ereilt.»

Nun sah auch Eva Maria die Spuren der Folter. Entsetzt hielt sie die Hand vor den Mund. «Komm mit zu uns. Die Wunden müssen gesäubert und verbunden werden.»

Sabiha willigte dankbar ein. Doch eine Frage brannte ihr auf der Zunge: «Wo ist Veit?»

Eva Maria und Valentin sahen sich fragend an. Sabiha wusste von nichts, schienen sie sich stumm zu sagen. Wie bringen wir es ihr bei?

«Veit ist dem Regiment Rot zugeteilt worden», sagte schließlich Eva Maria. «Es war nicht seine Entscheidung. Die Knechte des Ingelheimers haben ihn gefangen genommen.»

Das Regiment Rot, erinnerte sich Sabiha, sollte es nicht in die neuen Länder verlegt werden? Der Schreck durchfuhr sie, dass sie glaubte, ihr Herz würde stehenbleiben.

Die Tage und Wochen nach dem Tod des Ingelheimers gingen mit einem großen Aufräumen einher. Peinlich genau wurden alle Spuren beseitigt, die an seine Regentschaft erinnerten. War das Pendel bei der Wahl Ingelheims gegen alle Schönbornbefürworter ausgeschlagen, so traf es nun all diejenigen, die mit ihm zusammengearbeitet hatten. Dazu gehörten auch zahllose Scharlatane, Spekulanten und Wucherer, die sich in der Stadt breitgemacht hatten. Mit ihnen war viel Geld aus der einstmals so wohlhabenden Stadt verschwunden. Neues musste her, und das brauchte einen weithin sichtbaren, starken Garanten. Das konnte niemand anderes sein als ein neuer und verlässlicher Fürstbischof. Die Entscheidung musste schnell fallen, denn der Handel lag darnieder, und viele Augen schauten auf Würzburg.

Das Domkapitel griff auf Bewährtes zurück. Sie wählten aus ihren Reihen Karl Philipp von Greiffenclau zu Vollraths zum neuen Fürstbischof, der seit 1728 dem Domkapitel angehörte und zum Zeitpunkt seiner Wahl Rektor der Universität zu Mainz war. Sein Onkel, Johann Philipp, war von 1699 bis 1719 Fürstbischof von Würzburg gewesen und hatte zur allgemeinen Zufriedenheit regiert. Der Apfel sollte nicht weit vom Stamm fallen.

Karl Philipp gewann mit seiner ersten Amtshandlung, die er noch von Mainz aus veranlasste, die Herzen der Würzburger. Nach schwierigen und kostspieligen Verhandlungen beorderte er die Regimenter Rot und Blau in die Heimat zurück. Banges Hoffen füllte die lange Zeit des Wartens, bis die Truppen endlich wieder zurückkehren sollten.

Nicht so lange mussten Neumann und seine Kameraden auf die Herstellung der alten Ordnung warten. Riedel wurde wieder auf den Posten des Hofzahlmeisters gesetzt, ihm folgten Fichtl als Hofkanzler und Neumann als Oberbaudirektor. Aber nicht alle kehrten zurück. Die dunkle Ingelheimer Zeit hatte viel Kredit verspielt, und der Schönborn'sche Bauwurm war nicht so leicht wiederzubeleben. Doch die tragenden Köpfe waren wieder beisammen. Auwera, Bossi und Oegg kamen hinzu, und ein anderer Meister der Malerei folgte dem Ruf des neuen Fürstbischofs. Er hieß Johannes Zick. Gemeinsam strebten sie nun die Vollendung des Schlosses an.

Auf die ersten Regierungsjahre des Fürstbischofs fielen zwei Schatten. Der eine stammte noch aus der Zeit des Ingelheimers und hieß Renata Singer, die Subpriorin des Klosters Unterzell. Ihr war der Hexenprozess gemacht worden, und obwohl sie bei der Hinrichtung widerrief, führte der Kitzinger Scharfrichter das Urteil mit dem Schwert pflichtgetreu aus. Ihre Leiche wurde im Hexenbruch verbrannt. Damit war das unrühmliche Kapitel beendet.

Der zweite Schatten trug den Namen Visconti. Er war ein hochgelobter Maler, der seine Kunst im Schloss unter Beweis stellen sollte. Doch anstatt eines ausgezeichneten Künstlers hatte der Fürstbischof einen Hochstapler an den Hof geholt. Das wenige, was Visconti zustande brachte, war nicht der Rede wert und wurde nach seiner Demission alsbald entfernt. Nun war guter Rat teuer. Wer sollte den Kaisersaal zu dem machen, wofür er bestimmt war? Wer würde die sechshundert Quadratmeter des Plafonds im Treppenhaus mit seiner unverwechselbaren, einmaligen Kunst ausschmücken?

Die Wahl fiel auf einen Könner, auf einen wahren König der Freskenmalerei – den Venezianer Giovanni Battista Tiepolo. Man bot dem verwöhnten Meister eine mehr als fürstliche Summe an, denn sein Erfolg erlaubte es ihm, sich die Aufträge auszusuchen. Die Kunde von Neumanns überwältigendem Treppenhaus war bis nach Venedig gelangt, und so stimmte er letztlich zu. Erleichterung und ein Hochgefühl erfassten alle am Schlossbau Beteiligten. Es war, als wäre der Geist Friedrich Karls auferstanden. Ein einzigartiger Künstler in einem einzigartigen Schloss. Die Arbeiten gingen nun noch einen Schritt flotter voran.

Der Fürstbischof hatte indes mit anderem alle Hände voll zu tun. Ein neues Steuerwesen musste her, eine neue Häuser- und Straßenordnung ebenfalls, und der unter akademischer Schwindsucht leidenden Universität musste wieder Leben eingehaucht werden.

Der Wiederaufbau war eine gemeinsame, aber auch eine persönliche Anstrengung. Obwohl Neumann nun wieder die gewohnten Einkünfte erzielte, sollte er sich von den letzten Jahren der Entbehrung nicht mehr erholen. Er bot seine Dienste daher auch anderen an und zeichnete Entwürfe für neue Residenzen in Karlsruhe und Schwetzingen. In der Zwischenzeit galt es, die Bauarbeiten am Käppele und an der Abteikirche in Neresheim zu überwachen, und das bei schwindender Gesundheit. Eva Maria machte sich große Sorgen um ihn, denn sie wusste, dass ihr Balthasar unter der Schuldenlast litt.

Sabiha hatte sich in den Wochen ihrer Pflege körperlich gut erholt. Was Eva Maria jedoch nicht gelang, war, Sabiha zur Wiedereröffnung des Sarays zu bewegen. Veit war mit den Regimentern Rot und Blau noch immer nicht aus den neuen Ländern zurückgekehrt, und die verzweifelte Angst um sein Leben raubten ihr jeden Geschäftssinn. Professor Ullrich hatte sie wenigstens zur Wiederaufnahme ihres Studiums der Pflanzen und ihrer Nutzbarkeit bewegen können, sodass sie die lange Zeit des Wartens mit etwas Sinnvollem verbrachte. Wie in alten Tagen stapften sie nun wieder gemeinsam über die Felder der Bauern und prüften, ob das neue Saatgut aufgegangen war. An der Universität brachte sie ihre experimentellen Forschungen zu Papier und erhielt eines Tages die Doktorwürde. Zufrieden und stolz zog sie sich damit ins Saray zurück, wo sie die riesigen Räume allein bewohnte.

Dort wartete sie. Tag um Tag, Woche um Woche. Den Ring mit der Inschrift *Pignus amoris habes* – Du hast meiner Liebe Pfand –, den ihr Veit einst auf der Mainbrücke angeboten hatte, trug sie am Finger. Was war sie nur für eine Närrin gewesen, den Ring auszuschlagen? Musste Veit erst in tödliche Gefahr geraten, damit sie erkannte, was er für sie bedeutete?

Seitdem er fort war und sie erfahren hatte, wie er um ihre Freilassung gekämpft hatte, wollte das Gefühl der Schuld nicht mehr von ihr weichen. Im dunklen Gastraum des Sarays saß sie oft und gedachte der gemeinsamen Zeit. Vom ersten Augenblick auf Kalemegdan an über die Rettung aus dem Steinbruch bis hin zum Bau des Sarays. Er war stets an ihrer Seite gewesen, hatte über sie gewacht und ihre Launen ertragen. Sie hingegen war von den Vorwürfen, die sie ihm wegen Kalemegdan gemacht hatte, geblendet. All die Jahre stand sie in Veits Schuld, und sie hatte ihn wie einen Diener behandelt. War das die Hanim, die sie ihr ganzes Leben lang hatte werden wollen? Sie vergrub ihr Gesicht in den Händen und weinte.

Am nächsten Morgen erwachte sie von Jubelschreien auf der Straße. *Sie kommen zurück! Vivat Karl Philipp!* Sabiha kleidete sich an, eilte hinaus und ließ sich von der Menge hinunter an den Main treiben. Dort, hinter der Biegung, sah sie den Bug des ersten Schiffs, dann den Mast. Ja, darauf wehte die Fahne der heimischen Regimenter. Ihr Herz begann zu tanzen, so wie es in jeder Brust der vielen anderen vor Freude hüpfte, die den Bruder, den Vater oder den Mann sehnlichst erwarteten. Nun endlich, nach so langer Zeit, kehrte Veit zurück. In die Heimat, zu ihr. Sie würde ihn nie mehr loslassen und ihm den Ring, den er ihr gegeben hatte, mit einem Kuss an den Finger stecken.

Als die ersten, überraschend wenigen Schiffe angelegt hatten und die hölzerne Zugangsbrücke aufs Kai gefallen war, erstarb der laute, grenzenlos scheinende Jubel. Was war aus den stolzen, gutgenährten und vor allem gesunden fränkischen Soldaten geworden, die einst Würzburg verlassen und sich in ein waghalsiges Abenteuer stürzen mussten?

Die Uniformen zerschlissen, die Gesichter vom Hunger ausgezehrt, Seele und Leib von Krankheit gezeichnet. An Krücken und auf Tragen kamen die *Frommen* und *Getreuen* auf heimischen Boden zurück. Nachdem auch die eigens herbeibefohlene Kapelle verstummt war, begann die fieberhafte Suche.

«Veit Sturm», fragte sie einen Soldaten. Der blickte sie aus totengleichen Augen an und gab ihr keine Antwort.

Dann der Nächste. «Veit Sturm, Artillerist und Kanonier. Hast du ihn gesehen?»

Kopfschütteln.

«Groß gewachsen, schwarzes Haar …»

Keine Reaktion.

Ein weit vor seiner Zeit gealterter Soldat, der vergebens nach seiner Verlobten Ausschau hielt, sprach sie an. «Ich kenne Veit Sturm.»

Sabiha fiel ein Stein vom Herzen. «Wo ist er? Wo kann ich ihn finden?»

«Er ist nicht auf dem Schiff.»

«Aber …»

«Ich habe mit Veit gekämpft. Wir lagen auf einer Anhöhe mitten im Busch, als die Wilden über uns herfielen.» Er lächelte müde. «Seine geliebte Kanone hat ihm da nichts mehr geholfen, und er musste zum Säbel greifen. Auge in Auge mit dem Feind. Das mochte er überhaupt nicht, aber er hat sich tapfer geschlagen.»

Sabihas Herz stockte. «Ist er …?»

«Ich weiß es nicht. Als die Nacht hereinbrach, zogen sich die Wilden zurück, und wir sammelten uns neu. Er war nicht unter den Toten, auch nicht unter den Verletzten. Einfach verschwunden, als hätte der Busch ihn verschluckt.»

«Könnte er sich gerettet haben?»

Der Soldat zuckte mit den Schultern. «Vielleicht kommen noch ein paar Versprengte nach. Gebt die Hoffnung nicht auf.» Dann ging er weiter.

Freude und Schmerz lagen an diesem Morgen nur wenige Handbreit auseinander. Von den dreitausendsechshundert Soldaten war nur jeder Dritte zurückgekehrt. Die anderen lagen erschlagen, aufgespießt oder von Krankheiten zerfressen Tausende Meilen entfernt in fremdem Land.

Sabiha glaubte, auch sie sei an diesem traurigen Morgen gestorben.

In der ersten Zeitung Würzburgs, den *Hochfürstlich Würtzburgischen Wochentlichen Frag- und Anzeigungsnachrichten*, die im Jahr 1749 aus der Taufe gehoben worden war, wurde die Ankunft des Maestro Tiepolo mit seinen beiden Söhnen für den 12. Dezember 1750 vermerkt. Viel Jubel und Begeisterung hatte der Besuch des berühmten Freskenmalers in der Stadt ausgelöst. Sein Tross und sein Auftreten glichen dem eines Fürsten. Ebenso festlich gestaltete sich die Feier, die ihm zu Ehren gegeben worden war. Doch schon am nächsten Morgen war es mit den Festivitäten vorbei. Tiepolo nahm seine neuen Arbeitsstätten – Kaisersaal und Treppenhaus – in Augenschein. Neumann war zur Stelle und führte den schmächtigen Maestro durchs Schloss.

Die Gewölbe im Kaisersaal würden Tiepolo kein Kopfzerbrechen bereiten. Deren Ausmaße war er gewohnt. Doch der frei schwebende Plafond im Treppenhaus, zwanzig mal dreißig Meter weit, war eine ganz andere Herausforderung. Eine derart große Fläche hatte ihm bisher noch nicht zur Verfügung gestanden. Das zustimmende und lobende Lächeln des Maestros ließ Neumann wissen, dass er wahrlich Großes geleistet hatte. Er würde seinen Teil dazu beitragen, dass hier etwas auf der Welt Einzigartiges entstand.

Über den Winter war reichlich Zeit, die Motive festzulegen, mit denen der Kaisersaal ausgemalt werden sollte. Im Frühjahr wollte Tiepolo mit seiner Kunst beginnen. All die hohen Herren saßen zusammen, und jeder trug einen Vorschlag bei. Neumann erinnerte sich der Worte Friedrich Karls, die er im Saray zu ihm gesprochen hatte. *Beim Ausmalen des Kaisersaals sollten wir an Kaiser Barbarossa denken.* So fand sich die Szene anno 1156, bei der Barbarossa seine überaus junge und hübsche Beatrix in Würzburg freite. Auf der gegenüberliegenden nördlichen Seite des Kaisersaals trat erneut Barbarossa mit der Beleihung des Bischofs

Herold von Hochheim in Erscheinung. Friedrich Karl wäre damit einverstanden gewesen.

Im April des neuen Jahres war es dann so weit. Tiepolo richtete im Salle des gardes sein Atelier ein und begann die vielen Ideen in die Tat umzusetzen. Neumann weilte unterdessen am Rhein in der Nähe von Koblenz, um Schönbornlust fertigzustellen. Zurück blieb eine besorgte Eva Maria, die sich seit Monaten um Sabiha kümmerte. Die verließ nur noch selten das leere und finstere Saray, und wenn sie es tat, dann nur, wenn Schiffe mit Kunde aus Übersee in den Würzburger Hafen einliefen. Die Kämpfe in Westindien seien beendet, hieß es an einem Tag, am anderen, sie seien neu entflammt. Viel Blut wäre geflossen, und was der Prügel eines Wilden oder der Säbel eines Soldaten nicht schafften, das würden Hunger und Krankheiten zu Ende bringen. Der Herr im Himmel verschone uns vor diesem Elend.

Kürzlich waren auch ein Brief und ein Wechsel für Sabiha eingetroffen. Sarkis befand sich in der ehemals spanischen Kolonie Hispaniola, wo er mit Zucker handelte. Die Zustände seien katastrophal und menschenverachtend. Unter der französischen Knute müssten die Wilden auf den Plantagen arbeiten, bis sie wie die Mücken tot umfielen. Lange würde das nicht mehr gutgehen. Er halte immer ein Auge und ein Ohr nach versprengten fränkischen Soldaten offen, schrieb er. Wenn Veit noch lebte, dann würde er ihn finden. So lange bat er sie, in Würzburg auszuharren. Bald würde er wieder schreiben.

Sabiha hütete Sarkis' Briefe wie einen Schatz. Sie waren die einzige Verbindung zu Veit. Guter, alter Sarkis. Er würde Veit finden.

Der Sommer ging, der Winter und ein neues Jahr kamen. Schon lange waren weder ein Brief noch ein Wechsel von Sarkis mehr eingetroffen. Sabihas Anspannung wuchs. Einzig Eva Maria konnte noch zu ihr durchdringen, wenn sie die karge Kost, die ihr zur Verfügung stand, mit ihr teilte. Neumann war durch die viele Arbeit und die Aussicht, das Schloss endlich fertigzustellen, zu neuem Leben erwacht. Zumindest tat er so. Von seinen anhaltenden Magenschmerzen sagte er Eva Maria nichts. Sie hatte mit Sabiha genug Sorgen am Hals. Wenn Neumann nicht gerade im Schloss war und Tiepolo bei seiner Arbeit unterstützte, dann reiste er zwischen Neresheim und Staffelstein, wo die Basilika der Vierzehn Nothelfer entstand, hin und her.

Wieder wurde es Sommer, und Maestro Tiepolo wandte sich seinem nächsten und wichtigsten Projekt zu – dem Plafond im Treppenhaus. Die Idee zum Motiv war im Winter erwachsen. Fürstbischof Greiffenclau höchstpersönlich hatte die Vorgabe gemacht.

In einer aufwendigen allegorischen Darstellung von Himmel und Erde sollten die drei Kontinente Afrika, Asien und Amerika dem vierten und wichtigsten Erdteil Europa huldigen. Der Fürstbischof wünschte sich darüber sein eigenes Bild, gleich so, als widerfahre ihm die Ehrerbietung.

Tiepolo hatte nichts dagegen einzuwenden. Der Fürst zahlte gut, und er sollte gute Arbeit dafür erhalten. Zahlreiche Modelle mussten für die Zeichnungen herhalten, die dann in Schnellarbeit auf den frischen Putz des Plafonds übertragen wurden.

Abseits des in den kommenden Monaten entstehenden Wunderwerks grämte sich Sabiha um den Verbleib von Sarkis. Im Hafen war sie nun täglich zu sehen, wo sie die Schiffer mit Fragen löcherte. Keiner von ihnen konnte ihr etwas über den Zucker- und Caffeehändler in Übersee sagen. Sie solle sich bei den Armeniern erkundigen, die andere Routen für ihren Handel nutzten. Vielleicht wüssten die etwas über einen ihrer Landsleute.

Vor den Türen des Doms, wo die Gewürzhändler ihre Stände unterhielten, fand Sabiha endlich einen armenischen Händler und fragte ihn nach Sarkis.

Der Mann nannte sich Hovanes und wusste von einem Freund zu berichten, der oft in Paris sei. Dort gehe die Kunde von einem Armenier um, der eine Zeitlang auf Hispaniola war, dann zu den anderen Inseln reiste, stets auf der Suche nach einem verlorenen Soldaten. Ob sein Name Sarkis sei, wisse er nicht, aber nach all dem, was er von ihm gehört hatte, könne es durchaus sein.

«Was ist aus ihm geworden?», fragte Sabiha.

Hovanes zuckte mit den Schultern. «Ich weiß es nicht. Das soll sich vor einem Jahr zugetragen haben. In der Zwischenzeit gab es wieder Aufstände. Am besten fragst du …» Hovanes stockte. «Einen Moment.» Er drehte sich zur Seite, rief einem anderen etwas zu. Die Antwort schien das Problem zu lösen. «Einmal im Jahr kommt ein Freund, er heißt Avetik, ins Fränkische. Er reist über Kitzingen nach Bamberg und Leipzig. Avetik hat gute Kontakte zu den Franzosen. Wenn jemand etwas über deinen Freund Sarkis weiß, dann er.»

«Wie kann ich ihn treffen?»

«Frag in Kitzingen nach einem Envar. Er wird dir weiterhelfen.»

Sabiha bedankte sich. Die Armenier waren ein seltsames Volk, sagte sie sich. Sie kam mit nur einem Namen und ging mit drei weiteren.

In Kitzingen fand sie Envar in einem kleinen Holzverschlag am Main, wo die Schiffe be- und entladen wurden. Er handelte offenbar mit einer Vielzahl von Töpfen, Gerätschaften und Kisten.

«Bist du Envar?», fragte sie einen hageren Mann um die fünfzig, dessen Gesicht sich hinter einem riesigen gezwirbelten Schnauzbart verbarg.

Der Mann winkte wortlos ab, er wollte offenbar nichts mit ihr zu schaffen haben.

«Hovanes schickt mich. Er sagt, du könntest mich Avetik vorstellen.»

«Was weißt du über Avetik?», fragte er überrascht, fast schon feindselig.

«Nichts», antwortete Sabiha, «nur, dass er mir etwas über Sarkis berichten kann.»

«Sarkis, der Caffeehändler?»

Sabihas Herz schlug vor Aufregung bis zum Hals. «Ja, kennst du ihn?»

«Nein.»

«Aber du weißt, womit Sarkis handelt.»

«Kann sein.»

Verwirrt antwortete Sabiha: «Du brauchst keine Angst vor mir zu haben. Sarkis und ich sind gute Freunde. Er hat mein Saray lange Jahre mit Caffee beliefert.»

Bei dem Wort Saray merkte Envar auf. «Bist du Sabiha, die Hanim des Sarays?»

Sie nickte, und Envar schien wie ausgewechselt. «Entschuldigt, Hanim, dass ich Euch nicht gleich erkannt habe. Es ist viel hinterlistiges Volk in diesen Tagen unterwegs. Kommt, setzt Euch.»

Er wies ihr einen Platz auf einer Kiste zu Dann holte er eine Kanne mit Caffee und schenkte ein. «Verzeiht, wenn der Caffee nicht Eurem Geschmack entspricht. Seit Sarkis nicht mehr kommt, ist es schwierig, wirklich guten Caffee zu beziehen.»

Sabiha atmete erleichtert auf. Dieser Envar war ein vorsichtiger Mann. Sie musste überlegt vorgehen. «Ich mache mir große Sorgen um Sarkis», begann sie und erzählte ihm von den Briefen und seiner Reise in die neuen Länder.

Envar hörte aufmerksam zu, bis er sie schließlich beruhigen konnte. «Avetik hat von Sarkis gehört. Er soll sich auf einer der kleineren Inseln bei Hispaniola aufhalten. Dort sind ebenfalls Unruhen ausgebrochen. Der Postverkehr ist eingestellt.»

«Woher weiß er dann von Sarkis?»

«Ein Soldat brachte einen Brief.»

«Einen Brief?», fragte Sabiha überrascht. «Hat er dir gesagt, was sein Inhalt war?»

«Nur so viel, dass Sarkis auf der Spur eines vermissten Soldaten war.»

Envar stockte, was Sabiha nicht entging. «Lebt er noch?», fragte sie besorgt.

Envar nickte. «Ja.» Bevor Sabiha weitere bohrende Fragen stellen konnte, winkte er ab. «Tut mir leid, Hanim. Das ist alles, was ich weiß.»

«Wann kommt Avetik aus London zurück?»

Envar seufzte. «Ich erwarte ihn seit Tagen. Kehrt ins Saray zurück. Ich werde es Hovanes wissen lassen, wenn es etwas Neues gibt.»

Wochen und Monate verrannen, ein neues Jahr brach an. Hovanes kam einmal die Woche ins Saray und berichtete, dass Avetik noch immer in London sei. Wahrscheinlich saß Sarkis irgendwo in Westindien fest, wo die Engländer mit den Franzosen um die Vorherrschaft rangen. Sabiha musste sich also weiter gedulden.

Warten war nie eine ihrer ersten Eigenschaften gewesen. Wenn sie nicht bald etwas unternahm, würde sie noch den Verstand verlieren. Sie dachte kurzzeitig über die Wiedereröffnung des Sarays nach, verwarf die Idee aber sofort. Schließlich wollte sie handeln können, wenn es notwendig war, und nicht durch den Caffeehausbetrieb an Würzburg gebunden sein.

So entschied sie sich, eine Stelle in der Hafenmeisterei anzunehmen, wo sie den Umschlag der Waren beaufsichtigte. Sie verdiente gutes Geld dabei und hatte ein Ohr an den Gesprächen der Schiffer.

Im Sommer des Jahres 1753 machte ein holländisches Handelsschiff im Hafen fest. Von Bord ging ein Mann, der in guter, westlicher Kleidung steckte, dessen auffällig dunkle Gesichtsfarbe aber verriet, dass er sicherlich kein Holländer war. Der Mann hielt geradewegs auf Sabiha zu.

«Ich bin Avetik», eröffnete er ihr. «Komm mit und lass uns reden.»

Sabiha glaubte ihren Ohren nicht zu trauen. «Du bist Avetik? Wie hast du mich gefunden?»

«Hovanes sagte mir, es arbeite nur eine einzige Frau im Hafen. Lass uns gehen, ich habe dir viel zu berichten.»

Obwohl Avetik nie zuvor in Würzburg gewesen war, schien er den Weg zum Saray genau zu kennen.

«Hovanes sagte nichts davon, dass du kommen würdest.»

«Ich bat ihn darum.»

«Wieso?»

«Das wirst du gleich erfahren.»

Im Saray angekommen, bereitete Sabiha eine Kanne Caffee zu. Avetik sah sich inzwischen die kahlen Räume an. «Das muss einst ein schönes Caffeehaus gewesen sein. Hier der Kamin, dort die Diwane und drüben der Billardtisch.»

«Woher weißt du das alles?», fragte sie ihn überrascht.

«Sarkis hat mir davon erzählt. Er meinte, du hättest das schönste Saray nördlich von Konstantinopel. Ihr habt gute Geschäfte zusammen gemacht.»

Sabiha stellte Kanne und Tassen auf eine Kiste. «Genug mit dem Geplänkel. Sag mir endlich, was hier gespielt wird.»

Avetik kam näher. «Was weißt du über Sarkis?»

«Was soll die Frage?»

«Sag mir, wie ihr euch kennengelernt habt.»

Sabiha erzählte von ihrer gemeinsamen Zeit im Serail des Sultans, wo sie als Haremsdame und er als Lustknabe arbeiten mussten. Sie vergaß auch nicht, davon zu berichten, wie sie Sarkis zunehmend in sich versunken erlebt hatte, bis er eines Tages verschwunden war.

«Er sollte getötet werden», führte Avetik Sabihas Beschreibung fort.

«Ich hörte davon», bestätigte Sabiha.

«Doch nicht aus den dir bekannten Gründen. Man war Sarkis als Lustknabe nicht überdrüssig, sondern er hatte etwas mit angehört, was nicht für ihn bestimmt war.»

Sabiha horchte auf. «Erzähl weiter!»

«Sarkis war der Favorit eines englischen Diplomaten, der bei der Hohen Pforte die Interessen Englands vertrat. Eines Nachts kam es zu einem Treffen mit dem französischen Gesandten. Man wähnte Sarkis schlafend, so sprach man offen. In diesem Gespräch wurde erläutert, wie die spanische Vormachtstellung in den neuen Ländern gebrochen werden konnte – und, sollte man sich einigen, wie die Länder unter ihnen aufzuteilen waren.»

«Wieso geschah das am Hofe des Sultans?»

«Weil in Europa an jeder Ecke Spione lauerten, die eine Zusammenkunft der beiden verfeindeten Mächte sofort publik gemacht hätten. Der gemeinsame Feind Spanien sollte überrascht werden. Schließlich hatte man ja noch viel vor.»

«Wie meinst du das?»

Avetik seufzte. «Du überraschst mich, Sabiha. Eigentlich dachte ich, dass du eine kluge Frau bist, die weiß, wie der Caffee in ihr Saray kommt.»

Eine entsprechende Antwort auf diese Unverschämtheit brannte ihr auf den Lippen, doch sie zwang sich zur Ruhe. «Dann erklär es mir.»

«Seit jeher herrschen strenge Ausfuhrkontrollen für die Caffeepflanze. Die Sultane wussten genau, wieso sie sie erlassen haben. Auf der Caffeepflanze beruht ein Großteil ihres Reichtums. Wer den Caffee anzubauen versteht, hat nicht nur das Geld, sondern auch die Macht in den Händen. Holland, Frankreich und England wollten sich dieses Geschäft nicht länger entgehen lassen. Sie raubten jede verfügbare Pflanze und übten sich in ihrem Anbau. Du weißt, dass die Caffeepflanze nur in bestimmten Ländern wächst, da sie ein besonderes Klima benötigt.»

«Zum Beispiel in den neuen Ländern …»

Avetik nickte. «Spanien widerfuhr im Westen das gleiche Schicksal wie Portugal im Osten. Es geht um die Vorherrschaft beim Caffeeanbau. Diese kleine Bohne hat die Welt verändert. Und dieser Krieg ist noch lange nicht vorbei.»

Politik, immer wieder Politik, ging es Sabiha durch den Kopf. Wie sehr sie das hasste. «Das habe ich nun verstanden. Wie ging es mit Sarkis weiter?»

«Der englische Diplomat bezichtigte ihn des Raubs, und so musste der Sultan handeln. Er gab den Befehl für seine Tötung. Doch Sarkis konnte schwer verletzt überleben. Unsere Brüder haben sich seiner angenommen und ihm die Kunst des Handels beigebracht.

Inzwischen waren Jahre vergangen, und Engländer und Franzosen stritten um die Insel Hispaniola, die sie den Spaniern abgenommen hatten. Sarkis geriet auf einer seiner Reisen in englische Gefangenschaft. Da er eine Schiffsladung Caffee mit sich führte, kam sein Fall vors oberste Gericht. Man bezichtigte ihn des Schmuggels. Dort traf er erneut auf diesen Diplomaten. Er versprach Sarkis die Freilassung, wenn er künftig für ihn arbeitete.»

«Als Caffeehändler?»

Avetik seufzte. «Als Spion und Schmuggler natürlich. Sarkis sollte ihm so viele keimfähige Pflanzen besorgen, wie es ihm nur möglich war.»

«Um sie in Westindien anzubauen?»

«Jetzt hast du es endlich verstanden», antwortete Avetik erleichtert.

Sabiha überlegte. «Und weshalb ist er immer noch in den neuen Ländern?»

«Das ist eine andere Geschichte», wehrte Avetik ab.

Doch Sabiha bestand auf einer Antwort.

«Du kennst doch Sarkis. Er ist ein findiger und eifriger Kaufmann und hat auf einer Insel die Caffeepflanze selbst ausgebracht …» Avetik zögerte. «Nun kommt dein Veit ins Spiel.»

Sabiha war mit einem Mal hellwach. «Veit? Was weißt du über ihn?»

«Nachdem seine Einheit im Kampf aufgerieben worden war, konnte er sich in den Busch retten. Orientierungslos geriet er in die Fänge der Wilden, die ihn aber verschonten. Sie hatten ihn an einem seiner Geschütze gesehen und beschlossen, die Feuerkraft seiner Kanone für ihre Rebellion gegen die fremden Herren zu nutzen. So wurde Veit zu ihrem Anführer.»

Sabiha blieb die Luft weg, zu ungeheuerlich war Avetiks Erzählung. «Du lügst. Veit würde niemals so etwas tun.»

«Der Krieg verändert die Menschen. Wieso sollte er bei Veit eine Ausnahme machen?»

«Weil ...» Sabiha wusste keine Antwort darauf.

«Gewöhne dich lieber an den Gedanken. Veit ist ein Rebellenführer, und sowohl die französische als auch die englische Armee sind hinter ihm her.»

Gestern noch ein versprengter und hilfloser Artillerist, heute ein gesuchter Rebell? Sabiha wollte das nicht glauben. «Woher weißt du das alles?»

«Weil ich soeben von Hispaniola zurückgekehrt bin. Ich habe mit Sarkis gesprochen.»

«Dann hat Sarkis Veit also gefunden?»

Avetik nickte.

Ihr schwirrte der Kopf, sodass sie keinen klaren Gedanken fassen konnte. «Wieso bist du eigentlich am Schicksal Sarkis' so interessiert?»

Avetik erhob sich und blickte ihr in die Augen. «Er ist mein Bruder.»

Wie versprochen hatte Maestro Tiepolo einen Tag vor Mariä Himmelfahrt den letzten Pinselstrich getan. Vorbei die Zeit, in der eine gähnend weiße Fläche den riesigen Plafond des Treppenhauses bedeckt hatte. An deren Stelle war nun Tiepolos Meisterwerk der vier Erdteile getreten. Ringsum erboten Amerika, Asien und Afrika der Europa und darüber Fürstbischof Greiffenclau die Ehre. Neumanns Treppe und Tiepolos Fresko waren zu einer Einheit verschmolzen, die ihresgleichen auf der Welt suchte. Der Fürstbischof war mehr als zufrieden, und mit ihm die vielen hundert Handwerker und Künstler, die ihren Teil am Gelingen des Jahrhundertbaus geleistet hatten.

Zum Dank ließ der Fürstbischof im Kaisersaal eine große Tafel bereiten. Jetzt sollte gefeiert werden. Der fürstbischöfliche Oberbaudirektor Balthasar Neumann saß mit seiner Frau Eva Maria am Tisch und schaute stolz in die Runde. Da saßen sie, die Kameraden und Freunde, die ihn die vergangenen Jahre begleitet hatten. Antonio Bossi, der geniale Stuckateur, Johann Wolfgang von der Auwera, der nicht minder begnadete Bildhauer aus dem belgischen Mechelen, und auch Johann Georg Oegg, der Tiroler Schmied. Zwischen ihnen Hofzahlmeister Riedel, Hofkanzler Fichtl. Der Maler Rudolf Byß fehlte, wie die vielen anderen, die inzwischen verstorben waren oder Würzburg den Rücken gekehrt hatten. Unter ihnen die Architekten Maximilian von Welsch und Lukas von Hildebrandt. Neumann vergaß auch sie in der Stunde seines Triumphs nicht.

Ein Neuer war hinzugekommen, Johann Zick, der Wunderbares im Gartensaal vollbracht hatte. Auch wenn er das Treppenhaus und den Kaisersaal nicht hatte ausmalen dürfen, so zürnte er dem Maestro Tiepolo nicht weiter. Er sah, was der geleistet hatte, und dem zollte er Respekt.

Tiepolo, wo war er überhaupt? Neumann musste sich nach vorn beugen, um den schmächtigen Venezianer schließlich zu entdecken. Der kleine große Mann erwiderte herzlich Neumanns Gruß.

Wieder zwickte es Neumann im Magen, sodass er sich schleunigst wieder setzen musste. Dieses Zwicken, das sich zu einem Stechen ausgewachsen hatte, sollte wenigstens an diesem Tag Ruhe geben. Heute war sein Schloss fertig geworden, und in Drei Teufels Namen, Krankheiten hatten wahrlich keinen Platz an dieser Tafel der Stolzen und Aufrechten.

Friedrich Karl kam ihm in den Sinn. Was würde der größte aller seiner Bauherren heute wohl sagen? Wie würde er über das Erreichte staunen? Welch Freude würde er empfinden? Gäbe es eine Gnade auf dieser Welt, so hätte Neumann vor seinem Schöpfer darum gebeten, dass Friedrich Karl heute zu Tisch hätte sitzen dürfen.

«Was ist mit dir?», fragte Eva Maria, die seine Geistesabwesenheit bemerkt hatte. Waren das Tränen in seinen Augen?

Neumann wischte sie mit dem Ärmel seiner Uniform weg. «Nichts, ich habe nur an einen alten Freund gedacht.»

Als Sabiha an diesem Abend die Stadt hinter der Flussbiegung verschwinden sah, konnte sie nicht ahnen, dass sie Balthasar Neumann nie wiedersehen würde. Er sollte nur drei Tage später seinem Magenleiden erliegen.

«Was ist mit dir?», fragte Avetik. «Du schaust so traurig. Ich weiß, es ist eine lange, beschwerliche Reise.»

Sabiha antwortete nicht. Sie musste gute Freunde in Würzburg zurücklassen. Doch nun war sie sich sicher, wohin ihr Weg sie führte. Versonnen betrachtete sie den Ring an ihrem Finger. *Pignus amoris habes* – Du hast meiner Liebe Pfand.

Danksagung

Mein Dank gilt den vielen Helfern, Ratgebern und Freunden, die an diesem Buch mitgewirkt haben. Ohne ihre Hilfe wäre ich in den kargen und zum Teil auch weit verstreuten Informationen über das frühe 18. Jahrhundert in Mainfranken hoffnungslos verloren gewesen. Insbesondere die Würzburger Bombennacht vom 16. März 1945 hat viele wertvolle Dokumente aus jener Zeit vernichtet.

Dass es mir hoffentlich dennoch gelungen ist, die Zeit um den Bau der Würzburger Residenz zum Leben zu erwecken, liegt an drei Historikern, die mir bei der Recherche kräftig unter die Arme gegriffen haben – Dr. Dieter Weber, Dr. Renate Schindler und Dr. Robert Meier. Sollten sich Fehler in diesen Roman eingeschlichen haben, dann sind sie nicht ihnen, sondern dem Autor zuzuschreiben.

Bei der Recherche über den Kaffee bin ich Ulla Heise für ihr wunderbares Buch *Kaffee und Kaffeehaus* Dank schuldig, und für das Wissen um die türkische Lebensart und die Welt des Harems danke ich Franziska Schleyer.

Hinweis

Einen historischen Roman zu schreiben ist für einen Kriminalschriftsteller und Nichthistoriker kein leichtes und vor allem kein ungefährliches Unterfangen. Die richtigen Quellen zu finden, sie zu deuten und in einen stimmigen Kontext zu bringen, war eine schweißtreibende Aufgabe. Erst die unscheinbare Notiz vom ersten «Kaffeetürken» in Würzburg hat mich auf die richtige Spur gesetzt. Ich war überrascht und bin es noch, wie lange es den Kaffee und mit ihm eine Kaffeekultur im mainfränkischen Raum gibt, andere Städte in Deutschland haben sich erst viel später für den schwarzen Türkentrunk geöffnet.

Das im Buch erwähnte Caffeehaus Saray ist jedoch der Dramaturgie geschuldet. Knapp zweihundert Jahre später sollte es im großen Kaffeehaus Alhambra, das am Franziskanerplatz stand, endlich Wirklichkeit werden. Die Figur der türkischen Haremsdame Sabiha, die als erste Frau die Universität in Würzburg besuchen durfte und die Doktorwürde errang, ist hingegen nicht so fiktiv. Es soll in jener Zeit drei Frauen gegeben haben, die an der Universität studierten. Zwei von ihnen sind bekannt, die Identität der dritten jedoch bleibt bis heute verborgen.

Und schließlich: Das Werk Balthasar Neumanns ist so umfangreich, dass für die vorliegende Geschichte eine Auswahl getroffen werden musste.

Andere wichtige Bauten, wie zum Beispiel die Treppenhäuser im Schloss Augustusburg und im Schloss Bruchsal, bleiben unvergessen.

MIX
Papier aus verantwortungsvollen Quellen
FSC® C083411

Das für dieses Buch verwendete FSC®-zertifizierte Papier
Pamo Super liefert Arctic Paper Mochenwangen, Deutschland.